은장도 이야기
직녀기

은장도 이야기/직녀기 하근찬 전집 21

초판 1쇄 발행 2025년 10월 24일

지은이 하근찬
펴낸이 강수걸
편집 오해은 강나래 이선화 이소영 이혜정 한수예 유정의
디자인 권문경 조은비
펴낸곳 산지니
등록 2005년 2월 7일 제333-3370000251002005000001호
주소 부산시 해운대구 수영강변대로 140 BCC 626호
전화 051-504-7070 | 팩스 051-507-7543
홈페이지 www.sanzinibook.com
전자우편 sanzini@sanzinibook.com
블로그 http://sanzinibook.tistory.com

ISBN 979-11-6861-527-4 04810
ISBN 978-89-6545-749-7 (세트)

하근찬 전집 21

은장도 이야기
직녀기

산지니

밑바닥을 향한 진실한 시선

세상은 속도에 차이는 있겠지만 늘 변해왔다. 그 변화에 사람들은 순응하기도 하고 저항하기도 하면서 발걸음을 맞춰왔다. 좋은 작가에게 우리가 거는 기대가 있다면, '새로운 눈'으로 세상의 변화를 보여주는 것이다. 작가가 보여주는 세계는 새로운 세상의 창조와 같다. 작가가 개성적으로 바라보는 창조적 관점은 세계에 새로운 옷을 입히는 것과 같기 때문이다.

하근찬은 한국전쟁 이후의 상처를 민중의 관점에서 어루만지면서 '치유의 서사'를 펼쳐 보인 좋은 작가다. 그는 전쟁 이후의 혼란한 세계 속에서 '새로운 눈'으로 창조적 소설 작품을 써낸 존재다. 진실을 향한 집념을 가진 작가는 좋은 작품들을 남긴다. 하근찬은 '새로운 눈'과 '진실을 향한 집념'으로 사실의 기록자에 머물지 않고 진정한 창작자가 되었다.

작가는 맑고 정상적인 눈을 가져야 한다. 건강한 눈으로 항상 세상을 골고루 넓게, 그리고 똑바로 바라보아야 한다. 똑바로 바라본다는 것은 바꾸어 말하면 어떤 현상의 밑바닥에 흐르는 진실을 꿰뚫어 보아야 한다는 뜻이다.

세상을 골고루 넓게 바라보는 것도 중요하지만, 똑바로 바라보는, 즉 꿰뚫어 보는 안광이 작가에게는 더욱 중요하다. 그렇지 않고서는 세상이 빚어내는 갖가지 일들의 의미를 파악할 수가 없는 것이다.(하근찬, 「진실을 꿰뚫어야 하는 안광(眼光)」, 『내 안에 내가 있다』, 엔터, 1997, 274쪽.)

하근찬은 세상을 바라보는 '눈'에는 두 가지가 있다고 보았다. 하나는 '세상을 골고루 넓게' 바라보는 눈이고, 또 하나는 '세상을 똑바로' 바라보는 눈이다. 그렇다면 작가가 강조하는 '똑바로 바라보는 눈'이란 무엇일까? 그것은 나타나는 현상에만 머물지 않고, 그 현상의 밑바닥에 있는 원인을 꿰뚫는 혜안을 말한다. '사건이 있었네!'에서, '왜 이 사건이 일어났을까?'라고 질문하는 탐구정신이기도 하다. 하근찬은 '바로 본다는 것'은 보이는 것에만 시선을 두지 않고, "밑바닥에 흐르는 진실"을 밝히는 것이라고 했다. 진실을 위해서는 깊이, 그리고 많이 생각해야 하고, 현상 이면에 담긴 원리와 작용하는 힘을 밝혀내는 노력을 해야 한다.

하근찬은 밑바닥에 흐르는 진실을 탐구한 작가였다. 웅숭깊은 그의 이 시선과 거룩한 문학적 성취는 한국문단에서 보기 드문 문학적 자산이다. 그럼에도 그의 문학세계를 전체적으로 살필 수 있는 전집이 없었으며, 참고할 만한 좋은 선집도 간행되지 못했다는 것은 참으로 안타까운 일이었다.

하근찬 탄생 90주년을 맞아 구성된 '하근찬 문학전집' 간행위원회
는 다음과 같은 목표를 설정하였다.

첫째, 하근찬 작품 세계 전체를 충실히 복원하고자 했다. 그간 하
근찬의 소설세계는 단편적으로만 알려져 있었다. 하근찬의 등단작
「수난이대」는 일제강점기와 한국전쟁으로 이어져온 민중의 상처를
상징적으로 치유한 수작이다. 그러나 그의 문학세계는 「수난이대」
로만 수렴되는 경향이 있었다. 하근찬은 「수난이대」 이후에도 2002
년까지 집필 활동을 하면서, 단편집 6권과 장편소설 12편을 창작했
고 미완의 장편소설 3편을 남겼다. 문업(文業)만으로도 45년을 이어
온 큰 작가였다. '하근찬 문학전집' 간행위원회는 하근찬의 작품 세
계를 '중단편 전집' 8권과 '장편 전집' 13권으로 나눠 총 21권을 간
행함으로써, 초기의 하근찬 문학에 국한되지 않는 전체적 복원을 기
획했다.

둘째, 하근찬 문학세계의 체계적 정리, 원본에 충실한 편집, 발굴
작품 수록을 통해 자료적 가치를 확보하려고 노력했다. 하근찬 문
학전집은 '중단편 전집'과 '장편 전집'으로 구분하여 간행했다. 먼저
'중단편 전집'은 단행본 발표 순서인 『수난이대』, 『흰 종이수염』, 『일
본도』, 『서울 개구리』, 『화가 남궁 씨의 수염』을 저본으로 삼았다. 이
때 각 작품집에 중복 수록된 작품은 제외하여 편집하였다. 또한 단
행본에 수록되지 않은 알려지지 않은 하근찬의 작품들도 발굴하여
별도로 엮어냈다. 이를 통해 전집의 자료적 가치를 높였다. 다음으
로, 장편의 경우 하근찬 작가의 대표작인 『야호』, 『달섬 이야기』, 『월
례소전』, 『산에 들에』 뿐만 아니라, 미완으로 남아 있는 『직녀기』,

『산중 눈보라』, 『은장도 이야기』까지 간행하여 전체 문학세계를 조망할 수 있도록 했다.

셋째, 젊은 세대들의 감각과 해석을 반영하여 그의 문학에 새로운 생명력을 불어넣고자 했다. 하근찬의 작품세계가 펼쳐 보이고 있는 한국현대사의 진실한 풍경들도 젊은 세대들에 의해 읽히지 않으면 의미가 반감될 수밖에 없다. 하근찬 문학의 새로운 해석의 발판을 마련하기 위해, 젊은 연구자들의 충실하고 의미 있는 해설을 덧붙였다. 또한, 개작, 제목 바뀜, 재수록 등을 작품 연보에서 제시하여 실증적 가치를 높이기 위해서도 노력했다.

한 작가의 문학적 평가는 전집이 간행되었을 때 비로소 그 발판이 마련된다고 한다. 1957년에 등단, 집필기간만도 45년의 문업을 이루어온 장인적 작가에 대한 본격적 연구의 발판이 60여 년이 지난 이제야 비로소 마련되었다는 것은 안타까운 일이다. 하근찬의 문학세계에 대한 새로운 조명이 2021년 문학전집 간행과 함께 활기를 띨 수 있기를 기대한다.

2021.10.
『하근찬 문학전집』 간행위원회
송주현 · 오창은 · 이정숙 · 이중기 · 장수희

일러두기

1) 『하근찬 중단편전집』과 『하근찬 장편전집』은 하근찬의 소설세계를 일반 독자들에게 널리 소개하고, 그 문학적 의미가 현대적으로 재해석되도록 하는 데 목적이 있다.

2) 이 책의 작품 수록 순서는 단행본으로 발표된 순서에 따랐으며, 출전을 작품의 끝부분에 밝혀두었다.

3) 작가가 지문에서 사용한 방언과 비표준어는 작품을 훼손하지 않는 범위 내에서 현대어로 바꾸었으며, 작가가 의도적으로 구분해서 사용한 '목덜미'와 '목줄기'는 그대로 살렸다.

4) 작가 고유의 표현은 그대로 살렸다.
   예 : 오리막(오르막), 고깃전(어물전), 변솟간(변소), 동넷방(동네 방), 생각키는/
      생각히는(생각나는) 등.

5) 한 작품에서 같은 뜻의 단어를 표준어와 비표준어 또는 방언을 혼용해서 사용한 경우 하나로 통일했다.
   예 : 뒤안/뒤란 → 뒤안, 복받치는/북받치는 → 복받치는, 무신/무슨 → 무슨,
      잘몬/잘못 → 잘못, 부스스/부스스 → 부스스, 돋우다/돋구다 → 돋우다 등.

6) 다음과 같은 표현은 어법에 맞게 수정했다.
   예 : 소중스리 → 소중하게, 뭐라고든지 → 뭐라든지, 칭칭하게 감은 → 칭칭 감은,
      그리고 나서 → 그러고 나서

7) 영어 표현의 경우 현행 '외래어표기법'에 따르는 것을 원칙으로 했다.

차례

은장도 이야기

송 노파의 칼

전기가 나갔다. 송말선 노파는 부스스 자리에서 몸을 일으켜 더듬 더듬 머리맡의 성냥을 찾는다. 곧 성냥이 손에 집힌다. 해질 무렵에 아파트의 관리사무소에서 오늘 밤 열한 시부터 내일 새벽 네 시까지 공사 관계로 정전이 된다는 안내방송이 있어서 미리 성냥과 초를 머리맡에 준비해 놓았던 것이다.

초에 불을 붙였다. 방 안이 다시 촛불로 밝아지자 송 노파는 무심결에,

"관세음보살—"

하고 중얼거렸다. 벽에 걸린 시계가 열한 시를 조금 지나 있었다.

누워서 지금까지 보고 있던 텔레비전은 전기가 갔으니 이제 허사였다. 마침 옛날 국산 영화가 방영되고 있어서 재미가 제법 구수했는데, 아쉬웠다. 그 아낙네는 그 후 어떻게 되는 걸까……. 송 노파는 영화 속의 주인공인 중년 여자의 일생을 생각하면서 도로 자리에 누

웠다.

"딱하기도 해라. 그래 가지고 앞으로 어떻게 살아 갈려는지. 여자란 그저 서방을 잘 만나야 되는 긴데…… 쯧쯧쯧."

그 아낙네의 사연이 남의 일 같지가 않아 자리에 누워서도 한참 영화 속의 얘기를 머리에서 떨쳐버리질 못한다. 송 노파는 회갑을 지나 칠십 고개가 가까워지면서부터는 곧잘 혼자 중얼중얼 마치 누구와 얘기를 나누듯 지껄이는 게 버릇처럼 되었다.

"여자 혼자서 도붓장수 하는 일이 쉬운 줄 아나. 해보지 않은 사람은 모르지. 암, 모르고말고. 관세음보살—"

송 노파는 자기의 괴롭고 고달팠던 지난날 한 시절의 일이 절로 머리에 떠올라 한숨을 쉬듯 염불을 중얼거렸다. 영화 속의 중년 아낙네가 남편이 바람이 나서 처자를 돌보지 않고 집을 나가 버리자, 기다리다 못해 머리에 봇짐을 이고 행상으로 나서는 장면에서 전기가 나갔던 것이다.

"그래도 그 아낙네는 남편이 돌아오기를 기다리는 희망이라도 있지. 후유—"

봇짐을 머리에 이고 도붓장수로 이 마을 저 마을을 헤매고 다니는 처지는 그 아낙네나 한때의 자기나 비슷하지만, 그래도 그 여자는 남편이 죽은 것이 아니고, 바람이 나서 집을 나갔으니, 그 바람이 다 빠지고 나면 다시 돌아와 함께 살날이 있을 게 아닌가. 영영 이 세상에서는 남편을 다시 만날 수 없는 처지가 되어 행상을 나갔던 자기와는 경우가 판이하게 다른 셈이다. 그 아낙네의 남편이 나중에 바람이 가라앉아 돌아오는 것일까, 아니면 어떻게 결말이 나는지……. 송 노파는 영화의 다음 대목이 마냥 아쉬웠다. 하필 오늘밤 정전이 될 게 뭔가. 안타까웠다.

"남편이 바람이 나서 딴 여자 꽁무니를 쫓아 집을 나가면 속은 더 상하고 견딜 수 없을 끼라. 그 아낙네 장사보따리를 들길에 냅다 내동댕이치고, 가슴을 쥐어뜯는 건 아닌지 모르지, 헤헤헤……."

송 노파는 혼자 이불속에서 킬킬 웃기도 했다.

그때, 옆에서 자고 있던 정애가,

"으응— 와 이라노. 저리 가."

하고 잠꼬대를 하며 이불을 차 넘겼다.

"추운데 이불을 차 넘기면 우야노. 오느라고 피로했던 모양이지."

송 노파는 다시 부스스 일어나 딸의 이불을 바로잡아준다.

외동딸이다. 대구에 살고 있는데, 해질녘에 손수 차를 운전해서 올라왔다. 아직 삼십 대 중반이긴 하지만, 여자가 대구에서 서울까지 자기 손으로 차를 몰고 오다니, 송 노파는 아이들의 무슨 위태위태한 놀이를 보는 것 같아 염려가 되어서,

"아이고 야야, 괜찮나? 남자도 아닌데 대구에서 여기까지……. 조심해야지."

하고 말했었다.

"엄마는 별걱정을 다……. 차를 두고 그럼 버스를 타고 올까예?"

정애는 이렇게 거침없이 대답했다.

정애 곁에 유미가 잠들어 있다. 여섯 살짜리 손녀다. 엄마가 운전하는 차로 같이 서울 외가에 왔다.

내일이 송 노파의 일흔 번째 생신, 즉 고희연인 것이다.

촛불을 끄고 이제 잠을 청해 볼까 싶었으나, 송 노파는 쉬 잠이 올 것 같지가 않았다. 언제나 송 노파는 열두 시가 넘어야 잠이 든다.

텔레비전의 마지막 프로까지 끝나야 전등을 끄는 게 습관이 된 것이다. 말하자면 송 노파는 집에서는 텔레비전을 보는 게 유일한 낙이다. 그리고 일요일에는 반드시 절엘 간다. 일요일이 아닌 때에도 마음이 내키면 수시로 절을 찾는다. 바깥나들이인 셈이다. 그러니까 송 노파의 사는 낙이란 텔레비전을 보는 일과 절에 가는 일, 두 가지라고 할 수 있다.

도로 자리에 누우려다가 말고, 송 노파는 일어나서 옷장 위에 얹어놓은 보따리를 내린다. 딸이 마련해 가지고 온 고희 기념 선물인 것이다.

치마저고리와 두루마기다. 치마저고리는 은회색 바탕에 있는 듯 없는 듯 무늬가 비치는 그런 것이고, 두루마기는 엷은 회청색인데, 제법 큼직큼직한 꽃무늬가 같은 색실로 수를 놓은 듯 은은히 드러나 보인다. 본견(本絹) 양단이다.

그것을 꺼내놓고 송 노파는 손으로 슬슬 어루만져 보기도 한다. 손바닥에 와닿는 촉감이 여간 부드럽고 매끈매끈한 게 아니다. 저녁을 먹고 나서 입어보기까지 했었는데, 다시 꺼내 봐도 역시 좋다. 전등불 아래서 볼 때보다 촛불 밑에서 보니 어쩐지 더 옷감이 번들번들 윤기가 흐르는 것 같고, 무늬가 귀물스럽게 빛나 보인다.

"무늬가 너무 곱지 않을까 몰라."

두루마기에 그려진 꽃무늬가 칠십 노파에게는 좀 야하지 않을까 싶은 것이다. 내일 그것을 차려 입고 고희연 장소에 나갈 일을 생각하니 송 노파는 조금 가슴이 두근거리기까지 했다. 마치 나이 어린 처녀처럼 말이다.

그런 옷이 없는 건 아니다. 딸의 정성이 깃든 고희 기념의 이바지*(원래 뜻은 혼례 후에 신부 집에서 신랑 집으로 보내는 음식)라고 생각하니 한결 고맙고 기쁜 것이다. 그렇잖아도 새 옷이란 언제나 사람의 기분을 활짝 밝게 하는 것인데 말이다.

잠시 그것을 이리저리 뒤적여보고 어루만지다가 도로 보자기에 싸서 옷장 위에 소중스레 갖다 얹어놓았다. 그리고 송 노파는 무슨 생각이 났는지 농의 아래쪽 문을 열었다. 위아래 두 짝으로 된 옛 자개농이다. 위쪽에는 옷이 들어 있고, 아래쪽에는 옷과 함께 그 밑바닥에 오십여 년 전 시집올 때 받은 신랑의 사주단자와 예장(禮狀) 같은 송 노파로서는 소중히 몇 가지 물건이 간직되어 있다. 그 깊숙한 밑바닥으로 송 노파는 손을 집어넣었다.

용이다. 용 한 마리가 머리를 쳐들고 꿈틀거리며 솟구쳐 오르고 있다. 다리가 한쪽으로 세 개씩 여섯 개가 허우적거린다. 청룡도 흑룡도 아니다. 백룡이다. 반짝반짝 은빛으로 빛난다. 용의 머리 위로 가느다란 구름이 두 줄기 나부끼고 있다. 역시 은빛 구름이다. 그리고 그 구름 위에 햇덩어리 대신 연꽃이 한 송이 덩실 피어 있다. 홍련이 아니라, 역시 백련이다. 은빛으로 반짝거린다. 그 은빛 연꽃을 향해 용이 반짝반짝 은빛으로 꿈틀거리며 솟구쳐 오르고 있는 것이다.

칼이다. 장도의 허리에 박힌 은으로 된 장식으로, 용비백련도(龍飛白蓮圖)인 것이다.

송 노파는 농 깊숙한 데서 꺼낸 그 장도를 손바닥 위에 얹어놓고 물끄러미 들여다보고 있다. 칼집에 꽂힌, 약손가락 두 배 길이 정도 되는 그런 손칼이다. 양끝이 둥그스름하면서 약간 굽어져서 매우 부드러운 맛이 나고, 멋져 보인다. 을자도(乙字刀)인 것이다. 자루 끝의

고리에는 꽃자줏빛 능주끈이 칼보다 더 길게 달려 있다. 시목*(柿木, 감나무)으로 된 고동색 칼집과 자루는 오랜 손때에 반질반질 윤이 흐른다.

송 노파는 손바닥을 오므려서 그 윤이 흐르는 칼의 몸뚱이를 만지작거리다가, 이번에는 칼을 뽑아본다. 날이 시퍼렇다. 비록 약손가락보다 조금 긴 칼날이긴 하지만, 무엇이든지 싸빡싸빡 먹어들어 갈 것만 같다. 그 시퍼런 칼의 한쪽 한가운데에 글자가 새겨져 있다. '一片心'이라는 세 글자다. 정으로 꼼꼼히 쪼아 각자(刻字)를 했는데, 어찌나 정성을 들였는지 마치 반듯한 청조체(淸朝體) 활자로 찍어놓은 것 같다.

이 칼은 지난날의 여인네들이 애틋한 일편단심을 지키기 위해서 애지중지 늘 치마말기 속이나 저고리 품 안 같은 데에 지니게 마련인 호신용 패도(佩刀)인 것이다. 그러나 여인네들이라고 해서 누구나 그랬던 것은 결코 아니다. 제법 뼈대가 있는 집안의 여인네가 그랬었다. 뼈대가 있는 집안의 여인네라고 해서 다 그랬던 것도 아니다. 변변치 못한 집안의 여인네라고 해서 전혀 안 그랬던 것도 아니고, 말하자면 정절을 중히 여기는 뼈대 있는 여인네가 그랬던 것이다.

그리고 이 장도가 반드시 여인네들의 전용은 아니었다. 남자들도 더러 손칼로써 몸 가까이에 두고 썼었다. 특히 선비 같은 사람들이 말이다.

송 노파는 이 칼을 볼 때마다 저승으로 간 친정 부친 생각이 난다.

"어디 출타할 때는 이것을 반드시 몸에 지니고 댕기라. 알겠나."
하고 장도를 내주면서 근육에 경련을 일으킨 듯 한쪽 눈썹을 바르르 떨던 부친 생각이……. 그러니까 이 장도는 부친으로부터 물려받은 소중한 물건인 것이다.

송 노파가 시집을 가서 몇 해 안 되던 어느 봄날의 일이었다. 그녀는 첫아기인 훈식이를 업고, 닭을 한 마리 싸들고 혼자 친행길*(결혼한 여자가 친정에 다니러 가는 길)에 올랐다. 세 번짼가 네 번째의 친행길이었다. 친정 오라버니의 첫아들 돌잔치에 가는 걸음이었다. 친정은 시집 마을에서 질러가도 삼십 리가 멀었다. 큰길로만 가면 빙빙 돌아서 오십 리는 실히 되었다. 그러니 큰길을 버리고, 지름길을 택할 수밖에 없었다. 봄날이라 꽃구경도 해가며 쉬엄쉬엄 걸을 만했다. 들길 아니면 숲길 혹은 산길이었으나, 이따금 동행이 생기기도 해서 별로 지루한 줄 모르고 걸었다.

그런데 앞으로 십 리가량을 남겨두고 어떤 남정네 한 사람과 동행이 되었다. 동행이 되려고 해서 된 것이 아니라, 남정네 쪽에서 뒤를 쫓아와서 말을 건네는 바람에 별수 없이 동행이 되었던 것이다.

"색시, 어디까지 가능게?"

"평촌까지 가느마."

"아, 그렇게, 나도 그쪽으로 갈라 카느마. 동행합시더."

남정네는 빙글 웃었다. 남정네는 소금장수였다. 등에 덩실한 소금 부대를 지고 있었다. 등짐을 지고도 조금도 헐떡거리는 기색이 없었다. 등짐장수다웠다. 마흔 살 가까이 되어 보이는 사람이었다.

"친정 가는 길잉게?"

"예."

"어디서 오능게?"

"각싯골서예."

"아, 각싯골…… 나도 아느마. 두어 번 소금 팔러 가본 일이 있구마."

"……."

"각싯골은 열녀비가 유명 안 한게. 그죠? 열녀비 참하게 맹글어 놨던데……."

소금장수는 사근사근한 남자인 듯했다. 인상도 얼른 보니 그렇게 보였다. 코 옆에 제법 대추만 한 혹이 한 개 붙어 있어서 어쩐지 절로 웃음이 나오는 얼굴이기도 했다. 그래서 식이네(그때는 송 노파를 첫아기인 훈식이의 끝 이름자를 따서 식이네라고 불렀다)는 묻는 말에 곧잘 대답을 하며 심심한 줄 모르고 걸었다. 인적이 드문 길이었으나, 마치 나이 많은 오라버니를 따라 걷는 듯 오히려 마음이 놓였다. 그래서 식이네는 자기가 먼저 입을 열기도 했다.

"아저씨 고향은 어딘교?"

"나요? 허— 내사 뭐 고향도 없는 사람이구마. 이렇게 소금이나 지고 이리저리 떠돌아 안 댕기는게."

"그럴 리가 있어예. 고향 없는 사람이 어디 있능교."

"나기사 청송 범바우란 데서 났다 캅디다마는…… 나기만 하면 무슨 소용인게."

"……."

"산 있고 물 있는 곳은 다 내 고향이구마."

소금장수는 조금 쓸쓸한 듯이 웃었다. 아닌 게 아니라 일정한 고향도 없이 구름처럼 이곳저곳을 떠돌아다니는 듯 소금장수는 등에 조그마한 단지와 바가지 같은 것을 지고 있기도 했다. 단짓밥*('옹기밥'을 뜻하는 것으로 보인다)을 해먹고 다니는 모양이었다.

식이네는 어쩐지 안됐다는 생각이 들어 약간 망설여지기는 했지만,

"그럼 자식도 없능교?"

물어보았다.

"자식이 다 뭐게. 그런 것 내사 모르느마."

"우야꼬……."

식이네는 그만 입을 다물어 버렸다.

그렇게 소금장수가 앞서고, 식이네가 뒤따라 길을 가다가 어느 호젓한 산모롱이를 돌아서서였다.

"저 꽃 좀 보소."

"어메— 억씨기 많이 피었네."

"좀 쉬었다 갑시더."

소금장수는 철쭉꽃이 우거진 곳으로 가서 등짐을 내렸다. 식이네도 좀 떨어진 곳에 가서 닭을 싼 보자기를 놓고 앉았다. 그리고 등에 업은 아기를 내릴까 하다가 그만두었다. 아직 젖이 안 불었던 것이다.

등짐을 벗은 소금장수는 철쭉꽃 덤불을 헤치고 저만큼 바위가 있는 쪽으로 갔다. 커다란 바위였다. 바위가 곧 앞으로 구를 것 같은 위태위태한 자세를 하고 있었다. 소금장수는 그 바위 뒤로 돌아갔다가 잠시 후 고의춤을 여미며 나왔다. 꽃 덤불을 헤치며 제자리로 돌아온 소금장수는 식이네에게 말했다.

"애길 내리소 와. 그래야 좀 쉰 것 같지."

"……."

"평촌까지 아직 칠 마장은 남았을 낀데……."

그래서 식이네도 그렇겠다 싶어 아기를 내렸다. 띠를 풀어 아기를 내리니 지금까지 단단히 조여져 있던 배가 후련해져서 그런지 곧 볼일이 보고 싶었다. 얼른 포대기 위에 아기를 눕히고, 치맛자락을 여미며 꽃 덤불 속으로 들어섰다. 역시 바위 쪽으로 가는 것이었다. 그러나 바위 뒤로 돌아가지는 않고, 바위 한쪽 옆 꽃 덤불 속에 앉았다. 그리고 잠시 후 일어섰다.

꽃 덤불을 헤치고 제자리로 돌아오니 소금장수가 포대기 곁에 와 앉아 아기를 들여다보고 있었다. 마치 무슨 신기한 물건이라도 되는 듯 소금장수의 두 눈은 은은하게 반짝거렸다.

그때, 해가 가려지면서 난데없이 빗방울이 후두둑 떨어져 왔다. 하늘 한쪽에 한 덩어리 엉겨 있던 구름이 지나가면서 비를 뿌리기 시작했던 것이다.

"비가 오네. 아이고 우야꼬!"

"이런 난데없이……."

소금장수는 후다닥 가서 등짐을 불끈 들어 올렸다. 그리고 두리번거리다가 냅다 꽃 덤불 속으로 뛰었다. 바위 쪽으로 가는 것이었다.

정신없이 아기를 포대기에 싸안고, 닭 보자기를 손에 쥐기가 무섭게 식이네 역시 그쪽으로 뛰었다. 보자기 밖으로 대가리만 나와 있는 닭도 놀라 꼬꾸대꼬꾸댁 소리를 질러댔다.

앞으로 구를 듯한 자세의 바위가 돼서 바싹 밑은 비가 닿질 않았다. 그 바위 밑으로 두 사람은 뛰어들었다.

비는 좍─ 금세 소낙비가 되어 마구 쏟아졌다. 온 산의 나무들이 비에 파들파들 떨었고, 구름처럼 피어 흐드러진 철쭉꽃들도 비에 하늘하늘 꽃잎을 떨어댔다. 늦은 봄이긴 하지만 꼭 한여름 소낙비 같았다.

등골이 으스스하도록 시원하게 쏟아지던 비가 좍— 산을 훑어가 듯이 지나가더니 금세 해가 나고, 이슬비로 바뀌면서 깨끗하게 걷혀 버리고 말았다. 그리고 하늘 한쪽에 무지개가 섰다. 여우비라더니 정말 여우비였다.

"어메, 저 무지개."

식이네는 아기를 안고 바위 밑에 웅크리고 앉은 채 하늘을 바라보 았다.

"곱기도 해라."

소금장수가 아무 반응이 없자,

"아저씨, 저 무지개 좀 보이소."

그를 돌아보며 말했다.

그러나 소금장수는 하늘을 바라보지 않았다. 그런 것은 아무 소용 이 없는 모양이었다. 그의 두 눈엔 야릇한 빛이 담겨 있었다. 어쩐지 열기가 있는 듯한 번들번들한 눈이었다. 지금까지의 눈과는 전혀 다 른 눈이었다.

식이네는 자기를 뚫어지게 바라보고 있는 그 야릇하게 번들거리 는 소금장수의 눈과 마주치자 흠칠 놀라지 않을 수 없었다. 그게 무 엇을 말하고 있는 눈인지를 대뜸 알 수가 있었다. 말하자면 여자 냄 새를 너무 가까이에서 맡은 사내의 뜨거운 눈이었다.

식이네는 얼른 일어서려 했다. 그러나 허사였다. 덥석 손목을 잡히 고 말았다. 후끈 열기가 느껴지는 손이었다.

"어메야!"

식이네는 절로 비명 소리가 나왔다.

"색시."

열기가 있는 목소리였다. 약간 떨리기까지 했다. 두 눈엔 간절한 애원 같은 것이 타고 있었다. 그리고 코 옆에 붙은 대추만 한 혹도 발그레 익어 있었다.

"놔요! 놔요!"

"색시!"

"아이고메― 노라니까! 노라니까!"

식이네는 정신이 하나도 없었다.

벌겋게 달아오른 소금장수는 벌떡 일어나더니 그만 덮치려고 대들었다.

"아이고! 아이고―"

꼬꾸댁꼬꾸댁 꼬꾸댁― 꼬꾸댁― 닭도 놀라 마구 소리를 질러 댔다.

"사람 살려―"

식이네는 자기도 모르게 품속의 아기를 불끈 안았다. 그러자 아으응― 아기도 새파랗게 울음을 터뜨렸다. 아으응 앙앙 앙앙…… 곧 까르르 넘어가는 듯했다.

희한한 일이었다. 아기의 울음소리가 터지자 그만 벌겋게 대들던 소금장수의 입에서 허억 하는 소리가 나왔다. 팽팽하던 바람이 꺼지는 듯한 소리였다. 그리고 소금장수는 그 자리에 무너지듯 풀썩 힘없이 주저앉아 버렸다.

순간 후닥닥 식이네는 일어났다. 그리고 닭 보자기를 집어 들고, 아기를 안은 채 마구 비에 젖은 꽃 덤불 속을 내달았다.

소금장수는 멀뚱히 주저앉아 꽃 덤불 속을 정신없이 뺑소니치는 식이네의 뒷모습을 그저 넋 나간 사람처럼 바라보고 있을 따름이었다. 암컷을 놓친 허망한 수컷처럼 말이다.

그 길로 걸음아 날 살려라 하고 헐떡거리며 친정집에 당도한 식이네는 우선 그 얘기부터 늘어놓았다. 그랬더니 집안 사람들은 저마다 한마디씩 그 소금장수를 매도해댔다. 뭐 그런 엉큼한 녀석이 다 있느냐고. 대낮에 남의 유부녀를 겁탈하려고 들다니 참 불한당 같은 놈이라고. 그런 고약한 녀석이니까 집도 절도 없이 사십이 다 되도록 등짐장수로 떠돌아다닌다고. 그 녀석 평생 면천을 못할 것이라고. 모두가 욕을 해댔으나 부친만은 그저,

"으음."

하고 무겁게 눈을 내리감을 따름이었다.

돌잔치를 마치고, 이틀인가 쉬었다가 시집으로 돌아가려 하자 부친은 자기 방으로 식이네를 불러들였다. 단둘이 앉아 그제야 입을 여는 것이었다. 며칠 전 그 일은 그만하길 다행이었고, 그래도 그 소금장수가 아주 몹쓸 놈은 아니라고 했다. 아주 몹쓸 놈 같았으면 아기가 울거나 말거나 기어이 일을 저지르고야 말았을 것이라고 했다. 그리고 남자들이란 거의 다 그렇게 마음 놓을 수 없는 짐승 같은 것들이라는 사실을 단단히 명심하라고 했다.

그러면서 서랍에서 장도를 하나 꺼내주는 것이었다.

"어디 출타할 때는 이것을 반드시 몸에 지니고 댕기라. 알겠나?"

부친은 한의(韓醫)였다. 그러니까 그 장도는 부친이 늘 약장 서랍에 넣어두고 약을 지을 때 쓰는 칼이었다.

부친이 그 장도를 주는 뜻을 식이네는 알 수가 있었다. 그래서 그날 시집으로 돌아갈 때부터 당장 치마 말기 속에 그것을 품었던 것

이다.

그렇게 물려받은 장도였다. 그러니 식이네는 그 장도를 각별히 아끼지 않을 수 없었다. 어디 출타할 때면 부친의 당부를 좇아 반드시 그 장도를 몸에 지녔다.

손바닥 위에서 촛불을 받아 유난히 귀물스럽게 반들거리는 그 장도를 물끄러미 들여다보고 있던 송 노파는,

"이것을 이제 딸한테 물려줘야지. 내일 잔치 때 물려주는 게 좋을 끼라."

하고 중얼거렸다.

거울 앞에 서서 송 노파는 새 치마저고리를 입는다. 딸이 마련해 가지고 온 그 은회색 본견 양단 치마저고리다.

"저고리 기장이 좀 안 짜르나?"

혼자 중얼거리는 듯한 송 노파의 말을 얼른 정애가 받는다.

"안 짧아예. 길면 촌스럽단 말입니더. 요샌 짧게 입는 기 유행 아닝교."

"늙은이가 유행은 무슨 유행……."

"엄마는 참…… 늙었다고 유행을 무시하면 안 되는 기라예. 요새 세상은 유행을 따라야지, 그렇지 않으면 사람이 후져서 못 써예."

"후져서 못 쓰다니. 그게 무슨 말이고?"

"하하하……. 젊은 애들이 쓰는 말 아닝교. 후지다는 건 형편없다는 뜻이라예. 뒤떨어져서 촌스럽다는 말을 요새 애들은 후지다 칸답니더."

정애는 얼른 거울과 송 노파 사이에 끼어들어서 옷고름을 매어준

다. 그리고 살짝 비켜나며,

"보이소, 얼마나 멋있는가. 한 십 년은 엄마가 젊어 보인다. 하하하……."

호들갑스럽게 웃는다.

"야야. 십 년이 젊으면 칠순이 아니라 회갑이 되게."

송 노파는 좀 멋쩍은 듯, 그러나 기분이 결코 나쁠 턱이 없어 은은한 미소가 주름진 얼굴에 감돌았다.

창으로 흘러드는 아침나절의 신선한 햇살이 새 옷으로 갈아입고 있는 송 노파의 매무새를 한결 밝고 산뜻하게 비추며 거울에 투영시키고 있다. 기름까지 살짝 발라서 빗어 넘겨 쪽을 찐 머리에 햇살이 자르르 미끄러지는 듯 눈부시기까지 했다. 칠십인데도 아직 송 노파는 거의 흰 머리칼이 섞이지 않아서 얼른 보면 마치 물을 들인 것처럼 새까맣다. 그래서 반듯하게 탄 가르마가 유난히 하얗게 돋보인다. 그런 모습이 어떻게 보면 좀 청승스럽기도 했다.

제법 큼직큼직한 꽃무늬가 있는 회청색 두루마기까지 차려입고 나자, 그 뒷모습은 십 년이 아니라 그보다 더 낮은 오십 대 후반의 아낙네로 보이기까지 했다.

방바닥에 배를 깔고 엎드려서 그림책을 보고 있던 유미가 송 노파의 그런 뒷모습을 힐끗 쳐다보며 여섯 살짜리답게 불쑥,

"외할매 시집가는 것 같다."

하고 말했다.

"하하하…… 맞다. 외할매 오늘 시집가신다. 하하하……."

정애가 재미있다는 듯이 까르르 웃어젖히자,

"야야, 칠십에 시집갔으면 볼 만하겠다."

송 노파는 약간 어이가 없으면서도 어린 유미가 귀엽기만 해서 나긋한 시선으로 내려다보면서 히힉 웃었다.

가족들이 모두 차려입고 아파트를 나설 때, 송 노파는 현관에서 고무신을 신다가 무슨 생각이 났는지,

"앗차, 내 정신 좀 보래."

하고 얼른 자기 방으로 들어갔다. 은장도를 잊었던 것이다.

간밤에 꺼내 보고는 도로 농 안에 넣어놓았던 은장도를 꺼내어 핸드백 속에 담았다. 그리고 방을 나가려다가 말고 송 노파는 또 주춤 멈추어 서더니 무슨 생각에선지 핸드백을 열어 은장도를 도로 집어낸다. 묘한 웃음을 살짝 떠올리며 두루마기 섶을 들추어 치마 말기 속에 은장도를 찔러 넣는다.

오늘 잔치하는 자리에서 그것을 딸에게 물려주기로 마음먹었으니, 마지막으로 옛날에 그랬던 것처럼 한번 몸에 지녀보고 싶었던 것이다. 그리고 그것을 딸에게 물려주는 데 있어서도 그냥 핸드백에서 집어내어 주는 것보다 품 안에서 꺼내어 건네주는 편이 훨씬 뜻이 있는 것 같기도 했던 것이다.

고희연의 장소는 한강변에 새로 지은 '강나루'라는 한식집이었다. 정애가 운전하는 차에 송 노파와 유미, 그리고 지은이가 탔다. 지은이는 여대 3학년생으로 송 노파의 맏손녀. 고모가 운전하는 옆자리에 앉아 '강나루'로 가는 길을 안내한다. 뒷자리에 송 노파와 유미가 나란히 앉았다.

송 노파의 맏아들인 정훈식과 맏며느리 안선례, 그리고 맏손자인 영구 세 사람은 택시를 타고 뒤따랐다.

아직 춘삼월이 되려면 꽤 멀었지만, 어느덧 거리에 봄기운이 은은

히 감도는 것만 같았다. 햇살부터가 화사하게 느껴지고, 즐비한 상점의 가지가지 간판들도 한결 밝고 선명해 보였다. 그리고 가로수들도 긴 겨울잠에서 깨어나 서서히 기지개를 켜는 듯 아른아른 연둣빛이 감돌아 보였다. 구름 한 점 없는 쾌청한 일요일이었다.

차창 밖으로 거리 풍경을 내다보고 있던 송 노파는 문득 무슨 생각이 떠올랐는지 혼자서 힉 웃었다.

"외할매 와 웃노?"

유미가 빤히 쳐다본다.

"아까 니가 한 말이 생각나서 안 웃나."

그러자 옆자리의 지은이가 뒤를 돌아보며,

"유미가 뭐라 그랬는데요?"

하고 묻는다.

네거리의 신호등에 걸려 차를 멈추며 재빨리 정애가 대답한다.

"오늘 외할매 시집가는 것 같다 안 카나."

"할매가 시집을 가? 하하하……."

지은이가 웃음을 터뜨리자, 정애와 송 노파도 따라 웃었다.

웃음이 가라앉자 송 노파는,

"새로 태어나 시집을 다시 한번 가봤으면 얼마나 좋을까."

중얼거리고 나서 가볍게 한숨을 쉬듯이,

"관세음보살—"

했다.

송 노파의 입에서 그런 말이 나오기는 처음이었다. 아직까지 한번도 그런 투의 말을 어머니한테서 들어본 적이 없는 정애는 약간 놀라며 힐끗 돌아보고는 얼른 고개를 돌렸다. 가슴이 찡해 오는 느낌이었다. 지은이도 할머니의 입에서 그런 말이 나오다니 뜻밖이다 싶으며 조금 숙연해지는 기분이었다.

무심결에 중얼거린 송 노파의 그 말에는 덧없이 흘러간 세월에 대한 허망함과 함께 오십여 년 전 시집을 가던 그 꿈 많은 시절의 일이 아련한 그리움으로 떠오르고 있는 게 분명했다.

푸른 신호등이 켜지고, 차는 다시 움직이기 시작했다. 창밖을 내다보는 송 노파의 시선은 조금 전과는 달리 아득히 멀어져 간 옛날을 바라보기라도 하는 것처럼 초점이 약간 흐릿했다. 어쩌면 오십여 년 전 어느 가을날, 족두리를 쓰고 혼례를 올리던 그날의 일을 머리에 떠올리고 있는지도 몰랐다.

혼례 당일 날 아침, 거울 앞에 앉은 끝선(출가하기 전 집에서 부르던 송 노파의 이름. 호적에는 末仙이라고 기재되었다)이는 수줍고 약간 긴장되기도 하고 기분이 묘했다. 가슴이 두근두근 설레기도 했다. 끝선이의 뒤에 앉아 땋았던 머리를 풀어서 틀어 올려 쪽을 쪄주고 있는 것은 첫선(호적에는 一仙)이었다. 곁에는 또선(호적에는 又仙)이가 미소를 지으며 지켜보고 있었다. 아직 해도 돋아 오르기 전인데 벌써부터 세 자매가 신부 치장을 서두르고 있는 것이었다.

방문이 점점 훤하게 밝아오는 것이 이제 곧 해가 돋을 모양이었다. 큰방에서랑 부엌에서는 들락날락 아까부터 벌써 부산했다.

"아이, 그래놓으니 더 참하대이."

"꼭 새각시 같제?"

"꼭 그러네."

첫선이와 또선이가 웃자, 끝선이도 거울에 비치는 얼굴을 옆으로 돌려 쪽진 머리를 바라보며 살짝 웃음을 머금었다. 발그레한 수줍음이 귀 밑을 지나갔다.

거울에 비치는 가르마가 여느 때보다 유난히 하얗고 반듯했다.

"가리매도 참 곱대이."

또선이가 일부러 자꾸 입을 뗐다. 약간 장난기 어린 그런 말투였다.

"똑바르게 됐제?"

"억씨기 똑바르다."

"여자는 가리매가 빤듯해야 되니라. 가리매 삐딱하게 탄 사람 보면 어쩐지 얄궂니라."

첫선이의 말에 또선이도 맞장구를 쳤다.

"맞다. 가리매 삐딱한 여자는 보면 행실도 삐딱하니라."

'행실도 삐딱하다'는 말이 끝선이는 어쩐지 재미가 있었다. 가르마가 삐딱한 여자는 행실도 삐딱하다…… 그럼 언제나 가르마를 반듯하게 타야 되겠구나 싶으며 히죽 웃었다.

"자, 인제 얼굴에 화장을 하자."

"분을 바르고, 연지를 찍고……."

그러자 끝선이는,

"화장은 내가 하꾸마."

하고 분갑을 집어 들려 했다.

"아니다. 오늘은 자기 손으로 하는 기 아니니라."

"분 바르고, 연지 찍는 건 내가 해주꾸마."

또선이가 다가앉았다.

보얗게 분을 바르고, 눈썹을 그리고, 연지를 찍고 나니 썩 어여뻤다. 평소에도 참하게 생겼었지만, 쪽을 찌고 짙은 화장을 하고 나니 월등히 돋보여 새 인물인 듯 고왔다.

"아이고 이쁘대이. 신랑이 누군지 각시 참 잘 얻는대이."

화장을 마쳐놓고, 동생의 얼굴을 이모저모로 바라보며 또선이는 또 싱겁이를 떨었다.

"잘 얻고말고."

첫선이도 싱글벙글 맞장구를 쳤다.

"신랑한테 귀염 받겠대이. 귀염 받겠어."

"귀염 받지러."

"그런데 신랑이 아직 열여섯 살이라니까 어떨지……."

"열여섯 살이면 지구실한다. 하고말고. 충분하지. 핫핫하……."

"힛힛히……."

"아이고 지랄……."

끝선이는 부끄러운 듯 두 언니를 향해 살짝 눈을 흘겼다.

방문에 번쩍 햇빛이 와 비쳤다. 지금 막 해가 돋아 오르는 모양이었다.

끝선이네 집 마당에 차일이 펄럭거리자, 마을 사람들은 공연히 기분이 들떴다. 그럴 수밖에 없는 것이 마을이 제법 크기는 했지만, 읍에서 꽤 떨어진 두멧골인지라 뉘 집에 잔치가 벌어진다는 것은 그 당가(當家)의 경사일 뿐 아니라, 동네의 경사이기도 한 것이었다. 아침부터 공연히들 집 앞에 나와 서서 끝선이네 집 쪽과 고개 쪽을 번갈아 바라보기도 했고, 슬금슬금 잔칫집 근처에 가서 집 안에서 풍겨 나오는 구수한 음식 냄새에 코를 벌름거려 가면서 앉거니 서거니 시시덕거리기도 했고, 숫제 체면도 없이,

"아이고, 억씨기 바쁘구나. 오늘 시는 무슨 신고?"

어쩌고 하면서 벌써부터 출출한 얼굴로 사립 안으로 들어서는 사람도 있었다.

아이들도 마치 저희들 날 이기나 한 듯이 설쳐댔고, 동네 개들까지 꼬리를 치며 이리 뛰고 저리 뛰고 했다. 처녀들이라고 다를 턱이 없었다. 오히려 처녀들이 더 속으로 들뜨는 모양이었다. 담 모퉁이에 모여서서 곧장 떠들어대고 웃어젖혔다.

"아이고 좋겠네, 끝선이는."

"가시나야, 그렇게 부러우면 니도 시집가면 안 되나."

"내사 누가 데리고 갈라 캐야 말이제."

"아이고 이 문딩이야. 하하하…….”

"정말이다. 니는 안 부럽나?"

"내사 뭐 하나도 안 부럽다. 시집가면 좋지 싶어도 그날부터 고생인 기라."

"그렇지만 야야, 신랑 품 안이 얼매나 좋다고."

"핫핫하…… 신랑 품 안에 안겨 봤는 것 같대이."

"안 안겨 봐도 다 알지. 그럼 니는 남자 품 안이 좋다는 것도 모르나? 눈 깜고 가만히 생각해 보면 다 알 꺼 아니가."

"헤헤헤…….”

"호호호…….”

처녀들은 공연히 좋아서 킬킬킬 켈켈켈 웃어댔다.

신랑 일행이 도착한 것은 해가 제법 중천에 왔을 무렵이었다. 일행은 모두 네 사람이었다. 신랑을 비롯해서 상객(上客)인 신랑 백부 정생원과 마부, 그리고 중신에미였다. 초로의 아낙네인 중신에미가 길을 안내해 온 것이었다.

갓을 쓰고, 연한 옥색으로 비치는 세목(細木) 두루마기를 입은 신랑은 말에 타고 있었다. 조랑말이었다. 상객인 정 생원은 수염이 너불너불한, 신수가 꽤 좋은 노인이었다. 게다가 긴 구슬 술띠를 단 갓을 쓰고, 도포를 입어서 풍채가 당당하기까지 했다. 걷는 걸음도 여느 시골 노인들과는 달리 매우 점잖고 위엄이 느껴졌다.

일행이 당도하자, 마을은 온통 술렁거렸다. 집 안에 있던 사람들도 신랑 구경을 하려고 모두 뛰어나왔다.

"아이고— 말 타고 장개 오는구나."

"두루매기 곱기도 해래이. 안을 옥색 명주로 댔구나. 곱게도 비치네."

"신랑 참 이쁘게 생겼다. 꼭 기집애 같네. 얼굴도 하얗고, 열여섯 살이라제?"

"어디 열여섯 살 묵어 뵈는게?"

"글쎄, 인제 겨우 열서너 살밖에 안 된 것 같네. 신랑 구실 못하겠는데……."

"그기사 알 수가 있능게. 나이가 있는데……."

"아무리 나이가 있다 카지만, 어디 저래 가지고사…… 아무래도 끝선이가 몇 해 더 업어 키워야 되겠구만."

"하하하……."

"호호호……."

아낙네들은 공연히 남의 신랑을 가지고 입방아를 찧어댔고, 남정네들은 주로 신랑보다도 상객 쪽에 관심이 쏠렸다.

"저 수염 좀 보소."

"야, 수염 많이도 났다."

"귀밑에서부터 온통 수염일세그려."

"저 눈썹 보소."

"글쎄, 꼭 무슨 도인 같네."

"도포를 입어서 더 그래 뵈는데……."

"걸음도 점잖게도 걷는다."

아이들은 갓을 쓴 새파란 신랑 구경도 재미가 좋고, 수염장이 상객 구경도 재미가 있었지만, 역시 그것보다는 조랑말이 더 신기하고 신이 나는 모양이었다. 신랑을 태우고 딸랑딸랑딸랑…… 말방울을 울리면서 끄떡끄떡 걷는 조랑말의 뒤를 따르며,

"이 말 숫놈이제?"

"그래, 저기 뭔지 아나?"

"뭐 말이고?"

"저기 저 배 뒤쪽에 달린 거."

"히히히…… 그것도 모르까 봐."

"억씨기(몹시) 크제?"

"억씨기 크다."

"히히히……."

"흐흐흐……."

곧장 킬킬거리기도 했다.

마을에 소는 여러 마리 있어도, 말은 한 마리도 없는 터이니 신기할 수밖에 없었다.

신랑 쪽에서 도착하자, 잔칫집은 더욱 술렁거렸다. 그리고 얼마 후에 초례는 시작되었다.

사모관대로 차려입고, 목화를 신은 신랑이 목기러기를 안고 사립을 들어서자, 사립 안에 짚으로 불을 피웠다. 불이 거의 사그라지자, 그 불을 넘어서 신랑은 차일 밑에 차려진 정안청(奠雁廳)으로 갔다. 홀기(笏記) 부르는 노인이 신랑한테서 목기러기를 받아 초례상 위에 놓았다. 그리고 노인은,

　"북향재배—"

하고 소리를 질렀다. 보잘것없는 수염을 한번 쓰다듬어 내리면서.

　신랑이 북쪽이 어딘지 몰라 머무적거리자, 노인은 신랑을 북쪽을 향해 돌려세웠다. 신랑은 북쪽을 향해 너붓이 두 번 큰절을 했다. 북쪽은 임금이 있는 곳이다. 임금이 있는 쪽을 향해 먼저 절을 하던 옛 풍습이 그대로 전해 내려오고 있는 것이다.

　이번에는 신부 출(新婦出)이었다.

　"신부 출—"

하고 노인은 더욱 큰소리를 뽑아 올렸다.

　잠시 후, 큰방 문이 열리고, 대반*(전통 혼례에서 신부가 큰절을 할 때 옆에서 거드는 사람)의 부축을 받으며 신부가 나타났다. 신부가 나타나자 모든 시선이 그쪽으로 쏠렸다. 신랑도 힐끗 그쪽을 한번 바라보았다.

　족두리를 쓰고, 용잠(龍簪)을 찌르고, 원삼(圓衫)에 수대(繡帶)를 두르고, 홍상(紅裳)을 입은 신부는 마치 어디서 홀연히 나타난 선녀 같았다. 말하자면 절대가인이었다. 여기저기서 수군수군 야단이었다.

　신부가 자리에 와 서자,

　"신부 재배—"

　노인은 이번에는 부드러운 목소리로 말했다.

대반의 부축을 받으며 신부가 나붓이 고개를 숙이자, 화관에 달린 보요(步搖)가 반짝반짝 영롱한 빛으로 떨었다.

다음은 합환주였다. 신랑신부가 서로 술을 나누어 마시는 것이다. 한 술잔에 서로 입을 대는 셈이니, 말하자면 신랑신부 사이의 최초의 접촉이라고 할 수 있다. 그렇게 술을 나누어 마시며 백년해로의 가약을 하는 것이다. 먼저 신부 쪽에서 따라주는 술을 신랑이 받아 마시고, 그 잔에 술을 채워 신부 쪽으로 건네는 것이다.

신부 쪽에서 따른 술잔을 노인이 초례상 위로 받아 신랑한테 주자, 신랑은 그것을 받아들고는 한번 싱긋 웃었다. 그러자 여기저기서,

"마시라, 마셔."

"그것도 못 마시면 남자 아니다."

"신랑 자격 없다."

"꿀떡 마시삐려."

"꿀떡!"

하고 떠들어댔다.

그러나 신랑은 꿀떡 마시질 않고, 제법 차근히 쭈욱 들이켜는 것이었다. 그 술잔 기울이는 솜씨가 보통이 아니었다.

열여섯에 벌써 술을 마셔대진 않을 것인데, 놀랄 일이라는 듯이,

"우야꼬—"

"잔을 다 비운대이. 단숨에."

"주객이로구나. 하하하……."

"남자가 그래야지. 허허허……."

하고 한마디씩 지껄이며 웃었다.

신랑이 술잔을 비우자, 이번에는 밤과 대추가 담긴 접시에서 아무거나 한 개 안주로 집어 먹으라는 것이다. 손으로 집어 먹는 것이 아니라, 젓가락으로 말이다. 그런데 앞에 놓인 젓가락이라는 것이 마치 장작개비 같았다. 꼭 윷가락 굵기만 한 젓가락이었다. 그런 젓가락으로 어떻게 밤이나 대추를 집어 올린단 말인가.

그러나 신랑은 히죽히죽 웃으면서 그 장작개비 같은 젓가락을 가지고 밤알을 집기 시작했다. 잘 잡힐 턱이 없었다. 몇 번이나 집었다가는 곧 떨어뜨렸다. 그러나 결국 신랑은 그 장작개비 같은 젓가락으로 용케 밤알을 집어 올려 재빨리 입에 갖다 넣는 데 성공했다.

"야아!"

"제법이다!"

"첫아들 낳겠구나."

"야아, 이 집 사우 잘 봤대이."

구경꾼들의 떠들어대는 소리 속에서,

"관세음보살, 관세음보살—"

중신에미가 불쑥 염불을 뇌까리더니, 그만 덩실덩실 춤을 추기 시작했다. 그녀는 어느덧 눈언저리가 발그레 물들어 있었다. 부엌에서 벌써 몇 잔 얻어 마신 모양이었다. 발그레한 눈언저리에 담뿍 웃음을 띠고,

"어화 절시구 좋을시고, 오늘같이 좋은 날이 어화 절시구 또 있을까. 어화 절시구 좋을시고……."

노래까지 뽑아 올리면서 덩실덩실 제법 구성지게 춤을 추어댔다. 잔칫집 마당은 온통 웃음바다가 되었다.

낮 동안의 그런 흥겹고 들뜬 잔치 분위기가 밤에 그만 뜻하지 않

은 일로 뒤집어지고 말았다. 딸을 시집보내는 신부 집으로서는 그야말로 일대 불상사가 아닐 수 없었다.

밤이 제법 깊어서 신방에 신부가 먼저 들어가고, 뒤따라 신랑이 들어섰다. 그리고 야물상(夜物床)이 뒤따랐다.

또선이가 야물상을 신랑과 신부 사이에 갖다놓고 나가면서 신랑을 향해,

"정 서방, 많이 잡숫고, 잘 인연을 맺으소."

싱글 웃었다.

밤, 대추를 비롯해서 청포니 부침개니 제육이니 감주, 약밥 같은 것이 차려져 있었다. 그리고 술잔 한 개와 주전자가 얹혔다. 신랑신부가 술잔을 주고받으면서 첫 대면의 기쁨을 나누고, 초야의 인연을 잘 맺으라는 주안상인 것이다.

상 앞에 앉아 끝선이는 어떻게 하면 좋을지 몰라서 그저 다소곳이 고개를 숙이고 있을 따름이었다. 신랑 역시 잠시 멀뚱히 상에 차려진 음식을 바라보고만 있었다.

야물상을 가운데 놓고 멀뚱히 앉아만 있는 신랑과 신부가 우스워서 바깥에서 문구멍을 빠끔빠끔 뚫고 들여다보고 있던 아낙네들이 킥킥거리다가,

"끝선아, 잔에 술을 쳐라. 어서."

하고 나직한 목소리로 일러주었다.

그 말에 끝선이는 고개를 들고 수줍은 듯 조심스레 주전자로 두 손을 가져갔다. 그러자 신랑도 슬그머니 술잔을 들었다.

신랑이 든 잔에 신부가 술을 따르고 있는 바로 그때, 난데없이 바깥이 왁자지껄 소란해졌다. 누군가가 마당으로 뛰어들며 고래고래

고함을 질러댔던 것이다.

"끝선아— 야, 끝선아— 어디 있노. 이리 나와 봐! 이리. 니가 그럴 수가 있나. 응? 그럴 수가 있어?"

술에 고주망태가 된 듯한 목소리로 냅다 떠들어대는 것이었다.

두 손으로 주전자를 들고 다소곳이 술을 따르고 있던 신부도 그만 안색이 변하며 주춤 손을 멈추었고, 잔을 들고 술을 받고 있던 신랑도 눈이 휘둥그레졌다.

"니가 그럴 줄 몰랐어. 끝선아! 야, 니가 시집을 가? 나를 두고 시집을 가다니…… 야! 이리 나와 봐. 나와 보라니까!"

악을 쓰듯 내지르는 술 취한 목소리에 뒤섞여,

"이누무 자석 죽고 싶어 환장을 했나…… 어서 끌어내! 이눔이 어디라고 감히 지가……."

"뭐 이런 때리죽일 눔이 다 있노. 남의 잔치를 망쳐도 분수가 있지……."

"이눔을 그저 당장…… 에라잇!"

여러 남정네들의 호통과 함께 발길로 냅다 사정없이 걷어차는 듯한 기척이 들렸다.

"아이쿠—"

비명에 이어,

"뒤져라, 뒤져! 뒤져!"

이번에는 앞뒤 가릴 것 없이 지게작대기 같은 것으로 마구 내리조지는 모양이었다.

"우야꼬! 이기 무슨 일이고?"

"아이고 얄궂어라. 무슨 이런 일이 다……."

"동팔이 아니가? 동팔이 맞제?"

신방 밖에서 문구멍을 뚫고 안을 엿보고 있던 아낙네들도 놀라 마당으로 뛰어내리는 듯했다.

"여기서 이러지 말고, 끌어내! 끌어내! 멀리 끌어내다가 조져 버려!"

"아야 아야야…… 으윽! 나 죽네─"

"끌어내라니까! 어서!"

몇 사람이 달려들어 개 끌듯이 사립 밖으로 질질 끌고 나가는 듯 시끌벅적했다.

난데없는 소동은 사립 밖으로 멀리 그 고함소리들이 사라지고, 곧 잠잠해졌다.

마른하늘에 날벼락이라더니, 끝선이는 정말 어처구니가 없었다. 얼굴에서 핏기가 싹 가신 듯했다. 술을 따르던 주전자를 놓고, 입술을 꼭 다문 채 가만히 굳어져 앉아 있는 수밖에 없었다. 신랑 역시 너무 뜻밖의 일에 정신이 아득한 듯 휘둥그레진 눈을 이따금 이리저리 굴리면서 얼떨떨한 표정으로 앉아 있었다. 물론 술잔은 야물상 위에 떨어뜨리듯 놓아 버렸다.

도대체 어떻게 된 일이냐고, 신랑이 물어보기라도 했으면 좀 살 것 같은데, 도무지 그게 아니어서 끝선이는 더 숨이 막히는 듯했다. 그렇다고 먼저 입을 열어 이러쿵저러쿵 결백을 늘어놓을 수도 없는 노릇이었다. 갓 혼례를 마치고, 첫날밤을 맞이하려고 신방에 든, 아직 신랑에게 뭐라고 한마디 입을 뗀 일도 없는 수줍기만 한 신부가 아닌가.

멀뚱히 앉아 있던 신랑이 어금니를 지그시 물더니, 야릇한 비웃음

같은 싸늘한 빛을 눈에 떠올리며 힐끗 째려보듯 바라보자, 끝선이는 온몸이 바짝 더 굳어지는 듯했다. 절로 고개가 살짝 숙여졌다. 그러나 끝선이는 곧 고개를 들었다. 이런 경우에 결코 고개를 숙이고 있어서는 안 된다는 생각이 들었던 것이다. 고개를 숙이고 있다는 것은 자기에게 잘못이 있다는 것을 무언중에 나타내 보이는 행위가 아닌가 말이다.

고개를 든 끝선이는, '내사 아무 잘못도 없심더. 동팔이 그 머슴애지가 좋아서 몸이 달아 가지고……' 이런 말이 곧 입 밖으로 나오려 했다. 그러나 어찌된 영문인지 목구멍이 꽉 막힌 듯 말이 나오지가 않았다.

끝선이는 방바닥에 놓인 주전자를 가만히 내려다보았다. 다시 신랑의 잔에 술을 따르기 위해서 그것을 집어 들까 어쩔까 하는데, 방문이 열렸다. 첫선이가 들어서는 것이었다.

첫선이는 또선이와 또 몇몇 젊은 아낙네들과 함께 신방을 엿보고 있다가 난데없는 소동에 놀라 마당으로 뛰어 내려갔었다. 고주망태가 되어 소리를 질러대는 놈이 동팔이라는 것을 알자, 첫선이는 어이가 없었다. 동팔이를 멀리 끌어내고, 일이 잠잠해지자,

"무슨 이런 일이 다 있제? 나 참 별꼴을 다 보겠네. 후유—"

놀란 가슴을 가라앉히듯 큰 숨을 내쉬었다. 그리고 조심조심 다시 신방 앞마루로 올라섰다. '이 일을 우짜노, 이 일을……' 하고 속으로 뇌면서. 정말 보통 일이 아니었다. 신랑이 어떻게 생각할지, 자칫하면 혼사를 망쳐 버릴지도 모를 일이었다. 첫날밤부터 신랑이 돌아누워 버려 공방살(空房煞)이 들게 되지 않았는가 말이다. 그리고 실제로 끝선이와 동팔이 사이에 무슨 일이 있었는지, 그것도 궁금했다.

첫선이가 숨을 죽이고 뚫린 문구멍으로 안을 들여다보자, 또선이도, 그리고 다른 아낙네들도 모두 문구멍에 조심스레 눈을 갖다 댔다. 조금 전과는 판이하게 다른 표정들이었다.

신랑신부가 첫 인연을 맺는 초야의 신방을 바깥에서 여인네들이 빠끔빠끔 문구멍을 뚫고 들여다보는 풍습은 옛날의 '신방 지키기'에서 비롯된 것이다. 옛날에 첫날밤에 불상사가 일어나는 일이 적지 않았다 한다. 평소에 신랑이나 그 부모에게 원한을 품은 자가, 혹은 신부를 연모하다가 뜻을 못 이룬 자가 칼을 들고 침입해서 신방을 피로 물들이는 끔찍한 춘사가 일어나기도 했고, 화적들이 신방을 습격해서 신부를 업어가는 망측한 변이 벌어지기도 했다. 더러는 신랑을 따돌리고 대신 신랑 노릇을 하는 그런 해괴한 일이 있기도 했다. 그리고 첫 관계에 지나치게 긴장이 되어 그만 신랑이 신부의 배 위에서 숨을 거두는 복상사 같은 참변이 생기기도 했다. 그래서 그런 변고를 막기 위해 장정들이 신방을 지키는 관습이 있었는데, 그 관습이 차츰 변해 내려와서 여인네들이 한갓 재미로 신방을 엿보게 된 것이다.

처음에는 재미 삼아 엿보았으나, 이젠 그게 아니어서 첫선이는 바짝 긴장이 된 시선으로 먼저 신랑의 표정부터 살폈다. 아니나 다를까, 조금 전의 그 약간 멋쩍어 하면서도 기분이 좋은 듯 활짝 밝았던 표정은 싹 어디로 사라지고, 싸늘하게 굳어진 얼굴로 변해 있었다. 끝선이 역시 불안과 긴장에 짓눌려서 어찌할 바를 모르겠는 듯 뻐득뻐득 굳어진 자세로 뭐라고 한마디 변명도 없이 앉아만 있었다.

이거 안 되겠다 싶어 첫선이는 망설일 것 없이 방문을 열었다. 순간적으로 머리에 번쩍 와닿는 생각이 있었던 것이다.

신방으로 들어선 첫선이는 얼굴에 활짝 웃음을 떠올리며 약간 수다스러운 그런 어조로,

"정 서방, 와 술잔을 놓고 가만히 앉아만 있는게? 어서 술잔 드소."

먼저 신랑에게 말하고,

"야야, 뭐 하고 있노? 어서 술 마저 따르지 않고……."

끝선이에게도 재촉을 했다.

큰언니의 그 말이 마치 무슨 구원의 손길이라도 되는 듯 끝선이는 후유— 약간 떨리는 듯한 숨을 나직이 내쉬고, 얼른 두 손으로 주전자를 다시 집어 들었다. 그러나 신랑은 여전히 굳어진 표정으로 상위에 놓아버린 잔을 내려다 볼 뿐, 손을 가져가질 않았다.

"정 서방요, 아무 일도 아니구마. 그눔아가 누군고 하면 동네에서 쳐내놓은 주정뱅이구마. 술만 처묵으면 동네를 휘젓고 댕기면서 이 사람 저 사람한테 주정을 해쌓아서 얻어맞기도 많이 얻어맞았는데, 제 버릇 개를 못 준다니까예. 그눔이 오늘은 우리 끝선이 시집가는 게 배가 아팠던 모양이지예. 동네 처녀가 시집가는 날은 으레 한바탕 지랄을 하지 뭡니꼬. 지가 장개를 못 가서 그러는 기라예. 지 같은 건달꾼한테 누가 딸을 주겠는게. 안 그렇교?"

청산유수같이 쏟아지는 말에 끝선이는 속으로 '우야꼬, 놀랬대이. 우리 큰싱이(언니) 정말 보통 아니구나' 하고 혀를 내둘렀다. 그것은 새빨간 거짓말이었다. 동팔이는 결코 주정뱅이도 건달꾼도 아니었다. 그저 평범한 동네 총각일 뿐이었다. 흠이라면 집이 가난하여 이집 저 집, 혹은 이웃 마을까지 품팔이를 다니는 게 흠이었다.

그런데 난데없는 소동 때문에 바짝 팽팽해진 신방의 무거운 분위기를 휘저어 난처해진 끝선이를 건져내기 위해서 첫선이는 터무니

없는 거짓말을 청산유수로 지껄여댔던 것이다. 평소에 구변이 좋다는 것은 알고 있었으나, 큰언니가 그처럼 능청스러울 정도로 보통이 아니라니, 끝선이는 정말 놀라지 않을 수 없었고, 한없이 큰언니가 믿음직스럽고 고맙기만 했다. 이런 경우의 거짓말이란 얼마나 값어치 있는 것인가 말이다.

"그런 미친갱이*('미치광이'의 방언) 말을 곧이듣고 기분 나빠 하다니…… 정 서방요, 신랑 자격 없구마. 헤헤헤…… 기분을 푸소. 아무것도 아닌 일을 가지고 첫날밤을 망치면 되는게. 안 그렁교? 헤헤헤……."

그러자 바깥에 섰던 또순이도,

"정말입니더. 정 서방요, 어서 기분을 풀고, 잔을 드소."

하고 거들었고 다른 아낙네들도,

"맞구마. 그놈 자석 미친갱이 한가지구마."

"쪼끔도 기분 나빠할 거 없심더."

"끝선이가 얼매나 얌전하다고예. 동네서 얌전하기로 소문이 났구마."

제각기 한마디씩 지껄여댔다.

그러자 끝선이는 살짝 귀 밑을 물들이며.

"어서 술 받아예."

들릴 듯 말 듯 수줍게 입을 떼고, 힉 웃었다. 신부가 처음으로 신랑에게 건넨 말이었다.

그제야 신랑은 좀 멋쩍은 듯 코를 한번 실룩하며 잔을 들었다.

"아이고, 그래야지예. 정 서방요, 그럼 이 큰처형은 물러갑니대이. 아무쪼록 첫 인연을 잘 맺고, 첫아들 낳을 꿈을 꾸소 잉?"

첫선이는 이제 됐다는 듯이 싱글벙글 일부러 더 활짝 웃음을 떠올리며 신방을 나갔다.

그렇게 하여 곤경을 모면한 끝선이는 신랑의 잔에 술을 가득 채웠고, 기분을 돌이킨 신랑은 잔을 입으로 가져갔다. 그러나 아무래도 아까 소동이 일기 전 같은 분위기로 얼른 돌아가지는 못했다. 어딘지 모르게 조금 찜찜하고 어색한 그런 부자연스러움이 감돌았다. 그래서 그런지 신랑은 입으로 가져간 잔을 꿀떡꿀떡 단숨에 비워 버렸다.

열여섯 살이라고는 하지만 아직 열서너 살밖에 안 되어 보이는, 계집애처럼 예쁘장하게 생긴 신랑이 단숨에 잔을 비우자, 끝선이는 속으로 '우야꼬!' 하고 약간 놀라지 않을 수 없었다.

잔을 비우고 나서 신랑은 그 빈 잔을 불쑥 신부 앞으로 내밀었다. 끝선이는 그것을 받아야 할지 어쩔지 몰라 잠시 머뭇거렸다.

"받아라, 끝선아."

"받아야 되는 기라, 어서."

바깥에서 이제 마음이 놓이는 듯 한결 부드러워진 첫선이와 또선이의 말소리가 들리자, 끝선이는 두 손으로 다소곳이 잔을 받았다.

신랑은 마치 무슨 심술이라도 부리듯 억지로 잔에 가득 술을 따랐다. 그리고,

"다 마시소."

하고 히죽 웃었다.

"못 마십니더."

끝선이는 수줍게 미소를 띠었다.

"그거 한잔도 못 마시예?"

"여자가 어떻게 술을 마십니꾜."

끝선이는 주전자 뚜껑을 열고 잔의 술을 죄다 부어 버리려 했다.

"끝선아, 쪼끔 입에 대라."

첫선이의 말소리였다. 큰언니의 말에 끝선이는 그래야 되는 것으로 알고 약간 얼굴을 돌려서 잔에 입술을 살짝 갖다 댔다. 그리고 주전자에 부어버렸다.

끝선이가 빈 잔을 어떻게 할까 망설이자, 신랑은 히죽 좀 멋쩍게 웃으며 손을 내밀었다. 한잔 더 하겠다는 것이다.

그렇게 신랑은 거뜬히 석 잔을 비웠다. 그제야 좀 취기가 오르는 듯 눈언저리가 발그레 물들었다.

"우야꼬, 석 잔이나 마신대이."

"눈 하나 깜짝 않고야."

"주객이대이. 주객이라, 히히히……."

아낙네들의 소곤거리며 웃는 소리에 이어,

"남자는 술을 마실 줄 알아야 되는 기라, 술 못 마시는 남자는 쩨쩨해서 못써."

일부러 신랑 들으라는 듯 첫선이의 말소리가 좀 크게 들렸다. 신랑의 비위를 맞추려는 의도가 엿보이는 그런 어조였다.

눈언저리가 발그레해진 신랑은 이제 기분이 활짝 풀린 듯, 그러면서 제법 취해 오는지 공연히 싱글싱글 웃더니 불쑥,

"저 비개*('베개'의 방언) 와 저렇게 긴교?"

하고 물었다.

아랫목에 이부자리가 깔려 있었다. 아청(鴉靑) 이불이었다. 깊은 바다색인 아청물을 들인 무명 거죽에다가 홍지초(紅紙草)로 염색을 한

깃을 단 차렵이불인 것이다. 올 고운 무명 호청이 한결 희기만 했다. 그리고 베개가 한 개 놓여 있었다. 원앙침이었다. 신랑신부가 함께 베고 자는 긴 베개인 것이다. 둥근 베갯모에는 두 마리의 원앙새가 부리를 맞대고 있는 수를 다홍 바탕에 곱게 새겨놓았다.

그 긴 원앙침이 신랑은 신기한 모양이었다.

끝선이는 웃음이 나오려는 것을 참느라고 윗입술을 하얀 아랫니로 자그시 당겨 물었다.

"와 저렇게 긴가 안 묻소?"

제법 자기 마누라한테 던지는 그런 말투였다.

"호호호…… 그것도 모르는게? 신랑 각시가 사이좋게 나란히 비고 자라고 저렇게 길게 안 만들었는게."

바깥에서 또선이가 대신 대답했다. 그러자 첫선이는,

"정 서방, 인제 불 끄고 저 긴 비개 나란히 비고 드러누우소. 좀 취한 것 같구마."

하고 부드럽게 타이르듯 말했다.

그러자 신랑은 불을 끌 셈인지 윗목의 병풍 앞에 켜져 있는 촛불 쪽으로 얼굴을 돌리더니, 그만 뭣이 그렇게 우스운지 킬킬킬 소리를 내어 웃었다.

촛대에 꽂힌 황밀촉(黃蜜燭)이 병풍 앞에서 너울너울 곱게 타오르고 있었다. 그런데 그 촛대가 그냥 방바닥에 세워져 있는 것이 아니라, 요강 속에 담겨져 있었다. 마치 요강 속에서 촛대가 솟아올라 촛불을 밝히고 있는 것 같았다. 요강 속을 살펴보면 쌀을 절반가량 담고서 그 위에 촛대를 세워놓은 것이다. 신방 꾸미는 습속의 한 가지였다. 아무쪼록 신랑신부의 금슬이 좋고, 복록을 누리기를 비는 그런 뜻이 담겨 있는 것이다. 요강은 여자고, 촛대와 촛불은 남자인 셈이다. 그리고 쌀은 복록을 의미했다.

촛대가 요강 속에 세워져 있는 게 신랑은 우스웠던 것이다.

"촛대를 와 요강에다가 담아놓았지예?"

"……."

"예?"

"모르겠는데예."

끝선이 역시 촛대를 요강 속에 세워놓은 줄을 그제야 알고, 정말 왜 저래 놓았을까 싶었다. 어쩐지 좀 얄궂고, 묘하게 부끄러운 생각도 들어서 곧장 옷고름을 만지작거렸다.

그러자 바깥에서 또,

"신랑 각시 금실이 좋으라고 안 그래 놓았는게. 그만 어서 자소."

첫선이가 재촉을 하듯 말했다.

"금실이 좋으라고예? 요강에다가 촛대를 담아놓으면 금실이 좋아지는가예? 히히히……."

킬킬킬 웃고 나서 신랑은 훅! 하고 촛불을 불었다. 그러나 누렇고 굵은 황밀촉 심지를 물고 타오르고 있는 불꽃은 매우 그 힘이 질긴 듯 한번 크게 너울거릴 뿐 꺼지지가 않았다.

"각시 옷고름도 안 풀어주고 불부터 끄면 우짜는게? 옷고름부터 풀어주소. 그리고 각시한테 대님도 풀어 달라 카고……."

첫선이의 말에,

"헤헤, 참 그렇지."

신랑은 초야의 순서를 들어서 알고 있는 듯 뒤통수를 한번 긁고는, 앞에 놓인 야물상을 먼저 윗목으로 밀어 치웠다. 그리고 신부에게 다가가 가만가만 옷고름을 풀어주었다.

신랑의 손이 저고리 앞가슴에 와 닿자, 끝선이는 찔끔 목을 움츠리며 발그레 복사꽃처럼 얼굴을 붉혔다.

신부의 옷고름을 풀어주고 나서 신랑은 조금 뒤로 물러앉으며 한쪽 발을 신부 앞으로 쑥 내밀었다. 재미있기도 하고, 조금 멋쩍기도 한 듯 씩 웃으면서 말이다. 대님을 풀어달라는 것이다. 끝선이는 머뭇거리다가,

"어서 대님을 풀어야지."

하는 첫선이의 재촉에 마지못한 듯 무슨 약간 징그러운 것에 손을 대기라도 하는 것처럼 살짝 대님의 한 가닥을 잡더니 얼른 쑥 잡아당겼다. 대님은 쉽사리 잘 풀렸다. 끝선이는 몹시 수줍은 듯 두 손으로 살짝 얼굴을 가렸다.

"히히히…… 자, 이것도……."

신랑은 재미가 괜찮은 듯 다른 쪽 발도 쑥 앞으로 내밀었다.

이번에는 좀 덜 징그러운지, 끝선이의 손길은 한결 차분했다.

양쪽 대님이 다 풀리자, 신랑은 벌떡 일어서더니 바지를 벗으려다가 술기운 탓인지 약간 비틀거리며,

"참 불을 꺼야지. 헤헤헤……."

웃으며 또 훅! 촛불을 불었다. 역시 잘 꺼지지가 않았다.

"손으로 끄는 기라예, 첫날밤에는……."

또선이의 말소리였다.

"그래 맞아. 정 서방요, 손으로 끄소. 그래야 금실이 언제까지나 좋은 기라예."

첫선이도 덧붙였다.

또 '금실'인가 싶으며 신랑은 힉 웃고는 손으로 촛불을 껐다.

신방 안이 캄캄해지자, 첫선이는 절로 후유— 가볍게 숨이 내쉬어졌다. 이제 됐다는, 큰언니로서의 안도의 숨이었다. 그놈의 동팔이 녀석 때문에 하마터면 큰 낭패를 볼 뻔했는데, 용케 잘 넘기지 않았는가 말이다. 첫선이는 자신의 능청스러운 구변이 자기가 생각해도 새삼 대견하기만 했다.

그리고 상객 어른을 딴 집에 모신 게 천만다행이라는 생각도 들었다. 서너 집 건너에 있는 당숙네 사랑채에 모셨던 것이다. 그렇지 않고 만일 집의 사랑방에 모셨더라면 어쩔 뻔했는가 말이다. 동팔이 녀석의 그 소동을 상객이 직접 보았다면 딸을 출가시키는 집으로서 그런 낭패와 망신이 어디 있겠는가. 어떻게 변명을 하며, 변명을 한들 곧이듣겠는가 말이다. 생각하면 정말 아찔한 일이 아닐 수 없었다.

혹 상객이 묵고 있는 당숙네 집까지 그 소리가 흘러갔는지 모르지만, 그러나 똑똑히 들렸을 턱이 없으니, 그저 잔치 끝에 으레 있기 마련인 소란쯤으로 여겼을 게 틀림없는 것이다.

"아이고, 인제 내사 가서 잘란다."

첫선이는 무슨 큰 짐이라도 내려놓은 것처럼 가볍게 큰방 쪽으로 걸음을 뗐다.

그러나 또선이랑 몇몇 다른 아낙네들은 여전히 신방 앞에서 떠날 생각을 하지 않았다. 지금까지는 문구멍으로 안을 엿보았지만, 이제부터는 귀를 기울이고 엿듣는 것이다. 불을 켠 신방을 엿보는 재미보다, 불이 꺼진 방 안을 엿듣는 편이 훨씬 더 짭짤하고 야릇한 맛이 있는 것이다. 그 짜릿한 재미를 만끽하려는 듯 아낙네들은 한쪽 귀를 바짝 방문에 갖다 대고 가만히 숨들을 죽였다.

사흘째 되는 날, 끝선이는 신랑을 따라 시집으로 떠났다. 삼일신행*(혼례를 마친 뒤 사흘 만에 시집으로 가는 것)인 것이다.

그날은 엷은 안개가 끼었다. 가을 안개였다. 엷은 안개가 낀 마을은 마치 한 폭의 동양화 같았다. 산의 울긋불긋한 단풍도 은은한 빛으로 흐려지고, 마을의 지붕이랑 나무들도, 그리고 논둑길도 고갯길도 모두가 뿌옇게 흐려져 오히려 곱기만 했다.

안개 속으로 끝선이는 사립을 나섰다. 초록색 저고리에 다홍치마가 안개 속에서 더욱 연연하기만 했다. 은비녀를 찌르고 쪽잠을 꽂은 쪽머리도 어여뻤다. 신랑의 뒤를 따라 가마가 기다리고 있는 마을 정자나무 쪽으로 나붓이 고개를 숙이고 걸어갔다.

"아이고 끝선이 참하다."

"새색시 티가 잘 흐르는구나."

"우짜면 저렇게 옷이 착 몸에 맞을까."

"누가 했는지 바느질 솜씨도 좋네."

줄줄이 뒤를 따르며 아낙네들이 곧장 싱글벙글 지껄였고,

"신랑 각시 키가 꼭 같대이."

"글쎄, 천생연분이구마는."

"키가 같으면 천생연분인강?"

남정네들도 한마디씩 하곤 웃었다.

정자나무 아래서 끝선이를 태우고 가마는 마을을 떠났다. 가마 뒤를 조랑말을 탄 신랑이 따르고, 그 뒤를 상객인 신부 아버지 송생원과 대반으로 따라가는, 먼 아주머니뻘 되는 중년 아낙네가 걸어갔다.

신랑 쪽 상객은 하룻밤을 묵고 먼저 돌아간 것이다.

가마를 앞세운 일행이 마을을 벗어나 들길을 가고 있을 때, 그 길과는 꽤 떨어진 논둑길을 허름한 바지저고리에 괴나리봇짐을 멘 웬 사내 하나가 한쪽 다리를 약간 절면서 걸어가고 있었다. 그 사내는 가마를 보자, 절뚝거리는 걸음을 가만히 멈추었다. 그것은 다름 아닌 동팔이었다.

끝선이를 태우고 시집으로 떠나는 가마와 그 일행을 동팔이는 한참동안 멀뚱히 서서 바라보았다. 딸랑딸랑딸랑…… 가마 뒤를 따르는, 신랑이 탄 조랑말의 방울소리가 바람결에 은은하게 흘러오고 있었다.

가마와 그 일행의 모습이 멀리 밭둔덕을 돌아 사라지려 하자, 넋을 잃은 듯 무표정하게 바라보고 있던 동팔이의 얼굴에 꿈틀꿈틀 경련 같은 것이 일더니 냅다 그만,

"끝선아—"

하고 고함을 내질렀다. 그리고 비실 논둑길에 무너지듯 주저앉아 버렸다. 마치 심한 현기증에 정신이 아찔해진 사람 같았다.

동팔이는 그날 밤 끝선이네 잔칫집에 뛰어들어 한바탕 소동을 부리다가 그녀의 친오빠랑 친척 오라비들한테 끌려 나가 실컷 얻어터졌다. 그러나 이튿날 정신이 들어 보니 별로 다친 데는 없었다. 그저 온몸이 뻐근하고, 한쪽 다리가 좀 욱신거릴 따름이었다. 소주를 냅다 퍼붓듯이 들이켜서 워낙 만취가 되어 무슨 일이 어떻게 돌아갔는지 잘 기억할 수가 없었다. 끝선이네 집에 뛰어들어 뭐라고 고함을 질러댄 것 같고, 여러 사람에게 끌려 나가 얻어맞은 생각은 어렴풋이 나지만, 그 다음은 어떻게 집까지 왔는지 전혀 떠오르지가 않았

다. 그처럼 요량 없이 마구 술을 퍼마시기는 처음이었다.

작취미성이어서 동팔이는 하루 종일 골방에 늘어져 누워 이런 생각 저런 생각을 하며 푹푹 한숨을 내쉬었다. 자기의 꼬락서니가 가련하고 처량해서 견딜 수가 없었다. 은근히 속으로 장차 각시를 삼으려고 마음먹고 있던 끝선이를 남에게 빼앗겨 버리다니 한심하기 짝이 없었다. 물론 끝선이한테서 그런 약조를 받아놓았던 것은 아니지만, 그러나 끝선이 역시 틀림없이 자기를 좋아하고 있는 눈치였는데 말이다. 그 가시나가 설마 그럴 줄이야, 물론 부모의 강권에 못 이겼겠지만, 야속하기 그지없었다.

하루 종일 이리 뒤척 저리 뒤척 하면서 생각한 끝에 동팔이는 마을을 떠나기로 마음먹었다. 끝선이가 없는 마을은 마치 무슨 소중한 알맹이가 빠져나가 버린 허전한 빈 껍질 같은 생각이 들어 괴로워서 도저히 살 수 있을 것 같지가 않았다. 그리고 남의 집 잔치에 뛰어들어 그처럼 큰 우세를 했으니, 낯을 들고 어떻게 마을 사람들 속에 섞여 살 수가 있겠는가 말이다. 마을을 떠나 어디로든지 훨훨 떠돌아 다녀야 속도 좀 가라앉을 것 같고, 혹시 무슨 길이 열려 남의 집 품팔이나 하는 구차한 신세를 면하게 될지도 모를 일이 아닌가.

"떠나자!"

하고 동팔이는 부드득 이를 갈고, 불끈 두 주먹을 쥐며 자리에서 벌떡 일어나 앉았다.

떠날 바에야 끝선이보다 먼저 떠나는 게 그래도 좀 사내답다 싶었는데, 공교롭게도 끝선이의 시집가는 가마와 그 일행을 눈앞에 보게 되었던 것이다.

논둑길에 주저앉았다가 잠시 후에 정신을 가다듬고 일어서 보니 이미 가마랑 그 일행의 모습은 둔덕 저쪽으로 사라지고 보이지가 않았다. 묘하게 허전하고 처량해서,

"끝선아—"

동팔이는 또 그쪽을 향해 설움에 사무치는 듯한 목소리를 뽑아 올렸다. 그 소리는 저만큼 산허리에 부딪쳐 메아리가 되어 아득히 울려나갔다.

가마 속의 끝선이는 그것이 동팔이의 목소리라는 것을 대뜸 처음부터 알았다. 가마의 옆쪽에 뚫려 있는 동그랗고 조그만 창구멍으로 그녀는 살짝 바깥을 내다보았다. 저만큼 논둑길에 동팔이의 모습이 보이자, 끝선이는 홈칠 놀라며 얼른 고개를 돌렸다. 보아서는 안 될 것을 본 것처럼 말이다.

두 번째 부르는 소리가 들렸을 때는 그만 끝선이는 고개를 떨구고 살짝 옷고름 한 가닥을 눈으로 가져갔다. 핑 눈물이 어리더니, 그만 주르르 흘러내렸던 것이다.

그렇다고 그에게 어떤 미련이 있다거나, 죄책감이 느껴져서 그런 것은 결코 아니었다. 무슨 깊은 관계가 있었던 것도 아니고, 서로 좋아한다는 말을 속삭였던 사이도 아니었다. 동팔이 저 혼자서 그런 눈치를 보이며 지분지분 곧잘 접근해 왔던 것이다. 그런 그가 마음속으로는 싫지 않았으나, 끝선이는 번번이 약을 올리듯 심술궂게 꼬리를 사렸었다. 마을 사람들의 눈이 두렵고, 집에서 알까 봐 무서웠던 것이다. 더구나 그의 각시가 된다거나 하는 그런 생각은 해본 적도 없었다.

그러니까 뭐 조금도 눈물이 날 까닭이 없었지만, 끝선이는 묘하게

심정이 뭉클했다. 태어나서 자란 정든 고향 마을을 뒤로, 고추보다 맵다는 시집살이를 하기 위해 낯선 곳으로 떠나는 길이라 그렇잖아도 코끝이 시큰하고, 곧잘 눈물이 어릴 것만 같은 축축한 기분이었는데, 동팔이의 사무치는 듯 간절한 목소리까지 들려오니 왈칵 그만 뜨거운 것이 솟구쳐 주르르 녹아 흘렀던 것이다. 동팔이가 그처럼 자기를 마음에 두었던가 싶으니 가슴이 짜릿하고, 미안한 생각도 약간 들었던 것이다.

그러나 그런 뭉클한 심정은 잠시이고, 곧 끝선이는 흘러내린 눈물자국이 싸늘해지는 느낌이었다. 왈칵 불안한 생각이 엄습해 왔던 것이다. 바로 가마 뒤를 신랑이 조랑말에 몸을 싣고 따르고 있지 않는가 말이다. 첫날밤 신방에서처럼 또 신랑의 심사가 뒤숭숭해질 게 뻔했다. 틀림없이 그날 밤 소동을 부렸던 그 사내라는 것을 모를 리가 없고, 그날 밤은 술에 만취가 되어 그랬다 치더라도, 지금은 이른 아침나절인데 주정을 할 정도로 술을 퍼마셨을 턱이 없으니, 맑은 정신에 저런다면 아무래도 무슨 사연이 있는 모양이라고, 다시 의심증이 머리를 쳐들지도 모를 일이 아닌가.

신랑뿐 아니라, 뒤따라 걸어오고 있는 아버지 역시 어떻게 생각할 것이며, 대반으로 따라가는 아주머니까지 심정이 착잡할 게 뻔했다.

그런 불안한 생각에 휩싸이자, 끝선이는 가슴이 짜릿하고 좀 미안하기까지 하던 심정은 어디론지 싹 가시고, 동팔이가 오히려 원망스럽고 야속하기만 했다. 그날 밤 그 소동을 부려 입장을 곤란하게 만들더니, 시집으로 떠나는 날까지 달라붙어서 남을 괴롭히는 것 같아 얄밉기 짝이 없었다.

밭둔덕을 돌아 한참 가면 계천(溪川)이었다. 계천의 징검다리를 건

널 때 아버지가,

"아, 물이 참 맑구나."

하고 좀 큰소리로 점잖게 말하는 소리가 들렸다. 아마 조금 전 동팔이의 그 고함소리 때문에 몹시 언짢고 착잡하던 기분을 맑은 계천 물에 씻어 흘러 보내기라도 하려는 듯이, 다른 사람도 다 그러라는 듯이 일부러 그렇게 목소리를 높여 말하는 것만 같아 끝선이는 고맙고, 죄송스럽기도 했다.

"가매 조심하소 잉? 물에 빠질라."

대반 아주머니의 약간 호들갑스러운 목소리도 들렸다.

그러나 신랑은 아무 말이 없었다.

징검다리를 건너느라 이리 흔들 저리 기우뚱하는 가마 속에서 끝선이는 후유— 나직이 한숨을 내쉬었다. 여전히 불안한 생각이 가시질 않는 것이었다. 신랑도 뭐라고 한마디 입을 떼 주었으면 좋겠는데 말이다.

끝선이의 그 불안은 시집엘 가서 시집살이를 시작한 뒤로도 몇 해를 두고 말끔히 씻어지지가 않았다. 신랑이 그 일을 머리에 담아두고, 무슨 기분 상하는 일이 생길 때마다 끄집어내어 트집을 잡곤 했던 것이다. 그럴 때면 끝선이는 언제나 똑같은 말로 버티었다. 내가 무슨 잘못이 있느냐고, 생사람 잡지 말라고, 그 주정뱅이 건달꾼이 저 혼자서 몸이 달아 그랬던 것인데…… 하고 말이다. 첫날밤에 큰언니가 신방에 들어와 했던 말을 자기도 그대로 좇았던 것이다. 주정뱅이 건달꾼이라는 말은 거짓말이지만, 다른 말은 다 사실이니 조금도 거리낄 게 없었고, 또 그렇게 시종일관 큰언니의 말과 맞아떨어져야 될 일이 아닌가.

그런 신랑의 트집도 속상하는 일이었지만, 그것보다 시어머니의 눈총이 한결 두려웠다. 서로 찌그락짜그락 다투는 말을 들었는지, 아니면 신랑이 고해 바쳤는지, 시어머니의 눈길은 평소에도 결코 예사롭지가 않았다. 늘 못마땅한 얼굴이었고, 걸핏하면 그런 투의 말을 내비쳤다. 어머니까지 그러시면 어떻게 하느냐고, 절대로 그렇지가 않으니 믿어달라고, 몇 차례 변명을 했으나 먹혀들지가 않았다. 끝선이는 정말 억울하고 분했으나, 꾹 참는 수밖에 도리가 없었다. 참노라면 언젠가는 자기의 깨끗함을 알아줄 날이 있으리라고, 자그시 어금니를 물면서 말이다.

몇 해가 지나 달덩이 같은 첫아들을 낳자, 그 후부터는 신랑도 이제 그런 말을 잊은 듯이 입 밖에 내질 않았고, 시어머니도 그런 눈길을 싹 거두어 버렸다.

차가 강변도로로 접어들었다. 차창 밖으로 후련한 한강 줄기가 내다보이자 정애는,

"한강이제?"

기분이 몹시 상쾌한 듯 운전대 옆의 창유리를 조금 내렸다. 산뜻한 강바람이 차 안으로 흘러들었다. 대구에 살고 있는 터라, 오래간만에 한강을 보니 꽤나 즐거운 모양이었다.

시집가던 무렵의 삼삼한 회상에 젖어 있던 송 노파는 입맛을 쩝쩝 다셨다. 그리고,

"관세음보살—"

하면서 강 쪽으로 시선을 돌렸다.

동팔이라는 그 사람을 머리에 떠올릴 때마다 오랜 세월이 흐른 지

금도 송 노파는 입맛이 떨떠름했다. 시집갈 때의 그 난처했던 일도 일이지만, 그 후에도 그는 남의 인생길을 가로막으려는 듯 한동안 나타나곤 했던 것이다.

"한강에 금년 여름부터 유람선이 뜬다메?"

"예."

고모의 말에 지은이가 대답했다.

"엄마, 유람선이 배제? 맞제?"

유미가 자리에서 일어나 엄마의 어깨 너머로 얼굴을 내밀며 자랑스럽게 말했다.

"그래, 맞다."

"여름에 유람선 타러 오자."

"……."

"잉? 엄마."

그러자 송 노파가,

"그래, 오너라. 오면 할매가 태워 줄께."

하면서 유미를 살짝 끌어당겨 도로 자리에 앉힌다. 운전하는데 그러면 위험하다는 듯이.

차는 쾌속으로 신나게 미끄러져 나간다. 좀 가다가 정애는 또,

"우야꼬, 저 새들 보래."

깜짝 놀라듯이 말했다.

"철새잖아요."

지은이도 새들 쪽으로 시선을 던졌다.

강물에 떠 있다가 떼를 지어 날아오르는 수많은 새들이 신선한 햇살을 받아 은빛으로 반짝반짝 빛나기도 했다.

"하— 많다."

유미는 짝짝짝 손뼉을 쳐대기까지 했다.

"한강 물이 맑아져서 철새들이 날아온다더니 정말이구나. 무슨 새들이제?"

"청둥오리예요."

"청둥오리?"

"예, 며칠 전 신문에 사진까지 났던데요. 겨울 철새래요."

"맞다. 나도 본 것 같다."

정애와 지은이가 주고받는 말을 듣고 있던 송 노파는,

"겨울 철새 같으면 인제 북쪽으로 돌아가야 되겠구나, 봄이 오니까."

혼자 중얼거리듯이 말했다.

"엄마, 저기 고기 잡는다. 그제? 고기 잡는 거 맞제?"

유미가 유리 차창에 바싹 얼굴을 갖다 대며 호들갑스럽게 소리친다. 강가에 앉아 있는 낚시꾼이 눈에 띄었던 것이다.

"맞다. 인제 낚시질도 하는구나."

한강이 되살아났다더니 정말 그렇구나…… 놀라운 일이라는 듯이 정애는 곧장 고개를 끄덕였다.

'강나루'에 도착하여 고희연이 시작된 것은 열두 시가 조금 지나서였다. 삼층에 있는 특실인데, 온돌방이었다. 정면에 커다란 병풍이 펼쳐져 있었다. 해와 구름, 산과 물과 돌, 소나무, 불로초, 그리고 거북과 학과 사슴을 수놓은 십장생 자수병풍이었다.

그 앞에 차려진 독상에 주인공인 송 노파가 앉았고, 가족과 친척들은 길게 붙여놓은 식탁의 양쪽에 자리를 잡았다. 꼬마들까지 모두 삼십 명 남짓 되었다. 일가친척 외의 남들에게는 알리질 않았던 것이다.

먼저 송 노파에 대한 배례가 있었다. 중학교 교감인 큰아들 정훈식 내외가 송 노파 앞에 나가 나란히 서서 큰절을 했고, 이어서 건설 회사의 부장으로 있는 작은아들 정훈규 내외가 절을 했다. 그리고 하나뿐인 딸 정애가 유미를 데리고 나가 둘이 함께 절을 했다.

그들 모녀가 나란히 서서 큰절을 할 때는 방 안에 잔잔한 웃음이 일었다. 엄마 곁에 붙어 서서 힐끗힐끗 보며 엄마가 하는 대로 따라서 하는 어린 유미의 큰절이 무척 귀여웠던 것이다.

"꼭 저거 엄마 닮았네."

"글쎄……."

"모습뿐 아니라, 절하는 몸짓까지 닮았다니까."

"누가 모녀간 아니랄까 봐 그런 모양이지."

이렇게 주고받으며 미소를 짓기도 했고,

"대구에 산다지?"

"응."

"사위는 왜 안 왔을까?"

"박 서방은 건강이 좋지 않다더구먼."

"그래? 어디가 아픈데?"

"잘 모르겠어. 좌우간 사람이 시원찮은 모양이라. 늘 시들시들 한대."

"쯧쯧쯧…… 장모 칠순잔치에 못 올 정도면 병이 깊은 모양인걸."

먼 친척들은 이렇게 수군거리기도 했다.

차례차례 절을 할 때마다 지은이가 카메라로 사진을 찍었다.

아들 내외와 딸의 배례가 끝나자, 다음은 손자손녀들의 차례였다. 손자손녀들은 모두 나와 옆으로 나란히 섰다. 엄마와 함께 절을 한 유미도 다시 한몫 끼었다. 손자가 둘, 손녀가 넷, 모두 여섯 명이었다. 대학생, 중학생, 국민학생, 그리고 유치원생까지 골고루였다.

"할머니, 만수무강하세요."

대학생인 지은이가 선창을 하듯 말하자, 모두 그 말을 따라서 하며 함께 나붓이 큰절들을 했다.

자식들의 절을 받을 때는 약간 긴장이 된 듯 엄숙한 표정이더니, 손자손녀들의 절을 받으니 마냥 흐뭇한 듯 송 노파는,

"오냐, 오냐."

은은한 미소와 함께 고개를 끄덕였다.

지은이가 절을 하기 때문에 이번에는 대신 정애가 카메라를 들었다.

집안끼리의 고희연인데, 뭐 별다른 절차가 더 필요 없었다. 이제 술들을 마시고, 음식을 먹으면서 환담을 나누면 되는 것이었다.

맏이인 정훈식이 자리에서 일어나 나가서 송 노파의 잔에 술을 따랐다. 그러자 좌중에서도,

"자, 우리도 시작해보지."

"한잔 해볼까."

"맥주를 하겠나, 소주를 하겠나? 포도주도 있네."

남자들은 잔에 술부터 따랐고,

"신선로가 너무 끓는다."

"아직 동김치*('동치미'의 비표준어)가 있네. 시원하게 생겼다. 어디 맛 좀 볼까."

"내가 좋아하는 게장도 있구나."

"자, 어서 먹세."

"형님은 술부터 한잔 하소 와."

"밥부터 좀 먹고……."

여자들은 대개 숟가락부터 들었다.

"난 콜라."

"나도 콜라."

"난 오렌지 마실래."

"난 쿨피스가 좋은데…… 내가 좋아하는 것은 없네."

아이들은 음료 쪽부터 손을 댔다.

송 노파는 본래 술을 별로 좋아하지 않았다. 간혹 마셔도 조금 입에 댈 뿐이었다. 맥주도 반 컵이면 족했다. 칠십이 가까워지면서는 거의 마시는 일이 없었다. 그런데 오늘은 매우 기분이 좋아서 맏이가 따라준 맥주를 한 컵 다 비웠다. 오래간만에 입에 댄 터이고, 더구나 낮술이라 취기가 뒷덜미까지 화끈거리게 했다.

"한잔 더 따라드릴까요?"

이번에는 작은아들이 자리에서 일어서려는 것을 송 노파는 손을 내저어 마다하고,

"야야, 유미 어미 이리 좀 나와 보래."

대신 딸을 불러냈다.

좌중은 모두 무슨 일인가 하고 얼굴들을 송 노파 쪽으로 돌렸다. 정애 역시 무슨 일로 그러는가 싶어,

"와예? 엄마."

하면서 앞으로 나갔다.

딸이 앞에 와 서자 송 노파는,

"거기 좀 앉거라."

하고는 저고리 섶을 들추고 치마 말기 속으로 한 손을 집어넣었다. 주섬주섬 은장도를 꺼내는 것이었다.

"저게 뭐고?"

"장도 아니가. 은장돌세."

"맞어. 옛날 여자들이 몸에 지녔다는 은장도네."

"저 아지매가 은장도를 가지고 있었구나."

"뭐 어쩔려고 은장도를 꺼내는 거지?"

좌중에서는 이렇게 수군거리기도 하면서 호기심에 찬 눈으로 모두 송 노파를 지켜보았다.

송 노파는 꺼낸 은장도를 딸 앞으로 내밀며 취기에 약간 혀가 굳어진 듯한 목소리로 말했다.

"자, 받아라. 이걸 인제 너한테 넘겨준다. 옛날 니가 태어나기 훨씬 전에 너거 외할아버지한테서 물려받은 기다. 그러니까 소중하게 니가 간수하도록 해라."

"우야꼬 히히……."

정애는 뜻밖의 일에 조금 우습기도 한 듯, 그러나 두 손으로 공손히 그것을 받았다.

지은이가 재빨리 그 장면을 카메라에 담았다. 좌중에서 누군가가 먼저 박수를 치자, 모두 따라서 요란하게 박수를 쳐댔다.

정애가 은장도를 들고 일어나려 하자, 송 노파는 손으로 제지하고, 박수가 가라앉기를 기다려 다시 말을 이었다.

"니 큰오빠한테 물려줄까 생각도 해봤는데, 아무래도 이건 니가 가지고 있는 게 옳을 것 같아 너한테 넘겨주기로 했다. 은장도는 본래 옛날에 여자들의 정조를 위해서 맨들어진 기라고 하니까 말이다. 내가 이 은장도를 지니고 살아왔듯이, 너도 끝까지 여자의 바른길을…… 무슨 말인지 알겠제?"

"예. 알겠심더. 히히히……."

정애는 어쩐지 우습기도 하고 좀 쑥스럽기도 해서 후닥닥 일어나 자리로 돌아갔다.

또 박수소리가 요란했다.

다시 술과 음식을 들면서 이번에는 그 은장도가 화제가 되었다.

"오늘 진짜 좋은 구경 했네."

"암. 흔히 있는 일이 아니지. 말하자면 어머니가 딸에게 보물을 물려준 셈 아닌가."

"그렇지. 보물이고말고. 금이나 다이아몬드보다도 낫지."

"낫고말고. 가보지, 가보."

"맞어. 가보라고 할 수 있지."

남자들은 이렇게 주고받기도 했고,

"은장도는 아지매처럼 가슴에 지니고 다녀야 되는 긴데, 우짤랑고?"

"와 못 지니노?"

"양장인데, 치마 말기가 있어야 지니제."

"어디 꼭 치마 밀기에다가만 지니는가. 안 포켓에다 넣어가지고 다니면 되지."

"부라우스를 입을 때는 우짜지?"

"그때는 핸드백 속에 넣어가지고 다니지."

"하하하……."

"호호호……."

여자들은 재미있다는 듯이 농담을 늘어놓으며 웃어대기도 했고,

"어디 좀 보세. 그 은장도."

"아지매의 한이 담긴 칼인 셈이구나."

"맞어 맞어."

"장식에 용하고 연꽃이 새겨져 있네."

하면서 은장도를 서로 돌려서 진귀한 듯이 칼을 뽑아보기도 했다.

그렇게 한참 계속되던 은장도에 대한 화제가 가라앉자, 이번에는 송 노파의 이종사촌 동생 되는, 두어 해 전에 회갑을 지난 안 노파가 미국 로스앤젤레스에 살고 있는 딸네 집에 다녀온 얘기를 자랑삼아 늘어놓았다. 그리고 송 노파를 향해,

"형님, 비행기 타 봤능게?"

하고 주기 어린 목소리로 불쑥 물었다.

"아니."

송 노파는 고개를 가로저었다. 그러자 안 노파는 정애랑 훈식, 훈규, 세 남매를 바라보며,

"야들아, 어머니 비행기 한번 태워드리지. 칠순 기념으로 제주도 구경을 시켜드리면 안 되나. 요샛말로 효도관광 아니가."

하고 말했다.

"그거 좋은데요."

대뜸 찬성을 한 것은 작은아들 훈규였다.

"좋지요."

"좋고말고예."

훈식과 정애도 찬성이었다.

그러자 가만히 듣고 있던 송 노파가 입을 열었다.

"비행기는 어지러워서 못 탈 것 같으니 그만두고······."

"형님요, 하나도 안 어지럽구마. 정말이구마."

안 노파는 안타까운 듯이 말했다.

"제주도 구경보다 시켜줄라면, 내가 옛날에 살았던 곳을 한번 차례차례 찾아가 보도록 해주었으면······ 태어난 고향하고, 시집간 동네하고, 또 그 후에 살았던 곳 몇 군데를······ 죽기 전에 한번 가봤으면 좋겠어."

이번에도 훈규가 대뜸,

"그것도 좋은데요. 제주도 관광보다 훨씬 뜻깊은 일인데요."

하고 고개를 끄덕였다.

안 노파는 조금 섭섭한 듯 코를 실룩 찡그리며 앞에 놓인 맥주 컵을 들어올렸다.

"그게 좋겠어요. 그렇게 하죠 뭐 나중에 상의를 해서······."

훈식이 단안을 내리듯 말했다.

봄 뻐꾸기

 차가 읍내를 벗어나 제법 후련한 들 가운데를 한참 달리다가 세 갈래 길에 이르러 좀 작은 쪽으로 꺾어지자 송 노파는,

"아이고 얄궂어라."

하고 혼자 중얼거렸다.

 칠팔 년 전까지만 해도 달구지가 하나 겨우 다닐 수 있는 그런 들길이었는데, 이제 차가 비껴 다닐 수 있을 정도의 넓이로 바뀌었을 뿐 아니라, 깨끗하게 아스팔트로 포장까지 되어 있는 게 아닌가. 그리고 길 양쪽에는 가로수까지 잘 심어져 있었다. 한창 새잎이 파릇파릇 피어나고 있어서 나무들이 그다지 큰 편은 아니었으나 길이 1차선 반 정도밖에 안 되는 터이라, 마치 차가 눈부신 신록의 터널 속을 달리는 느낌이었다.

"많이 변했다. 언제 이렇게 만들었지?"

 송 노파는 신기하기도 하고, 감개가 무량하기도 한 듯 곧장 차창

밖으로 사방을 두리번거린다.

"할머니, 이제 할머니 고향에 들어선 거예요?"

운전석 옆에 앉은 명수가 뒤를 돌아보며 묻는다.

"응, 그래. 아직 한참 가야지."

그러자 운전을 하고 있던 훈규가,

"십 킬로 정도 달리면 돼."

하고 일러준다.

"아버지도 할머니 고향에 가봤어요?"

"외간데 그럼 안 가봤을까. 어릴 때도 가보고, 몇 해 전에 그 곳에 댐을 만들 때도 가봤지."

"아버지 회사에서 댐 공사를 했어요?"

"우리 회사에서 하진 않았지만, 볼일이 있어서 한번 출장을 갔었어."

"댐이 크나요?"

"제법 크지."

"그럼 발전소도 있겠네요?"

"발전소는 없고, 주로 수리용(水利用)이지, 공업용수로도 쓰고."

"수리용은 뭐고, 공업용수는 뭐예요?"

"이 녀석아 중학생이 그것도 모르나? 수리용은 농사짓는 데 필요한 물이란 뜻이고, 공업용수는 글자 그대로 공업용 물이지. 공장에서 쓰는 물이란 말이지."

"혜혜……."

중학교 2학년인 명수는 뒤통수를 한번 긁고는,

"그럼 할머니 고향은 물속에 잠겨서 용궁이 됐겠는데……."

호들갑스럽게 말하고는 헤들헤들 웃었다.

"관세음보살—"

앞좌석에서 아들과 손자가 주고받는 말에 송 노파는 절로 한숨처럼 염불이 흘러나왔다. 고향 마을이 댐 공사에 의해서 물속에 잠겨 버렸다는 이야기는 이미 들어서 알고 있는 터였으나, 막상 그 물속에 묻힌 고향을 찾아간다고 생각하니 기분이 얄궂고, 묘하게 허전했던 것이다. 그러면서도 한편 그 두메에 호수가 생기다니 도대체 무슨 조화인지, 호기심이 없는 바도 아니어서 송 노파는 새삼스럽게,

"그럼 인제 평촌은 완전히 없어졌단 말이가?"

하고 훈규에게 물었다.

"예, 그렇다니까요."

"이웃 방곡이랑 황냇골도?"

"물론이죠. 가보시면 알지만 댐이 꽤 크다니까요. 아마 면이 온통 다 호수가 됐을 겁니다. 댐이 생기는 바람에 길도 이렇게 좋아진 거예요."

"그렇구나……. 뭘 어떻게 했길래 그 산중에 호수가 생겼지? 얄궂어라……."

고희연 때 얘기가 있었던 대로 제주도 관광 대신 송 노파가 태어나 자란 고향과 시집간 동네, 그리고 그 후에 살았던 몇 군데를 차례차례 찾아가 보는, 말하자면 지난날의 자취를 더듬는 여행을 실행하게 된 것이다.

그날 잔치가 끝나고, 저녁에 세 남매가 상의를 했었다. 먼저 어머니의 고향인 평촌과 시집간 마을인 각싯골을 훈규가 모시고 찾아가기로 했고, 다음은 대구로 가서 이번에는 정애가 이어받아 어머니가

원하는 대로 그 후에 살았던 몇 군데를 안내해 드리기로 했다. 둘은 다 차를 손수 운전하는 터이라 편리했다. 장남인 훈식은 스케줄에서 빠진 셈인데 차가 없어서 불편한 점도 있고, 또 평소에 어머니를 모시고 사는 터이고 해서 훈규와 정애가 이번 일은 둘이서 나누어 맡기로 했던 것이다.

그때도 평촌이 수몰되어 댐으로 바뀌었다는 이야기가 나왔다. 찾아가도 옛 마을을 볼 수가 없는데 뭣 하러…… 하고 훈식과 정애는 별로 신통찮은 표정이었으나, 호수로 변한 옛 고향을 구경하는 것도 재미있는 일이 아니겠느냐고, 훈규는 오히려 더 흥미가 동하는 것 같았다. 송 노파 역시,

"마을은 물에 잠겨도, 산은 남아 있을 거 앙이가."

하고 말했다.

그래서 훈규는 연휴를 택해서 명수도 데리고 서울을 떠났던 것이다.

계절도 여행하기에 알맞고, 날씨도 그만이었다. 산들산들 부는 5월의 훈풍 속을 차는 산과 들을 누비며 신나게 달렸다. 차가 어떤 산모롱이를 돌자,

"저기 댐이 보인다! 아버지, 저게 댐이죠?"

명수가 호들갑스럽게 소리쳤다.

멀리 눈앞에 거대한 시멘트의 벽이 산과 산 사이를 가로질러 계곡을 막고 있는 게 보였다.

"맞다, 다 왔다."

훈규도 한결 기분이 가벼워지는 듯 액셀러레이터를 밟아 차에 좀 더 속도를 가한다.

“하하, 저기 댐이라는 기구나. 아이고 얄궂어라. 산하고 산 사이를 막았대이. 꼭 담 같네.”

송 노파를 고개를 약간 낮추어서 멀리 나타난 시멘트의 벽을 신기한 듯이 내다본다.

그 거대한 시멘트의 벽은 차가 달려감에 따라 점점 더 크게 시야를 가로막듯이 앞으로 다가들었고, 마침내 차는 그 댐 위로 숨 가쁘게 치달아 올랐다. 눈앞에 시퍼런 물이 벙벙하게 부풀어 오르듯 펼쳐지자,

“햐—”

“우야꼬—”

“굉장하구나.”

세 사람은 절로 입이 딱 벌어졌다.

차는 속도를 늦추어 댐 위를 미끄러져 나갔다. 댐 위가 2차선 도로 정도의 넓이여서 차를 몰며 기분을 내기에 썩 괜찮았다.

휴일이어서 놀러온 사람들이 제법 되었다. 군데군데 자가용도 세워져 있고, 봉고차도 더러 눈에 띄었다. 주로 낚시꾼들이었다. 여기저기 물가에 자리를 잡고 앉아 낚시질에 여념들이 없었다. 호수에 보트를 띄우고 노를 젓고 있는 젊은 남녀들의 모습도 보였다. 그리고 댐이 끝난 저쪽 산기슭 물가에는 간이음식점인 듯한 천막집이 몇 채 눈에 띄었다.

훈규는 댐의 한가운데쯤에서 차를 세웠다. 차가 멎자,

“햐— 멋있다.”

환호성을 지르며 맨 먼저 명수가 뛰어내렸고, 뒤이어 훈규도,

“좋은데…….”

하면서 내렸다.

송 노파는 문을 어떻게 여는지 몰라서 쩔쩔매다가,

"야야, 이거 우얘 여노? 응이?"

냅다 차창 유리를 두들겼다.

호수에 정신을 빼앗겼던 훈규가 아차! 싶어 히힉 웃으며 얼른 다가가 문을 열어드렸다.

차에서 내려선 송 노파는 그저 얼떨떨하고 가슴이 벙벙하기만 한 듯 곧장 입속으로,

"얄궂어라, 얄궂어라. 아이고 얄궂어라……."

혼자 중얼거리기만 했다.

사람의 조화라고는 믿어지지가 않는 그런 광경이었던 것이다. 사람의 힘으로 어떻게 이렇게 난데없는 호수를 만들어놓을 수가 있단 말인가. 산과 산 사이에 들이 있고, 냇물이 흐르고, 여기저기 마을이 있던, 시골 어디서나 흔히 볼 수 있는 그런 두멧골을 그만 호수로 바꾸어놓다니, 호수라도 조그마한 못 같은 것이 아니라 바다 같은 거창한 호수로 만들어놓다니, 그저 놀랍고 어안이 벙벙해서 입이 딱 벌어질 따름이었다.

송 노파가 고향을 찾아온 것은 칠 년인가 팔 년 만이었다. 칠팔 년 전에 당숙네 집에 잔치가 있어서 다녀간 뒤로는 걸음이 없었다. 고향 마을 떠나지 않고 지키던 오라버니도 돌아가시고, 조카들은 다 도시로 흩어져서 고향에 걸음을 할 일이 없었던 것이다.

십 년이면 강산도 변한다지만 칠팔 년 만에 찾아온 고향이 이렇게 달라지다니, 이건 변해도 어처구니가 없게 변해서 마치 천지가 개벽을 한 느낌이었다. 고향이 댐 때문에 수몰되었다는 이야기를 듣고

그 광경을 머릿속에 그려보기는 했으나, 막상 그 현장에 와 서서 시퍼렇게 펼쳐진 바다 같은 호수를 보니 한마디로 거짓말 같았다. 사람의 힘으로 이렇게 거창한 호수를 만들다니 도무지 믿어지지가 않았다.

송 노파의 표정이 너무 얼떨떨하고 멍멍해 보이자 명수가 히힉 웃고는,

"할머니 고향 마을이 어디쯤이에요?"

하고 재미있다는 듯이 묻는다.

"아이고 야야, 이렇게 바다같이 돼 삐맀는데 어딘지 알 수가 있나."

송 노파는 마치 한숨을 쉬는 듯한 어조로 대답한다.

"어머니, 저기 저쯤 아닐까요?"

훈규가 멀리 호수의 한쪽 모서리를 가리켜 보인다.

"어디?"

"저기 저 산봉우리 아래쪽 휘어져 들어간 곳 말입니다."

"글쎄……."

송 노파는 그쪽을 두리번두리번 눈여겨보더니,

"맞다. 그쯤인 것 같다. 저 산봉우리가 갈매봉인 것 같다. 그제?"

"그런 것 같아요."

"맞어, 틀림없어. 저게 갈매봉이고, 그 건너편에 있는 것은 오룡산이고…… 아이고 맞대이."

송 노파의 주름진 얼굴에 활짝 밝은 웃음이 떠올랐다. 마치 반가운 고향 사람이라도 만난 것 같다.

"그러니까 갈매봉하고 오룡산 그 앞쪽이 우리 평촌이지. 맞어, 맞다니까."

"할머니, 이제 고향 마을을 찾아서 기분이 좋으세요?"

"찾기는 뭘 찾아. 물속에 잠겨 삐렸는데. 대강 그 자리가 어디쯤인가는 알았지."

"산은 맞죠?"

"글쎄, 맞다니까. 저건 갈매봉, 저건 오룡산, 보자…… 그럼 방곡은 저쯤 될 끼고, 황냇골은 저기쯤 되겠구나."

송 노파는 마치 어린애가 된 것 같은 표정이다.

한참 서서 옛말 그대로 상전이 벽해가 된 사방 경관을 즐기고 나서 세 사람은 다시 차에 올랐다.

차를 댐의 끝부분까지 몰고 가서 훈규는 이번에는 적당한 자리에 세우고 자물쇠를 잠갔다. 그리고 천막집들이 있는 쪽으로 갔다.

"아버지, 배 한번 타요."

명수가 뒤따르며 말했다.

천막집들 앞 물가에 보트와 함께 손님을 태워주는 유선이 매여 있었던 것이다.

"그럴까."

"야, 신난다."

명수는 얼른 뒤를 돌아보며,

"할머니, 어서 오세요. 배 타요, 배."

하고 소리친다.

천천히 걸어오며 송 노파는,

"배는 무슨 배를…… 위험하구로."

싫다는 듯이 이맛살을 찌푸린다.

"위험하지 않아요. 놀잇배란 말이에요. 보트는 위험하지만, 놀잇배는 하나도 안 위험해요."

혹시나 할머니 때문에 배를 못 타게 되지나 않을까 싶은 듯 명수는 열심히 지껄여댄다.

벌써 알아듣고 유선의 사공인 듯한 젊은이가 천막집에서 나오며,

"염려 푹 놓으시고 타이소. 거울 같은 호순데 위험하다니요. 할머니도 참……"

하고 다가온다.

"한번 타는 데 얼마요?"

훈규가 묻자,

"한 시간에 칠천 원씩 받는데, 오늘은 손님이 뜸하니까 오천 원만 받겠심더. 자, 어서 타이소."

젊은이는 벌써 닻줄을 풀려고 든다.

명수는 어느새 성큼 배에 뛰어 올랐다.

"아이고, 너거 둘이만 타라. 나는 안 탈란다."

송 노파는 여전히 내키지가 않는다.

"놀잇밴데 어때서요? 보트 같으면 몰라도…… 할머님요, 아무 걱정 마시고 타시라니까요. 절대 안심이니까 염려 푹 놓으시고……"

그러자 훈규도 한마디 한다.

"여기까지 오셨는데 배라도 타고 갈매봉 근처까지라도 가 봐야지요. 그래야 고향을 찾아온 보람이 있지. 안 그래요?"

그제야 송 노파는,

"그럴까…… 관세음보살—"

하면서 마지못한 듯 조심스레 배에 오른다. 얼른 명수가 할머니의 손을 잡아 드린다.

"아하, 고향을 찾아 오셨네요, 그럼 배를 꼭 타 봐야지예. 타 봐야 되고말고예."

젊은이는 공연히 기분이 좋은 듯 싱글벙글 싱겁게 웃는다.

훈규는 젊은이에게 뭐 마실 것 하고 과자 같은 것을 좀 사오라고 돈을 꺼내준다. 젊은이는 천막집으로 뛰어가서 곧 한 봉지 들고 되돌아온다.

세 사람을 태운 유선은 젊은이의 노질에 선착장을 떠나 호수 안쪽으로 가볍게 물살을 가르며 미끄러져 들어갔다. 명수는 어느새 새우깡을 꺼내어 봉지를 뜯고 있었다.

"좋—다!"

훈규는 어깨를 쫙 펴며 심호흡을 했다. 그리고,

"저기 갈매봉 쪽으로 가봅시다."

하고 젊은이에게 이른다.

"갈매봉이 어느 겁니꺄?"

젊은이가 노를 저으며 두리번거린다. 그러자 송 노파가 얼른 손으로 가리켜 보인다.

"저기 저 봉우리가 갈매봉 아니가. 그 저쪽 것은 오룡산이고……."

"아, 그렇습니꺄. 이 근처에 고향 마을이 있었던 모양이지예?"

"응, 평촌이 우리 고향이지. 그런데 총각인지 장개를 들었는지 모르겠네."

"저 말입니꺄? 아직 총각입니더. 서른 살이 다 돼가니까 노총각이지예. 와예? 할머님이 좋은 처녀 중신해 줄랍니꺄?"

"총각 참 싱겁다."

"호호호……."

"총각은 여기가 고향이 아닌 모양이지?"

"고향이라면 고향이고, 아니라면 아닙니다."

"그게 무슨 말이고?"

"여기서 안 태어났으니까예."

"그럼……?"

"아부지 고향이란 말입니더."

"음…….'"

송 노파는 가만가만 고개를 끄덕였다. 뭐라고 더 물어보려다가 그만두는 기색이었다.

아까 배에 오를 때부터 송 노파는 그 젊은 사공이 어디선지 많이 본 듯한 낯익은 얼굴이라는 느낌이었다. 어딘지 모르게 싱겁고 닝글닝글*('능글능글'의 영천말)하기도 한 말투랄지, 몸놀림까지가 결코 생소하지가 않았다. 누굴까? 어디서 본 사람일까? 아무리 생각해봐도 떠오르는 것이 없었다. 그러니까 전혀 일면식도 없는 젊은이에 틀림없었다.

간혹 그런 사람이 있는 법이다. 전혀 초면인데, 어디선지 많이 본 듯하고, 예전에 사귄 적이 있었던 듯 친밀감까지 느껴지는 그런 사람 말이다. 그 젊은 사공이 송 노파에게 있어서 그런 사람이었다.

그러나 송 노파는 지금 옛 고향을 찾아와 있는 것이다. 그러니까 혹시 고향 사람 누군가의 아들이나 손자가 아닐까 싶어서 총각이야, 장가를 들었느냐 하고 필요 이상으로 물어보았던 것이다.

배는 별로 속도도 없이 움직이고 있는 것 같았으나, 어느덧 천막 집들이 저 멀리 뒤로 물러나고, 갈매봉이 차츰 앞으로 다가오고 있었다.

명수는 새우깡을 삼분의 이가량이나 처분하고 나서 이제 콜라를 병째로 들고 한 모금씩 기울이고 있었고, 훈규는 맥주를 종이컵에 따라서 땅콩을 안주 삼아 홀짝홀짝 마시고 있었다. 송 노파는 사이다를 두어 모금 마셨을 뿐 무슨 생각에 잠긴 듯한 표정으로 차츰 커다랗게 다가오고 있는 갈매봉을 가만히 바라보고 있었다. 그러다가 아까와는 달리 좀 묘한 눈길로 젊은 사공을 힐끗힐끗 바라보기도 했다.

젊은이는 한 움큼 건네받은 새우깡을 작업복 호주머니에 넣어두고 이따금 한 개씩 꺼내 바스락 씹으며 노를 젓기에 여념이 없었다.

그렇게 배가 갈매봉 가까이로 다가가고 있는데, 난데없이 뻐꾹 뻐꾹 뻐꾹…… 뻐꾸기 우는 소리가 들려왔다. 갈매봉 기슭에서 나는 소리였다.

뻐꾹 뻐꾹 뻐뻐꾹……뻐꾹 뻐뻐꾹…….

그 소리는 산허리를 타고 메아리를 이루며 호수 위로 은은하게 퍼져오고 있었다. 마치 배를 타고 옛 고향을 찾아드는 송 노파 일행을 갈매봉의 뻐꾸기가 반기는 것만 같았다.

"뻐꾸기죠? 아버지, 맞죠?"

서울에서 태어나 서울에서만 자란 명수는 뻐꾸기 울음소리에 귀가 번쩍 하는 모양이다.

"그래, 맞다."

그러자 잠시 말없이 노를 젓기만 하던 젊은이가 싱글 웃는다.

"학생, 뻐꾸기 우는 소리 첨으로 듣는 모양이제?"

"첨은 아니에요, 국민학교 5학년 땐가 소풍가서 한번 들었어요."

"하, 그랬나. 뻐꾸기 소리 듣기 좋제?"

"좋아요. 어떻게 들으면 쑤꾹 쑤꾹 하는 것 같고, 또 소쩍소쩍 하는 것도 같고…… 저 봐요, 지금은 꼭 소쩍소쩍 하는 것 같잖아요."

"그래서 소쩍새라 카기도 하고, 쑤꾹새*('뻐꾸기'의 방언)라 카기도 안 하나."

"나도 알아요."

훈규는 남은 맥주를 마저 따라 쭉 들이켜고 나서 불쑥 입을 연다.

"어머니, 옛날에도 갈매봉에서 뻐꾸기가 울었지요?"

약간 주기가 오른 듯한 그런 질문이다.

"물론이지."

그러자 젊은이가 재미있다는 듯이,

"아저씨, 옛날에는 저 뻐꾸기의 할아부지나 증조할아부지가 안 울었겠능교."

하고 히들히들 웃는다.

"맞다. 말 잘하는데…… 허허허……."

훈훈한 맥주 기운 덕택에 훈규도 기분이 매우 좋다.

"아저씨도 여기서 태어나진 않은 모양이지예?"

"응."

훈규는 술기운에 이제 젊은이에게 말을 놓는다.

"나하고 비슷하네요. 고향이라면 고향이고, 아니라면 아니고……."

"난 고향이라기보다 외갓곳*(외가가 있는 곳)이지."

"아, 그렇습니꾜. 할머님 고향이 여기구만예."

젊은이는 송 노파 쪽으로 얼굴을 돌린다.

"실렙니더만 할머님, 연세가 올해 몇이나 되십니꾜?"

"와? 남의 나이는 알아서 뭐할라고?"

송 노파는 약간 표정이 무뚝뚝해진다.

"그저 좀…… 우리 아부지 연세하고 비슷할 것 같아서예."

그러자 명수가 얼른 대답해준다.

"칠십이에요. 얼마 전에 뭐더라…… 아버지, 무슨 잔치였죠?"

"고희연."

"맞아, 고희연을 했거든요."

"칠십이면 우리 아부지보다 두어 살 아래네예. 참 할머님, 아까 고향 마을이 어디라 그랬지요? 저 산 근처 무슨 마을예?"

역시 송 노파 대신 이번에는 훈규가 대답한다.

"저 갈매봉 아래 평촌이라는 곳이 우리 외가 마을이었지."

"아, 그래요? 맞아요. 평촌. 우리 아부지 고향도 바로 평촌이라 캅 떠더."

젊은 사공은 마치 무슨 대단히 반가운 일이라도 생긴 듯 얼굴이 활짝 밝아지며 노를 더 힘주어 젓는다.

"할머님, 그럼 옛날에 우리 아부지 알았겠는데예."

"……."

"우리 아무지가 스무 살인가 됐을 때 고향을 떠났다 캅떠더. 할머님은 몇 살에 시집을 가셨는지 모르지만, 그 전에는 한 동네에 살았을 끼니까 알 텐데예."

"……."

"우리 아부지는 집이 억씨기(몹시) 가난해서 남의 집 품팔이를 하는 기 일이었답니더. 성은 최 씨고예."

그때까지 웬일인지 조금 긴장이 된 듯 굳어져서 가만히 듣고만 있던 송 노파의 얼굴에 순간 당황하는 듯한 기색이 떠올랐다. 그러나

송 노파는 그 기색을 얼른 얼굴에서 싹 지워버리더니, 엉뚱하게 무엇에 놀라기라도 한 것처럼,

"아이고, 여기다! 여기!"

냅다 소리를 질렀다.

"뭐가예?"

사공은 눈이 휘둥그레졌고,

"여기라뇨? 뭐가요?"

"할머니, 뭐가 여기란 말이에요?"

훈규와 명수도 놀라 물었다.

"여기가 평촌이라니까, 틀림없어. 이 밑이여, 이 밑. 틀림없다니까."

지금 배가 미끄러져 가고 있는 위치가 옛 고향 평촌의 바로 위쪽이라면서, 송 노파는 기쁨인지 슬픔인지, 아니면 놀라움인지 뭔지 잘 알 수 없는 그런 뒤범벅이 된 표정으로 배 밑의 물을 두리번두리번 내려다보고 있었다. 마치 물속에 잠겨 있는 고향 마을을 찾아내기라도 하려는 것처럼……

젊은 사공은 노질을 멈추어 그 자리에 서서히 배를 멈추었다.

"물속으로 할머니의 고향 마을이 보이면 얼마나 좋을까. 그러면 진짜 용궁 같을 텐데……"

명수는 뱃전에서 몸을 굽혀 한 손으로 물을 찰박거리면서 말했다.

"용궁은 바다 밑에 있는 거니까, 여기서는 어궁(魚宮)이라 하는 게 옳겠는데……"

훈규가 미소를 지었다.

"어궁이 뭔데요?"

"고기 어 자 어궁 말이다. 용이 사는 집이 아니라, 고기가 사는 집

이란 뜻이지."

그러자 젊은 사공도 한마디 한다.

"이 호수 밑에 이무기가 살지도 모르니까, 이무기궁이라 캐도 되겠네예."

"이무기가 뭔데요?"

명수가 또 묻는다.

"물속에 사는 오래된 구렁이를 이무기라 안 카나. 용이 될려다가 미역국을 묵고 이무기가 됐다는 기라."

"미역국을 먹다니요?"

"낙방을 했단 말 앙이가. 시험에 떨어졌다 그 말이다. 말하자면……."

"용이 되는 데도 시험을 치는 모양이죠? 그것도 연합고삽니까?"

"허허허…… 그 녀석."

웃음을 터뜨린 것은 훈규였다. 시험이라면 지겨운 요즘 중·고등학생들의 심정을 이 녀석이 제법 익살스럽게 말하는구나 싶었던 것이다.

용궁이니 어궁이니, 혹은 이무기궁이니 하고 지껄여대는 소리를 송 노파는 듣는지 안 듣는지, 그저 약간 상기된 듯한 얼굴로 배 주변의 물을 두리번거리다가 저만큼 앞에 다가와 있는 갈매봉으로 시선을 옮기며.

"관세음보살—"

나직이 한숨처럼 염불을 중얼거렸다.

"할머님, 고향을 찾으신 소감이 어떠십니꼬?"

불쑥 젊은 사공이 묻는다.

"찾기는 뭘 찾아."

"바로 이 밑이 고향 마을이라면서예. 찾은 거나 마찬가지 아닙니까."

"……."

"소감을 한마디 말씀해 보이소."

그러자 송 노파는 잠시 뜸을 들이는 듯하다가,

"관세음보살— 이기 내 소감이네."

하고 말했다.

"하하하…… 관세음보살이 소감입니까?"

사공이 웃자 훈규가,

"그보다 더 멋진 소감이 달리 있을까? 물에 잠긴 고향을 찾아와 마을 위에 배를 타고 떠 있는 심정을 뭐라고 말로 표현하겠어. 몰라서 그렇지, 기가 막히는 소감인 걸. 그 염불 한마디에 만감이 다 서려 있는 셈이지."

하면서 맥주 기운에 약간 불그레해진 얼굴을 곧장 끄덕거렸다. 우리 어머니 보통 넘는다는 듯이.

송 노파는 아들이 너무 칭찬을 하는 바람에 좀 멋쩍은 듯, 그러나 기분이 나쁠 턱이 없어 주름진 얼굴에 엷은 웃음을 떠올리며 고개를 살짝 돌려 버린다.

명수는 '관세음보살'이라는 염불 한마디가 무엇이 어째서 고향을 찾아온 소감이 되는 것인지, 도무지 알 수가 없다는 그런 표정이다. 그러나 젊은 사공은 훈규의 말이 무슨 뜻인지 약간은 수긍이 가는 듯한 기색이더니 불쑥,

"만일 우리 아부지가 여길 오신다면 소감을 뭐라 카실지 모르겠

네.”

농담조로 말했다.

재빨리 명수가 대답한다.

“나무아미타불이라고 할지 모르죠.”

그러자,

“하하하……”

“허허허……”

사공과 훈규가 동시에 웃음을 터뜨렸고, 송 노파도,

“그 녀석 참 맹랑하대이. 흐흐흐……”

손자가 귀엽기만 한 듯 낮은 목소리로 웃었다.

“정말 우리 아부지도 부처님을 믿었다면 소감을 그렇게 말하실 지도 모르지. 고향 마을이 물속에 잠겨 삐릿으니 진짜 나무아미타불 앙이가. 학생 참 머리 좋대이.”

사공의 말에 명수는,

“관세음보살보다 나무아미타불이 더 그럴듯하죠? 하하하……”

우쭐해지는 모양이었다.

“자네 아버지는 지금 어디 계시는데?”

훈규가 사공에게 물었다.

“모릅니더.”

“모르다니?”

“어디 계시는지도 모르고, 살았는지 돌아가셨는지 그것도 모릅니더.”

“아니, 아들이 아버지의 생사도 모르다니…… 이북에라도 있단 말인가?”

"그건 아니고……."

"그럼?"

"그렇게 됐심더."

"그렇게 되다니…… 어떻게 됐단 말이지?"

훈규는 맥주 기운 탓인지 공연히 재미삼아 남의 집안 내막을 추궁하듯 캐물었다. 명수도 바짝 궁금한 얼굴이었다. 그러나 송 노파는 묘하게 냉랭한 표정으로 슬그머니 고개를 딴 데로 돌리고 있었다. 일부러 무관심한 듯이 시치미를 떼고 있는 게 틀림없었다.

사공은 좀 망설이는 듯하더니, 뭐 말 못할 것도 없다는 듯이 입을 열었다.

"얼굴도 잘 기억나지 않는데요 뭐. 제가 여섯 살 때 집을 나가서 그 뒤로 종무소식이지 뭡니꾜."

"왜 집을 나갔는데?"

"모릅니다. 우리 어머니하고 사이가 안 좋았던 기지요, 뭐. 우리 어머니도 몇 해 뒤에 날 외갓집에 맡겨놓고 개갈 해삐렸답디더. 외가에 좀 있다가 뛰쳐나와 고아원으로 어디로 굴러댕깄지 뭡니꾜. 말하자면 삼팔따라지지요. 그러다가 군대에 지원해 들어가서 작년까지 근무를 하고, 십 년 만에 옷을 벗었심더. 옷을 벗고 사회에 나오니 또 당장 갈 데가 있어야지요. 그래서 옛날 아부지의 고향이라는 데나 한번 찾아보자 하고 여기에 안 왔습니꾜. 아부지의 고향은 결국 내 고향이기도 하니까 말입니더."

"뿌리의 땅을 찾아온 셈이구먼."

"그렇심더. 뿌리의 땅을 찾아오긴 왔는데, 내사 뭐 아무렇지도 않습띠더. 생판 낯선 곳이니까요. 그저 멋있는 댐이구나 싶어서 당분간 여기서 머물기로 안 했습니꺄. 곧 떠나야지요. 이런 곳에 오래 있어서 뭐 하겠습니꺄. 도시로 나가야지요. 그래야 무슨 수가 생겨도 생기지요. 안 그렇습니꺄?"

"그렇지."

훈규는 고개를 두어 번 끄덕이고 나서,

"자네 아버지 이름은 뭐지? 성은 최 씨라고 그랬지?"

하고 물었다.

"예. 성은 최 씨고, 이름은 동팔 씨라 캅디더."

"최동팔 씨라…… 어머니, 옛날에 최동팔 씨라고 혹시 기억 안 나세요?"

그러나 송 노파는 이맛살을 찌푸리며,

"모른다니까."

고개를 내저었다.

젊은 사공이 조금 이해가 안 된다는 투로 말한다.

"연세도 비슷하고, 한 동네에 살았으면 모르실 택이 없을 긴데…… 잘 기억해 보이소."

"글쎄 모른다는데 자꾸 그러네."

그런 질문은 싫다는 기색이 역력했다. 훈규가 얼른,

"벌써 오십 년이 넘었으니 기억이 잘 안 나실 거야. 더구나 같은 여자도 아니고, 남자였으니까. 옛날에는 남녀유별이 심했거든."

어머니를 변명하듯 말했다.

송 노파는 웃음이 나오려는 것을 참으며 슬그머니 또 시선을 돌려 버렸다. 기억이 안 나다니…… 최동팔이를 모르다니…… 말도 안 되는 것이다. 벌써 아까부터 이 젊은이가 옛날 그 동팔이의 아들이라는 것을 알고 속으로 적잖이 당황하고 있었던 것이다. 어딘지 모르게 싱겁고 닝글닝글하기도 한 말투랄지, 몸놀림까지가 생소하게 느껴지지가 않고 어디선지 많이 낯익은 듯하더니, 뜻밖에도 동팔이의 아들이라니, 어쩌면 이렇게 공교로운 일도 있을까 싶어 놀라지 않을 수 없었다. 만일 이 젊은이라도 만나지 않았더라면 그야말로 물 밑에 잠겨버린 고향의 흔적도 느껴볼 수 없을 뻔하지 않았는가. 이 젊은이가 직접 옛날에 알았던 고향 사람은 아니지만, 비록 처음 만난 사이이긴 하지만, 그러나 다른 어느 누구 못지않게 옛날 일을 떠올리게 하고, 또 인연 아닌 인연이라 할까, 그런 보이지 않는 끈으로 연결되어 있다고도 할 수 있지 않는가. 동팔이의 아들이니 말이다. 물론 생판 남이기는 하지만.

아무튼 송 노파는 우연치고는 정말 공교로운 우연에 놀라서 착잡한 심정에 휘말려 있었다. 사실대로 자네 아버지를 안다고 할까도 싶었으나, 도무지 내키지가 않아 끝내 시치미를 떼고 말았던 것이다. 오랜 세월이 흐른 지금도 최동팔이라는 사람은 결코 담담하고 기분 좋게 떠올릴 수 있는 상대가 아니어서, 그 아들 앞에 그 사람 이야기를 꺼내고 싶지 않았던 것이다.

어디서 사는지, 죽었는지 살아 있는지, 그 아들도 생사를 모르는 그런 처지라고 하니, 끝내 가련한 인생이로구나 하는 생각이 들어 한 가닥 측은한 정만은 금할 수가 없어서 송 노파는 속으로 나직이 염불을 거듭 욀 따름이었다.

바람이 한결 시원해지면서 호면에 잔잔한 물결이 일기 시작했다. 배의 요동이 조금 느껴졌다. 해도 어느덧 설핏하게 기울어졌다.

"시간이 어떻게 됐지?"

하면서 훈규가 팔뚝시계를 보자 사공이,

"한 시간만 타실 낀가예?"

물으면서 자기도 시계를 본다.

"응"

"그럼 이십 분 남았는데요. 인제 돌아가야 되겠심더."

"그러지."

젊은 사공은 두 팔에 불끈 힘을 주어 노를 젓기 시작했다. 배는 잔잔한 물결 위를 가볍게 미끄러져 나간다.

송 노파는 작별을 아쉬워하듯이 이 약간 쓸쓸해 보이는 그런 얼굴로 하염없이 갈매봉을 바라보고 있다. 이제 갈매봉을 바라보는 기회도 이것으로 마지막일 것이라는 생각이 들자, 기분이 축축해지며 주름진 두 눈에 엷게 물기가 어린다. 갈매봉이 뿌우옇게 흐려진다.

뻐꾹 뻐꾹 뻐뻐꾹 뻐뻐꾹…… 뿌우옇게 흐려진 갈매봉에서 뻐꾸기 우는 소리가 또 들려온다. 마치 잘 가라고 작별을 고하는 것처럼 그 소리는 송 노파의 귀에서 가슴으로 짜릿하게 스며든다. 송 노파는 가만히 고개를 숙이며 눈을 감는다.

아득히 멀어져 간 지난날의 갈매봉이 송 노파의 머릿속에 떠오르고, 그 갈매봉에서 울던 옛날의 뻐꾸기 소리가 은은한 메아리가 되어 되살아 들려오는 것만 같다.

갈매봉에서는 봄철뿐 아니라, 여름에도 가을에도 곧잘 뻐꾸기가 울었다. 가을이 깊어지면 뻐꾸기는 바다 건너 먼 남쪽으로 날아가고, 겨울철에는 대신 부헝부헝…… 부엉이 우는 소리가 들려왔다. 끝선이는 갈매봉에서 우는 뻐꾸기와 부엉이 소리를 들으며 자랐다고 해도 과언이 아니다.

그렇다고 갈매봉에서 새들만 우는 것은 아니었다. 때때로 짐승 우는 소리도 들렸다. 산짐승 우는 소리 가운데서 어린 끝선이는 늑대 울음소리를 제일 두려워했다. 크크흥 크크흥…… 하고 하늘을 쳐다보며 잇바디를 드러내고 으르릉대는 것 같은 늑대 울음소리가 들려올 것 같으면 끝선이는 바깥에서 놀다가도 집으로 달려가 방에 뛰어들어가서 이불을 뒤집어쓰고 숨을 죽였다. 어린 끝선이가 늑대를 그처럼 무서워하는 데는 그럴 만한 까닭이 있었다.

여섯 살 때의 일이었다. 끝선이네 집에서는 염소 두 마리를 기르고 있었다. 까만 염소였다. 흑염소는 부인들의 보신에 그만이라고 해서 끝선이 어머니를 위해서 사다가 길렀다. 끝선이 어머니는 끝선이를 낳은 뒤로 산후병이 생겨 늘 팔다리가 싸늘하고 숨이 차며 안색이 좋지 않아 맥이 풀어진 사람 같았다. 끝선이 아버지가 한의였기 때문에 약도 많이 먹였으나, 병의 뿌리까지 말끔히 잘 뽑히지는 않았다. 그래서 흑염소로 보신을 시켜보려고 새끼 두 마리를 사왔던 것이다.

끝선이는 그 까만 두 마리의 새끼 염소를 여간 귀여워하지 않았다.

"한 마리는 엄마 거, 한 마리는 내 거."

하면서 심심하면 곁에 가서 풀을 먹이기도 하고, 쓰다듬기도 하고, 끌어안기도 했다. 그러면 염소 새끼는 멤멤 메헤메헤…… 고개를 내두르기도 했고, 꼬리를 흔들며 도망치기도 했다. 동네 꼬마 친구들을 데려와서,

"너거는 염소 없제? 우리는 두 마리나 있다 아나? 염소는 까만 콩

같은 똥을 눈다 아나?"

하고 자랑하기도 했다.

염소가 제법 자라서 중치 정도 되었을 때였다. 어느 날 해거름이었다. 난데없이 바깥이 떠들썩해졌다.

"염소를 물어갔구마! 염소를!"

하는 고함소리가 들렸다.

사랑채의 약실에 앉아 있던 송 생원은 난데없이 무슨 일인가 싶어 방문을 열었다. 동네 총각 서넛이 들이닥쳤다.

"늑대가 염소를 물어갔심더."

"뭐라고?"

"방금 염소를 물고 산으로 도망쳤다니까예, 늑대가."

"늑대가? 그기 정말이가?"

"정말입니더. 지가 직접 봤심더."

그러자,

"저도 봤심더."

"저도예."

하고 모두 떠들어댔다.

"아니, 이 일을 우짜지? 한 마리만 물어갔나, 두 마리 다 물어갔나?"

부엌에서 저녁상을 차리고 있던 끝선이 어머니 의원댁도 놀라,

"우야꼬, 늑대가 염소를 물어가다니……."

핏기가 싹 가신 얼굴에 두 눈을 휘둥그레 가지고 마당으로 뛰어나왔고, 밥솥에 솔가리를 지피고 있던 첫선이도 부지깽이를 쥔 채 어머니를 뒤따라 나왔다. 큰방에 있던 또선이랑 끝선이도 마루로 뛰어

나왔다.

늑대가 염소를 물어갔다는 것을 알고 끝선이는 그만,

"난 몰라! 내 염소, 내 염소—"

발을 동동 구르면서 삐— 울음을 터뜨렸다.

"용만이 이누무 자석은 어디 갔노? 염소도 좀 안 보고……."

송 생원은 공연히 아들을 들먹여 화풀이를 해댔다.

온 집안이 발칵 뒤집혔고, 동네도 술렁거렸다. 늑대에게 물려갔다고 해서 그냥 단념해 버릴 수는 없었다. 가만히 내버려두면 늑대란 놈이 재미를 붙이고서 앞으로 계속 마을에 내려와 그런 못된 짓을 저지를 터이니, 뒤쫓아 가서 때려잡든지, 잡지 못하면 염소라도 되찾아 와야 된다는 이야기들이었다.

곧 마을의 젊은 남정네들이 손에손에 작대기니 몽둥이, 혹은 괭이나 쇠스랑 같은 것을 들고 나섰고, 꽹과리와 징도 동원되었다. 사나운 산짐승을 잡거나 쫓을 때는 꽹과리와 징이 위력을 발휘하는 것이었다. 해거름이어서 어두워지면 불을 붙이려고 홰를 몇 개 마련하기도 했다.

깨갱깨갱 깽깽깽…… 깨갱깨갱 깽깽깽…… 징— 징—

요란한 풍물 소리와 함께 늑대 사냥꾼들은 마을을 나서 갈매봉으로 향했다. 난데없이 무슨 축제라도 벌어진 것 같은 느낌이었다.

동네에 남아 있는 사람들은 갈매봉 기슭에서 차츰 위로 올라가며 울려 퍼지는 풍물 소리를 들으며 두려움과 기대감이 뒤섞인 야릇한 호기심에 가슴을 떨기도 했다.

"엄마, 늑대 잡아 오나?"

여섯 살짜리 어린 끝선이의 두 눈에도 무서움과 호기심이 가득 담겨 있었다.

"모르지, 잡아 올동⋯⋯."

"염소는?"

"모른다니까."

"늑대가 염소를 와 물어 가노?"

"잡아묵을라고 안 물어 가나."

"배가 고파서 잡아묵나?"

"그래."

"그러면 염소 죽지?"

"응."

끝선이는 두 눈을 깜박거리다가,

"흥, 나 몰라. 내 염소 죽으면 몰라, 몰라."

하고 또 울먹울먹했다.

사냥꾼들은 풍물을 치며 갈매봉을 훑어 올라갔으나, 늑대는 흔적이 없었다. 어느덧 사방이 어둑어둑해져서 홰에 불을 붙였다. 이미 멀리 도망친 모양이니 단념하고 내려가자는 말들을 하고 있는데 저쪽에서,

"여기 있다!"

하는 고함소리가 들렸다.

모두가 그쪽으로 몰려갔다. 물론 늑대가 있는 것은 아니었다. 염소가 버려져 있었던 것이다.

염소는 어느새 대가리와 네 다리 부분만 제대로 남아 있고, 배를 물어뜯어 온통 파먹어서 몸집이 홀쭉하게 되어 있었다.

"지독한 놈이다 앙이가."

"어느새 이렇게 해치웠지?"

"억씨기 굶었던 모양이제."

"하하하……."

"허허허……."

사람들은 웃는 도리밖에 없었다.

그것이나마 발견을 해서 다행이었다. 빈손으로 돌아가는 것보다는 월등히 낫지 않는가 말이다.

늑대가 뜯어먹다가 남은 염소의 시체를 작대기에 걸쳐 메고 마을로 돌아온 일행은 송 생원네 마당에 그것을 내려놓았다. 동네 사람들이 뭐 어떻게 됐는가 하고 한마당 모여들었다.

배가 갈라져서 피에 뒤엉긴 채 아무렇게나 마당에 굴러 있는 염소의 시체를 본 끝선이는 그만 질겁을 하고,

"아이곰마─"

냅다 울음을 터뜨리며 방 안으로 도망치듯 뛰어 들어가 버렸다.

송 생원은 염소를 내려다보며,

"참 독종일세그려. 어느새 이 지경을 맨들어 삐릿지? 허 참……."

입맛을 쩝쩝 다시고 나서,

"도리 없지, 도리 없어, 이기라도 고와서 멕이는 수밖에……."

하고 혼자 중얼거리듯이 말했다.

그러자 누군가가,

"고울라면 어짜피 창자는 긁어내는 기니까, 늑대가 창자를 긁어내 줬다고 생각하면 되는 기지예 뭐. 안 그렇습니꾜? 허허허……."

싱겁게 웃어버렸다.

"그럼 늑대한테 고맙다 캐야 되겠네. 허─"

송 생원도 실소를 하는 수밖에 없었다.

결국 그날 밤 그 염소의 가죽을 벗기고, 여러 차례 잘 씻어서 약재 몇 가지와 함께 솥에 넣어 푹 고았다. 늑대에게 물려가서 뜯어 먹히다가 만 염소 고기였지만, 고는 냄새는 다를 바가 없었다. 약간 누린 내가 나면서도 구수한 냄새가 밤이 이슥토록 집 안에 풍겼다.

"냄새 좋다."

"맛있겠대이."

하고 첫선이와 또선이가 입맛을 다셨으나 끝선이는,

"나는 안 묵어. 아이고 냄새야."

하면서 콧구멍을 두 손가락으로 찍 막고, 얼굴을 찡그렸다.

첫선이와 또선이는 염소 고기를 다 고면 좀 얻어먹고 자려고 졸음이 와 하품을 하면서도 자리에 눕지 않으려고 애를 쓰는 눈치가 역력했으나, 끝선이는 곧 이불 속으로 파고들어 색색 잠들어 버렸다.

이튿날 아침 밥상에 염소 곰국이 각자 한 그릇씩 놓였다. 약재를 넣은 보신용이기는 했으나, 물을 많이 부어 한 솥 고았기 때문에 맛이라도 보라고 식구마다 한 그릇씩 떴던 것이다. 첫선이랑 또선이는 말할 것도 없고, 용만이도 좋아서 히히덕거리며 퍼먹어댔으나, 어린 끝선이 혼자만 끝내 숟가락을 대지 않았다.

"묵어보래. 맛 좋대이. 참 구수하다."

어머니의 말에 끝선이는,

"싫어!"

마치 화라도 나는 것처럼 고개를 내저었다. 그리고,

"우리 집 염소를 불쌍해서 우예 묵노. 늑대한테 물려가 죽어서 더 불쌍한데……."

제법 이렇게 말하는 것이었다.

"그럼 내 묵으까?"

첫선이가 끝선이 앞의 곰 그릇을 건너다보자,

"묵어라, 돼지야!"

하고 눈을 흘겼다. 제가 먹기는 싫어도 남 주기는 또 아까운 모양이었다.

그런 일이 있은 뒤로 끝선이는 늑대라고 하면 무서움과 함께 한없이 미운 생각이 들었다. 크크흥 크크흥…… 하고 갈매봉에서 늑대 우는 소리가 들려올 것 같으면 어린 끝선이는,

"늑대다! 우리 염소, 우리 염소……."

하면서 도망치듯 방 안으로 뛰어들기 일쑤였다.

마을로 내려와 닭이나 강아지, 혹은 돼지 새끼, 염소 따위를 물어가는 것은 비단 늑대만이 아니었다. 살쾡이나 너구리, 또는 여우가 나타나기도 했고, 멧돼지가 내려오는 수도 있었다. 그러나 송 노파의 머리에 지금도 늑대가 가장 두려운 산짐승으로 남아 있는 것은 염소가 물려갔던 그때 그 일 때문이다. 오랜 세월이 흘렀지만, 그때 그 일은 송 노파가 고향의 갈매봉을 떠올릴 때마다 생각나는 가장 짙고 으스스한 기억인 것이다. 어쩌면 여섯 살이라는 어린 시절에 최초로 본 이 세상의 끔찍하고 두려운 광경이었기 때문에 그런지도 모른다.

갈매봉은 송 노파의 기억 속에 으스스하고 두려운 산으로 떠오른 다기보다 오히려 그립고 아련한 추억의 멧부리로 그려진다고 하는 편이 옳을 것이다. 더러 산짐승들이 마을로 내려와 가축을 물어가는 그런 끔찍한 일도 있었지만, 그와는 달리 가지가지 꿈같은 일들이

엷은 채색의 그림처럼, 혹은 이야기처럼 되살아나니 말이다.

따스한 봄날, 친구들과 같이 바구니를 옆에 끼고 산기슭 양지바른 곳을 이리저리 찾아다니며 파릇파릇 돋아나는 고사리니 도라지 혹은 참취, 다래 잎 따위 산나물을 뜯는 재미는 잊을 수 없는 추억 가운데 하나다. 끝선이는 아직도 철이 안 든 일여덟 코흘리개 적부터 첫선이랑 또선이를 따라 산나물을 캐러 다녔다. 혹시 저를 떼놓고 언니끼리만 가기라도 하면 찔찔 울면서 기어이 뒤따르곤 했었다. 제 나물바구니도 따로 있었다.

바구니를 사다준 이는 아버지였다. 어느 날, 읍에 볼일이 있어 나갔던 송 생원은 해거름에 술이 약간 오른 불그레한 얼굴로 사립문을 들어섰다. 울타리 가에서 동네 애들과 소꿉질을 하며 놀고 있던 끝선이가,

"아부지, 인자 오십니꺼?"

발딱 일어나 인사를 하자, 송 생원은 어린 막내딸이 귀엽기만 한 듯 불그레한 얼굴에 활짝 웃음을 떠올리며,

"오오냐. 우리 끝선이, 뭐 하노? 소꿉장난 하나? 그래, 좋지."

하면서 그쪽으로 다가갔다.

"끝선아."

"예?"

"아부지가 좋은 거 주까?"

"뭔데예? 주이소."

"뭔동 알겠나?"

"뭘까?"

끝선이는 손가락 하나를 입에 갖다 넣으며 갸웃이 고개를 기울

였다.

"모르겠제? 흠— 뭔고 하면……."

송 생원은 곧장 싱글거리면서 한 손에 든 제법 불룩한 자루를 땅바닥에 내려놓고, 주둥이를 묶은 끈을 풀었다. 읍에서 이것저것 한약재를 사서 담은 자루였다. 끝선이랑 애들은 그 자루 속에서 뭣이 나오는가 하고 다가가서 눈들을 반질거렸다.

뜻밖에도 바구니가 나왔다. 오목하고 방방하게 생긴 조그만 대바구니였다.

"아부지, 이거 내 낍니꺼?"

"그래, 니 줄라고 안 사왔나."

"나물 캘 때 쓰라고 사왔지예?"

"허허허…… 영리하대이, 우리 끝선이."

주기가 있는지라, 송 생원은 끝선이의 머리를 쓰다듬어주기까지 했다. 동네 애들은 모두 부러워서 못 견디었다.

그 예쁘장한 바구니를 끝선이는 밤에도 꼭 머리맡에 놓고 잤다. 그리고 그 전보다 더 열심히 나물을 뜯으러 다닌 것은 말할 것도 없다.

여름철과 가을철에는 갈매봉에 머루와 다래, 산딸기 같은 산과(山果)가 열렸다. 그런 열매들은 산의 제법 깊은 골짜기에 많이 열렸기 때문에 어린 시절에는 어른들을 따라갈 때 외에는 두려워서 엄두를 내지 못했으나, 열너댓 살 적부터는 몇몇이 어울려 곧잘 깊숙한 곳까지 찾아 들어가곤 했다. 산짐승도 낮에는 별로 설치지 않는 듯 한 번도 큰 짐승을 만나 놀란 일은 없었다. 다람쥐나 고작해야 산토끼 정도였다.

까맣게 주렁주렁 열린 머루도 좋고, 누르스름하게 익어가는 다래도 좋지만, 끝선이는 산딸기가 제일 신기했다. 빨갛다 못해 검은 자줏빛으로 짙게 익어가며 햇빛에 반짝반짝 빛나는 산딸기 덤불을 발견할 때면 그만 눈이 번쩍 뜨이며,

"우야꼬 우야꼬— 산딸기 보래—"

절로 탄성이 터져 나왔다. 산딸기는 언제 보아도 희한하기만 했다.

열네 살 적이던가, 처음으로 갈매봉의 산딸기를 한 바구니 따가지고 집에 돌아갔을 때, 송 생원은 누구보다도 기뻐했다.

"호오, 복분자를 어디서 이렇게 많이 땄노. 억씨기(무척) 잘 익었다."

"복분자가 뭐예? 아부지."

"이기 바로 복분자 앙이가. 산딸기를 복분자라 카는 기라."

그때 끝선이는 처음으로 산딸기를 '복분자'라고도 한다는 것을 알았다. 산딸기를 따러 갈매봉으로 가면서 친구들에게,

"너거 복분자가 뭔동 아나? 모르지? 산딸기를 복분자라고도 하는 기라. 아나?"

하고 뽐내기도 했다.

송 생원은 산딸기로 곧잘 술을 담가 반주로 즐겼다. 그래서 끝선이는 아버지가 좋아하시는 산딸기를 욕심을 내어 많이 따려고 기를 쓰곤 했었다.

봄철로 꿩알을 줍는 재미도 이만저만이 아니었다. 사철 적잖은 수효의 꿩들이 갈매봉에 사는데, 봄이 되면 다복솔이 우거진 곳이나 칡덤불 밑 같은 데에 소복이 알을 까놓고 품는 것이다. 사람이 다

가갈 것 같으면 알을 품고 있던 까투리가 놀라 푸드득푸드득 날개를 퍼덕이며 날아오르고, 근처에 있던 장끼도 덩달아 *끄끄끅 끼끼끅……* 우짖으며 나무 위로 치솟곤 했다. 장끼의 날개랑 꼬리는 얼룩덜룩 영롱한 빛깔이어서 치솟을 때 햇살을 받아 눈부시게 번쩍거리기도 했다.

꿩들이 날아오른 자리를 찾아가 잘 살펴보면 적을 때는 대여섯 개에서 많을 때는 열두어 개나 되는 알이 귀물스럽게 풀잎 둥우리에 소복이 담겨 있는 것이다.

"하하하하……."

꿩알을 찾아냈을 땐 끝선이는 왠지 절로 까르르 웃음부터 나왔다. 희한해서 죽겠는 것이다.

꿩알은 바구니에 담질 않고, 혹시나 깨질까 봐 언제나 치마폭에다가 소중하게 싸 안듯이 해서 집으로 가져갔다. 물론 이마에 여드름이 돋아나고부터는 치마를 훌렁 걷어붙이는 일은 없었지만.

집에서 꿩알을 가장 좋아하는 이는 어머니였다.

"아이고 우야꼬, 꽁알이구나."

하면서 절로 입이 헤벌어졌다.

달걀보다 좀 작은 꿩알은 쪄서 까먹기에 크기도 알맞고, 맛도 좋았다. 뭐 맛이야 달걀과 별로 다를 게 없었지만, 꿩알이라고 해서 공연히들 별미로 여겼다.

꿩을 잡으러 포수가 찾아오는 수도 간혹 있었다. '도리우찌'를 쓰고 엽총을 어깨에 멘 포수는 대개가 일본 사람이었다. 혼자 오는 수도 있었고, 두세 사람이 함께 나타나는 수도 있었다. 때로는 사냥개를 데리고 오기도 했다. 그런 때면 마을은 무슨 큰 구경거리라도 생긴 것처럼 술렁거렸다.

끝선이가 열여섯인가 되던 해 가을이었다. 어느 날, 끝선이는 마을 앞 계천에서 빨래를 하고 있었다. 동갑내기 친구인 달금이랑 순님이와 함께였다. 셋은 늘 단짝이어서, 모이면 이런 이야기 저런 이야기 끝이 없었다. 아무것도 아닌 이야기도 셋이서*(원전에는 '서이서') 주고받으면 그저 재미있기만 했다.

그날은 어쩌다가 제법 시국 이야기가 나와서 만주사변을 두고 콩팔칠팔 주고받았다. 그 두멧골까지 전쟁의 소문은 흘러왔던 것이다. 가장 떠벌려대는 것은 달금이었다. 달금이는 몸집도 셋 중에서 제일 크고, 열여섯인데 벌써 궁둥이가 탱탱하게 벌어져서 말 같은 덜렁덜렁한 계집애였다.

"청국이 먼저 잘못했어. 청국 병대가 먼저 폭탄을 떤졌다는 기라. 기찻길에다가."

달금이의 말에,

"우야꼬, 기찻길에다가?"

순님이는 눈이 휘둥그레졌다.

"그래, 그래서 기찻길이 구만 엿가락처럼 녹아 삐렸으니 누가 가만히 있겠노 말이다."

"그래서?"

"그래서 전쟁이 붙었지 뭐고. 일본 병대가 청국 병델 막 죽인다는 기라."

"청국이 일본한테 지능강?"

그러자 끝선이가 대답했다.

"일본 병대가 억씨기 무섭단다. 칼로 청국 사람 배를 막 푹푹 찔러 삐린다는 기라."

"아이고 무시라."

"그리고 모가지도 썩썩 짤라 삐린대."

"모가지를?"

"그래."

달금이가 또 입을 열었다.

"전쟁이 붙었으니 그래야지 우짜노. 그래야 이기지."

"그렇지만 야야, 사람 배를 우예 푹푹 찌르고, 사람 모가질 우예 썩썩 짜르노."

순님이가 대꾸했다.

"안 그라고 그럼 어떻게 사람을 죽이노?"

"총으로 쏘만 안 되능강?"

"총으로 죽이나 칼로 죽이나 마찬가지 앙이가?"

"우예 마찬가지고?"

달금이와 순님이는 공연히 약간 언성을 높였다.

"하하하…… 와 이카노. 너거도 한번 전쟁을 쳐볼라 카나? 누가 청국이고, 누가 일본이고? 어디 한번 붙어보래. 구경 좀 하자."

끝선이는 빨래를 물에 휘휘 내저으며 말했다. 둘이는 멋쩍어서 비식 웃었다.

만주를 손아귀에 넣기 위해 일본은 자기네가 경영하는 남만주 철도의 유조구(柳條溝)에서 자기네 손으로 철도를 폭파하고 그것을 중국군의 소행으로 몰아 무력행사를 감행했던 것이다.

그 무렵은 중국을 흔히 '청국'이라고 했다. 그래서 끝선이들도 청국, 청국 병대 하면서 소문에 들은 이야기를 제멋대로들 지껄여댔다.

잠시 말없이 빨래를 주물러대고 있던 달금이가 별안간 호들갑스럽게 소리를 질렀다.

"저기 누고? 웬 사람이지?"

　끝선이랑 순님이도 고개를 들었다.

"아니, 누구지?"

"포수 같은데, 말을 타고……."

　순님이는 일손을 놓고 자리에서 일어나기까지 했다.

　멀리 언덕길을 말을 탄 사람이 하나 끄떡끄떡 내려오고 있었다. 차츰 이쪽으로 가까워지는데 보니 포수 같았다. 어깨에 엽총을 메고 있었다. 그러나 모자가 도루우찌가 아니라, 하얀 운동모자였다. 좀 더 가까워지자,

"우야꼬! 총각이대이."

　깜짝 놀라듯이 달금이가 외쳤다.

"맞다, 포수는 포순데, 총각 포수다. 하하하……."

　순님이도 공연히 좋아서 웃어댔다.

"포수가 아니라, 학생인 것 같다 와."

　끝선이도 꿀컥 절로 군침이 넘어갔다.

　계천에 이르자, 히히힝! 하고 말은 코를 불었다. 저쪽으로 징검다리가 있는데, 일부러 끝선이들이 빨래를 하고 있는 이쪽으로 끄떡끄떡 다가와 맞은편 물가에 멈추어 섰다.

　열일곱이나 여덟쯤 되어 보이는 총각이었다. 하얀 운동모자를 쓰고 있어서 그런지 얼굴빛이 더욱 희게 보였다. 어깨에 엽총을 메고, 탄대를 두르고 있긴 했으나, 끝선이가 말한 것처럼 포수라기보다는 학생으로 보였다. 그리고 얼른 보아도 일본 사람이었다. 말도 번들

번들한 호마(胡馬)였다.

총각은 말 위에서 빙긋 웃었다. 그리고 말고삐를 살짝 잡아당겼다. 말은 성큼 물속으로 들어서서 철벅철벅 계천을 건너왔다.

"우야꼬!"

"와 이리 오제?"

"아이고머니—"

끝선이들이 당황하자, 총각은 재미있다는 듯이 여전히 빙긋빙긋 웃으며,

"수미마셍(미안해요)."

하고 한 손을 번쩍 들어 거수경례를 붙여 보였다.

악의가 없다는 것을 알자,

"하하하……."

달금이가 먼저 소리를 내어 웃었고,

"수미마셍이 뭐고? 무슨 말이고?"

하면서 순님이도 미소를 지었다.

"경례를 붙이는 거 보니 반갑다는 말인가 보다 그제?"

끝선이도 공연히 재미가 나서 싱글거렸다.

일본 사람이긴 하지만, 포수가 아니라 학생인 것 같고, 또 하얀 운동모자를 써서 그런지 무척 살색이 희고 눈썹이 검으며, 얼른 보기에도 잘생긴 얼굴이고, 인상도 괜찮은 총각이 번들거리는 말을 타고 나타나서 빙긋빙긋 웃으며 거수경례까지 붙이니 처녀들의 기분이 좋을 수밖에 없었다.

계천을 건너자, 물가에 말을 세웠다. 말은 물을 먹기 시작했고, 총각은 운동모자를 벗어 손수건으로 이마에 내밴 땀을 닦았다. 그리고

처녀들을 향해,

"미수 미수(물 물)."

하면서 물 마시는 시늉을 해보였다.

"물마시고 싶다 카제?"

"맞어."

"여기 마실 물이 어딨노. 샘에 가야지."

달금이는 잠깐 망설이더니,

"내가 샘까지 딜다주까?"

하고 힉 웃으며 벌떡 자리에서 일어났다.

"물 저기 저기. 이리 와, 이리 와."

달금이가 따라오라는 손짓을 하며 앞장을 서자, 총각은 알았다는 듯이 고개를 끄덕였다.

"아리가또, 아리가또(고마워, 고마워)."

"무슨 말인지 알아묵을 수가 있어야제."

달금이가 앞서고, 총각이 탄 말이 뒤따르자, 순님이랑 끝선이도 가만히 앉아서 빨래를 하고 있을 수가 없다는 듯이 털고 일어났다. 계천가에 빨랫감을 그대로 버려둔 채 세 처녀는 공연히 재미가 나서 싱글벙글 웃으며 마을 들머리에 있는 우물로 일본인 총각을 안내해 갔다.

"무라노 게시끼가 이이데수네(마을 경치가 좋군요)."

총각이 혼자 중얼거리듯이, 혹은 들으라는 듯이 말했으나, 무슨 말인지 알아들을 수가 없으니 답답했다.

"야야, 니가 무슨 말을 하는지 내가 알아들을 수가 있어야 대답을 하제. 안 그러나? 이놈아야. 흐흐흐……."

덜렁덜렁하고 좀 싱겁기도 한 달금이가 총각을 놀리듯이 말하자, 순님이랑 끝선이도,

"히히히…… 맞다, 이놈아야. 우리 조선말 좀 해보래."

"쪽빠리가 조선말을 알 텍이 있나 헤헤헤……."

덩달아 기분이 좋아서 킬킬거렸다.

우물에 두레박이 없었다. 달금이가 얼른 두레박을 가지러 달려갔다. 탱탱하게 벌어진 궁둥이와 치렁치렁하게 땋아 내린 머리채가 요란하게 흔들렸다.

말 위에서 총각은 달려가는 달금이의 뒷모습을 가만히 바라보며,

"이이 무수메다나……(좋은 계집앤데……)."

혼자 중얼거리며 구미가 당기는 듯한 표정을 지었다.

달금이가 두레박과 사발을 한 개 가지고 달려오자,

"아이고 가시나, 그릇까지 가지고 온대이."

끝선이는 얄궂다는 듯이 웃었고,

"두레박으로 떠주면 안 되능강. 정성도 좋다."

순님이는 입을 삐죽 내밀었다.

달금이가 두레박으로 물을 길어 올리자, 순님이가 재빨리 사발을 들고 물을 받았다. 그리고 자기가 말 위의 총각에게 주려다 말고,

"참, 내가 주면 안 되겠제."

살짝 얼굴을 붉히며 물그릇을 달금이에게 건넸다.

"가시나야, 누가 주면 어떤노."

하면서도 달금이는 얼른 물그릇을 받았다. 그리고 총각에게 주며 좀 멋쩍은 듯,

"여깄다. 이놈아야, 많이 묵어라."

하고 킥 웃었다.

"아리가또고자이마수(고맙습니다)."

정말 고맙다는 듯이 물그릇을 받아 총각은 벌컥벌컥 한 대접의 물을 거의 다 마셨다. 그릇을 돌려주면서도 연신,

"아리가또, 아리가또(고마워, 고마워)."

하고 고개를 굽신거렸다.

"물 한 그릇 얻어묵고 어지간히 굽신거리네."

"인사성은 많다 와."

"너무 그러니까 간사해 보인다."

그러나 세 처녀는 결코 기분이 나쁠 턱은 없었다.

갈증을 해소하고 나자, 총각은 갈매봉 쪽으로 말머리를 돌리며,

"사요나라(안녕)."

아쉬운 듯한 미소를 지었다.

"야야, 쪽빨아, 잘 가거래이."

"하하하…… . 돌아본다."

"웃는다."

세 처녀 역시 조금은 섭섭한 듯이 서서 배웅을 하듯 바라보고 있었다. 뒤돌아본 총각은 한 손을 번쩍 들어 흔들었다.

"사요나라, 사요나라(안녕, 안녕)."

그리고 말에 약간 속도를 가했다.

빠깍 빠깍 빠까각 빠까각 빠까각…… .

말발굽소리가 갈매봉 기슭으로 멀어지면서 총각의 하얀 운동모자도 희끗희끗 보였다 안 보였다 하면서 사라져갔다.

세 처녀는 계천으로 돌아가 빨래를 계속했고, 잠시 후 갈매봉 쪽

에서는 빵! 빵! 총각이 쏘는 엽총 소리가 메아리를 이루며 울려오곤 했다. 총소리가 울릴 때마다 세 처녀는 일손을 멈추고 갈매봉 쪽을 바라보곤 했다. 공연히 아직도 재미가 나고, 아쉽기까지 한 그런 들뜬 표정으로.

일인 총각은 갈매봉에서 꿩 사냥을 하며 산허리를 돌아 다른 곳으로 옮겨간 듯 다시 마을에 모습을 나타내지 않았다.

그런 일이 있자, 동네 사람들의 입에 세 처녀가 구설수처럼 올랐다. 일인 총각을 우물로 데리고 와서 물을 떠주던 그 광경을 동네 사람들이 보았던 것이다.

"가시나들 아무 짝에도 못 쓰겠다."

대뜸 이렇게 말하는 사람도 있었다.

"열여섯 살이나 처묵은 가시나들이 철따구니 없이 그기 무슨 짓이고. 더구나 왜놈한테. 포순지 학생인진 알 수가 없지만…… 열여섯 살이면 그만한 철은 들었을 낀데…… 고얀 것들 같으니라구."

주로 노인네들이 이런 식으로 내뱉었다.

"대접에다가 물을 담아서 두 손으로 바쳤다며?"

"글쎄, 그랬다지 뭐고."

"같은 값에 버들잎도 한 개 띄워서 바쳤더라면 더 좋았을걸 그랬지."

"우물가에 버드나무가 있어야 말이제."

"하하하……."

"히히히……."

아낙네들은 이렇게 빈정거리며 웃기도 했다.

심술궂은 동네 젊은 녀석들은 공연히 배가 아픈 듯,

"가시나들, 쪽빠리하고 연애하고 싶었던 모양이제."

"각시 되고 싶었던 거 앙이가."

"맞어, 쓸개 빠진 가시나들."

이런 투로 뇌까렸다.

아무도 좋게 말하는 사람이 없었다. 다 큰 처녀가 부끄럼도 없이 낯선 총각에게 물을 떠주는 것부터가 망측한 일인데, 하물며 왜놈 총각한테 그런 선심을 쓰다니, 소갈머리가 없어도 이만저만 없는 게 아니라는 것이었다. 열여섯이라는 나이를 헛먹었다는 것이다.

그러나 끝선이 아버지 송 생원은 달랐다. 물론 딸이 한 짓을 좋게 말하지는 않았다.

"열여섯 살이라지만 허우대만 삐쭉하지, 속에 뭐가 찼어야 말이지. 아직 철없는 어린애 한 가지 아니가. 왜놈이긴 하지만 다른 포수와는 달리 말을 타고 왔고, 또 얼굴도 허여멀쑥하게 생긴 총각 녀석이니까 아무 생각 없이 호기심에서 그랬던 것이지, 뭐 특별히 그것들이 소갈머리가 없어서 그랬겠나. 처녀 총각 때는 너나없이 다 그런 거 아닌가베. 그런 걸 가지고 뭘 그리 입방아들을 찧어쌓노. 웃어넘겨 삐리면 그만일 것을……."

이렇게 점잖게 두둔했다.

그런데 그런 일이 있은 뒤로 끝선이는 한 가지 얄궂게 생각되는 게 있었다. 동팔이의 태도였다.

어느 날, 끝선이는 마을 뒤 도토리나무 숲에서 도토리를 한 바구니 주워가지고 혼자 집으로 향하고 있었다. 숲을 나서서 밭둔덕을 돌아 오솔길을 걷고 있는데, 누군가가 뒤에서,

"끝선아!"

하고 불렀다.

돌아보니 동팔이였다. 산에서 갈비*(솔가리)를 긁어 지게에 지고 내려오는 길이었다.

"와?"

끝선이는 불쑥 대답했다. 열여섯 살이긴 했으나, 끝선이는 아직 한 동네 총각이 부끄럽게 생각된다거나 하는 일이 없었다.

"니 그러지 마래이."

동팔이 역시 밑도 끝도 없이 불쑥 말했다.

"뭘 그러지 말란 말이고?"

"……."

"응?"

"……."

"와 말이 없노?"

그제야 동팔이는 꽤 힘이 드는 듯 뻑뻑한 목소리로 말했다.

"니 요전에 왜놈아한테 물 떠줬다며? 그러지 말란 말이다."

"헤헤헤…… 웃긴다."

"다른 남자한테 물 같은 거 떠 주지 말라 그 말이다."

"뭐라꼬? 다른 남자한테?"

"그래, 나 말고 다른 남자한텐 절대 그러지 말어."

"아이고 배꾸무(배꼽)야— 니가 뭔데? 헤헤헤 히히히……."

마구 웃어젖히며 끝선이는 냅다 달리기 시작했다. 바구니에서 도토리가 줄 흘러 떨어졌다.

동팔이는 그 뒤로도 끝선이를 만나면 그냥 가만히 있질 않았다.

물론 다른 사람이 있을 경우에는 시치미를 뚝 떼고 아무렇지도 않은 태도였지만, 골목길이나 밭둑 혹은 계천가 같은 데서 단둘이 마주치게 되면 으레 좀 얼굴이 붉어지는 듯 묘한 표정이 되어 알쏭달쏭한 말투로 나오곤 했다.

열여섯 살 먹은 끝선이가 그런 눈치를 모를 턱이 없었다. 동팔이가 자기를 좋아하는구나, 좋아해도 그저 동네 다른 처녀들보다 호감이 간다는 그런 정도가 아니라, 속으로 은근히 달아오르고 있구나 하는 것을 알 수 있었다. 그러나 끝선이는 그런 동팔이가 우습기만 했다. 물론 싫지는 않았다. 총각이 얼굴까지 살짝 물들이며 야릇한 말을 걸어 오곤 하는데, 싫어할 처녀가 어디 있겠는가. 싫지는 않았으나, 그렇다고 자기도 기분이 화끈거리는 것은 아니었다. 조금 쑥스러울 뿐, 우습고 재미있기만 했다. 아직 끝선이는 말하자면 여자로서 덜 익었다고 할 수 있었다. 이제 겨우 귀 밑이나 턱 언저리의 복숭아털이 가시고, 피부에 조금 윤기가 돌기 시작하는, 다시 말하면 물이 오르기 시작하는 그런 상태라고나 할까.

한번은 끝선이가 이웃 황냇골에 있는 고모네 집에 심부름을 갔다가 해질녘에 혼자 돌아오고 있었다. 바람에 눈발이 희끗희끗 나부꼈다 멎었다 하는 어설픈 초겨울 날씨였다. 춥기도 하고, 발가락이 시려서 끝선이는 목을 움츠리고 팔짱을 낀 채 정신없이 잰걸음으로 물레방아 앞을 지나려니까 불쑥 앞을 가로막아서는 사람이 있었다. 동팔이였다. 아마 방앗간 속에서 기다리고 있었던 눈치였다.

"끝선아, 춥제?"

동팔이도 입술이 푸르죽죽한 것이 꽤나 추워 보였다. 그러면서도 두 눈에는 야릇한 열기가 고여 있는 듯했다.

"몰라야."

끝선이는 톡 쏘아붙이듯이 말했다. 발가락이 시려서 그런지 공연히 심사까지 싸늘해지는 느낌이었다.

"와 화났나? 무슨 기분 나쁜 일이 있었나?"

"모른다니까."

"니 기다리니라고 내가 여기서 멫 시간이나 떨었는동 아나?"

"홍! 누가 기다리라 카더나?"

"끝선아, 그카지 말고 이리 들어와 보래, 내가 할 말이 있다."

그러면서 동팔이는 끝선이의 한쪽 팔을 덥석 잡아 방앗간 안으로 끌었다.

"와 이카노? 놔라구마! 누가 보느마는."

"보기는 누가 봐."

얼른 동팔이는 마을 쪽을 한번 둘러보았다. 아무도 보고 있는 사람은 없었다.

"방앗간에는 뭐 하로 들어갈라 카노? 할 말 있거든 여기서 말하라마."

"잠깐이면 된다니까."

"싫다니까. 내가 춥어 죽겠단 말이다."

"그러니까 방앗간 안에 들어가자 안 카나. 방앗간 안은 벨로 안 춥다 앙이가."

"안 춥기는 뭐가 안 춥노."

결국 끝선이는 마지못해 끌리다시피 해서 방앗간 안으로 들어갔다.

"이거 놔! 놓고 말해."

끝선이가 뿌리치는 바람에 동팔이는 그녀의 팔을 잡았던 손을 뗐다.

방앗간 안은 어두컴컴하고 어쩐지 더 공기가 썰렁한 느낌이어서 끝선이는 오스스 몸을 떨었다. 그러나 꿀꺽 침을 한 덩어리 삼키는 동팔이는 얼굴에 열기가 번지는 것 같았다.

"무슨 말인데 어서 말하라 마."

"……."

"히히히……."

그만 끝선이는 웃음이 나와 버렸다. 별안간 말문이 막힌 듯한 동팔이의 표정이 우스웠던 것이다.

"와 웃노?"

"우습어서 안 웃나."

"남의 속도 모르고……."

"니 속을 내가 모르까 봐?"

"아나? 알면 와 그렇게 애를 태우노. 응이?"

"헤헤헤…… 같잖다. 그 말 할라고 여기 들어오자 캤다나?"

"끝선아!"

동팔이가 한 걸음 바싹 다가섰다. 목소리에 화끈 열이 풍기는 듯했고, 두 눈에도 야릇하게 뜨거운 것이 빛나 보였다.

끝선이는 후딱 한 걸음 물러섰다. 이번에는 끝선이가 말문이 막히는 듯했다.

"니가 좋아서 죽겠단 말이다."

냅다 내뱉으면서 동팔이는 와락 다가들어 끝선이를 두 팔로 불끈 안아 버렸다.

"우야꼬! 아이고메— 놔라! 놔라!"

"끝선아. 끝선아."

"미쳤나, 와 이카노?"

"그래 미쳤다."

"내사 싫단 말이다."

"싫긴 와 싫노?"

"아이고 이 문딩이……."

끝선이는 동팔이의 품에서 벗어나려고 정신없이 마구 버둥거렸고, 그럴수록 동팔이는 두 팔에 더욱 힘을 주며 훅훅 뜨거운 입김을 뿜어댔다.

"몰라! 몰라!"

"가만있어."

"모른다니까."

"모르긴 뭘 모르노?"

"아이고 지랄, 아이고—"

"니는 내 끼란 말이다."

벌겋게 달아오른 동팔이가 이리저리 냅다 흔들어대는 끝선이의 얼굴에서 입술을 찾아 덮치려고 하는 순간, 그녀는 그만 사정없이 아무 데나 콱 물어 버렸다.

"아이과야!"

동팔이는 눈앞이 아찔한 듯 냅다 비명을 질렀다. 입술을 그만 여지없이 깨물어 버렸던 것이다.

"아이고— 으흐흐흐……."

버르르 떨며 동팔이가 두 손으로 입언저리를 감싸고 비실거리자,

끝선이는 이때다 하고 후닥닥 바깥으로 뛰어나갔다.

"헤헤헤……. 고거 잘했다. 고소하다. 헤헤헤……."

앙갚음을 한 것 같아 기분이 후련하면서도 한편 동팔이가 방앗간을 뛰어나와 뒷덜미를 덥석 붙잡을 것만 같아 겁이 나서 끝선이는 냅다 마을을 향해 내달았다.

"이누무 가시나, 니 어디 두고 보자. 죽이 삐릴 끼니까. 아이구 아파래이—"

동팔이는 뒤쫓을 생각은 않고 방앗간 입구에 서서 깨물린 입술을 만지작거리며 악을 쓰듯 고함을 지르기만 했다. 닭 쫓던 개 울타리 쳐다보는 격이었다.

"아나 죽이라. 잘 죽이겠다. 헤헤헤……."

"뭐라고? 몬 죽일 줄 아나? 저누무 가시나가 간뗑이가 부었어."

"누가 간뗑이가 부었는지 모르겠네. 우리 오빠한테 일러바치면 니 우째 되는동 알제?"

"이누무 가시나야, 일러바치기만 해라. 홀랑 베끼놓고 콱 밟아 삐릴 끼니까."

"헤헤헤…… 아니 베끼라. 아나 밟아라."

"뭐 저런 가시나가 다 있지. 내 참 기가 맥히서……."

동팔이는 정말 어이가 없어서 맥이 탁 풀리는 모양이었다. 물린 입술만 모양 같잖게 불그죽죽하게*(원전에는 '불그죽죽이') 부어올랐다.

그런 일이 있은 뒤로 한동안 동팔이는 끝선이를 보면 가라앉았던 화가 다시 머리를 쳐드는 듯,

"니까짓 거 앙이면 뭐 가시나가 없는 줄 아나! 흥!"

하고 공연히 콧방귀를 뀌며 휙 돌아서기도 했고, 시큰둥한 표정으로

흘겨보다가 냅다 팽! 마른코를 끝선이 앞에 풀어 던지기도 했다.

그런 동팔이가 끝선이는 우습고 재미있을 뿐 아니라, 그의 윗입술 한쪽이 눈에 띄게 두꺼워진 것같이 보여 킥킥킥 절로 웃음이 나오려고 해서 눌러 삼키느라 애를 먹었다.

겨울이 가고 봄이 오자, 동팔이의 얼었던 마음도 눈 녹듯 녹아서 다시 가슴속에 아지랑이 같은 것이 일렁거리는 듯 끝선이를 대하는 눈빛이 도로 그전처럼 따뜻한 것으로 바뀌었다. 그러나 나이를 한 살 더 먹어서 그런지, 아니면 입술이 깨물리는 수모를 겪은 터이라 그런지, 그전과 같은 순진하다 할까 진지하다 할까 그런 맛은 거의 없어지고, 이제 좀 싱겁고 닝글닝글한 태도로 바뀌었다.

한번은 한밤중에 마을 골목 모퉁이에서 둘이 마주친 일이 있었다. 달무리가 커다랗게 선 봄밤이었다.

그날 밤 끝선이네 집에 제사가 있었다. 제사를 지내고 나면 으레 이웃 가까이 지내는 몇몇 집에 제삿밥을 돌렸다. 그래서 이웃집 제삿날이면 밤이 이슥토록 잠을 자지 않고 제삿밥을 기다리는 집도 있었다. 시골의 즐거운 풍습이었다.

제삿밥을 끝선이가 돌리고 다녔다. 그때는 이미 첫선이 또선이는 시집을 간 뒤라 그런 심부름은 으레 끝선이 몫이었다.

제삿밥을 가져다주고 돌아오는데, 골목 모퉁이에 누군가가 서 있다가,

"끝선아, 나다."

하고 속삭이듯이 말했다.

"아이고 놀래라!"

끝선이는 주춤 멈추어 섰다.

"나라니까."

싱그레 웃는 얼굴은 물론 동팔이였다. 마치 무슨 정다운 사이기나 한 것처럼 다가서는 것이 아닌가. 끝선이가 제삿밥을 가져다주고 돌아오는 길목을 지키고 있었던 것 같았다.

"너거 집 제사 지냈제?"

"그래 와?"

"제삿밥 난 좀 안 주나?"

"제삿밥 얻어묵을라고 여기서 기다렸디나?"

"그래."

"니 줄 끼 어디 있노."

"다른 사람은 다 못 줘도 난 줘야 될 꺼 앙이가."

"웃기네."

"안 그러나? 너거 엄마가 미처 몬 생각한 모양이제."

"우리 엄마가 뭘 몬 생각해?"

"장차 사우(사위) 될 사람을 말이다."

"뭐라꼬?"

"내가 너거 엄마 사우될 끼라 그 말이다. 장차…….."

"헤헤헤…… 같잖다."

정말 같잖아서 끝선이는 코로 웃었다.

"두고 보래. 그렇게 되능강 안 되능강."

"누구 맘대로?"

"내 맘대로."

"떡 줄 사람은 생각도 않는데, 김칫국부터 마신다더니 니가 꼭 그 짝*('그쪽'의 방언) 났구나."

"김칫국부터 마셔놓고, 떡도 기어이 받아묵는 기라. 안 주면 뺏어라도 묵는 기지 뭐. 안 그러나? 허허허……."

동팔이의 웃음은 닝글닝글하기만 했다.

'니 같은 가난뱅이한테 누가 시집을 갈 것 같으나.' 이런 소리가 곧 목구멍에서 튀어나오려 했으나, 끝선이는 차마 그런 말은 입 밖에 낼 말이 아니어서 꿀컥 삼켜 버렸다.

"끝선아, 달무리 좋제? 저 보래."

동팔이는 웃고 나더니 기분이 좋은 듯 하늘을 쳐다보며 불쑥 말머리를 돌렸다.

끝선이도 밤하늘을 우러러보았다.

"우야꼬, 햐—"

절로 환성이 튀어 나왔다. 하늘에 달무리가 서 있는 것을 미처 못 보았던 것이다.

"내일 비가 올 모양이지?"

동팔이가 중얼거렸다.

"달무리가 서면 비가 오나?"

"아직 그것도 몰랐다나? 멍텅구리구나."

"그거 모르면 멍텅구링강. 흥!"

"끝선아."

"몰라."

"또 토라지는구나. 소가지가 그래 좁아가지고 뭣에 쓰겠노."

"남이사 좁거나 말거나 무슨 상관이고."

"끝선아, 그러지 말고, 저…… 달무리도 서고, 좋은 밤 앙이가."

"그래서?"

"저쪽으로 가자."

"흥! 또 방앗간 안으로 말이제!"

"앙이다. 거기까지는 멀고, 바로 요 앞 계천가에⋯⋯."

"밤중에 계천엔 뭐 할라꼬? 밤에 빨래할라꼬?"

"허허허⋯⋯. 빨래할 만하면 하지 뭐 둘이서."

"아이고 문덩이. 내가 니 심뽀를 모를 줄 아나?"

"알면서 와 자꾸 애만 태우노. 응? 끝선아."

동팔의 두 눈에 달빛과 함께 뜨거운 것이 번들거렸다. 끝선이는 절로 온몸이 야릇하게 부르르 떨렸다. 그러나 그녀는 후딱 뒤로 물러섰다. 언젠가처럼 또 덥석 끌어안을 것만 같았던 것이다.

"끝선아."

"싫다니까. 가까이 오면 이번에는 코를 물어 삐릴 끼니까 알아서 해."

"그러지 말고 우리 좋게 지내자. 응? 끝선아, 니캉 나캉 나중에 신랑각시 될 낀데 뭐."

"뭐라꼬? 흥! 같잖다. 누가 니 각시 된다 카더나?"

절로 끝선이의 말소리가 높아졌다. 그러자 개 짖는 소리가 요란하게 일어났다. 두런두런 사람 소리도 들리는 것 같았다.

깜짝 놀란 끝선이는 후닥닥 집을 향해 내달았고, 동팔이도 슬금슬금 골목길을 사라져 갔다.

갈매봉 중턱 깊숙한 계곡에 '마구바위'라는 데가 있었다. 유난히 나무들이 우거진 곳에 커다란 바위가 우뚝 솟아 있고, 그 바위 조금 아래에는 계곡물이 흐르다가 고인 제법 큼직한 웅덩이가 있었다.

그 마구바위에 빌면 아들을 낳는다는 말이 전해 내려오고 있어서 평촌뿐 아니라, 근동에서도 아낙네들이 찾아와서 득남을 위한 축원을 드리곤 했다.

마귀(魔鬼)를 흔히 그 고장 사람들은 '마구'라고 한다. 그러나 그 마귀라는 뜻의 마구는 아닌 것 같다. 마귀가 아들을 낳게 해 줄 리 없으니 말이다. 마고(麻姑)라는 말이 마구로 변한 모양이다. 마고란 옛날 중국의 선녀 이름인데, 흔히 신선할미를 말하고, 자식 낳는 일을 관장하는 삼신할미를 뜻하기도 한다. 그러니까 마고바위가 마구바위로 불리게 된 게 틀림없다. 예부터 마구바위라고 일컬어 내려오는데, 근래에 와서는 아낙네들이 알기 쉽게 삼신바위라고 부르기도 했다.

달금이네 올케언니 분녀는 시집을 온 지 삼 년이 넘도록 아이를 배질 못하고 있었다. 남자 쪽에 결함이 있는지 여자 탓인지 알 수가 없었지만, 당자인 분녀는 속으로 적잖이 고민이었고, 식구들은 드러내놓고 걱정들을 했다. 특히 시어머니는 심술이 날 때면 잔소리 삼아 그 말을 들먹였다. 출가를 해서 남의 아내가 되고, 남의 집 며느리가 된 여자가 아이를 못 낳는다는 것은 이만저만한 허물이 아니었다. 소박맞기 십상이었다.

그래서 어느 날 마구바위를 찾아가 축원을 드리게 되었다. 삼 년이 넘었다고는 하지만 아직 나이가 겨우 스물하나이니 더 기다려보는 게 어떠냐고 시아버지는 말했으나, 당자인 분녀가 서둘렀고, 시어머니도 나섰던 것이다. 스물한 살 먹은, 아직 앳된 티가 가시지 않은 새색시가 쑥스러움을 무릅쓰고 마구바위에 축원을 드리려 마음먹게 된 것은 친정어머니의 권유 때문이었다. 딸의 일이 누구보다도 걱정이 되는 친정어머니가 집에 다니러 온 딸에게 밑져야 본전 아니나고, 축원을 드려보자고 간곡히 타일렀던 것이다.

신록이 눈부신 초여름의 화창한 날씨였다. 마을 아낙네들은 소문을 듣고 무슨 흥미진진한 일이라도 생긴 듯이 어지간한 집안일은 뒤로 젖히고, 너도나도 마구바위로 향했다. 처녀들이 한결 더 흥이 나서 히히덕거리며 앞장섰다. 물론 끝선이도 순님이랑 함께 달금이를 따라 갈매봉으로 갔다.

우뚝 솟아 있는 마귀바위는 어딘지 모르게 정말 삼심할미가 우두커니 서 있는 듯한 모습이기도 했고, 어떻게 보면 얄궂게도 남자의 거창한 물건 비슷한 형태이기도 했다. 아마 그래서 그 바위에 축원을 드리면 득남을 한다는 말이 생겼는지도 몰랐다.

바위 앞에 상이 차려졌다. 상 한가운데에 시루떡인 백설기를 수북이 쌓은 나무쟁반을 놓았고, 그 앞 왼편에 생쌀을 담은 유기 밥그릇을 놓았다. 오른편에는 대접에 냉수를 찰찰 넘치도록 떠다가 놓았다. 그 밥그릇과 대접은 다름 아닌 분녀의 남편이 평소에 쓰는 것이었다. 그리고 전(煎)과 적(炙)을 담은 접시들과 술잔, 향로, 촛대 등이 놓였다. 상 앞에는 돗자리를 깔았다.

구경꾼들이 둘러서서 보는 가운데, 먼저 시어머니가 황밀촉에 불을 붙여 촛대에 꽂고, 향에도 불을 당겨 향로에 꽂았다. 그리고 술잔에 술을 쳤다. 술은 집에서 빚은 누르끄름한 농주 전내기였다.

다음은 혼례 때처럼 초록색 저고리에 다홍치마를 입은 당자인 분녀가 고무신을 벗고 하얀 버선발로 돗자리 위에 서서 너붓이 큰절을 네 번 했다.

분녀의 절이 끝나자, 시어머니가 상 앞에 앉아 축수를 하기 시작했다. 두 손을 싹싹 마주 비비며 중얼중얼 뭐라고 주워섬기는 것이

었다. 무당이 아니니 특별히 이런 경우에 하는 말을 알고 있는 것도
아니었다. 그저 생각나는 대로 성심껏 축원을 드리면 되는 것이었
다. 삼신할미에게 비는 일은 나이 든 아낙네면 누구나 듣고 보고, 혹
은 아들이나 손자의 치례나 돌 때 직접 해보아서 서툴게나마 할 수
가 있었다.

"마구바위님요, 삼신할매요, 아무쪼록 벤벤치 못한 음식이지만 잘
잡숫고, 부디 우리 아들 진술이 옥동자 하나 놓게 해주이소. 하나가
아니라, 까짓것 서너 개 쑥쑥 뽑아내도록 해주이소. 딸도 하나쯤 괜
찮심더. 장개든 지 삼 년이 넘도록 아직 소식이 없으니 우째된 일입
니껴? 답답하고 또 답답합니더. 부디 오늘 밤 당장 아들 하나 들어
서서 열 달 뒤에 보름달 같은 옥동자 하나 쑥 뽑아내도록 해주이소.
비나이다 비나이다. 마구바위님요, 삼신할매요, 정말 이렇게 성심껏
빌고 또 비니, 부디 소원성취하도록 해주이소."

이런 식으로 처음에는 목소리도 작고 약간 더듬거리기도 했으나,
나중에는 제법 신명까지 나는 듯 줄줄 미끄럽게 흘러나왔다.

"어메, 잘한대이."

"많이 해본 사람 같제?"

"글쎄, 무당으로 나서도 되겠는데."

이렇게 서로 수군거리며 웃음들을 지었다.

시어머니의 축수가 끝나자, 또 분녀가 큰절을 했고, 이번에는 친
정어머니가 상 앞에 나와 앉았다. 친정어머니도 그날 축원 드린다는
기별을 받고 딸네 집에 왔던 것이다.

친정어머니는 시어머니보다 흰머리가 더 많았다. 먼저 새 향에 불
을 붙여 향로에 꽂고, 술잔을 비우고 새로 술을 쳤다. 그리고 두 손

을 비비며 축원을 드리기 시작했다.

구경꾼들의 표정에 시어머니 때보다 한결 호기심이 짙게 어려 보였다. 마치 두 사람의 경연을 보는 듯해서 재미가 매우 좋은 모양이었다.

"삼신할머님요, 삼신할머님요, 지는 방곡에 사는 분녀의 에미 되는 사람입니더. 오늘 이렇게 삼산할머님을 찾아온 것은 다름이 아니라, 우리 딸 분녀가 시집을 가서 삼 년이 넘도록 태기가 없어 걱정이 되고 또 걱정이 돼섭니더. 삼신할머님요, 이 에미의 마음을 헤아리시어 부디 우리 딸 분녀에게 아들을 점지해 주이소. 빌고 또 빕니더. 금년에 이십일 세, 동짓달 초이틀 유시(酉時) 생입니더. 성은 밀양박씨고, 이름은 분녀올시더. 아직 철없는 우리 여식을 부디부디 불쌍히 여기시어 아무쪼록 아들 하나 점지해 주이소. 빌고 또 빕니더."

친정어머니는 이렇게 시종 딸을 내세웠다. 시어머니가 아들만을 들먹였듯이. 말하자면 피장파장이었다.

그러나 친정어머니 쪽이 한결 구경꾼들의 마음을 사로잡았다. 그 목소리와 태도에 시어머니보다 월등히 간절한 데가 있었던 것이다.

두 아낙네의 축수가 끝나자, 다시 분녀가 큰절을 했고, 끝으로 잔의 술을 바위 언저리에 뿌렸다. 그리고 백설기 모서리도 조금 떼어서,

"고시네*('고수레'의 방언)―"

하면서 멀리 던졌다.

축원이 끝나자, 모두 둘러앉아 음식을 나누어 먹기 시작했다.

끝선이와 순님이는 백설기를 한 쪼가리 얻어 쥐고 조금 아래에 있는 웅덩이 쪽으로 내려갔다. 웅덩이 가에 앉아 백설기를 먹으며,

"정말 인제 아들을 밸랑강?"

"글쎄, 마구바위에 빈다고 다 아들 놀 것 같으면 아들 없는 사람 어딨겠노."

"시집가면 아들부터 턱 놓아 삐리야 될 낀데……."

"하하하…… 벌써부터 걱정이가?"

"내사 자신 있다 앙이가, 히히히……."

"아이고 이 가시나야. 흐흐흐……."

이렇게 웃고 있는데 난데없이,

"어험!"

하고 헛기침 소리가 들렸다.

웅덩이 건너편이었다. 뜻밖에 동팔이가 그쪽 커다란 나뭇가지 위에 올라앉아 다리를 건들건들 흔들며 뻐끔뻐끔 담배를 피우고 있는 것이 아닌가. 나무를 하러 왔다가 축원 드리는 광경을 멀찍이 나뭇가지 위에서 구경하고 있었던 모양이다.

담배연기를 이쪽을 향해 푸— 내뿜고 나서,

"너거 나한테 시집오면 첫아들 문제없대이, 알겠제?"

하고 닝글닝글 웃었다.

"뭐? 니한테? 헤헤헤…… 어디 시집갈 데가 없어서 니까짓 것 한테 가겠노."

순님이는 같잖다는 듯이 뇌까렸다.

끝선이도 같잖다 싶었다. 그러면서도 그녀는 왠지 좀 기분이 얄궂었다. '너거'라는 말 때문인 듯했다. 순님이랑 자기를 싸잡아서 '너거 나한테 시집오면……' 하고 말한 게 어쩐지 좀 섭섭하다 할까, 얄밉다 할까, 묘하게 속이 상했다. 그래서 끝선이는 그만,

"내사 누구한테 시집가도 첫아들 놓을 자신 있으니 걱정 말라 말이다."

이렇게 토라지듯 내뱉었다. 그리고 발그레 얼굴을 물들였다.

배가 선착장에 닿자,

"자아, 다 왔심더, 내리이소."

젊은 사공은 노를 배 안에 올려놓고, 밧줄을 난간 말뚝에 묶었다.

먼저 명수가 내리고, 훈규가 뒤따랐다. 그리고 송 노파가 훈규의 부축을 받으며 내려섰다.

"메기매운탕 좀 잡숫고 가시지예."

사공이 말했다.

"메기매운탕이 뭐야? 아버지, 잡숴봤어요?"

명수가 먹고 싶다는 듯이 말했다.

훈규는 팔뚝시계를 보았다. 그리고 송 노파를 돌아보며,

"메기매운탕 한 그릇 잡숫고, 좀 쉬었다 갑시다. 아직 시간이 많으니까."

하고 천막집 쪽으로 걸음을 떼 놓았다.

"난 별로 생각이 없는데……."

"할머니, 가 봐요. 난 메기매운탕 안 먹어봤단 말이야."

명수는 좋아서 송 노파의 손을 가볍게 이끌었다.

뻐꾹 뻐꾹 뻐뻐꾹 뻐뻐꾹…… 멀리 갈매봉에서 우는 뻐꾸기 소리가 뉘엿뉘엿 해가 기우는 호수 위에 메아리를 이루며 은은히 들려왔다.

비(碑)가 있는 마을

각싯골은 댐이 되어버린 평촌과는 방향은 달랐으나, 읍에서의 거리는 거의 비슷한 삼십 리 남짓 되는 곳에 있었다. 강을 건너 후련한 들판 가운데로 뻗은 아스팔트길을 한참 달리노라면 서서히 산이 나타나기 시작한다. 처음에는 야산이던 것이 차츰 나무가 울창해지며 제법 높고 깊은 산으로 변해가는 것이다. 그 산의 깊숙한 안자락에 각싯골이 자리 잡고 있는데, 꽤나 가파른 고개 하나를 넘으면 마치 마을이 산의 품에 안겨 숨어 있는 것처럼 내려다보였다. 삼십여 가호 되는 동네였다. 두멧골치고는 작은 편은 아니었다.

마을 앞 고개 위에 커다란 장승이 두 개 서 있었다. 그런데 보통 장승이라면 마을 들머리 길가에 잘 보이도록 우뚝 세워져 있는 법인데, 그 마을의 장승은 그렇지가 않았다.

고개 위 길 옆에 커다란 바위가 하나 있었다. 바위 한 덩어리가 초가집 하나 무더기는 실히 되었다. 그 바위 한쪽에 바짝 붙여서 장승

두 개가 세워져 있는 것이었다. 마치 바위에 붙어 숨어서 망을 보고 있는 것처럼 키가 약간 작은 지하여장군은 앞에 서고, 키가 큰 천하대장군은 뒤에 서서 망을 보며 외래 침공자로부터 마을을 수호하고 있는 셈이었다.

장승을 그렇게 세워놓은 데에는 그럴 만한 까닭이 있었다. 동학난리의 마지막 판에 관병과 일본 병대에게 쫓긴 패잔의 동학군 한 무리가 경상도로 넘어와 그 두메로 흘러들었던 것이다.

그들이 흘러들어 오기 전에는 그곳엔 일여덟 가호 되는 집이 있을 뿐이었다. 그러니까 보잘것없는 두멧골이 패졸들의 은신처가 되어 별안간 웅성거리기 시작했던 것이다. 그들은 그곳에 자리를 잡자 고개 위에 노상 망꾼을 세웠다. 혹시 관병이나 일본병 토벌대가 그곳까지 더듬어 들어오지 않을까 해서였다. 망꾼은 언제나 바위 위에서 망을 보았다. 그러니까 그 바위는 말하자면 망루인 셈이었다.

날이 가고 달이 가고, 해가 바뀌어도 별일이 없자 그들은 망꾼을 거두고, 대신 장승을 깎아 세웠다. 바위 위에 세울 수는 없으니까, 바위 곁에 바짝 붙여 숨어서 망을 보는 것처럼 세웠던 것이다.

그리고 그들은 세상이 잠잠해지자 한 사람 두 사람 슬금슬금 그곳에서 떠났다. 고향을 찾아가는 사람도 있었고, 아직도 고향길이 두려워서 타지로 향하는 사람도 있었다. 그러나 그곳에 눌러앉아 버리는 사람도 꽤 되었다. 그런 사람들은 거의 그곳에서 여자를 본 사람들이었다. 여자를 보아 살림을 차리고 자식을 낳게 되었으니, 절로 그곳에 뿌리를 내리지 않을 수 없었다. 더러는 여자를 달고 떠나가는 사람도 있긴 했지만.

아무튼 그렇게 되어 일여덟 가호밖에 안 되던 마을이 별안간 열댓 가호로 부풀었던 것이다. 그런 두멧골에서는 집 한두 가호가 늘어나는 것도 대단한 일인데, 별안간 갑절이나 늘어났으니 마을로서는 큰 이변이 아닐 수 없었다.

마을 들머리 밤나무 숲가에는 비각(碑閣)이 하나 있었다. 비바람에 씻겨 단청은 거의 빛을 잃어가고 있었고, 지붕에는 희끗희끗 이끼가 묻어 있었다. 비각 안에는 사람의 키 절반 정도밖에 안 되는 조그마한 비석이 있는데, '열녀김해김씨옥련송비(烈女金海金氏玉蓮頌碑)'라는 글자가 새겨져 있었다. 열녀비였다.

그 열녀비가 세워진 뒤부터 사람들은 자연히 그 마을을 '각싯골'이라고 부르게 되었다.

"각실 얻을라면 옥련이 같은 각실 얻어야……."

"그런 각시가 어디 쉽나."

"각시 복을 단단히 타고나야제."

"옥련이 절반쯤만 되는 각시라도 내사 오감켔다*(오감하다, 지나칠 정도라고 느낄 만큼 고맙다)."

이런 식으로 남정네들이 각시 각시 하고 주고받는 말이 그대로 마을 이름으로 굳어졌던 것이다.

동학군의 패졸들이 마을로 흘러들어 왔을 때 옥련은 과수였다. 시가에서 시부모를 섬기며 수절을 하고 있었다. 아들도 딸도 없는 몸이 그대로 혼자 살리라 마음먹고 있는 것이었다. 나이는 서른하나였다. 그녀가 과수가 된 것은 스물둘 때였다. 그러니까 어느덧 십 년이라는 세월을 독수공방해 왔던 것이다.

옥련은 신랑이 살아 있을 때부터 벌써 열녀라는 소리를 들었다. 그녀가 시집왔을 때 신랑은 이미 성한 몸이 아니었다. 안색이 유난히 흰데, 입술만 앵두빛이었다. 폐병이었던 것이다. 그런 줄을 모르고 속아 시집온 것을 생각하면 분해서 견딜 수가 없을 터인데, 그녀는 그저 속으로 남모르는 한숨을 쉴 뿐 팔자소관으로 돌리고, 신랑의 병 바라지에 온갖 정성을 다했다.

폐병의 바라지는 주로 뱀을 고아 먹는 일이었다. 뱀이라도 보통 뱀보다 독이 있는 살무사 같은 것이 좋았다. 처음으로 약탕관 속에 뱀을 집어넣고 고는 것을 보았을 때 그녀는 오싹한 현기증 같은 것을 느꼈었다. 그러나 그녀는 그 일을 마다하지 않고 덤볐다. 산중이라 뱀은 많았으나, 문제는 그것을 잡는 일이었다. 결국 나중에는 그녀 스스로가 뱀 잡는 일에까지 나서지 않을 수 없었다. 아무리 뱀을 써도 별 차도가 없자 가족들이 모두 지쳤던 것이다. 다른 사람은 다 체념을 해도 결코 그녀만은 그럴 수가 없는 것이었다. 열아홉 꽃다운 새색시가 뱀을 찾아 산을 헤매게 되자 마을 사람들은 누구나 혀를 내둘렀다. 그때부터 마을 사람들은 그녀를 열녀라고 했다. 열녀가 아니고서는 도저히 그럴 수가 없다는 것이었다.

처음에는 현기증이 나도록 징그럽기만 하던 뱀이 나중에는 그럴 수 없이 반갑고 고마운 것으로 여겨질 뿐 아니라, 실제로 그녀의 눈에는 그 미끈미끈하고 얼룩덜룩한 무늬가 곱게만 보였다. 나뭇가지 같은 데에 감겨서 햇빛을 받아 반짝이는 뱀의 몸뚱어리는 눈이 부시도록 고왔다. 그리고 바위 틈서리나 풀숲에 똬리를 틀고서 고개를 쳐들며 날름거리는 빨간 혓바닥 같은 것도 곱기만 했다, 말하자면 신랑을 살려야겠다는 일념이 그렇게 그녀의 눈까지 달라지게 했던 것이다.

그러나 그녀의 그런 정성도 아랑곳없이 신랑은 삼 년을 끌다가 죽었다. 삼 년이라도 끈 것은 오로지 그녀의 정성 탓이라고 마을 사람들은 그녀에 대한 칭송을 아끼지 않았다. 그리고 또 한 가지. 그녀는 신랑의 명이 경각에 다다라 가냘프게 헐떡거릴 때 단지(斷指)를 해서 피를 신랑의 입속에 떨구어 넣었던 것이다.

그런 정도로 그녀는 충분히 열녀였다. 그러나 그녀는 거기에서 그치지 않고 끝까지 열녀답게 이승을 마쳤던 것이다.

마을로 흘러들어온 동학군의 패졸들은 어느 모로나 굶주려 있었다. 그리고 거칠 대로 거칠어져 있었다. 굶주리고 거칠어진 패졸들의 손에 칼이 쥐어졌으니 겁나는 노릇이 아닐 수 없었다. 그러나 그들은 턱없이 난폭하게 굴지는 않았다. 오히려 눈에 띄게 마을 사람들의 비위를 맞추려 들었다. 그럴 수밖에 없는 것이 혹 마을 사람들의 비위를 거슬러서 관가에 밀고라도 하는 날이면 큰일이기 때문이었다.

마을 사람들의 비위를 맞추어가며 그들은 굶주림 가운데서 먹는 일은 쉬 해결할 수가 있었다. 그러나 다른 한 가지는 그리 쉽게 해결이 되지 않았다. 우선 마땅한 여자가 많지 않은 것이었다. 칼을 쓸 수는 없으니 남의 아낙네를 탐할 수는 없고, 처녀 아니면 과부인데, 그게 그렇게 많은 수효일 턱이 없었다. 일여덟 가호밖에 안 되는 동네이니 말이다. 자연히 그들의 눈에는 핏발이 서지 않을 수 없었다. 처녀들은 하나둘 그들에게 떨어져갔다. 설익은 열다섯 살짜리까지도 떨어져갔다. 그리고 마흔이 넘은 과부도 한 사람 물렁한 호박처럼 떨어져 버렸다.

그렇게 마을의 마땅한 여자들이 죄다 핏발 선 그들 앞에 떨어졌으나, 오직 한 사람 시퍼렇게 버티어내는 여자가 있었다. 물론 그것은 옥련이었다.

그녀는 서른한 살이면서도 처녀들 못지않게 살결에 윤이 흘렀다. 그럴 수밖에 없는 것이 시집와서 신랑과 함께 삼 년을 살았으나 아기 하나 가지질 못했고, 스물둘에 혼자되어 십 년을 하루같이 곱게 지내왔으니 말이다. 신랑이 살아 있을 때도 말이 신랑이지 병자인지라, 별로 몸을 써먹어 보지도 않았던 것이다. 그러니 뭐 별로 처녀와 다를 게 없다고 할 수 있었다.

그런 옥련이를 두고 굶주린 사내들이 눈독을 들이지 않을 까닭이 없었다. 그중에서도 얼굴 한쪽에 시퍼런 점이 있는 중년의 사내가 가장 끈질기게 지분거렸다. 그래서 옥련은 숫제 사립 밖으로 나가질 않았다. 그들은 대낮에도 눈독을 들인 여자를 보면 곧잘 낚아채 가지고는 산속으로 사라지곤 했던 것이다.

그런데 어느 몹시 달이 밝은 밤, 옥련은 자다가 일어나 방문을 열고 바깥으로 나갔다. 속치마바람이었다. 오줌이 마려웠던 것이다. 여느 때 같으면 윗목에 놓인 요강에 가서 올라앉는데, 그날 밤은 어찌된 셈인지 바깥으로 나가고 싶었던 것이다. 방문 창호지에 유난히 달빛이 새하얗게 비치고 있어서 그런지도 몰랐다. 그래서 그녀는 방문 고리를 벗겼던 것이다. 그녀는 밤에 잘 땐 언제나 문고리를 안으로 걸고 잤다.

마당에는 달빛이 눈이 시리도록 깔려 있었다. 그녀는 뒤꼍으로 돌아가 뒷간으로 들어가려다가 그만두고, 그냥 달빛 위에 쭈그리고 앉았다. 그리고 볼일을 보기 시작했다. 물줄기가 달빛 위로 요리조리 까만 자국을 그리며 흘러나갔다. 그녀는 중천에 걸린 달을 쳐다보고 있었다. 부형 부형 부형…… 어디선지 부엉이 우는 소리가 들렸다.

그녀는 절로 한숨이 쉬어졌다. 그날 밤 따라 몹시도 외롭고 허전하다는 생각이 온몸에 짜릿하게 번지는 것이었다.

볼일을 마친 그녀는 일어나 속치마를 여미며 뒤꼍을 돌아 나오고 있었다. 그때였다. 누군가가 얼른 달려들어 그녀의 손목을 잡았다.

"아이고메!"

그녀는 질겁을 하고 소리를 질렀다. 그러나 그녀의 비명은 곧 막혔다. 사내의 또 하나의 손이 입을 틀어막았던 것이다. 그리고 사내는 그녀의 목을 조르며 재빨리 끌고 사립 밖으로 내달았다. 마치 독수리가 닭을 채가는 순간과 흡사했다.

그녀는 정신없이 사내에게 끌려 숲으로 갔다. 물론 사내는 얼굴에 시퍼런 점이 있는 그자였다. 숲속으로 깊숙이 그녀를 끌고 들어간 점박이는 그제야 입을 열었다.

"나하고 살자고. 응? 응?"

애원하는 투였다. 아무렇게나 쓰러진 옥련을 그는 서서 내려다보고 있었다. 숲속으로 스며 떨어지는 달빛이 옥련의 옆얼굴을 새하얗게 비추고 있었다.

"대답 좀 히여 봐. 어쩔 것이여? 응?"

점박이는 그녀 곁으로 풀썩 꺾어지듯 다가앉았다.

그러자 옥련은 가만히 얼굴을 똑바로 하고서 사내를 매섭게 쏘아보았다. 섬뜩하도록 싸늘한 눈이었다.

그 눈빛에 질렸는지, 점박이는 마치 사지가 뻐덕뻐덕해진 사람 같았다. 마주 그녀를 내려다볼 뿐 그녀의 몸에 손을 댈 엄두를 내지 못했다.

숲속의 밤은 으스스하도록 호젓했다. 부형 부형 부형…… 또 어디선지 부엉이가 울고 있었다.

잠시 싸늘한 침묵이 흐른 다음, 점박이는 다시 입을 열었다.

"나허고 살장게. 어쩔랑가? 응이?"

애절하기까지 한 목소리였다. 약간 떨리기까지 했다.

부형 부형 부형…… 부형 부형 부형…… 유난히도 울어대는 부엉이 소리 탓인지 옥련은 이상하게도 온몸에서 스르르 독기가 빠져나가는 듯 사지가 나른해지는 것을 느꼈다. 참 알 수 없는 일이었다. 그처럼 얼음 같던 가슴이 그만 흐늘흐늘 녹아 버리는 듯했다. 속에서 꼿꼿하게 자기를 떠받치고 있던 것이 덧없이 허물어지는 것 같았다. 온몸이 야릇한 미열 같은 것에 휩싸이면서 싸늘하던 눈빛마저 초점을 잃어버리고 흐릿하게 안개가 끼는 듯했다.

옥련은 마침내 스르르 눈을 감아 버렸다. 입술이 살그미 벌어져 가늘게 떨렸다.

점박이는 화끈 전신에 불이 붙었다. 허옇게 잇바디를 드러내며 기분 좋게 웃었다. 그리고 그녀를 덮쳤다.

부형 부형 부형…… 부엉이 우는 소리가 옥련의 귀에 슬픔인지 희열인지 알 수 없는 그런 야릇한 음향으로 가물가물 아련하게 멀어져가는 듯했다.

이튿날, 대번에 소문이 돌았다. 점박이가 옥련이를 꺾었다는 것이었다. 그 말은 바로 점박이 당자의 입으로부터 나왔다. 이제 옥련은 자기 마누라라는 것이었다. 곧 함께 살림을 차릴 것이라고 했다. 그 말을 마을 사람들은 반신반의했다. 당자가 하는 소리라면 틀림없겠지 싶기도 했고, 다른 여자들은 다 그렇다 치더라도 설마 옥련이까지 그렇게 될 수야…… 믿을 수가 없었다.

그러나 그 소문은 단 하루 동안만 유효했을 뿐이었다. 그 이튿날은 그 소문은 쑥 들어가 버리고 말았다. 옥련이 헛간의 들보에 매달려 있었던 것이다. 하루 종일 방문을 안으로 닫아걸고 식음을 전폐하더니, 옥련은 마침내 그날 밤 헛간의 들보에 목을 맸던 것이다.

옥련이 목을 매달아 죽자 마을은 온통 술렁거렸다. 점박이란 놈이 죽인 거나 마찬가지라는 것이었다. 그놈에게 강제로 당했기 때문에 목을 매고 말았다는 것이었다. 그러니 그놈을 그냥 두어서는 안 된다고 했다. 점박이는 그게 아니라고 우겼다. 그러나 변명의 여지가 없었다. 답답하고, 정말 알 수가 없는 노릇이기도 했다. 마을이 흉흉해지자 결국 점박이는 어디론지 자취를 감추고 말았다.

그리하여 옥련은 마을 사람들의 대단한 추앙의 대상이 되었다. 만고의 열녀라는 것이었다. 일부종신을 하려다가 불한당 같은 놈에게 몸을 더럽히자 죽음으로써 그 허물을 씻었다고 했다. 그리고 마을 사람들은 여자의 귀감으로서 후세에 길이 남겨야 할 일이라면서, 동네 들머리 밤나무 숲가에 그녀의 순절을 기리는 비각을 세웠던 것이다.

그 비각이 서면서부터 마을은 이름도 각싯골로 바뀌었고, 또 그 고장 일대에 널리 알려지게 되었다. 그러니까 그 비각은 각싯골의 자랑인 것이었다. 각싯골뿐 아니라, 그 고장의 자랑이기도 했다.

그 비각을 자랑스럽게 떠받드는 것은 주로 남자들이었다. 여자란 모름지기 옥련이 같은 여자라야 되고, 또 아무쪼록 모두 그렇게 되어주길 바라는 심사인 셈이었다. 그렇다고 아낙네들은 그 비각을 경원하는가 하면 그렇지는 않았다. 장한 여자라고 누구나 고개를 끄덕거렸다. 개중에는 태기가 있으면 그 비각을 찾아 축원을 드리는 아낙네도 있었다. 만약 딸을 낳게 되거든 열녀 옥련이 같은 딸을 낳게 해달라고 말이다.

그러나 대체로 여자들은 그 비각에 대해서 자기도 모르게 어떤 두려움 같은 것을 느꼈다. 겁나는 일로 여겨졌다. 옥련이가 장한 여인임엔 틀림없지만, 한편 독하고 겁나는 여자라는 생각이었다. 그런 일이 장한 일이기는 하지만, 결코 좋은 일이 될 수는 없다 싶었다. 목을 매달아 죽다니…… 툭 불거져 나온 두 눈알과 쑥 빠져나온 혓바닥을 생각하면 몸서리가 쳐졌다. 아무쪼록 자기만은 그런 신세가 되지 말아 주기를 바라는 심사라고 할까. 아무튼 어떤 강박감 같은 것을 느꼈다.

그런 점은 세월이 흐른 뒤에도 마찬가지라고 할 수 있었다. 물론 비각이 선 당시와는 비교가 안 될 정도로 사람들의 관심이 희미해지긴 했지만. 풍우에 비각의 단청이 퇴색된 것처럼 말이다.

어쨌든 길다면 긴 세월이 흐른 지금도 그 비각을 기리는 것은 역시 남자들 쪽이었다. 남자들 중에서도 노인네들이 더했다. 여자들 역시 기리지 않는 것은 아니었으나, 남자들에 비하면 관심이 현저히 덜했다.

우선 비각 근처에 돋아난 잡초 같은 것도 남자들의 손에 의해서 뽑히지, 여자들은 어느 누구도 그럴 생각조차 안 했다.

여자들 중에서도 처녀들이 더 관심이 없었다. 처녀들 중에서도 국민학교만 마치고 집에서 일이나 거들고 있는 처녀들보다 상급학교에 진학해서 중학교나 고등학교를 졸업한 처녀들이 한결 더 무관심이었다. 숫제 그 비각을 우습게 여기기까지 했다.

"열녀, 흥, 열녀가 뭐고?"

"그것도 모르나?"

"니는 아나?"

"알지."

"뭐고 말해 보래."

"열녀는 아홉녀 다음 앙이가. 열 번째 여잔기라."

"맞다. 히히히……."

"호호호……."

이런 식이었다.

"아니, 저기 저거 장승 아냐?"

명수가 깜짝 놀라듯 말했다.

제법 가파른 고갯길을 치닫고 있는 차의 창밖으로 덩실하게 큰 바위가 하나 고갯마루에 보이고, 그 바위 옆에 바짝 붙어 서 있는 두 개의 장승이 눈에 띄었던 것이다.

"흠, 그렇군. 장승이 아직 있네."

핸들을 잡고 있는 훈규도 절로 눈이 번쩍 뜨여 뒷좌석에 앉은 송 노파를 돌아보았다.

"어머니, 장승이 아직 그대로 있어요. 보세요. 저기 저……."

"어디 어디."

송 노파도 고개를 약간 숙여 차창 밖으로 고갯마루 쪽을 내다본다.

"아이고, 그렇구나, 장승이 그대로 있구나. 관세음보살—"

또 절로 염불이 흘러나온다.

댐 속에 잠겨버린 옛 고향을 찾아보고, 읍내로 나가 어젯밤은 그곳 여관에서 묵었다. 그리고 오늘은 송 노파가 시집을 갔던, 다시 말하면 끝선이의 시집 마을이었던 각싯골을 찾아가는 길인 것이다.

차는 부르릉부르릉 성능 좋은 소리를 내며 고갯길을 가볍게 그러나 천천히 치닫고 있었다.

"저 장승은 진짜다. 맞죠? 아버지."

명수의 말에 훈규는 핸들을 가볍게 이리저리 돌리며,

"가짜 장승도 있나?"

하면서 히죽 웃었다.

"있어요. 민속촌의 장승은 가짜지 뭐예요."

"뭐, 민속촌의 장승?"

"용인 민속촌에 가봤잖아요. 거기 정문을 들어가면 장승이 두 개서 있죠? 그건 가짜란 말이에요."

"왜 그건 가짜지?"

"관광객들 보라고 엉터리로 커다랗게 만들었기 때문이죠. 그렇게 큰 장승이 어딨어요. 크기만 하면 제일인가 뭐."

"허허허……."

"그리고 얼룩덜룩 얼마나 요란하게 칠을 해놓았어요. 커다랗고 겉만 번지르르한 건 가짜란 말이에요."

"그래? 흠―"

훈규는 이것 봐라, 중학교 2학년짜리가 맹랑하다 싶었다.

아버지의 그런 표정을 힐끗 보면서 명수는 기분이 좋은 듯 계속 지껄였다.

"그리고 장승은 옛날에 마을을 지키기 위해서 세운 거래요. 뭐라더라 천하……."

"천하대장군."

"맞아요. 천하대장군하고 지하, 지하……."

"지하여장군."

"그래요. 지하여장군하고 둘이서 마을을 지킨대요."

"잘 아는군. 길과 마을을 지키는 수호신이지."

"그런데 민속촌의 장승은 병신같이 남들에게 자기 몸뚱이 구경만 시키잖아요."

"민속촌을 지키는지 어떻게 아니?"

"못 지켜요. 허우대만 그렇게 커가지고…… 엉터리 가짜란 말이에요."

"허허허…… 니가 민속촌에 가서 기분 상하는 일이라도 있었던 모양이구나."

"아니에요. 그런 일 없었어요. 헤헤헤…… 정말이에요."

고갯마루가 저만큼 눈앞에 다가오고 있었다. 명수는 바위 옆에 서 있는 두 개의 장승을 눈여겨 내다보느라 바짝 긴장된 표정이었다.

훈규는 부릉 부르릉 마지막 액셀러레이터를 밟았다. 그리고 기분 좋은 듯이 말했다.

"저 장승은 오래된 거니까 물론 진짜지. 민속촌의 장승도 오랜 세월이 흐르면 정말 값진 진짜가 될 거야. 우뚝 솟은 게 얼마나 당당하니. 안 그래?"

명수는 뭐라고 얼른 대답할 말이 떠오르지가 않아,

"아버지, 스톱! 고갯마루에서 스톱해요."

하고 소리를 질렀다.

차는 고갯마루의 바위 앞에 스르르 멎었다.

송 노파는 별로 장승에는 관심이 가지가 않았다. 그저 아직 옛날 그대로 그곳에 서 있구나, 그리고 금년에 와서 새로 도색을 한 모양으로, 두 장승이 다 옛날보다 오히려 더 젊어진 듯 기운이 넘쳐 보이는구나 싶었을 따름이었다. 옛날 자기가 시집을 와서 각싯골에 살 무렵에는 비바람에 시달려 거무죽죽하고 괴상한 말뚝처럼 장승이 을씨년스러운 모습으로 서 있었는데 말이다.

명수랑 훈규는 장승 앞에 서서 이모저모 뜯어보고 있었다. 특히 명수는 진짜 장승을 만나서 신기하기만 한 얼굴이었다. 그러나 송 노파는 얼른 마을이 한눈에 내려다보이는 곳으로 가서 풀섶에 앉았다.

"아이고, 이럴 수가…… 꼭 딴 동네 같네. 관세음보살—"

송 노파는 자기의 눈을 의심할 지경이었다.

각싯골은 본래 마을 한가운데로 계곡물이 흐르고, 그 계곡을 따라 조금 내려가면 꽤 펀펀한 논들이 있었다. 펀펀하다고는 하지만, 두메의 논이라 별수 없이 천수답일 수밖에 없었고, 그것도 낮은 곳 말이지 변두리의 지대가 높은 논엔 숫제 육도*(陸稻, 밭에 심는 벼)를 뿌렸다. 그리고 마을 둘레의 산기슭엔 밤나무와 도토리나무가 여기저기 숲을 이루고 있었고, 그 사이사이에 밭뙈기가 일구어져 있었다. 밭에는 주로 녹두와 메밀을 뿌렸다. 그러니까 이 마을은 약간의 벼농사 외에 밤, 도토리, 녹두, 메밀 같은 것을 주로 거두고, 산나물이나 약초를 캐기도 하고, 땔감을 만드는 것으로 생업을 삼고 있었다.

그런 두메의 한촌이었던 마을이 지금은 몰라보게 달라져 있었다. 마을 한가운데로 계곡물이 흐르고 있는 것은 예나 이제나 다름이 없었고, 논들도 더 넓어졌을 까닭이 없었다. 그러나 밤나무 숲이 마을 주변의 산기슭을 옛날보다 훨씬 많이 뒤덮고 있는 듯이 보였고, 밭 뙈기들도 현저히 그 면적이 넓어진 것 같았다. 밭뙈기에는 여기저기 아직 비닐하우스가 남아 있기도 했고, 걷어낸 흔적이 눈에 띄기도 했다. 그리고 무엇보다 두드러진 변화는 마을의 집들이었다. 절반 이상이 기와지붕으로 바뀌었고, 슬레이트나 함석지붕으로 탈바꿈하여 울긋불긋 고운 빛깔로 내려다보였다. 초가집은 변두리에 두어 채가 눈에 띌 뿐이었다. 그리고 마을 들머리에는 반듯하고 아담한 회관도 마련되어 있었다.

어설프고 어쩐지 썰렁해 보이기까지 하던 옛날과는 달리 이제 마을이 제법 윤기가 돌아보였다. 초여름 아침나절의 신선한 햇살이 마을 위로 쏟아져 내려 마을의 나무들과 주변의 숲들이 눈부신 신록으로 반짝거리고 있어서 더욱 그렇게 느껴지는지도 몰랐다.

"많이도 변했다. 옛날 모습은 거의 찾아볼 수가 없네. 우야꼬, 저기 비각이 보이네. 비각은 옛날 그대로구나."

송 노파는 혼자 중얼거리며 감개가 자못 무량한 듯 후유— 나직이 긴 숨을 내쉬었다.

송 노파가 각싯골을 찾아온 것은 어느덧 이십 몇 년 만이었다. 그렇다고 송 노파가 이십 몇 년 전까지 이곳 각싯골에 산 것은 아니었다. 남편을 따라 각싯골을 떠난 지는 벌써 사십칠팔 년이 지났다. 열여덟에 시집을 가서 스물다섯 살 때 남편을 따라 중국 상해로 가느라 각싯골을 떠났던 것이다. 그러니까 송 노파가 각싯골에서 시집살이를 한 것은 불과 칠 년밖에 되지 않는다. 칠 년 중에 처음 오 년은 남편과 함께 살았고, 나중 이 년은 남편 없이 혼자 시집살이를 했다.

남편 정달주는 면소재지에 있는 보통학교를 졸업하고, 읍에 설립된 농업보습학교 2년 과정을 마쳤다. 열여섯 살에 장가를 들었는데, 그때는 보통학교 졸업반이었다. 그러니까 지금으로 말하면 국민학교 학생이 장가를 든 셈이다. 읍내의 보습학교에 다닐 때는 삼십 리가 되는 길이어서 자전거로 통학을 했었다. 두메인 각싯골에서 읍내까지 자전거로 통학을 할 정도였으니 사는 형편이 꽤 괜찮았던 것이다.

보습학교를 마치고, 두어 해 면사무소의 보조서기로 다니고 있었는데, 그 무렵 대구에서 곡물상을 제법 크게 경영하던 외삼촌이 일본인 회사와 연줄이 닿아 중국 상해로 진출하게 되어 생질인 달주에게 시골구석에서 면서기질을 해봐야 별수 없으니 자기를 따라 상해로 가는 것이 어떠냐는 제의를 해왔다. 그래서 생각한 끝에 따라나섰던 것이다. 달주는 편모슬하의 오형제 가운데 막내로, 형 하나와 누이가 셋이었다. 물론 누이들은 다 출가했고, 집안 농사는 형 달호가 맡아서 해나가고 있었다. 그런 처지였기 때문에 멀리 타지로 훌쩍 떠나가도 별 지장이 없었던 것이다.

상해로 간 달주는 두 해 만에 집에 다니러 왔었다. 그때 끝선이는 한사코 졸라대어 함께 상해로 살림을 하러 따라갔던 것이다. 첫아이 훈식이가 다섯 살 때였다.

그 무렵 중일전쟁으로 상해를 비롯한 북경, 남경 등 중국의 평원지대는 대부분이 일본군의 수중에 들어가 있었다. 8·15해방이 되어 돌아올 때까지, 그러니까 오륙 년 동안을 끝선이는 상해에서 말하자면 신접살림을 했던 것이다.

남편이 고향에 다니러 왔을 때, 끝선이가 한사코 따라나서겠다고 우겨댄 것은 남편을 멀리 타국 땅에 보내고 혼자서 시집살이를 하기가 괴롭고 외로워서이기도 했지만, 그것보다도 각싯골을 떠나고 싶은 말 못할 사정이 있었던 것이다.

그때 일을 생각하면 송 노파는 지금도 야릇한 긴장이 몸속 아득한 곳에서 가볍게 되살아나는 듯한 느낌이다.

남편이 중국 상해로 떠나자, 끝선이는 세 살 된 아들 훈식이를 키우며 시어머니와 시숙, 그리고 동서 밑에서 과부 아닌 과부 신세가 되어 독수공방의 나날을 보내게 되었다. 그때 스물세 살이어서 아직 남자의 살맛을 짙게 안다고는 할 수 없었으나, 날이 가고 달이 감에 따라 혼자 훈식이를 안고 누운 밤이 적적하고 허전하기만 했다. 밤이 이슥토록 잠을 이루지 못하는 때도 적지 않았다.

그럴 때면 끝선이는 이런 생각 저런 생각 별별 얄궂은 생각이 다 떠올라 머리를 어지럽혔다. 남편이 상해라는 중국 땅에서 중국 여자와 함께 이 밤을 지새우고 있지나 않을까 하는 망측한 생각이 들 때면 얼굴에 야릇한 열이 솟구치며 견딜 수 없는 시새움에 몸부림치기도 했다.

문득 마을 들머리 밤나무 숲가에 있는 열녀비가 머리에 떠오를 때도 있었다. 열녀 옥련이의 전설 같은 이야기가 생각나는 것이었다. 옥련이라는 여자를 끝선이는 좋게 생각하고 있었다. 시집을 와서 그 이야기를 처음 들었을 때는 무언지 모르게 약간 두려운 것이 머리 위에서 내리누르는 듯한 묘한 느낌이었다. 마치 남의 아내가 된 자기 자신을 그 옥련이라는 열녀의 넋이 앞으로 두고두고 머리위에서 지켜보고 있을 것만 같은 두려움이라고나 할까. 그 이야기를 끝선이에게 들려준 게 바로 시어머니였다. 시어머니가 아닌 다른 사람이 이야기를 했다면 그런 느낌이 들지 않고 그저 놀라운 일이구나 싶었을 뿐인지도 모르는데, 어딘지 모르게 시어머니의 이야기 하는 투가 며느리에게 어떤 계율 같은 것을 심어주려는 듯 은근한 훈계조여서 그랬는지도 몰랐다. 그러나 어쨌든 그 옥련이라는 여자는 모든 여자들이 본받아야 할 장한 여자라는 생각이 들었다. 그래서 끝선이는 그 비각엘 일부러 가서 사람의 키 절반 정도 되는 비석을 유심히 들여다보기도 했었다.

독수공방을 하면서 머리에 떠올리는 옥련이는 옛날의 전설 같은 이야기의 주인공이라는 그런 먼 거리의 여자가 아니다. 바로 가까이 자기 곁으로 다가와 있는 존재라고 할 수 있었다. 그녀가 남편을 여의고 혼자 얼마나 외롭고 괴로운 날을 보냈을까, 그 아픈 심정이 남의 일 같지 않게 짐작이 되는 것이었다. 끝선이 자기는 아이라도 하나 있지만 그녀는 아이 하나도 없이 말이다. 그리고 자기는 당장 남편이 곁에 없긴 하지만, 돈을 벌러 갔을 뿐 살아 있는데도 이처럼 적막한데 남편이 죽은 뒤의 독수공방이 얼마나 허전하고 절망적인 것일까 생각하면 절로 몸서리가 쳐지기도 했다.

그렇게 십 년이라는 세월을 보냈다니 그것만으로도 그녀는 보통이 넘는 장한 여자라는 생각이 들었다. 끝선이 자기는 남편이 곁을 떠난 지 불과 몇 달밖에 되지 않았는데도 벌써 이렇게 밤이면 감당하기 어려울 정도로 외로운데 말이다.

절개가 무엇인지, 아이도 하나 없이 혼자 사는 몸이 지아비 아닌 다른 사내의 살에 단 한번, 그것도 강제에 못 이겨 접했다고 해서 스스로 목을 매어 이승을 하직하고 말다니…… 끝선이는 절로 후유— 한숨이 내쉬어졌다. 여자로 태어난 것이 죄라는 생각이 들기도 했다.

자기가 만일 그런 처지가 됐을 경우 과연 옥련이처럼 스스로 목숨을 끊을 수가 있을 것인지…… 끝선이는 그런 생각에 잠기다가 별 쓸데없는 망측한 생각도 다 한다 싶으며 베개 위에서 냅다 신경질적으로 고개를 내흔들기도 했었다. 그리고는 새근새근 깊이 잠든 훈식이를 끌어당겨 품 안에 꼭 껴안았다.

그래도 그런 생각이 말끔히 가시질 않고, 슬그머니 이번에는 한번 남자의 그런 유혹을 받아봤으면 하는 생각이 고개를 쳐드는 것이었다. 사람의 마음이란 참 요망스럽기도 하다 싶으며 끝선이는 씁쓰레한 웃음을 혼자 어둠속에서 웃기도 했다.

잠 못 이루며 그런 어지러운 생각에 시달린 끝에는 으레 번쩍 머리에 와닿는 것이 있었다. 그것은 은장도였다. 두 해 전 어린 훈식이를 업고 친정엘 가다가 산길에 소금장수와 동행이 되어 여우비 때문에 바위 밑에서 하마터면 변을 당할 뻔했었는데, 그 이야기를 들은 부친이 시집으로 돌아가는 끝선이에게 출타할 때는 반드시 몸에 지니도록 하라면서 준 그 은장도 말이다. 그 은장도를 끝선이는 농속에 잘 간직하고 있었다.

만일 무슨 욕된 일이라도 당하게 될 경우에는 서슴없이 그 은장도를 써먹어야지 싶으며 끝선이는 공연히 이불 속에서 혼자 조금 비장해지기도 했다. 써먹기는 써먹는데 막상 어떻게 써먹는단 말인지 그 방법을 생각해보면 섬뜩하기만 했다. 욕을 보이려고 달려드는 상대방을 찔러야 되는 것인지, 아니면 당한 뒤에 자신의 배나 가슴을 찔러 피를 쏟으며 죽어야 하는 것인지…… 어느 쪽이 됐건 섬뜩하고 무섭긴 매한가지였다. 옛날 여인들은 스스로 목숨을 끊을 때 '칼을 물고 죽었다'고 하니 칼날 끝을 입에 물고 앞으로 엎어졌던 모양인데, 생각만 해도 몸서리가 쳐지는 일이 아닐 수 없었다.

"아이고 무시라—"

비명에 가까운 떨리는 소리와 함께 이불을 푹 뒤집어쓰지 않을 수 없었다. 아무쪼록 그런 일은 꿈에도 나타나지 않기를 믿고 싶을 따름이었다. 슬그머니 한번 유혹을 당해보고 싶던 방정맞은 생각은 혼비백산하여 어디론지 사라지고 만 셈이었다.

공연히 그런 쓸데없는 잡념에 시달리기도 하는 외롭고 괴롭기도 한 독수공방의 세월이 흘러가고 있는 어느 날, 참으로 뜻밖의 일이 닥쳐왔다.

초가을 햇살이 유난히 해맑아 보이는 오후였다. 끝선이는 밭에 가서 배추와 열무를 한 소쿠리 솎아가지고 동네 우물에서 다듬어 씻고 있었다. 김치를 담그기 위해서였다. 마침 이웃 철이네가 떡쌀을 씻으러 나와 있었다. 철이네는 끝선이보다 나이는 세 살인가 위였으나, 서로 터놓고 속마음을 주고받을 수 있는 친한 사이였다.

"오늘 밤 제사 지내나?"

"아니, 낼이 우리 집 양반 생일 앙이가."

"아, 그랬나."

"식이 아부지 생일은 언제고?"

"지난달에 안 지내갔나. 본인이 없는데 생일이 무신 소용이고."

"그래도 미역국은 끼리 묵었겠지 뭐."

"응."

끝선이는 어쩐지 좀 기분이 쓸쓸해지는 듯 대답하는 데 맥이 없었다.

잠시 말없이 떡쌀을 북북 치대고 있던 철이네가 친구의 기분을 돌이키려는 듯이 불쑥 입을 열었다.

"내사 식이네가 부럽다니까."

끝선이를 마을 사람들은 '식이네'라고 불렀다. 처음 시집을 왔을 무렵에는 '새댁'이라고 했는데, 훈식이를 낳은 뒤로는 그 이름 끝 자를 따서 그렇게 부르게 되었던 것이다.

"아니, 난데없이 그기 무슨 소리고? 내가 부럽다니⋯⋯."

"좀 서방하고 떨어져 살아보고 싶다 그 말 앙이가. 우리 철이 아부지도 식이 아부지처럼 먼 데로 좀 돈벌이 하로나 갔으면 좋겠어."

"정말로 카는 소리가?"

"정말이라니까. 떨어져 살아봐야 내외간의 정을 알게 되는 기라. 만날천날*('매일매일'의 방언) 같이 있으니 어떤 때는 꼴도 보기 싫다 앙이가."

"아이고 얄궂어라. 뻴소리를 다 듣겠네. 호강에 빠지면 호강인 줄을 모른다 카더니⋯⋯."

"호강은 무슨 호강⋯⋯ 내사 인제 남자라면 코에서 냄새가 난다니까."

"우야꼬, 포식을 하는 모양이구나. 배가 부르니까 좀 고파보고 싶다 이긴가? 세상 참 고르지 못 하대이."

"하하하⋯⋯."

"히히히⋯⋯."

이렇게 한바탕 웃고 있는데, 저쪽 동구 앞길을 웬 낯선 남정네 하나가 등짐을 지고 걸어오고 있는 게 보였다. 행상인 것 같았다.

"달비(여자의 잘라낸 머리카락) 삽니더— 달비요, 분도 있고, 연지도 있고, 바늘에 실, 물감도 있심더— 자— 옷뻰*('옷핀')도 있고, 머리뻰도 있심더— 물건도 팔고 달비도 삽니더—"

외치기 시작하며 마을로 들어서고 있었다.

"얄궂어라, 남자가……."

식이네는 일손을 멈추고 고개를 빼들고 그쪽을 바라보았다. 방물
장수라면 으레 아낙네들인데, 남자 방물장수라니…… 처음 보는 일
이어서 신기하다 싶었던 것이다. 철이네도,

"남자 방물장수도 다 있나?"

하면서 멀뚱히 그쪽으로 시선을 보냈다.

"달비 삽니더…… 달비요. 자— 참빗도 있고, 어리빗('얼레빗')도
있고, 옥가락지에 구리 가락지, 단추에 혹꾸(호크), 없는 기 없심더.
자— 모두 나와 보이소— 나와 보이소—"

방물장수의 모습이 골목 안으로 사라졌다.

"구리무(크림)도 있는지 모르겠네. 구리무가 다 떨어져 가는
데……."

식이네의 말에 철이네는 얼굴에 웃음을 띠었다.

"서방이 없는데도 매일 구리무는 바르는 모양이제?"

"하하하, 서방이 없으면 얼굴에 구리무도 안 바르능강?"

"하기사 혼자 살면 더 이쁘게 꾸미고 싶다 카더라마는……."

"얄궂대이. 그래서가 아니라, 세수를 하고 구리무를 안 바르면 얼
굴이 땡긴단 말이다. 그래서 바르는 기지 뭐."

"내사 구리무 안 발라도 하낫도 안 땡기더라."

"너무 포식을 해서 얼굴에 기름이 올라 그런 모양이지?"

"뭐라꼬? 호호호……."

"안 그러나? 헤헤헤……."

한바탕 또 킬킬거리고 나서,

"우리 시어머니한테 달비가 있을 끼라."

"난 구리무 한 갑 사야겠어."

하면서 두 아낙네는 서둘러 일을 마치려고 일손을 재게 놀렸다.

다듬어 씻은 김칫거리를 집 부엌에 갖다놓기가 바쁘게 식이네는 자기 방으로 뛰어 들어가 돈을 몇 닢 꺼냈다. 그리고 사립을 나섰다.

철이네도 달비를 한 묶음 들고 싱글벙글 웃으며 집에서 나오고 있었다. 두 아낙네는 무슨 대단히 즐거운 일이라도 생긴 듯이 가벼운 걸음으로 방물장수를 찾아갔다.

방물장수는 어떤 집 마루에 짐을 내려 펼쳐놓고 모여든 아낙네들에게 팔고 있었다. 남자 방물장수가 나타나서 그런지, 남자인데다가 스물댓밖에 안 되어 보이는 젊은이라 더욱 그런지, 아낙네들이 다른 때보다 훨씬 많이 모여들어 공연히 웃어대기도 하면서 이거저것 물건들을 집었다 놓았다 흥정들을 하고 있었다.

철이네가 앞서고, 식이네가 뒤따라 그 집 사립을 들어서자,

"히히히, 그 달비 참 좋대이. 많이 받겠는데……."

"철이네 달빈 아닌 것 같고…… 시어머니 달빈 모양이제?"

"시어머니 달빌 몰래 살짝 갖고 나오는 거 앙이가?"

"그런 거 같은데……."

아낙네들이 돌아보며 헤프게 웃음들을 흘려댔다.

달비라는 말에 방물장수도 고개를 들어 이쪽을 바라보았다.

방물장수와 시선이 마주치는 순간, 식이네는 자기도 모르게 주춤 걸음이 멈추어졌다. 그리고 얼굴이 화끈 달아오르는 듯했다.

"우야꼬!"

하마터면 그 소리가 입 밖으로 튀어나올 뻔했다.

식이네는 얼른 돌아섰다. 그리고 사립 밖으로 냅다 내달을까 싶었다. 그러나 순간적으로 그래서는 안 된다는 생각이 머리를 스쳤다. 남들이 수상하게 여길 게 아닌가 말이다. 그래서 그저 잰걸음으로 사립을 걸어 나갔다. 깜박 잊은 것이 있기라도 한 것처럼.

"아니, 와 카노? 베란간…… 어디 가노?"

철이네는 되돌아보며 무슨 영문인지 몰라 눈이 휘둥그레졌다.

"갑자기 설사가……."

식이네는 순간 머리에 떠오르는 대로 내뱉고는 사립을 나서자 자기도 모르게 허둥지둥 뛰기 시작했다.

헐떡거리며 뛰어 골목길을 빠져나가 밭모퉁이를 돌아서서야 식이네는 터벅터벅 걸었다. 가슴이 아직도 두근두근 뛰고 있었다. 다름 아닌 바로 최동팔이었던 것이다. 동팔이가 방물장수가 되어 나타나다니. 너무나 뜻밖의 일이어서 정말 놀라지 않을 수 없었다.

시집오기 전 친정 마을에서 동팔이가 지분지분 곧장 접근해 왔을 때는 남의 눈이 두렵고 같잖기도 해서 쌀쌀하게 쏘아붙이곤 했으나, 한편 속으로는 재미있기도 하고 어떤 야릇한 기분도 맛볼 수가 있었는데, 이번에는 전혀 그게 아니었다. 정말 아찔할 정도로 당황했고, 덜컥 겁이 나기까지 했다. 시집 마을이니 그럴 수밖에 없었다.

가뜩이나 훈식이를 낳기 전까지는 남편은 물론이고 시어머니까지 걸핏하면 처녀 적에 무슨 불미한 일이 있지나 않았는가 하고 생사람을 잡으려고 들었었는데, 혼례식 당일 밤 난동을 부렸고 시집으로 떠나오던 날 '끝선아—' 하고 냅다 들길에서 불러대기까지 했던 그 사내가 방물장수가 되어 마을에 나타났다는 것을 알면 어떻게 되겠는가 말이다. 생각만 해도 식이네는 절로 등허리에 식은땀이 주르르 흐르는 느낌이었다. 실상 자기는 아무 잘못이 없는데도 마치 무슨 몹쓸 잘못이라도 있었던 사람 같은 심정이었다.

그리고 식이네는 자기의 시집 마을이라는 것을 염두에 두고 일부러 동팔이가 찾아왔는지, 아니면 그저 행상을 하다 보니 걸음이 이쪽으로 향해졌는지, 그 점이 중요하기도 했다. 아무쪼록 후자이기를 바랐다. 전혀 자기를 생각하지 않고 왔다면 자기와 눈이 마주치기는 했으나, 오히려 아차 이거 못 올 데 왔구나 하고 다음에 다시 나타나지는 않을 게 아닌가. 그러나 아무래도 그렇지가 않을 것만 같았다. 자기가 각싯골로 시집을 간다는 것을 그 당시 몰랐을 턱이 없으니 말이다. 아무래도 계획적으로 자기를 만날 생각으로 찾아온 게 틀림없는 듯했다. 어쩌면 다른 장사도 아닌, 여자들이 하는 방물장수를 남자가 택한 것부터가 수상했다. 방물이란 여자들의 일상용품이니, 그것을 팔러 오면 만나기가 수월하고, 또 남 보기에도 자연스러울 게 아닌가.

그리고 아무래도 남편이 멀리 떠나고 집에 없다는 사실도 알고 있는 것 같은 생각이 들었다. 남편이 집에 있는 동안에는 아무 일이 없더니, 상해로 떠나가고 난 뒤에 불쑥 나타난 것을 보니 말이다. 그런 소문은 친정 마을에도 퍼졌을 터이니, 동팔이의 귀에도 들어갔을 만하지 않은가.

이쪽 사정을 다 알고, 단단히 계산을 하고서 찾아온 게 틀림없는 것 같아 식이네는 정말 불안하고 두렵기까지 했다.

집에 돌아온 식이에는 부엌으로 들어가 문을 꼭 닫았다. 그리고 김치를 담그기 시작했다.

"야야, 와 부엌문을 그렇게 처닫아 삐리노? 춥지도 않는데……."

마루에 앉아 담배를 피우고 있던 시어머니가 얄궂다는 듯이 볼멘소리를 던졌다.

그러나 식이네는 아무 말 없이 일손을 놀리기만 했다. 김치를 버무리는데 간이 짠지 매운지도 잘 알 수가 없었다.

한참 뒤에 사립 밖에 인기척이 들렸다.

"식이네, 구루무 산다 카더니 안 사나? 아직 설사 중이가?"

큰소리로 지껄여대면서 철이네가 들어서고 있었다. 아마 방물장수를 데리고 오는 모양이었다.

식이네는 눈앞이 아찔해지는 느낌이었다.

"식이네 어디 있습니꺼?"

마당으로 걸어 들어오며 마루에 앉아 담배를 피우고 있는 시어머니에게 묻는 소리가 들렸다.

"부엌에서 김치 안 당구나. 춥지도 않는데 부엌문을 처닫아 놓고……."

시어머니의 대답은 어딘지 조금 볼멘소리였다.

"설사가 난다고 쫓아오더니……."

"설사가 나?"

"예, 구리무를 사로 갔다가 베란간 설사가 난다고 집으로 쫓아 안 왔습니꺼."

"뒷간에는 안 가던데……."

"그래예? 얄궂대이."

철이네가 부엌 쪽으로 다가오는 기척이 났다.

일손을 멈추고 가만히 귀를 곤두세우고 있던 식이네는 이 일을 어쩌면 좋을지 아찔한 느낌이었다. 자기도 모르게 벌떡 일어났다. 그리고 얼른 그만 부엌문을 안으로 걸어 버렸다.

"아니, 식이네. 뭐 하고 있노? 설사가 난다 카더니 집에 와서 김치 당구나? 하하하…… 재밌대이."

무슨 신나는 일이라도 생긴 듯이 호들갑스럽게 지껄여대며 철이네는 부엌문을 열어젖히려 했다. 그러나 안으로 걸어 버려서 열리지가 않자,

"부엌문을 닫아걸고 김칠 당구고 있네. 얄궂어라. 무슨 일이고?"

하면서 문짝을 콰당콰당 밀어붙였다.

"구리무 안 살 끼가? 방물장술 일부러 딜꼬 왔는데……."

"……."

"식이네, 와 아무 대답이 없노. 응이?"

"……."

"벨일이네. 베란간 벙어리가 됐나. 우째된 일이고?"

식이네는,

"저놈의 여편네 와 저렇게 지랄방정을 떨어쌓노."

하는 소리가 곧 입에서 튀어나오려 했으나 꿀컥 삼키고, 바짝 긴장된 눈으로 문밖의 보이지 않는 철이네를 쩨려보았다.

끝내 부엌문이 열리지 않고 이쪽에서 아무 말이 없자 철이네는 문짝 틈새로 안을 들여다보는 것 같았다. 식이네는 그만 벌떡 자리에서 일어나,

"와 이 지랄이고!"

냅다 내뱉으며 문을 왈칵 열고 나가서 여편네를 사정없이 떠밀어 버리고 싶은 충동을 느꼈다. 그러나 질끈 아랫입술을 깨물며 용케

눌러 참았다.

문틈으로 들여다보아도 안이 어두워서 잘 보이지 않는 듯 그제야 철이네는 별로 기분이 안 좋은 듯,

"무슨 심사제…… 참 별일도 다 보겠대이."

하면서 물러서는 것이었다.

"내삐리 놔둬라. 무슨 변덕이 나도 단단히 난 모양이다. 내 참 기가 맥히서……."

마루에서 시어머니의 몹시 못마땅해하는 목소리가 들려왔다. 그리고 곧 시어머니는,

"방물장수요, 이리 와 좀 앉으소. 달비도 사능게?"

하고 방물장수 동팔이에게 묻는 것이었다.

"예, 사고말고요."

"보자…… 모아놓은 달비가 제법 될 낀데……."

시어머니가 일어나 방 안으로 들어가는 것 같았고, 동팔이는 마루에 가서 짐 꾸러미를 내려놓는 기척이었다.

그제야 식이네는 후유— 안도의 숨이 가늘게 떨리며 흘러나왔다. 위기의 고비는 넘어선 것 같은 느낌이었다. 그러나 아직 일이 무사히 끝난 게 아니어서 식이네는 그대로 숨을 죽이고 앉아서 가만가만 조심스레 일손을 다시 놀리기 시작했다. 두 귀는 계속 바깥의 마루 쪽으로 곤두세우고서 말이다.

시어머니가 달비 묶음을 들고 나와 그 값을 흥정하는 소리가 들렸고, 철이네는 여전히 곁에서 덩달아 이러쿵저러쿵 참견을 하고 있었다. 남의 시어머니 앞인데도 별로 조심성도 없는 것 같았고, 또 방물장수가 남정네인데도 스스럼도 없는 듯 지껄여대는 게 오늘따라 식

이네는 몹시도 싫었다. 평소에 서로 속마음을 주고받을 수 있는 남달리 가까운 사이인데도 방물장수를 일부러 집까지 데리고 온 뒤로는 여편네가 수다스럽기 짝이 없어 보이고, 얄밉기 그지없었다. 당장 뛰어나가 가라고 집 밖으로 떠밀어내 버리고 싶은 심정이었다.

다른 때도 늘 좀 말이 헤프고 떠들썩한 성품이긴 했으나 그런 거침없는 구석이 오히려 시원시원한 맛이 있어 좋았는데, 이제 전혀 그렇게 느껴지지가 않았다. 실상 철이네에게는 아무 잘못도 없는 터이지만 말이다. 방물장수와 자기와의 미묘한 관계를 철이네가 알고 있었다면 '구리무'를 사라고 일부러 집까지 데려왔을 턱이 없질 않는가. 말하자면 죄 없는 친구를 일방적으로 못마땅하게 여기는 꼴이었다.

"여편네가 저렇게 수다스럽고 방정맞아서 어디다 쓰겠노. 쯧쯧쯧……."

식이네는 제법 혀까지 차면서 공연히 핼끔 그쪽을 향해 눈을 흘겨 주었다.

마침 시숙이 출타했고, 또 동서도 이웃엘 간 듯 집에 없어서 그나마 다행이라는 생각이 들기도 했다.

잠시 후 달비의 거래가 끝나고, 방물장수가 짐 꾸러미를 짊어지고 일어서는 기척이 들렸다.

"잘 계시이소."

동팔이의 목소리였다.

"달비 많이 모아놀 끼니까 또 오소. 잉?"

시어머니의 목소리였다.

"예, 또 오지예. 오고말고요. 허허허……."

기분이 좋은 듯 동팔이가 터뜨리는 웃음소리가 들렸다.

"또 오기는…… 지랄같이……."

식이네는 이번에는 시어머니와 동팔이를 함께 염두에 두고 핼끔 눈을 흘겼다. 그러나 그녀도 절로 킥킥킥…… 웃음이 나오는 것을 어쩌지 못했다. 생각할수록 아니 웃을 수가 없었다.

"담에 오면 식이네도 그때는 구리무 사겠지. 오늘은 무슨 변덕인지 알 수가 없다니까. 하하하……."

철이네도 웃으며 방물장수의 뒤를 따라 마당을 걸어 나가는 것 같았다. 사립을 나서면서 부엌 쪽을 뒤돌아보고,

"식이네, 나 가네― 문 처닫아놓고 김치 실컨 당구어―"

하고 간다는 인사까지 짓궂게 던졌다.

"그래그래. 어서 썩 꺼져 버려!"

입 밖으로 나올 듯 말 듯 중얼거리고 나서 식이네는 그제야 후유― 큰 숨을 시원하게 내쉬었다. 그리고,

"땀 뺐네, 땀 뺐어."

하면서 이제 일손을 제대로 놀려 버무린 열무김치를 작은 단지에 차곡차곡 담기 시작했다.

그런 일이 있은 후부터는 마을에 또 방물장수 동팔이가 나타날까 봐 식이네는 늘 한 가닥 불안을 떨쳐버릴 수가 없었다. 그러나 닷새가 지나고, 열흘이 가고, 보름이 넘어도 동팔이는 나타나질 않았다.

그제야 식이네는 조금 마음이 놓이며, 혹시 동팔이가 자기를 알아보지 못한 게 아닐까 하는 생각이 들었다. 자기를 만나기 위한 엉큼한 수작으로 방물장수가 되어 마을을 찾아온 게 아니라, 어쩌다가 그저 그런 장사치가 되어 떠돌아다니다가 우연히 각싯골에 걸음이

와닿은 건지도 모른다 싶었다. 그렇다면 자기를 못 알아볼 수도 있지 않겠는가 말이다. 눈길이 잠깐 마주치기는 했었지만, 처녀 때와는 달리 가르마를 타고 쪽을 쪘을 뿐 아니라, 이제는 아이까지 낳아 세 살이나 된 애 엄마로 변했으니 얼른 알아보지 못할 수도 있을 게 아닌가. 그렇다면 저쪽에서는 알아보지도 못했는데, 혼자서 그처럼 똥줄이 탔던가 싶으니 우습기도 했다.

그러나 아무래도 그게 아닌 것만 같았다. 달비의 거래가 끝나고 떠날 때 시어머니의 말에 "예, 또 오지예. 오고말고요" 하고는 허허허…… 묘하게 웃던 그 웃음소리로 미루어보아 결코 알아보지 못한 것은 아닌 성싶었다.

그런데 보름이 넘도록 다시 나타나질 않는 걸 보니 어쩌면 알아보기는 했으나, 계획적인 일이 아니었기 때문에 앗차 이거 못 올 데 왔구나 하고, 남 시집살이 하는 데 허물이 되지 않도록 다시는 걸음을 하지 않는 것 같았다. 그렇다면 동팔이가 자기를 진정으로 아끼고 생각해주는 일이 아닐 수 없었다. 아무쪼록 그쪽이 사실이기를 바라고 싶었다.

슬그머니 생각이 그렇게 기울어지자 식이네는 동팔이가 그런 사람이었던가, 그처럼 생각이 깊고 믿음직한 사내였던가 싶으며 공연히 조금 쓸쓸해지기도 했고, 가슴 한쪽이 약간 축축하게 젖어 오르는 느낌이기도 했다.

그러나 그것은 오산이었다. 한 달이 다 되어 갈 무렵, 그 일을 거의 잊어가고 있는 어느 날 오후,

"달비 삽니더— 달비요."

하는 소리가 다시 동구 앞에서 울려 퍼졌다.

그 소리를 식이네는 방에 앉아 바느질을 하다가 들었다. 화창한 날씨의 가을 오후여서 방문을 활짝 열어놓고 앉아 빨아 말린 시어머니의 저고리와 자기의 저고리에 동정을 달고 있는데, 방물장수의 외치는 소리가 가물가물 들려오는 것이 아닌가. 덜컥 가슴이 내려앉으며 가벼운 현기증이 눈앞을 지나가기까지 했다.

식이네는 바느질 하던 손을 놓았다. 그리고 얼른 일어나 방문을 닫아 버렸다. 거의 무의식중에 행한 일이었다.

식이네가 기거하는 방은 아래채에 있었다. 아래채에는 외양간과 곳간, 그리고 방이 한 개 있었는데, 바로 사립 쪽으로 방문이 나 있었다. 사랑방으로 쓰이다가 바깥주인이 세상을 뜨고, 작은아들 달주가 장가를 들자 신방으로 꾸며져 신랑신부의 거처가 되었는데, 달주는 상해로 떠나고 지금은 식이네가 혼자서 세 살짜리 훈식이와 함께 기거하고 있는 것이다.

방문을 닫기는 했으나, 동팔이의 외쳐대는 소리는 가물가물 여전히 들려왔다. 식이네는 불안해서 도무지 어찌할 바를 몰라 이번에는 문고리까지 걸어 버렸다. 마침 훈식이는 새근새근 낮잠이 들어 있었다.

"물건도 팔고 달비도 삽니더— 자— 참빗도 있고 어리빗도 있심더— 분도 있고 연지도 있고, 구리무도 있심더— 암 구리무도 잇고 말고요. 자— 구리무요 구리무—"

'구리무'를 유별나게 강조해대는 동팔이의 외치는 소리가 점점 더 크게 들려오고 있었다. 식이네는 견딜 수 없는 증오심이 불끈 몸속에서 치솟는 느낌이었다. 그동안 잠시나마 동팔이를 생각이 깊은 사내로 여겼던 게 어리석고 분하기까지 했다. 도대체 저 녀석이 뭘 어쩌자고 저러는 것인지, 기어이 남 시집 못 살고 쫓겨나는 꼴을 보고 싶어 저러는지— 정말 기가 차고 어처구니가 없었다.

'구리무'를 유별나게 들먹거리려대는 걸 보니 이제는 그 심보가 환히 다 들여다보이는 느낌이었다. 지난번에 혹시 자기를 못 알아보지 않았을까 하는 기대는 이제 여지없이 무너져 버렸다. 계획적으로 방물장수가 되어 각싯골을 찾아왔던 것인지, 우연히 만나게 되어 또 찾아오는 건지, 그 점은 아직 분명치가 않으나, 십중팔구 계획적인 것 같았다. 그렇지 않으면 저렇게 단단히 각오를 한 듯 의기양양하게 또 찾아올 수가 있겠는가. 더구나 약간 장난기까지 곁들여서 저처럼 외쳐대면서 말이다.

식이네의 불안감이 별안간 증오심으로 바뀐 것은 그 장난기 같은 것 때문이었다. 정말 자기를 그리워하는 깊은 정을 못 이겨 찾아오는 것이라면 저렇게 곧장 '구리무'를 들먹거리며 장난처럼 외쳐댈 수가 없는 것이다. 전에도 어딘지 모르게 싱겁고 닝글닝글하기는 했지만, 오 년이라는 세월이 지나 시집살이하는 사람을 찾아오면서 싱겁게 그럴 수가 있는가 말이다.

식이네는 마치 동팔이가 자기를 놀리는 것만 같고, 골려주려고 작정한 것만 같아서 분하고 패심하기 짝이 없었다. 이제 오직 미움만이 가슴속에 찌꺼기처럼 가득 남아서 독기를 내뿜으며 타오르는 느낌이었다.

이를 악물며 식이네는 농 문짝을 바라보았다. 농속에 들어 있는 은장도 생각이 번쩍 머리에 와닿았던 것이다. 장도를 빼들고 동팔이를 아무 데나 닥치는 대로 한 군데 콱 찔러주고 싶은 심정이었다.

"자— 구리무도 있심더. 구리무요— 하얗고 미끈미끈하고 냄새 좋은 구리무요— 옷삔도 있고 머리삔도 있고, 단추에 혹꾸, 옥가락지, 구리 가락지, 자— 없는 기 없심더. 나와 보이소—”

외치는 소리는 한결 가까이에서 들렸다. 동팔이가 닝글닝글한 표정으로 실실 웃음까지 흘리면서 이쪽으로 걸어오고 있는 꼬락서니가 눈에 보이는 듯했다.

방문 고리를 안으로 걸기는 했으나, 식이네는 도저히 방 안에 그대로 가만히 있을 수가 없었다. 지난번은 부엌 속에서 그래도 용케 견뎌냈지만, 이번에는 안 될 것 같았다. 어쩌면 정말 장도를 꺼내 들고 달려 나갈지도 알 수 없었다.

식이네는 덜컥 겁이 났다. 그리고 피해야 된다는 생각이 번쩍 머리에 떠오르며 왈칵 등을 떠미는 듯했다. 얼른 문고리를 벗겨 문을 열고 밖으로 나갔다.

안채 마루에서는 동서가 저녁밥에 섞으려는 듯 올콩을 까고 있었다. 시어머니는 방에서 낮잠을 자는지 이웃에 갔는지 보이지가 않았다.

식이네는 얼른 부엌으로 들어가 소쿠리를 하나 벗겨 가지고 나왔다. 그리고 사립 밖으로 잰걸음을 쳤다.

멀뚱히 바라보고 있던 동서가 무슨 일인데 저렇게 급히 서두르는가 싶은 듯,

“동서, 어디 가?”

하고 물었다.

“밭에요. 밭에 가서 고추를 좀 딸라고예.”

힐끗 한번 뒤를 돌아보기가 무섭게 식이네는 사립을 나서자 동팔이의 목소리가 들리는 쪽의 반대편으로 도망치듯 마구 걸음을 재촉

했다. 길을 꺾어 돌자 누가 보면 이상하게 여길까 싶어 그제야 좀 걸음을 늦추었다.

그러나 원수는 외나무다리에서 만난다더니, 하필 철이네가 뉘 집에 갔다 오는지 마주 골목길을 걸어오질 않는가.

"식이네, 어디 가는데 그렇게 숨을 헐떡거리면서……."

철이네가 길을 막아서듯 앞에 와 멈추어 섰다.

"밭에……."

"밭에? 식이네 밭이 어디 있는데 일로*(이쪽 방향으로) 가지?"

"와 일로 가면 안 되능강."

"방물장수 소리가 나는 것 같던데…… 저 봐. 나지. 그래서 난 놀다가 쫓아 나오는 길인데……."

식이네가 말없이 걸음을 떼 놓으려 하자 얼른 철이네는 소매를 붙들며,

"아니, 구리무 아직 안 떨어졌어? 이번에도 안 살 끼가?"

같이 가자는 듯이 말했다.

"남이사 사기나 말기나……."

식이네의 말소리가 좀 퉁명스럽게 나왔다.

"식이네 참 얄궂네. 화는 와 내노?"

"누가 화를 내? 나 밭일이 바쁘다 앙이가?"

식이네는 소매를 뿌리치듯 하고 철이네에게서도 내빼듯이 잰걸음을 쳤다.

철이네는 고개를 갸웃이 기울이며 이상하다는 표정으로 식이네의 멀어져가는 뒷모습을 가만히 바라보았다.

그렇게 해서 그날은 밭으로 도망가서 고추 덤불 속에 웅크리고 앉

아 잘 익은 고추를 따면서 식이네는 말하자면 난(難)을 피했다.

동팔이는 식이네, 아니 끝선이네 시집 사립 밖에서 공연히,

"달비 삽니더— 달비요. 달비 안 팝니꺼?"

하면서 여러 번 안을 기웃거렸다. 그러나 시어머니가 없어서 대신 큰 며느리한테,

"달비 없어요. 없다는데 자꾸 그러네."

퉁명스러운 소리만 들었다.

"구리무 사이소— 아주 향기 좋은 구리무 가지고 왔는데, 안 삽니꺼?"

"아이고, 안 산다는데 자꾸……."

짜증을 내는데도 동팔이는 사립 밖에서 곧장 서성거리며,

"구리무 사이소— 구리무, 구리무, 자— 하얗고 미끈미끈하고 향기 좋은 구리무요—"

하고 외쳐댔다.

끝내 아무 반응이 없자 동팔이는 아마 끝선이가 집에 없는 것이려니 생각하고, 그녀를 찾아 이 집 저 집 기웃거리며 마을의 골목골목을 누볐다. 그러나 결국 그날은 끝선이의 얼굴도 한번 보지 못하고 동팔이는 터벅터벅 마을을 떠나지 않을 수 없었다.

방물장수가 두 번째 왔다 간 뒤, 마을 아낙네들 사이에 은밀히 야릇한 소문이 돌았다. 방물장수와 식이네가 아무래도 수상하다는 이야기였다. 방물장수를 식이네가 피하는 게 틀림없다는 것이었다.

그런 소문은 말할 것도 없이 철이네의 입에서 처음 말이 나와 퍼져 나갔다. 철이네는 무슨 대단히 흥미진진하고 신나는 비밀이라도 알아낸 듯 아무래도 혼자 담아두고 있을 수가 없어서 서너 아낙네

가 모인 자리에서 이야기를 꺼내고 말았던 것이다. 그러나 어떤 관계인지 확실한 것은 알 수 없고, 또 이런 말이 당자나 그 집 사람들의 귀에 들어가면 큰일이니 절대 입 밖에 내지 말라고 당부를 하면서 낮은 목소리로 지껄여댔다. 방물장수와 식이네가 아무 관계도 없는 남일 것 같으면 왜 처음 방물장수가 마을에 나타났을 때 구리무를 산다고 자기하고 함께 찾아갔던 식이네가 놀란 듯이 집으로 도망을 쳤겠느냐, 그리고 자기가 집으로 방물장수를 일부러 데리고 갔는데도 부엌문을 안으로 닫아걸고 코빼기도 내놓지 않은 까닭이 무엇이겠느냐, 아무래도 이상하지 않느냐, 그리고 두 번째 방물장수가 마을을 찾아왔을 때도 소쿠리를 들고 도망치듯이 밭으로 간 이유가 어디에 있겠느냐, 더구나 방물장수와 마주칠까 봐 자기네 밭과는 방향이 다른 엉뚱한 골목을 돌아서 말이다, 하고 눈빛까지 유난히 반질거려가며 내 말이 틀렸느냐는 듯이 늘어놓았다.

"우야꼬, 이상하네."

"아무래도 뭐가 있는 모양이제?"

"맞어. 그렇지 않으면 와 피하노 말이다. 산다던 구리무는 안 사고……."

"얄궂어라 얄궂어라. 무슨 일잉공?"

아낙네들은 정말 놀랍고 재미 좋은 일이라는 듯이 야릇한 웃음을 눈매나 입가에 살짝살짝 떠올려가며 수군거렸다.

남의 그런 이야기는 본래 지껄일수록 더욱 재미가 나는 법이어서 철이네는 이번에는 또 방물장수 쪽으로 이야기를 옮겼다. 두 번째 찾아왔을 때 방물장수가 물건 팔 생각은 별로 없는 사람처럼 이 집 저 집 기웃거리며 골목골목을 누비고 다닌 것도 이상하지 않느냐고 식이네가 밭으로 피해 간 줄을 모르고 찾느라고 그랬던 게 아니겠느냐고. 두 사람이 과거에 보통 사이가 아니었던 게 틀림없다고 결론을 내리듯 말했다.

"연애를 했던 모양이제. 안 그러나?"

"말할 끼 뭐 있노. 남자하고 여자하고 수상하다면 연애한 기지 달리 뭐가 있노."

"맞다. 달리 아무것도 없지."

"시집간 애인을 찾아왔다 그 말이구나. 아이고 두(頭)야 두야……."

"하하하……."

"히히히……."

공연히들 좋아서 키들키들 웃기도 했다.

그렇게 한번 쏟아진 말은 절대로 입 밖에 내지 말라는 당부가 있을수록 더욱 잘 퍼져나가는 법이다. 입에서 입으로 옮겨갈 때마다 절대로 입 밖에 내지 말라면서 그 이야기는 곧 마을에 은밀한 소문이 되어 퍼졌다.

소문에는 또한 울타리가 없는 법이다. 그 소문은 식이네 집 울타리를 넘어 시어머니의 귀에도 들어갔다. 이웃 친한 노파가 귀띔을 해주듯이 알려주었던 것이다.

그 이야기를 들은 시어머니 영동댁은 가슴이 덜컥 내려앉는 느낌이었다. 그러나 전혀 뜻밖의 일은 아니었다. 영동댁 역시 방물장수가 집에 물건을 팔러 왔을 때 부엌문을 닫아걸고 나타나지 않는 며느리가 이상하다 싶었었다. 그러나 겉으로는 그저 무슨 변덕이냐고 예사로운 듯이 넘겼던 것이다. 달비 값을 비교적 잘 받아서 다음에 또 오라고까지 했던 것이다.

그러나 그 일이 영동댁으로서는 어쩐지 찜찜했고, 또 슬그머니 머리에 와닿는 생각이 있었다. 혹시 며느리가 처녀 시절에 좀 불미한 일이 있었다는 그 사내가 아닌가 싶었다. 한동안 그런 생각이 머리를 떠나지 않았으나, 남편을 멀리 타국으로 보내고 혼자서 애를 키우며 시집살이를 하고 있는 며느리가 측은한 생각이 들어 애써 그게 아닐 거라고 부인을 하고서 그 일을 잊으려고 애썼다.

그런데 그런 말이 마을에 소문이 되어 퍼졌다니, 가슴이 덜컥 내려앉지 않을 수 없었다. 이 일을 어쩌나 하고 영동댁은 그날 밤부터 당장 잠을 이루지 못했다. 어떻게 하는 것이 시어머니로서 가장 현명한 방법인지 생각에 생각을 거듭한 끝에 우선 며느리에게는 내색을 하지 말고, 그 방물장수가 그 사낸지 아닌지를 알아보기로 했다.

그래서 영동댁은 한가할 때면 으레 마루에 앉아 담배를 피우며 그 방물장수가 다시 나타나기를 기다렸다.

기다리면 오지 않는 법이다. 묘한 일이다. 영동댁이 방물장수가 다시 찾아오기를 기다렸으나 어찌된 영문인지 도무지 소식이 없었다. 마치 기다리고 있는 남의 속셈을 알아차리고 피하기라도 하는 것 같았다.

기다리다 지치면 또한 잊어버리는 법이다. 그리고 잊어버릴 때쯤 되면 묘하게 불쑥 찾아온다.

영동댁의 머리에서 그 일이 희미해져 거의 잊혀져 갈 즈음 방물장수는 마을에 나타났다. 그런데 이번에는 마치 남몰래 찾아들 듯 아무 소리도 외치질 않고 살금살금 마을로 들어섰다. 동구 앞에서부터 온 마을에 울려 퍼지도록 외쳐대는 게 장수로서 당연한 일인데, 이번에는 그게 아니었다. 그렇게 외쳐대면 끝선이가 미리 알아차리고 몸을 피해 버릴까 싶어서였다. 자기가 찾아왔다는 것을 알려주는 셈이니 말이다. 전번의 경험에서 동팔이는 그 점을 터득했던 것이다.

희끗희끗 눈 잎사귀가 나부끼는 날이었다. 이제 겨울로 성큼 들어선 듯 날씨도 쌀쌀했다.

인기척도 없이 마을로 들어선 동팔이는 곧바로 끝선이네 시집을 찾아갔다. 사립 밖에 서서 안을 기웃거리며 그제야 비로소 입을 열었다.

"달비 삽니더— 달비요— 달비 안 파능게?"

점심을 먹고 누워서 낮잠을 한숨 자려던 영동댁은 얼른 일어나 방문을 열었다.

"어서 오소. 이리 들어오소."

기다리던 끝이라 꽤나 반가운 모양이었다. 그러나 영동댁의 얼굴에는 슬그머니 긴장이 감돌았다.

식이네는 그때 이웃에 놀러가고 집에 없었다.

날씨가 쌀쌀하고 눈도 나부끼는 터이라 영동댁은 방물장수를 방으로 들어오게 했다. 추워서 자기가 마루로 나가기가 싫었던 것이다.

동팔이는 좀 머뭇거렸다. 끝선이의 시어머니 방에 자기가 들어가도 되는 것인지, 어쩐지 좀 쑥스럽고 속으로 은근히 켕기기도 했다. 그리고 끝선이가 어디 있는지도 궁금해서 우선 집 안을 한번 휘둘러보았다. 아무래도 집에 있질 않는 것 같았다.

들어오라는데 굳이 못 들어갈 것도 없어서 동팔이는 짐을 들고 마지못한 듯 방으로 들어갔다. 방 아랫목에는 서너 살 되어 보이는 머스매*('사내아이'의 방언)가 포대기를 덮고 자고 있었다. 동팔이는 대뜸 그 아이가 끝선이의 아들이라는 것을 알 수 있었다. 잠든 얼굴인 데도 어딘지 모르게 끝선이를 닮아 보였던 것이다. 동팔이는 기분이 좀 묘했다.

영동댁은 우선 그동안 모아둔 달비를 꺼내어 흥정을 했다. 그리고 구리무를 한 갑 샀다. 늙은 영동댁이 얼굴에 바르려고 산 게 아니다. 추위에 손등이 곧잘 트기 때문에 손에 바르기 위해서였다. 벌써 손 등이 꽤나 거칠어 보여서 동팔이가 손 튼 데 그저 그만이라고 한 통 사라고 구워삶았던 것이다.

거래를 마치자 동팔이는 짐을 챙겨 일어나려 했다.

"춥운데 더 좀 몸을 녹이소 와."

영동댁은 만류를 하고서,

"저…… 고향이 어딩교?"

하고 불쑥 물었다.

동팔이는 속으로 약간 당황했다. 어쩐지 묻는 표정이 좀 예사롭게 느껴지지가 않았던 것이다. 그러나 아랫배에 꾹 힘을 주면서 닝글닝 글한 웃음을 떠올렸다.

"와 베란간 고향을 묻능교?"

"그저…… 어디가 고향인가 싶어서……."

"고향도 없는 몸이구마."

동팔이는 아무래도 좀 켕기는 듯해서 얼른 머리에 떠오르는 대로 대답했다.

"고향도 없는 몸이라니…… 그기 무슨 말잉게?"

"방물장수나 하며 떠돌아댕기는 몸인데, 고향은 무슨 고향이 있겠 능교?"

"우야꼬, 벨소리를 다 하네. 장사를 한다고 고향도 없능강?"

"하늘 밑이 다 고향 아닝교."

"핫다, 그럼 고향도 많네."

"허허허……."

"그럼 이 각싯골도 고향이겠네."

"일정한 고향이 없단 말 아닝교. 어릴 때부터 부모를 따라 떠돌아 댕겨서 고향이 어딘지를 모르느마."

"부모를 따라 떠돌아 댕겨? 그럼 뭐 곡마단 패거리였능강?"

"곡마단요? 허허허…… 뭐 그렇다고 해두입시더."

동팔이는 얼렁뚱땅 받아넘겼다. 말하자면 위기를 슬쩍 잘 넘긴 셈이었다.

"장개는 갔능게?"

영동댁은 말머리를 돌렸다.

"가 보이능교, 안 가 보이능교?"

"글씨…… 우째 보면 간 것도 같고, 우째 보면 아직 총각인 것 같고……."

"벌써 새끼가 둘이나 되느마."

"그렇게? 애기 아부지구나."

영동댁의 얼굴에 웃음이 떠올랐다.

"그래서 처자식 먹여 살릴라고 이렇게 방물장살 안 하능교."

"그렇구나 그렇구나……."

"남자가 방물장사를 하니까 이상하지요?"

"이상하긴 뭐가 이상해. 먹고 살라 카면 뭣이든지 닥치는 대로 해야제."

이제 미심쩍어하던 것이 확 풀리고 안심이 되는 듯 영동댁은 곧장 고개를 끄덕였다.

"살림은 어디서 하능게?"

"읍내서요."

"그렇구나……."

"인제 몸도 녹였고, 가 볼랍니다. 고맙심대이."

"고맙기는…… 앞으로 자주 오소. 달비 잘 모아놀 끼니까."

"예, 예. 자주 오고말고요."

동팔이는 터져 나오려는 웃음을 꾹 눌러 참으며 짐을 들고 일어났다. 자기가 생각해도 참 능청스럽게 잘 돌아가는 혓바닥이 놀랍기만 했다. 새끼가 둘이나 되다니, 처자를 먹여 살리기 위해서 방물장수를 하다니 어이가 없었다.

사립을 나서서 골목길을 꺾어 도는데 불쑥 앞으로 다가드는 여자가 있었다. 하마터면 서로가 부딪칠 뻔해서 동팔이는 주춤 멈추어 섰다. 뜻밖에도 그게 바로 끝선이가 아닌가. 깜짝 놀랐다. 이렇게 공교로울 수가 있을까 싶었다.

"아이고매!"

식이네는 비명에 가까운 소리가 튀어나왔다. 너무나 뜻밖의 일이어서 눈앞이 다 아찔했다.

호젓한 골목길에 눈만 희끗희끗 나부끼고 있었다.

두 사람은 서로 정신이 얼얼해서 마주보다가 식이네가 얼른 획 비껴서 지나가려 했다. 순간 동팔이는,

"끝선이!"

하면서 그녀의 팔을 덥석 붙들었다

식이네는 몸을 버르르 떨었다.

"놔예, 놔!"

"얼매나 보고 싶었는지 아나?"

"놓으라니까예!"

냅다 몸을 뒤흔들었다.

"그카지 말고, 어디 가서 조용히 얘기 좀 하자구마."

"얘기는 무슨 얘기?"

"할 말이 있다 앙이가."

"싫어예, 놔예! 누가 본단 말이예."

"봐도 상관없어."

"누구 시집 몬 살게 할라고 이카능게? 와 자꾸 찾아오능게?"

"……."

"시집간 여자를 찾아 댕기는 법도 있능게? 나하고 무슨 상관이 있다고 자꾸 이카능게?"

"끝선이 니가 정 그러기가?"

"정 이카면 정말 동네 사람들 다 불러 모을 끼구마."

"불러 모으면 누구 망신인데?"

"아니, 나하고 무슨 원수가 졌다고 이렇게 사람을 몬살게 굴지예?"

"몬살게 굴기는 누가 몬살게 굴더노? 니가 하도 보고 싶고, 도저히 잊어버릴 수가 없어서 그러는 기지."

"시집간 여자를 몬 잊어 삐리다니 그런 뭘 우짤 끼란 말잉게?"

"내 소원을 들어달라는 거 앙이가."

"……."

"한 번이라도 좋으니까 들어 달라 말이다. 그래야 내 한이 풀리겠다 그 말이다."

"말도 되지 않는 소리를 하네. 내 참 기가 맥혀서……."

"신랑도 중국 상해로 떠나고 없다면서?"

"이거 놔! 싫단 말이다. 싫어!"

식이네는 마침내 발칵 화를 내며 냅다 팔을 뿌리쳤다. 뭐 이런 자식이 다 있나 싶었다. 그러나 사내의 힘을 당해낼 재간이 없었다.

식이네는 정말 어이가 없고 기가 막혔다. 그러고 보니 남의 사정을 다 알고서 계획적으로 방물장수가 되어 찾아온 게 틀림없질 않는가. 남자들이란 대체로 그런 엉큼한 구석이 있다는 말은 들었지만, 실제로 눈앞에 그런 뻔뻔스럽고 닝글닝글한 얼굴을 대하니 징그럽고 겁도 나서 정나미가 떨어졌다. 그것도 처녀 적에 실제로 서로 좋아했던 사내가 그런다면 또 모르겠는데, 저 혼자서 몸이 달아서 설쳐댄 터에 상대방이 시집을 간 뒤까지 단념을 않고서 끝까지 물고 늘어지려 들다니, 도무지 알 수가 없고 같잖기만 했다. 어쩌면 동팔이라는 이 사내가 좀 쓸개가 없는 게 아닌가 싶기도 했다. 쓸개가 있다면 자기의 하소연을 끝내 걷어차 버리고 남의 남자에게 시집간 여자의 꽁무니를 끝까지 넘볼 수가 있겠는가 말이다. 더러워서도 탁침이라도 내뱉고 단념할 일이 아니겠는가.

그렇게 두 사람이 놓으라거니 못 놓겠다거니 하고 있는데, 개가 한 마리 어슬렁어슬렁 지나가다가 무슨 일인가 싶은 듯 멈추어 서서 멀뚱히 지켜보더니 그만 컹컹컹…… 냅다 짖어댔다. 마치 방물장수의 손아귀에서 식이네를 구출해내기라도 하려는 것처럼.

물려고 달려들 것 같은 개의 사나운 기세에 놀라 그만 동팔은 식이네의 팔을 놓았다. 그 순간 식이네는 마치 덫에서 벗어난 암사슴처럼 후다닥 집을 향해 뛰었다. 동팔이도 얼떨결에 그녀의 뒤를 쫓았다. 개도 뒤따르며 마구 짖어댔다.

식이네가 사립으로 뛰어들어 곧바로 자기 방으로 사라져 버리자 동팔은 닭 쫓던 개 울타리 쳐다보듯 멀뚱히 그 사랑채의 방문을 지켜보고 서 있었다. 그녀가 들어간 방이 사립을 들어서면 바로 몇 걸음 안 되는 곳에 있다는 사실을 안 동팔은 무슨 생각이 머리에 떠올랐는지 두 눈에 번쩍 생기가 돌면서 비시그레 약간 이지러진 듯한 웃음이 떠올랐다. 그리고 돌아섰다.

그날은 그 정도로 끝나고, 참으로 놀라운 사건이 일어난 것은 그로부터 보름가량 지나서였다.

식이네는 개 덕택에 그렇게 용케 동팔이를 따돌리고 집으로 피하기는 했으나 도무지 입맛이 뚝 떨어질 지경으로 기분이 안 좋았다. 낮으로는 이제 집에 있어도 불안하고, 이웃에 놀러가 있어도 마음이 푹 놓이질 않았다. 그것으로 이제 단념을 하고 다시는 안 찾아온다면 그런 다행이 없겠지만, 아무래도 그의 닝글닝글하고 짓궂기도 한 성미로 미루어 보아서 얌전히 마음을 돌려먹고 돌아서 줄 것 같지가 않았다. 말하자면 식이네는 슬그머니 노이로제에 걸리고 만 것이었다.

해가 지고 어둠이 깔리면 그제야 불안하던 마음이 가라앉는 것이었다. 밤에 물건을 팔러 찾아올 턱은 없으니 말이다.

그런데 어느 날 밤이었다. 바람이 꽤나 부는 듯 나뭇가지 흔들리는 소리와 함께 문풍지 떨리는 소리가 이따금 무슨 피리 소리처럼 일어나곤 했다.

그래서 그런지 식이네는 왠지 기분이 뒤숭숭하고 조금 심란하기도 해서 좀처럼 잠을 이룰 수가 없었다. 새근새근 단잠이 든 식이를 끌어안고 새우처럼 몸을 오그린 채 이불 속에 묻혀서 그녀는 이런 생각 저런 생각, 하염없는 생각을 거듭하고 있었다.

보름이 가까운 듯 불을 껐는데도 방문 창호지에 비친 달빛으로 방 안은 어슴푸레했다.

남편한테서 편지가 온 지도 벌써 여러 달 됐다는 생각을 하다가 식이네는 지금쯤 중국 상해에도 바람이 불고 있을까, 달은 그곳도 밝게 떴는지, 그리고 남편도 이 밤을 자기처럼 혼자서 잠 못 이루고 있는지, 아니면…… 그 다음을 생각하려 하니 슬그머니 머리로 피가 솟구치는 듯해서 그만두려 했다. 그러나 그런 생각이 쉽게 그만두어질 턱이 없었다. 아마 십중팔구는 여자가 있겠지, 한 여자를 사귀어 매일 밤 계속 함께 자지는 않을지 몰라도, 자기처럼 이렇게 깨끗하게 독수공방을 하고 있지는 않을 것 같았다. 남자들이란 다 짐승과 다를 바 없다고 하질 않는가. 남편이라고 해서 특별히 예외일 턱이 없었다. 어떤 여자들과 어울리는 것일까. 아마 중국 여자들이겠지. 중국 여자들은 우리보다 예쁠까…….

공연히 혼자서 그런 생각에 자꾸 미끄러져 들어가 시새움에 몸을 떨기도 하여 밤이 이슥토록 잠을 이루지 못하고 있는데, 바깥에서 무슨 인기척이 났다. 절로 귀가 방문 쪽으로 곤두섰다.

바람에 나뭇가지가 휘어져 꺾어지는 소리 같기도 했다. 그러나 그 정도로 거세게 바람이 부는 것은 아닌데 이상했다.

곧 짜박짜박…… 발자국 소리 같은 게 들렸다.

"아니!"

식이네는 머리끝이 곤두서는 느낌이었다. 사람인 것 같았다. 사립을 살짝 밀고 살금살금 들어서는 게 틀림없는 듯했다. 그러나 이 한 밤중에 웬 사람이…… 혹시 귀신이나 아닐까 하는 생각이 문득 들기도 했다. 귀신이 발자국 소리를 낼 턱이 없고, 그렇다면 도둑인가 싶자 식이네는 왈칵 무서운 생각에 소름이 쭉 끼쳐 이불을 푹 뒤집어쓰고 말았다.

똑똑똑……방문을 두들기는 소리가 났다. 그리고,

"어험 어험."

가만히 헛기침을 두어 번 하고는,

"끝선이 자나?"

하는 것이 아닌가.

이불을 뒤집어썼는데도 귀가 예민하게 곤두서서 그런지 그 소리가 귓전에 속삭이듯 들렸다. 자기를 끝선이라고 부를 사람은 집 안에나 마을에는 아무도 없었다.

"나다, 놀래지 마래이."

하면서 방문을 살짝 여는 것이 아닌가. 그리고 방 안으로 들어서는 기척이 났다.

"우야꼬!"

식이네는 깜짝 놀라며 이불을 걷어차고 벌떡 일어나 앉았다. 뜻밖에도 동팔이가 아닌가. 이 한밤중에 장사를 하러 마을을 찾아왔을 턱은 없고, 그 속셈이 뻔했다.

"놀래지 말어, 만일 소리라도 지르면 그때는 끝장이다. 니 죽고 나 죽는다. 알겠제?"

식이네는 입술이 얼어붙는 듯 덜덜 떨릴 뿐 뭐라고 말이 나오지가 않았다.

"지금부터 내가 시키는 대로 해야 돼. 내 말을 잘 듣고…… 오늘 밤 내가 이렇게 바람도 부는데 먼 길을 찾아올 때는 얼마나 단단히 결심을 했는지 알 거 앙이가. 죽기 아니면 살기로 마지막 각오를 한 기라."

동팔이는 마치 어둠속에서 칼이라도 들고 협박하는 사람 같은 어투였다. 그러나 손에 아무것도 들고 있지는 않았다. 주먹을 쥐고 서서 여차하면 한 대 갈기고 덤벼들 것 같은 기세였다.

"내가 얼마나 끝선이 니를 몬 잊고 애를 태웠으면 이런 식으로까지 나왔겠노 말이다. 전번에 만나보고는 순순히 말로 해서는 안 될 것 같아서 결심을 한 기라. 내 맘을 이해해 줘야 돼. 이해 몬하면 사람이라고 할 수 없어."

"……."

"니가 다른 남자한테 시집을 갔을 때 나는 죽어 삐리까도 생각했었어. 그만큼 니를 좋아했던 기라. 그 맘은 지금도 변함이 없어. 아무리 맘을 돌려볼까 해도 돌려져야 말이제. 여자들이나 하는 방물장수로 나선 것도 다 니를 만나보고 싶은 생각에선 기라. 알겠나?"

"……."

"이렇게 니를 좋아하는데, 니는 도대체 사람이 와 그렇노? 사람이면 남의 맘을 쪼매라도 알아줘야 될 끼 앙이가. 안 그랬나?"

"……."

"대답을 해보래. 와 대답을 안 하노?"

대답이 나올 턱이 없었다. 식이네는 굳어져 버린 것처럼 꼼짝달싹도 안 하고 앉아 있었다. 마치 어둠속의 정물 같았다.

잠시 동팔이도 그녀를 가만히 내려다보고 있었다. 방 안에 팽팽

한 긴장이 감돌았다. 그러다가 동팔이는 한 걸음 그녀 앞으로 다가
서며,

"옷을 벗어."

불쑥 내뱉었다.

식이네는 흠칠 놀라며 어깨를 떨었다.

"어서 벗어."

"……."

"어서!"

"……."

"몬 벗겠나?"

"……."

"니 손으로 안 벗으면 내가 벗긴다."

"……."

"그러지 말고 순순히 벗어. 시키는 대로 하는 기 서로 줄 끼니까."

목을 움츠리고 말없이 앉아 있던 식이네는 번쩍 머리에 와닿는 것
이 있었다.

"벗을께예, 잠시 기다리소."

"와?"

"내가 당신한테 보여줄 끼 있구마."

식이네는 떨리는 듯한, 그러나 애써 나긋한 목소리로 '당신'이라는
호칭을 쓰며 말했다.

"그래? 좋다. 뭔동 보자."

'당신'이라는 호칭 탓인지, 동팔이의 목소리가 한결 부드러워졌다.

"불을 키고예."

식이네는 더듬더듬 방 윗목을 더듬어서 성냥을 찾아 호롱에 불을 켰다. 그리고 농 앞으로 다가갔다. 농 문짝을 열고 깊숙이 손을 들이밀었다. 집어낸 것은 은장도였다.

서 있던 동팔이는 이제 긴장이 좀 풀린 듯 슬그머니 자리에 앉았다. 그리고 농 안에서 무엇을 꺼내는가 싶어서 그녀의 뒷모습을 가만히 지켜보고 있었다.

은장도를 꺼낸 식이네는 오른손으로 칼자루를 불끈 쥐고, 왼손으로 칼집을 쑥 잡아 뽑으며 홱 돌아앉았다. 그리고 칼날을 동팔이 앞으로 쑥 내밀었다. 불빛에 칼날이 반짝 빛났다.

"보여줄 끼 바로 이기구마."

낮으나 매서운 목소리였다. 두 눈의 눈꺼풀이 파르르 떨리고 있었다.

"윽!"

너무 뜻밖의 일에 동팔이는 깜짝 놀라 얼른 상체를 뒤로 젖히며 두 손으로 등 뒤의 방바닥을 짚었다. 눈이 휘둥그레지고, 입이 딱 벌어졌다.

"당장 썩 물러가지 않으면 이걸로 구만……."

식이네는 정말 왈칵 덤벼들어 푹 찔러버릴 듯한 기세로 이를 뿌두둑 물었다.

동팔이는 겁을 집어먹은 얼굴로 그러나 가만히 그녀를 지켜보기만 했다.

"일어서예!"

차갑고 날카로운 목소리였다.

그러나 설마 정말로 찌르기야 하겠느냐 싶은 듯 동팔이는 움직이

질 않았다.

"안 일어설 낑게?"

"······."

"이래도?"

차마 상대를 찌를 수는 없는 듯 식이네는 그만 동팔이 앞으로 내밀고 있던 칼날을 홱 돌려 자기의 배를 겨누었다.

"정말 안 일어설 낑게?"

"······."

"정말잉게?"

"······."

"정말?"

식이네의 두 눈에 섬뜩한 기운이 퍼렇게 피어나고 있었다. 실제로 그녀는 그 순간 칵 그만 배를 찌르며 엎어져 버릴 그런 생각에 아슬아슬하게 젖고 있었다.

마침 그때 식이가 깨어나 일어나 멀뚱히 그런 광경을 보다가 놀라서 냅다 겁에 질린 울음소리를 앙― 하고 내질렀다. 아이의 울음소리에 깼는지 안채의 방문 열리는 소리가 나고, 누군가가 밖으로 나와 마당으로 내려서는 것 같았다.

"자다가 무슨 일이고? 식이가 와 이렇게 우노?"

영동댁이었다. 이쪽으로 다가오는 발자국 소리가 들렸다.

식이네는 냅다 그만,

"도둑이야!"

하고 악을 쓰듯 고함을 내질렀다.

그러자 동팔이는 얼떨결에 그만 벌떡 일어나 방문을 박차고 정신없이 바깥으로 내달았다.

"아이고매!"

영동댁은 너무나 뜻밖의 일에 놀라서 벌떡 뒤로 엉덩방아를 찧고 말았다.

식이네는 후닥닥 장도를 농 안에 집어놓고,

"도둑 잡아라! 도둑 도둑!"

하면서 밖으로 뛰어나갔다.

동팔이는 무엇이 빠져라 하고 뛰어 도망쳤고, 이 집 저 집에서 개들이 요란하게 짖어댔다. 이웃집에서 깨어 일어나 식이네 집으로 모여들기도 했다.

영락없이 도둑이 든 것처럼 일이 끝났다. 식이네는 '도둑이야' 하는 소리가 순간적으로 어떻게 용케 입에서 튀어나왔는지 신기하기도 했다.

그런 어처구니없는 일이 있은 뒤로 동팔이는 각싯골에 다시는 나타나지 않았다. 그제야 지독하게 매정하고 겁나기까지 한 끝선이에게 정나미가 뚝 떨어지고 만 모양이었다.

그해의 저녁놀

그들 세 사람이 각싯골을 떠난 것은 정오가 조금 지나서였다.

각싯골엔 송 노파가 열여덟에 시집을 가서 스물다섯에 중국 상해로 남편을 따라 떠날 때까지 칠 년밖에 살지 않았었고, 그때가 어느덧 사십오륙 년 전의 일이어서 거의 낯선 마을과 다름이 없었다. 마을의 겉모습도 옛날과는 판이했지만, 사는 사람들도 거의가 낯설었다. 우선 큰집, 그러니까 송 노파가 시집을 살던 시숙네부터가 그곳에서 자취를 감추었으니, 친척이라고 찾아볼 만한 집도 없었다. 시어머니 영동댁은 물론이고, 시숙과 동서도 저승으로 간 지 이미 오래고, 그 자식들 즉 조카들 역시 다 뿔뿔이 고향을 떠나 객지로 흩어져 버렸으니 말이다. 그밖에 몇몇 집 있던 친척들이라고 해서 다를 바가 없었다. 더러 그대로 마을에 눌러앉아 농사를 짓고 있는 일가붙이가 없는 것은 아니겠지만, 송 노파로서는 만나보아야 서로 잘 알지도 못할 그런 손아래들일 터이니 찾아볼 생각도 나지가 않았다.

그것도 친정 쪽 손아래들 같으면 또 생각이 다를지 모르겠는데, 그게 아닌 시집 쪽 피붙이들이니 말이다.

그래서 그저 옛날에 살던 집을 찾아가 기웃거려보고, 마을을 한 바퀴 돌아보았을 뿐이었다. 점심때가 가까워졌으나 두멧골에 음식을 파는 집이 있을 턱이 없어 마을 구판장에서 마실 것과 뭐 좀 썹을 것을 사가지고 열녀비가 있는 마을 들머리 밤나무 숲에 가서 한참 앉아 쉬었다. 그리고 차에 올랐던 것이다.

읍에서 차를 세우고, 점심을 먹었다. 일식집에 들어가 생선초밥을 먹는데, 송 노파는 얼굴에 피로한 기색이 역력했다.

"아이고, 겨자가 너무 톡 쏘는데요."

명수는 콧구멍 깊숙이까지 매운 듯 온통 상판을 찡그렸다. 그러면서도 오래간만에 먹어보는 생선초밥이 맛있기만 한 모양이었다. 그러나 송 노파는 시종 아무 말이 없었고, 초밥을 몇 개 집어먹더니 젓가락을 놓았다.

"더 잡수세요. 맛이 없으세요?"

훈규의 말에 송 노파는,

"됐다."

들릴 듯 말 듯 말했다.

"할머니 피로하세요?"

명수가 물었다.

"응, 조금……."

곧 두 눈이 스르르 감기는 듯 그 자리에 눕고 싶기만 한 것 같았다.

"자, 어서 먹자. 어서 먹고 대구로 가서 할머니 좀 누우셔야 되겠다."

아버지의 말에 명수는 조금 걱정스러운 듯이 할머니의 얼굴을 힐 끗힐끗 보면서 서둘러 초밥을 먹어댔다.

읍에서 대구까지는 고속도로여서 차는 한결 경쾌하게 달렸다. 송 노파는 뒷좌석에 처음엔 비스듬히 기대앉았다가 피로와 졸음에 그 만 비실 옆으로 드러누워 버렸다.

칠십 노인에게는 안락한 승용차이긴 하지만 장거리를 달리는 여 행은 무리인 모양이었다. 어제 하루 동안에 서울에서 이곳 경상도의 Y읍까지 고속도로를 달려와서 또 삼십 리나 되는 수몰된 옛 고향인 평촌을 찾아가 배까지 탔고, 그리고 다시 읍내로 나왔으니 강행군 인 셈이었다. 오늘은 또 아침부터 시집 마을이었던 각싯골을 찾아 갔다가 돌아 나온 터이니 말이다. 게다가 간밤에는 읍내의 여관에 서 자는데, 잠자리가 바뀌어서 그런지, 여관방에 자본 일이 거의 없 어서 그런지 도무지 잠을 이룰 수가 없었다. 자정이 훨씬 넘어서야 겨우 잠이 들었는가 했더니 무슨 소리에 곧 깨이고, 또 간신히 눈을 붙였는가 싶으면 깨이고 해서 제대로 잠을 한숨도 깊이 못 잤던 것 이다. 그러니 젊은이도 아닌 칠십 노인이 피로할 수밖에 없었다.

살풋 잠이 들었던 모양으로,

"할머니, 다 왔어요."

하고 명수가 깨우는 바람에 송 노파는 눈을 떴다.

딸네 집 대문 앞이었다. 어느새 벌써 대구에 도착해 있었다.

"아이고, 벌써 다 왔나?"

송 노파는 부스스 일어나 차에서 내렸다.

명수가 얼른 대문으로 다가가 부저를 찾아 눌렀다. 곧 인터폰에서,

"누굽니꼬?"

하는 꼬마의 목소리가 들렸다.

"유미니? 나야, 서울 오빠."

"서울 오빠? 누군데?"

서울에 오빠가 몇 사람이나 있는 터이라 목소리만으로는 얼른 분간이 안 되는 모양이었다.

"명수야, 명수."

"야, 명수 오빠—"

인터폰 속에서 깜짝 놀라듯 반가워하는 유미의 귀여운 목소리가 들렸다. 그리고 대문의 빗장이 덜커덩 하고 자동으로 풀리는 소리가 났다.

세 사람이 대문을 들어서자, 현관문이 열리며 유미가,

"외할매—"

하면서 뛰어나왔다. 여섯 살짜리가 똑똑하기가 보통 아니었다.

"엄마는?"

훈규가 물었다.

"어디 볼일 보러 가고 없어예. 외삼촌이랑 외할매가 오실 줄 알았으면 엄마가 볼일 보러 안 가고 집에서 기다렸을 낀데……."

"하하— 이 녀석, 니가 주인 노릇 하고도 남는구나."

훈규는 기특하다는 듯이 유미의 머리를 쓰다듬어 주었다.

"그럼 집에 니 혼자 있었나?"

송 노파가 무거운 걸음으로 현관의 계단을 오르며 물었다.

"할아부지 안 계십니꼬."

"그렇지, 참 할아버지가 계시지."

"아지매는 저녁 반찬거리 사러 시장에 가고예."

아지매란 유미의 친가 쪽으로 먼 친척뻘 되는 가정부였다.

"응, 그래."

"할아부지— 서울 외할매 오셨어예. 외삼촌이랑 명수 오빠랑……."

유미는 소리를 지르며 쪼르르 먼저 현관을 뛰어 들어갔다.

뒤따라 세 사람이 현관을 올라 거실로 들어서니 유미의 할아버지 박 노인이 방문을 열고 흔들의자에 앉은 채 내다보았다. 박 노인은 중풍으로 쓰러진 지가 벌써 여러 해 되어 기동이 부자유스러운 몸이었다. 겨우 일어나 목발에 의지하여 화장실에 갔다 오는 것이 고작이었다. 그래서 늘 누웠거나, 아니면 흔들의자에 앉아서 흔들흔들 흔들리고 있는 것이 일과였다.

"오시능교?"

의자에 앉은 채 알은체를 했다. 그런데 그 표정이 역시 절반가량은 넋이 나간 사람처럼 멍해 보였다.

"아이고 사돈어른 몸은 요새 좀 어떻습니꺼?"

송 노파는 반가우면서도 어색한 듯이 인사말을 건넸다.

"예, 뭐 만날 그렇심더."

박 노인은 멍한 얼굴에 조금 멋쩍은 듯한 표정을 떠올렸다.

"오래간만에 뵙겠습니다."

훈규도 인사를 했고,

"안녕하세요."

하고 명수도 꾸뻑 머리를 숙였다.

"이기 누구더라……."

훈규랑 명수를 멀뚱히 바라보자, 유미가 재빨리,

"이 사람은 외삼촌이고, 이거는 명수 오빠 아닙니꺼. 할아부지

바보."

그것도 모르냐는 듯이 눈을 살금 흘겼다.

모두 웃었다.

"인제 인사를 했으니까 문 닫아예. 할아부지."

하면서 유미는 할아버지 방의 문을 닫아 버렸다. 맹랑했다.

송 노파는 곧 큰방으로 가서 겉옷을 벗고 장롱에서 베개를 내어 아랫목에 드러누웠고, 훈규는 거실에서 매제의 가게로 전화를 걸어 보았다.

매제, 그러니까 유미 아버지인 박상하는 전자제품 대리점을 친구와 둘이서 합자하여 꽤나 크게 경영하고 있었다. 외동아들로 아버지로부터 물려받은 재산도 적지 않았지만, 대리점을 경영하여 거두어들이는 수익도 제법 짭짤했다. 그래서 생활은 부유한 편이었지만, 건강이 좋지 않아서 탈이었다. 늘 몸에서 병이 말끔히 떠날 날이 없었다. 이십 대 초반에 폐결핵을 앓은 뒤부터 그 독한 약을 장기복용해서 그런지 위장 장애가 생겨 노상 끌끌거리다가 근년에는 두 차례나 입원을 해서 장을 잘라내는 수술을 받기까지 했다. 처음에는 장암이라는 진단이 나와서 가족들이 온통 비탄에 잠긴 일도 있었으나, 그것은 다행히 오진으로 밝혀져 수술로써 일단 가라앉히기는 했었다. 그러나 장을 두 차례나 잘라냈으니 건강이 제대로 유지될 리가 없어, 이번에는 어찌된 셈인지 당뇨에 또 시달리는 몸이 되었다. 이제 나이 서른일곱으로, 한창 왕성한 활동을 할 인생의 가운데 도막에 해당되는 셈인데, 노상 파리한 얼굴을 하고 시들시들 약에 매달리고 있는 형편인 것이다.

지난번 송 노파의 고희연에 참석을 못한 것도 그래서였다. 집에서 자가용을 운전해서 대리점에 나갔다가 돌아오는 게 고작이었다. 그 것도 한 달에 절반가량은 아내인 정애의 손을 빌기 마련이었다. 마 누라가 운전을 해서 실어다 주고 실어 오고 하기 일쑤였다. 그러니 서울까지 장거리여행은 엄두도 못 냈던 것이다.

　전화를 걸어보니, 손님이 와서 다방에 나가고 없다는 것이었다. 군 이 다방 전화번호를 물어서 그쪽으로까지 걸어볼 것은 없다 싶어서 훈규는 수화기를 놓았다. 그리고 담배를 한 대 피워 물었다. 명수는 유미와 함께 거실에 놓인 텔레비전을 켜놓고 그 앞에 앉아 있었다.

　훈규와 명수가 서울을 향해 대구를 떠난 것은 두어 시간 후였다. 시장에 찬거리를 사러 갔던 가정부 아줌마만 돌아왔을 뿐, 두어 시 간이 지나도록 정애도 돌아오지 않았고, 한번 더 매제에게 전화를 걸어보아도 역시 자리에 없어서 훈규는 그만 내일의 출근을 생각해 서 서울로 출발하기로 했던 것이다.

　한숨 살풋 낮잠을 자고 일어난 송 노파가 화장실에 가려고 방을 나오자 훈규는,

　"좀 피로가 풀렸어요?"

하고 물었다.

　"조금 나은 것 같다마는 아직 차에 흔들리는 것처럼 어질어질하 다."

　"그럼 푹 쉬세요. 푹 쉬시고 며칠 뒤에 이 집 차로 다음 가시고 싶 은 곳을 찾아가 보도록 하세요."

　그러자 송 노파는,

　"아니다. 인제 그만둘란다."

하고 고개를 내둘렀다.

"왜요?"

"인제 됐다. 더 가보면 뭐 할 끼고."

"그래요?"

"두어 곳 더 가볼까 했지만, 가봐야 기분이 좋을 것도 없고……."

지쳐서 그런가 보다 싶었는데, 그게 아니었다. 앞으로 두어 곳 더 찾아가 볼 예정이었던 곳은 가봐야 지난날의 아픈 상처와 괴로웠던 기억만 되살아날 그런 곳이어서 그만두기로 생각을 고쳐먹은 모양이었다. 두어 곳 찾아다녀 보니 피로하기도 하고, 기분이 썩 신통한 것도 아니어서 말이다.

그런 어머니의 심정을 짐작하지 못하는 바가 아니어서 훈규는 송 노파가 화장실에 다녀 나오자,

"그럼, 우린 서울로 돌아갈랍니다. 며칠 쉬었다가 오세요."

하고는 일어섰던 것이다.

송 노파가 딸 정애와 함께 찾아가 볼 예정이었던 곳은 6·25를 끔찍하게 겪었던 곳과 그 후에 혼자 몸이 되어 아이들을 키우며 나중에는 행상 노릇까지 했던 곳이었다. 그런 곳이니 찾아가 보아야 기분 좋은 추억이 떠오를 리가 만무했다. 오히려 이제는 세월의 흐름에 씻겨 거의 희미해져가고 있는 그런 상처를 다시 아프게 긁어 일으키는 결과가 될 것만 같았고, 또 괴롭고 고달팠던 시절의 기억에 휩싸여 울적해질 것만 같았던 것이다. 태어나서 자란 고향과 시집을 가서 시집살이를 했던 마을을 찾아가 보아도 감회가 무량하기는 했지만, 그렇다고 썩 기분이 유쾌하기만 한 것은 아니었으니 말이다.

그래서 송 노파는 각싯골을 떠나 차가 읍내로 나오고 있을 때 벌

써 여행은 이것으로 그만두기로 마음을 먹었던 것이다.

6·25가 나던 그 무렵 송 노파는 산동면 동천리라는 곳에 살고 있었다. 남편 정달주가 그곳 면사무소의 부면장으로 있었던 것이다.

그들이 8·15 광복이 되어 중국 상해에서 돌아온 것은 그해 12월이었다. 거의 맨손으로 돌아왔다. 상해에서는 꽤 돈도 벌고 괜찮게 살았으나, 일본이 패전을 하여 귀환하는 몸이 되었으니 돈이고 뭐고 제대로 챙겨가지고 나올 수가 없었다. 몸만이라도 무사히 돌아온 게 천만다행이었다.

해방된 고국에 돌아왔으나 살 길이 막연했다. 그렇다고 다시 형네 집에 들어가 얹혀살 수는 없었다. 그래서 한동안은 대구에서 방 한 칸을 얻어서 솥단지를 걸고, 전라도로 쌀장수를 하러 다녔다. 쌀장수도 밑천이 든든해서 차떼기로 하는 게 아니라, 몇 말씩 사서 짊어지고 기차의 화물칸 위에 올라앉기까지 하며 오가는 그런 장사였다. 그 무렵 경상도 쪽에 흉년이 들어 쌀이 귀해서 그런 식으로 전라도 쌀을 사다가 파는, 말하자면 보따리 쌀장수가 한동안 유행이었다.

달주도 그런 보따리 쌀장수 축에 뛰어들어 보았는데, 그게 아무나 해낼 수 있는 일이 아니었다. 몇 차례 해보다가 두 손을 들고 말았다. 얼마동안 빌빌거리고 있는데, 사노라면 다 길이 열리는 듯 이번에도 또 외삼촌이 구원의 손길을 뻗쳐주었다. 중국 상해로 갈 때 데리고 갔던 외삼촌 말이다.

외삼촌 황인원 역시 거의 맨주먹으로 상해에서 돌아와 고향인 산동면에 들어앉았는데, 역시 중국으로까지 진출했던 활동가여서 곧 고향 면의 면장이 되었다. 그가 생질인 달주의 딱한 처지를 알고서 자기 밑에 와 있도록 했던 것이다.

그래서 달주는 산동면사무소의 서기가 되었다. 일제 때에 중국 상해로 가기 전에 고향 면에서 보조서기로 두어 해 근무했던 경력이 있으니, 달주는 어쩌면 제대로 제 길을 찾아 들어간 격인지도 몰랐다. 어쨌든 이번에는 외가 고을에서 면서기 노릇을 하게 된 것이다.

삼십 대 초반의 한창 나이였고, 또 보따리 쌀장수까지 했던 고생 끝이라 달주는 직무에 남달리 열심히 달라붙었다. 그런 달주를 곧 모두 알아주게 되었다. 자기 외삼촌이 면장 자리에 있다면 그 배경을 믿고 좀 으스대기도 하고 게으름을 피울 법도 한데 전혀 그게 아니고, 오히려 그와 정반대이니 말이다.

그래서 몇 년 뒤에는 달주가 부면장 자리에 오르게 되었다. 그 무렵은 면사무소에 부면장이라는 직제가 있었다. 외삼촌이 면장이고 그 생질이 부면장이 되었으나, 그것을 나쁘게 말하는 사람은 별로 없었다. 오히려 일꾼을 부면장으로 맞아서 면 행정이 한결 튼실해질 것이라고, 숙질간이라 이러쿵저러쿵 서로 말썽도 없을 터이니 인화(人和)에도 그만이 아니겠느냐고 좋게 말하는 사람이 많았다.

그러니까 6·25가 터졌을 때도 달주는 산동면의 부면장이었고, 황인원은 면장이었다.

어느 일요일 아침이었다. 달주는 여느 날보다 좀 늦게 일어나 세수를 하고 밥상을 받았다. 시계를 보니 어느덧 열 시였다.

다섯 살짜리 훈규는 아침을 먹고 벌써 놀러 나가고 없었다. 배가 만삭인 아내와 둘이 오래간만에 아침밥상에 마주앉았다. 큰아들 훈식이는 그때 중학교 2학년생으로 대구에서 하숙을 하고 있었다. 첫째와 둘째 사이가 열 살가량이나 떨어지게 된 것은 그 사이에 낳았던 두 아이를 실패 보았기 때문이었다. 이제 세 번째를 배어 해산 예정일을 한 달가량 남겨두고 있었다. 그것으로 단산을 할 생각이었다.

"열 신데 라디오를 틀어보래. 뉴스 시간 아니가."

밥을 먹으면서 달주가 무심히 말했다.

라디오가 귀한 시절이었다. 일제 때의 제품으로, 나무상자 속에서 소리가 나오는 그런 것인데, 구하기가 매우 힘들었다. 면내에 라디오가 있는 집은 몇 집 되지가 않았다. 그런 귀한 것을 달주는 마련해 놓고 있었다. 이미 집도 크지는 않으나 아담한 초가를 하나 면소재지 마을인 동천리에 장만한 터였다. 직장에서는 일꾼이고, 집 안에서는 알뜰가장인 셈이었다.

"벌써 열 시나 됐네."

하면서 식이네는 책상 위에 놓인 라디오의 스위치를 틀었다.

뉴스가 한창 쏟아져 나오고 있었다. 그런데 이게 도대체 어떻게 된 일인가. 달주는 그만 바짝 긴장이 되지 않을 수 없었고, 식이네도 눈이 휘둥그레지고 말았다.

우선 뉴스를 방송하는 아나운서의 목소리부터가 여느 때와는 달랐다. 긴장이 되어 약간 떨리기까지 하는 그런 음성으로 열기를 머금고 다급하게 지껄여대고 있었다.

"국민 여러분, 오늘 새벽에 북괴군이 삼팔선 전역에서 기습 남침을 시작했습니다. 우리 국군은 북괴군의 기습 공격에 용감히 맞서 싸우고 있습니다. 국민 여러분, 삼팔선 전역에서 전쟁이 일어난 것입니다. 오늘은 일요일입니다. 일요일의 새벽 어둠을 틈타 남침을 개시한 붉은 무리들을 우리는 총궐기하여 쳐부숴야 하겠습니다. 국민 여러

분 총궐기합시다……."

그리고 우렁찬 행진곡조의 군가가 울려 퍼졌다.

달주는 너무나 뜻밖의 뉴스에 그만 입맛이 뚝 떨어지는 느낌이었다. 그러나 침착을 되찾아 다시 밥을 먹기 시작했다.

"전쟁이 나면 우째 되지예?"

식이네가 겁에 질린 듯한 얼떨떨한 표정으로 물었다.

달주는 얼른 뭐라고 대답이 나오지가 않아 우물우물 입안의 것을 씹기만 하다가,

"아직 확실히 몰라."

하고 말했다.

"확실히 모르다니예? 그기 무슨 말인게? 라디오에서 전쟁이 났다고 저렇게 야단인데……."

"글쎄, 좀 크게 붙긴 붙은 모양이지만…… 전에도 곧잘 투닥거렸거든. 삼팔선에서……."

"아, 그렁교?"

"툭탁하다가 그만두고 했으니까, 이번에도 아매 그러겠지 뭐."

"그렇다면 얼매나 좋을꼬…… 후유—"

식이네는 그제야 좀 마음이 놓이는 듯 가볍게 안도의 숨을 내쉬었다.

그 무렵, 걸핏하면 삼팔선에서 아군과 북괴군이 마주 총질을 해대는 충돌이 일어나곤 했던 것이다. 그런 기사를 신문에서 여러 번 보았기 때문에 달주는 이번에도 그러려니 하고, 말하자면 낙관적인 쪽으로 생각을 해보는 것이었다.

그러나 가만히 집에 앉아 있을 수가 없어서 수저를 놓기가 바쁘게

면사무소로 나가보았다.

사무실엔 당직을 하는 사람 외에는 아무도 보이지가 않았다. 달주가 들어서자 당직인 김 서기는,

"부면장님, 일요일인데 웬일이십니꺄?"

이러는 것이 아닌가.

"허허……."

달주는 우선 웃음부터 나왔다. 그럴 수밖에 없는 일이 아니겠는가. 김 서기 집에 라디오가 있을 턱이 없으니 말이다. 그렇다고 면사무소에 라디오가 있는 것도 아니고, 오늘 새벽에 전쟁이 터졌다면 신문에 났을 리도 만무하고…….

달주가 웃자, 김 서기는 더욱 무슨 일인가 싶은 그런 표정을 지었다.

"아직 모르는 모양이지!"

"뭘요? 부면장님."

"전쟁이 났다는 기라."

"예? 전쟁요? 참말입니꺄?"

"참말인 것 같어. 라디오에서 그카니 참말 아니겠나."

"라디오에서 뭐라 캤는데요?"

김 서기 역시 전쟁이라는 말에 슬그머니 긴장이 되는 모양이었다.

김 서기와 둘이 한참 앉아 얘기를 나누고 있었으나, 그동안에 직원 한 사람도 나타나질 않았다. 나타난다고 해서 당장 뭘 어떻게 해야겠다는 생각이 있는 것도 아니었으나, 그러나 국가에 이런 비상사태가 발생한 것을 알았다면 공무원으로서 의당 직장에 나와 봐야 될 게 아닌가 싶어서 슬그머니 화가 나기도 했다. 집에 라디오들이

없을 터이니 아직 소식을 모르고 있는 모양이라고 마음을 누그러뜨리며 달주는 자리에서 일어났다.

외삼촌은 웬일일까…… 외삼촌, 즉 면장 집에는 라디오가 있으니 소식을 알 터인데, 왜 모습을 나타내지 않을까…… 싶으며 달주는 사무실을 나서 외삼촌 집으로 걸음을 재촉했다.

황 면장은 마당가 채마밭에서 오이 덤불에 물을 주고 있었다. 그 한가로운 모습을 본 달주는 저 양반이 아직 소식을 모르는구나 싶었다.

"외삼촌, 오이가 참 많이 열렸네요."

하면서 다가가자 황 면장은,

"어서 오게."

얼굴에 담담한 미소를 떠올렸다.

황 면장은 생질인 달주에게 비록 조카이긴 하지만 부면장이 된 뒤로는 '해라'를 하지 않고 '하게' 하고 반높임말을 썼다. 직장에서는 바로 자기 다음의 직위에 있는 터이니 말이다.

"라디오에서 뉴스 못 들었습니꽈?"

"들었네."

들었다면 저렇게 태연하고 한가로울 수가 있는 것일까. 뉴스도 보통 뉴스가 아니라, 삼팔선에서 전쟁이 터졌다는 엄청난 뉴스인데 말이다. 달주는 약간 어이가 없어서 외삼촌을 멍하게 바라보고만 있었다.

황 면장은 오이 덤불에 계속 좍좍 물을 뿌려주면서 말했다.

"믿을 수 없는 뉴스지. 그럴 리가 없어. 뭔가 잘못된 것 같애."

"잘못되다니요?"

"아 글쎄, 불과 얼마 전에 북쪽 공산당들이 우리 쪽에다가 제의를 하지 않았나. 이북에 있는 조만식 선생과 남한에 붙들려 있는 이주하, 김삼룡 둘하고 교환을 하자고 말이네. 그 일로 만나자고 한 날짜가 아마 며칠 안 남았을 낀데, 난데없이 전쟁이라니…… 뭔가 잘못된 게 틀림없어. 안 그러나?"

"글쎄요…… 그러네요."

달주는 고개를 두어 번 끄덕였다. 외삼촌의 말을 듣고 보니 과연 이치가 그렇지 않은가. 서로 인물을 교환하자고 제의를 해놓고서 그 제의를 협의해 보기도 전에 전쟁을 일으키다니 아무래도 앞뒤가 안 맞는 것이었다.

그것이 공산당들이 즐겨 사용하는 위장전술이라는 것을 그때 황 면장이나 달주가 알 턱이 만무했다.

"삼팔선에서 티격태격하는 게 한두 번인가. 이번에도 그런 걸 가지고 공연히 라디오에서 잘 모르고서 떠들어댄 기라."

"제 생각에도 아매 그런 것 같심더."

"틀림없이 그렇다니까. 두고 보래."

황 면장은 아무 걱정할 것 없다는 듯이 한가롭게 물주기를 계속했고, 달주는 잠시 서서 구경을 하다가 멋쩍어져선 그만 슬금슬금 집으로 돌아갔다.

산기슭에서 뻐꾸기도 한가롭게 울고 있었다.

그러나 두고 보니 결코 그게 아니었다. 라디오에서는 온종일 계속 전쟁 뉴스와 행진곡조의 군가가 쏟아져 나왔고, 이튿날도 그 다음날도 마찬가지였다.

전쟁이 진짜로 터진 것을 알았을 때 황 면장은 무엇에 크게 속은 사람처럼 분해했다.

"천하에 그런 순 거짓말쟁이들이 어디 있단 말이고. 뭐 조만식 선생하고 이주하, 김삼룡하고 교환을 하자고? 그래 놓고서 느닷없이 쳐들어오다니, 더구나 일요일 새벽에…… 겉 다르고 속 달라도 분수가 있고, 낯가죽이 두꺼워도 한계가 있지…… 천벌을 받을 놈들 같으니라구……"

전쟁을 일으킨 그 사실보다 이쪽을 속인 그 몰염치한 수작이 못견디게 분한 듯 목에 핏대를 세우며 욕을 퍼부었다. 황 면장이 북쪽 공산당들을 향해 터뜨린 최초의 분노인 셈이었다. 웃으며 한 손으로 악수를 청해 놓고서 별안간 다른 손으로 냅다 상대방의 뒤통수를 갈긴 격이 아니고 무엇인가. 공산당, 공산당 하더니 그들의 정체가 바로 그런 것이었다는 것을 그제야 처음으로 알았던 것이다.

전쟁이 일어난 지 나흘 만에 서울이 함락되고, 전세가 날로 불리해져 이쪽이 후퇴를 거듭해서 전선이 수원으로, 평택으로, 그리고 대전으로 자꾸 이동해 내려온다는 것을 알았을 때, 면사무소의 직원들은 모두가 적잖이 당황하는 기색들이었다. 달주도 이거 도대체 어떻게 되는 판인가, 우린 그동안 뭘 했기에 이렇게 밀리기만 하는 것인지, 어디까지 밀린단 말인지…… 분통이 터지면서 불안에 휩싸이지 않을 수 없었다.

그러나 황 면장은 달랐다. 황 면장은 직원들 앞에서 자신만만한 어조로 말하곤 했다.

"절대로 동요를 하면 안 됩니다. 안심하고 직무에 충실하기 바랍니다. 지금은 비록 전세가 불리해서 후퇴를 하고 있는 모양이지만, 곧 반격을 해서 밀고 올라갈 겁니다. 두고 보시오, 내 말이 틀렸는

가. 에— 미군이 참전을 했다 그 말입니다. 미군이 참전을 했는데 질 것 같습니까? 미국이 어떤 나란데 이북 공산당 따위에게 진단 말입니까. 세계에서 가장 강한 나라란 말입니다, 세계에서. 모두들 잘 아는 사실이 아닙니까. 또 유엔에서 결의를 하기를 우리 대한민국을 지지해서 유엔군을 파견하기로 했어요. 알겠어요? 라디오에서 분명히 뉴스로 보도를 했다 그 말입니다. 내 이 두 귀로 똑똑히 들었단 말입니다. 그런데 진단 말입니까. 삼척동자도 다 판단할 수 있는 일 아닙니까. 그러니 절대로 안심하고 맡은 바 직무에 충실하기 바랍니다. 이런 때일수록 우리 공무원이 동요해서는 안 됩니다. 알겠지요?"

이런 식의 훈시가 있을 때마다,

"예."

직원들의 입에서는 절로 우렁찬 대답 소리가 터져 나오곤 했다. 일찍이 어떤 훈시 때에도 없었던 그런 열기를 띤 화답이었다. 황 면장의 말이 너무나 타당했기 때문이었다. 처음부터 끝까지가 다 옳은 말이 아닌가. 혹시나 하고 불안해하던 마음이 그 당당하고 결의에 찬 훈시 앞에 절로 확 풀리며 주먹에 불끈 힘이 쥐어졌던 것이다.

그러나 전쟁이 일어난 지 한 달가량 지난 7월 하순 어느 날, 산동면 지서의 국기게양대에 낯선 깃발이 펄럭이게 되고 말았다. 북괴의 깃발이었다. 하루아침에 세상이 뒤바뀌고 만 것이었다. 전세가 계속 불리하여 전선이 낙동강 쪽으로 밀려 내려가고 말았던 것이다.

산동면은 철도가 통과하는 읍에서 무려 칠십 리가량이나 떨어진 오지에 위치해 있었기 때문에 실제로 전쟁이 스쳐 지나가는 기미를 거의 느낄 수가 없었다. 아군과 북괴군의 교전도 없었고, 군대 이동 같은 것을 볼 수도 없었다. 간혹 산줄기가 우르릉 우르릉 마치 먼

천둥소리처럼 울리는 수는 있었다. 아마 어디 먼 곳에서 쏘아대는 포성이 그렇게 산울림이 되어 들려오는 게 아닌가 싶었다. 그리고 낮으로 더러 귀를 째는 듯한 제트기의 폭음이 산골의 정적을 휘저어 놓기도 했다. 그럴 때 산골 사람들은 실제로 어딘가에서 전쟁을 하고 있기는 있는 모양이라고 생각하며 고개들을 찔끔 움츠렸다. 그 정도였다.

그래서 피난을 가는 일도 없었다. 혹 피난 얘기가 나오면 촌로들은 이런 산골이 피난지인 것이지 어디 달리 특별한 피난처가 있을 수 있느냐고, 자고로 난시에는 동(動)하지 않는 것이 상책이라고 했다. 말하자면 그래서 가만히들 앉아서 하루아침에 공산당의 손아귀에 들어가고 말았던 것이다.

지서에서 순경들이 자취를 감추고, 대신 그 고장 공산분자들이 자위대(自衛隊)라는 이름으로 지서를 점거하여 자기네 깃발을 게양한 지 사흘 만에 황 면장과 부면장인 달주가 그들에게 붙들려 갔다.

달주가 붙들려 간 것은 해질 무렵이었는데, 그때 식이네는 만삭이 된 몸으로 마당 한쪽 가에 있는 우물에서 저녁쌀을 씻고 있었다. 해산 예정일이 불과 얼마 안 남아서 몸을 움직이기도 힘겨운 그런 상태였으나, 식이네는 달리 누가 집안일을 돌봐 줄 사람도 없어서 애써 얼굴에서 고통의 빛을 감추고 무거운 몸을 조심조심 움직여 일을 하고 있는 터였다.

"부면장 계싱교?"

묘하게 거드름이 피어나는 그런 목소리와 함께 대문으로 웬 낯선 젊은이가 두 사람 불쑥 들어섰다. 하나는 보릿짚 모자를 쓰고 있었고, 한 녀석은 반팔 난방에 붉은 완장을 차고서 장총을 어깨에 메고 있었다.

식이네는 쌀 씻던 손을 멈추고 약간 놀란 듯한 얼굴로 말없이 바라보았다.

"정달주 있소, 없소?"

대문을 들어설 때와는 달리 무척 무뚝뚝한 말투로 다그치듯 물었다.

식이네는 얼른 뭐라고 대답이 입에서 나오지가 않아 만삭이 된 몸을 슬그머니 일으켜 세우면서 집 뒤뜰 쪽으로 시선을 주었다.

뒤뜰에 감나무가 한 그루 있는데, 그 그늘에 살평상을 갖다놓고 달주는 거기 누워 있었다. 달주는 무슨 일인가 하고 얼른 일어나 고무신을 끌고 앞마당으로 돌아 나갔다.

"당신이 부면장 정달주지?"

보릿짚 모자가 불쑥 물었다.

"그렇소."

"좀 갑시더."

"어디로요?"

"어딘 어디겠소, 자위대지."

그러자 식이네가 얼른 끼어들었다.

"자위대가 어딘데예? 뭐 하는 덴데예?"

"헛헛허……."

보릿짚 모자는 재미있다는 듯이 일부러 껄껄껄 크게 웃고는,

"당신네 세상 때는 지서라 캤지만, 인제 우리 세상에서는 자위대라 카는 기라예."

하고 약간 장난스런 어조로 말했다.

"자위대에 뭐 하로 이 양반을 가자 카능교?"

"헛헛허……."

"이 양반은 아무 죄도 없심더. 중국에서 돌아와 묵고살 길이 없어서 월급쟁이가 된 것뿐입니다."

"누가 죄가 있다 캤능교? 그저 뭐 쪼매 물어볼 말이 있어서 잠깐 모셔가는 것뿐입니더."

"정말잉교?"

"정말이구마."

듣고 있기가 매우 거북한 듯 달주가,

"당신은 가만있어, 저리 비켜."

약간 퉁명스럽게 내뱉고는 보릿짚 모자에게 말했다.

"가더라도 옷을 좀 갈아입고 갑시다. 이렇게 집에서 입던 옷을 입고서야 어디……."

"괜찮아요. 잠깐 뭐 몇 가지만 물어보면 됩니더."

그러자 총을 멘 녀석이 씩 웃으며,

"삼십 분이면 끝나느마. 자, 어서 갑시더."

하면서 뒤에서 달주의 어깨를 툭 떠밀었다.

그렇게 해서 달주는 집에서 입는 옷 그대로 고무신을 신고 자위대에 붙들려 갔던 것이다. 말할 것도 없이 그것이 소위 반동분자들의 체포였다.

잠시 뭐 좀 물어보면 된다더니, 삼십 분이면 끝난다더니, 달주는 그날 밤 내내 돌아오지 않았다. 거의 뜬눈으로 지새운 식이네는 이튿날 아침, 식사를 간단히 차려 보자기에 싸들고 배가 앞동산만큼이나 부풀어 오른 몸으로 자위대를 찾아갔다.

정문에서 주춤거리며 안을 기웃기웃하고 있는데 저쪽 뒤편에서,

"여기요, 여기."

하는 소리가 들렸다. 힐끗 돌아보니 창고 속에 사람들이 여럿이 갇혀 있는 게 아닌가.

전부터 지서 앞 한쪽에 소방 기구를 넣어두는 창고가 하나 있었다. 그 창고와 문짝을 뜯어내고, 대신 굵은 장대를 가지고 창살처럼 만들어서 자위대들이 임시 유치장으로 사용하고 있는 것이었다.

식이네는 그 어설픈 유치장 한쪽 구석에 웅크리고 앉아 있는 남편을 보자 그만 눈앞이 뿌옇게 흐려져 자기도 모르게 살짝 돌아섰다. 잠시 훌쩍훌쩍 흐느껴 울다가 이래서는 안 된다는 생각이 들어 소매 끝으로 눈물을 닦고, 이를 자그시 물며 다가가 식사 보자기를 안에 넣어주었다.

그것을 받으면서 달주는,

"인제 당신이 오지 말어. 식이한테 시켜, 알겠지?"

마치 조금 화라도 난 듯한, 그러면서 창피하기도 하고 슬프기도 한 것 같은 그런 착잡하기 그지없는 표정으로 아내의 만삭이 된 배를 힐끗 보고는 얼른 시선을 돌려 버리는 것이었다.

식이네 역시 너무 충격적이고 민망스럽기도 해서 안을 들여다보지도 못하고 식사를 건네자 곧 돌아서 버렸는데, 그 임시 유치장인 창고 안에는 황 면장을 비롯해서 면내의 이렇다 할 유지들은 거의 다 잡혀 들어와 있었다. 심지어 국민학교 교장까지 반동이라 하여 붙들려 와 있었다.

그 뒤부터는 식사를 훈식이가 날랐다. 중학교 2학년생인 훈식이는 대구에서 하숙을 하고 있었는데, 전쟁이 일어나 전선이 차츰 남

쪽으로 밀려오자 학교가 흐지부지 여름방학으로 들어가 버리는 바람에 산동면이 적 치하가 되기 전에 집에 돌아왔던 것이다.

훈식이는 하루 세 차례 꼬박꼬박 식사를 가지고 아버지를 찾아갔다. 죄인 아닌 죄인이 되어 어설픈 임시 유치장 속에 갇혀서 더위에 땀을 뻘뻘 흘리며 축 늘어져 있는 아버지를 대할 때마다 훈식이는 도대체 세상이 어떻게 돌아가는 것인지 영문을 알 수가 없었고, 열다섯 살의 아직 어린 가슴에 슬그머니 어떤 분노가 고개를 쳐들기도 했다. 특히 그 자위대라는 것들을 볼 때 도무지 무슨 불한당 같은 꼴들을 하고 있어서 저런 거지 같은 놈들이 사람을 마구 잡아다가 두들겨 패며 취조를 하다니, 더구나 면내에서 이름 있는 어른들을 그러다니…… 어처구니가 없고 기가 막혀서 절로 두 주먹에 불끈 힘이 쥐어지기도 했다. 그리고 그런 놈들한테 자기 아버지가 두들겨 맞아 허리를 잘 못쓰게 되었다는 것을 알았을 때 훈식이는 울고 싶도록 분하고 슬펐다.

그래서 그날은 식사를 날라다 주고 집으로 돌아가는 길에 냇가에서 공연히 자갈을 주워 마구 냇물에다가 힘껏 던지곤 했다. 마치 무슨 흐르는 물에게 잘못이라도 있는 듯 그 물을 돌로 두들겨 주기라도 하려는 듯이 말이다.

붙들려 간 지 일주일이 지나도 달주는 놓여 나오질 않았다. 황 면장도 마찬가지였다.

열흘째 되는 날 오후였다.

"주인 있소?"

고함을 지르듯이 큰소리로 외치면서 젊은 녀석 셋이 들이닥쳤다. 둘은 장총을 메고 붉은 완장을 차고 있었고, 한 녀석은 그 더위에 웬 도리우찌 모자를 쓰고 있었다. 도리우찌 모자는 한 손에 뭔지 신문지에 싼 것을 들고 있었다.

오늘 내일 오늘 내일 하는, 팅팅하게 부풀어 오른 배를 옆으로 눕히고 낮잠을 자고 있던 식이네가 잠을 깨어 부스스 일어나 앉자,

"이 집이 정달주 집 맞지?"

하고 도리우찌 모자가 확인을 하듯 물었다.

"예."

이번에는 또 무슨 일인가 싶어 식이네는 어리둥절한 표정으로 대답했다.

"정달주가 악질반동으로 판명이 났소. 그래서 이 집이 역산 가옥으로 지정이 되었다 그 말이요. 알겠소? 지금부터 역산 몰수를 할 끼니까……."

도리우찌 모자는 마루에 와서 털썩 걸터앉더니 신문지에 싼 것을 펼쳤다. 안에서 나온 것은 붉은 종잇조각들이었다. 폭이 오 센티미터에 길이가 십 센티미터가량 되는 크기인데, 창호지에 붉은 물감을 들여서 그렇게 자른 것 같았다.

"자, 행동 개시!"

하면서 도리우찌는 총을 멘 녀석 둘에게 그것을 한 움큼씩 집어주었다.

그것을 받아 쥐자 신을 신은 채 한 녀석은 큰방으로, 한 녀석은 작은방으로 뛰어드는 것이 아닌가. 큰방에 앉았던 식이네는 덜컥 겁이 나서 그 무거운 몸을 자기도 모르게 얼른 일으켜서 한쪽 구석으로 비켜섰다.

"이리 나와 있어!"

도리우찌 모자가 벌컥 소리를 지르는 바람에 식이네는 눈이 휘둥그레지며 마루로 나왔다. 역산 몰수라니 도대체 뭘 어쩐다는 것인지…… 그녀는 그 한여름의 무더위 속인데도 온몸이 자꾸 덜덜덜 떨렸다.

뒤뜰 감나무 밑에 놓인 살평상에서 이웃집 꼬마들과 함께 놀고 있던 다섯 살짜리 훈규도 무슨 일인가 싶어 쪼르르 달려와서 두 눈을 땡그랗게 뜨고서 웬 도둑놈들 같은 낯선 사람들의 하는 수작을 가만히 지켜보고 있었다. 훈식이는 냇물에 멱을 감으러 나가고 없었다.

큰방으로 뛰어든 녀석이,

"야, 이거 라지오가 다 있구나."

놀란 듯이 소리를 질렀다.

"라지오?"

마루에 앉은 도리우찌 모자가 기웃이 안을 들여다보았다.

"예, 이것도 그냥 딱지를 붙여놓을까요?"

"그건 이리 들어내."

"예."

녀석이 라디오를 번쩍 들어 도리우찌 모자 앞의 마룻바닥에 갖다 놓았다. 그리고 다시 방으로 들어가더니 또 꽥 소리를 질렀다.

"재봉틀도 있어요."

"재봉틀도?"

"예."

"그것도 이리 들어내."

"예."

앉아서 손으로 돌리며 바느질을 하는 재봉틀이었다. 식이네가 중국 상해에 가서 살 때 마련한 것으로 그녀가 가장 아끼는, 말하자면 재산목록 제1호였다. 해방이 되어 고국에 돌아올 때 다른 가재도구는 다 버렸어도 그것만은 기어이 가지고 돌아왔던 것이다.

그것을 들고 나오자 식이네는 그만 자기도 모르게,

"안 돼예! 안 돼! 이거만은 안 됩니더."

악을 쓰듯 내뱉으며 와락 달려들어 재봉틀을 끌어안았다.

"저리 비켜!"

"안 된다니까예! 이기 어떤 재봉틀이라고 가져갈라 카능게? 안 됩니더. 이것만은 안 됩니더."

"안 되능 거 좋아하네. 이기 누구 낀데…… 역산이란 말이다, 역산! 역산도 몰라? 반역자의 재산이란 말이다. 인제 당신네 끼 아니라 우리 인민공화국의 재산이란 그 말이다. 알기나 해? 헛헛허……."

재미있다는 듯이 껄껄껄 웃기까지 했다.

그러나 식이네는 한사코 놓지 않으려고 부득부득 악을 쓰며 매달렸다. 그러자 놀라서 곧 울상이 되어 바라보고 있던 훈규가,

"그거 우리 엄마 끼다! 놔라! 놔라! 이 도둑놈아!"

하고 빽 고함을 지르며 저도 마루로 뛰어올라 엄마와 함께 냅다 그 재봉틀에 매달렸다.

"요것 봐라. 고것 참 맹랑하대이."

같잖다는 듯이 씩 웃더니 그만 우락부락한 손으로 어린것의 뒷덜미를 콱 잡아 홱 뿌리치듯 저쪽으로 밀어붙여 버렸다.

"으악!"

비명과 함께 훈규는 데그르르 저만큼 나가굴렀다.

그리고 이번에는 식이네를 향해,

"말로 할 때 저리 비켜! 몬 비키겠나?"

매섭게 쩨려보더니 그만,

"에잇!"

냅다 발길로 그녀의 아랫도리를 걷어차 버리는 것이 아닌가.

"아이쿠—"

식이네는 자지러지는 듯한 비명 소리를 지르며 그 부풀어 오른 무거운 배를 두 손으로 감싸 안으며 비실 무너지듯 옆으로 나가떨어지고 말았다.

그런 소동이 있었기 때문인지 그들은 라디오와 재봉틀 외에는 들어낼 생각을 않고, 붉은 딱지를 붙여나가는 것이었다. 경대에도 붙이고 농에도 붙이고, 작은방의 책상에도 붙이고, 부엌에 있는 기명들 가운데서 좀 쓸 만한 큰 것들에는 다 붙였다. 말하자면 차압인 셈이었다. 달리 날을 받아서 몽땅 실어 갈 터이니까, 그때까지 딱지가 그대로 붙어 있도록 손을 대지 말고 잘 보관해 두라는 것이었다.

무슨 의미인지 마루의 기둥 위쪽에다가도 붉은 딱지를 한 장 붙였다. 그리고 한 녀석이 대문간으로 가더니 대문짝에다가도 밖으로 한 장 붙여놓는 것이었다. 집도 대문도 다 몰수라는 뜻인 듯했다.

그렇게 온통 집 안에 붉은 딱지 투성이를 만들어놓고, 총을 멘 한 녀석은 라디오를 들고, 한 녀석은 재봉틀을 메고서 집을 떠나려 할 때였다. 마침 그때 냇물에 먹 감으러 갔던 훈식이가 돌아왔다.

대문짝에 웬 붉은 딱지가 붙어 있는 것을 보고 이상하게 생각하며 대문을 들어선 훈식이는 그들 세 사람을 보자 주춤 걸음을 멈추었다.

"너 이 집 아들이가?"

"예."

"붙여놓은 붉은 딱지가 떨어지면 큰일 난다 알겠나?"

"……."

"알겠나 모르겠나? 와 대답이 없노?"

"붉은 딱지를 와 붙여 놓았는데예?"

"역산 몰순 기라, 역산 몰수. 붉은 딱지가 붙은 건 인제 너거 끼 아니라 우리 인민공화국 재산인 기라. 알겠나? 손을 대면 큰일 난다."

"그 라디오하고 재봉틀은 와 가지고 갑니꺼?"

"이눔아야, 몰순 기라, 몰수. 말끼도 몬 알아듣나? 보니까 아매도 중학생 같은데……."

그러면서 재미있다는 듯이 세 놈이 모두 히죽히죽 웃자, 훈식이는 그만 눈꺼풀이 파르르 떨렸다.

"뭐라꼬요? 몰수? 와 몰수해 가능게? 남의 것을, 대낮에…… 순 강도 놈들 같으니……."

"뭐 강도 놈?"

도리우찌 모자의 상판이 험하게 이지러졌다.

"이눔의 자식이 간뎅이가 부었어. 이눔 맛 좀 보여줘. 쏘아 버렷!"

그러자 라디오를 든 녀석이 얼른 라디오를 땅에 내려놓더니 어깨에 멘 총을 벗겨 찰그락 장전을 했다.

"아이구—"

질겁을 하고 훈식이는 집 뒤뜰 쪽으로 냅다 도망쳤다.

"콩!"

총소리가 울렸다. 그러나 훈식이가 쓰러지지는 않고, 재빨리 집 뒤로 모습이 사라졌다.

총을 제대로 겨눌 사이도 없이 쏘아 버린 자위대원 녀석은 다시 장전을 할까 하다가 그만두고, 총대를 얼른 거꾸로 거머쥐더니 냅다 훈식이의 뒤를 쫓았다.

집 뒤로 내달은 훈식이는 쫓아오는 기미에 더욱 질겁을 하고 뒷담을 뛰어넘어 도망치려고 했다. 그러나 담장이 비록 자기 키보다 조금 낮기는 했지만 너무 정신없이 허둥댄 바람에 제대로 기어오르질 못하고 미끄러져 뒤로 넘어지고 말았다.

"도망가면 쏜다! 쏜다!"

고함을 지르면서 뒤쫓아 온 녀석이,

"잘 됐다. 이누무 짜식, 맛 좀 봐라구마. 에잇! 에잇!"

총 개머리판으로 사정없이 내리 조졌다.

비명을 지르면서 디굴디굴 뒹굴던 훈식이는 그만 축 늘어지고 말았다.

"뒈지고 싶어서 환장을 한 놈 같으니. 한번 더 그따위 아가리를 놀리기만 해봐라, 콱 죽여 삐릴 끼니까."

숨을 헐떡거리면서 녀석은 총대를 바로 고쳐들고 뒤안*('뒤란'의 방언)을 돌아나갔다.

세 녀석이 사라져 간 뒤에도 훈식이는 한참 동안 그 자리에 그대로 꼼짝을 않고 늘어져 있었다. 마치 완전히 뻗어 버린 것 같았다.

놀라서 새파랗게 질린 훈규가 곁으로 와서,

"싱이야 싱이야(형 형)."

하다가 그만 무서운 듯 울음을 터뜨리자, 그제야 훈식이는 꿈틀 하고 몸을 움직였다.

아랫배를 걷어 채여 넘어졌던 식이네는 마루에서 몸을 잘 움직이질 못하면서도,

"식아! 식애이! 아이고 야야, 식아—"

하고 곧장 넋이 나간 듯한 소리로 외쳐 부르고 있었다.

그날 밤 식이네는 해산을 했다. 그러나 낮에 배를 걷어 채여서 그런지 정상적인 해산이 아닌 것 같았다. 아직 이삼 일 날짜가 남았는데, 충격을 받아 앞당겨 아기가 쏟아져 나온 모양이었다.

저녁을 먹는 둥 마는 둥 하고 식이네는 쓰러지듯 자리에 누웠다. 장총의 개머리판으로 얻어맞아 반죽음이 된 훈식이는 저녁이고 뭐고 거들떠보지도 않고, 물만 조금 마시고 끙끙 앓다가 잠이 들어 버렸고, 훈규 역시 낮에 너무 질겁을 해서 그런지 숟가락을 놓기가 바쁘게 곧 엄마 곁에 붙어서 잠이 들었는데, 잠결에 곧잘 깜짝깜짝 놀라는 것이었다.

자정이 넘었을 무렵이었다. 식이네는 잠결에 무엇에 냅다 짓눌리는 듯한 압박감을 느껴,

"으음—"

신음 소리를 토하며 눈을 떴다.

방 안은 어두웠다. 그러나 밖에 달이 있는 듯 방문 창호지에 희끄무레한 빛이 어려 있었다. 잠을 쫓고 정신을 제대로 차릴 겨를도 없이 식이네는 그만,

"아이고— 아이고메—"

비명을 내지르고 말았다.

아랫배 쪽에 심한 통증이 쥐어박듯 엄습해 왔던 것이다.

"아이고 아이고, 우야꼬—"

정신이 다 아찔해지는 듯한 경황 중에도 식이네는 이 일을 어쩌나 하는 생각이 번쩍 머리에 왔다. 그 통증이 무엇을 뜻하는 것이라는 걸 그녀는 잘 알 수 있었던 것이다.

우선 식이네는 아랫배를 두 팔로 끌어안으며 이를 악물었다. 정신을 차려야 된다는 생각이 머리에 마치 감전이 되듯 번쩍번쩍 와닿았다. 식이네는 잠시 후, 아랫배를 뻗지르는 듯한 통증이 좀 수그러지는 듯하자, 훅— 숨을 내쉬며,

"식아! 식아!"

하고 훈식이를 불렀다.

그러나 뻗어진 듯 곯아떨어진 훈식이는 아무 기척이 없다.

"식아! 식애이!"

손을 뻗어 흔들어 깨웠다.

역시 훈식이는 낮에 당한 일의 충격이 너무 엄청났고, 또 개머리판 세례를 받은 몸도 아주 엉망이었던 모양으로,

"으응?"

대답은 하고서도,

"아이구 아이구—"

오히려 자기가 곧 넘어가는 듯한 신음 소리를 토하며 돌아누웠다.

식이네는 안 되겠다 싶어 이번에는 바로 곁에 누워 자는 훈규를 흔들어 깨웠다.

"규야! 규야! 일어나거라!"

"응—"

"일어나!"

놀란 듯 발딱 일어나 앉은 훈규는 어두운 방 안을 두어 번 두리번 거리더니 다섯 살짜리답게 도로 발랑 드러누워 버린다.

"일어나라니까!"

"싫어!"

그리고 얼른 저쪽으로 굴러가서 다시 잠이 들어 버렸다.

식이네는 안 되겠다 싶어 우두둑 이를 악물며 아프고 무거운 몸을 억지로 일으켜 윗목에 놓인 성냥을 더듬어 찾았다. 그리고 남포등에 불을 붙였다. 전쟁이 일어나 전선이 자꾸 밀려 내려온 뒤로는 전기가 끊어져 버렸던 것이다.

남포등에 불을 붙이고 난 식이네는 허겁지겁 서둘러 아래 속옷을 벗어냈다. 통증이 또 정신을 못 차릴 정도로 뻗쳐 와서 냅다 비명을 지르며 그 자리에 데굴 뒹굴 듯 쓰러졌다. 깜빡깜빡 넘어갈 정도의 아픔이 한동안 계속되더니 조금 수그러들었다.

그런데 식이네는 그 진통이 그 전의 정상적인 분만 때와는 어딘지 이상하게 다르다는 것을 그런 경황 중에도 느끼고 있었다.

식이네는 아이를 넷 낳아보았다. 가운데 둘은 실패를 보고, 첫째와 넷째 둘만 성장을 하고 있는데, 그래서 이번이 실은 다섯 번째 분만인 것이다.

초산의 고통은 말할 것도 없다. 초저녁에 시작된 진통이 첫닭이 울 무렵까지 계속되었는데, 아기를 분만해 놓고 식이네는 그만 혼수 상태에 빠져 날이 밝은 무렵에야 겨우 정신이 돌아왔었다. 두 번째도 꽤나 고통스러웠다. 그러나 세 번째, 네 번째는 매우 수월하게 끝났다. 물론 진통이 없었던 것은 아니지만, 거의 심한 아픔은 느끼질 못했었다. 그래서 사람들이 식이네를 무 뽑아내듯 아기를 수월하게 잘 낳는 여자라고 추켜올렸었다.

그런데 이번은 달랐다. 통증도 심했지만, 그 아픔이 그냥 예사로운 아픔이 아니라, 어딘지 모르게 으스스 떨리는 듯한 그런 기분 나쁜 아픔이었다. 기분 좋은 아픔이라는 것이 있을까마는, 아무튼 그 질감이 달랐다.

한참 동안 그런 이상스럽게 기분 나쁜 통증이 계속되더니, 무엇이 좌르르 쏟아져 나오는 것을 느낄 수가 있었다. 이제 아기가 나왔는가 싶었으나, 그게 아니었다. 여전히 배는 터져 나갈 듯이 뻐근하고 무겁고 아팠다. 식이네는 현기증을 느끼면서도 이를 악물고 그것이 무엇인지 아랫도리를 내려다보았다. 피였다. 검붉은 피가 흘러 방바닥을 적시며 번지고 있었다. 그리고 비릿한 냄새가 코에 푸욱 스며들었다. 식이네는 몸서리를 치듯 질끈 눈을 감으며 고개를 돌렸다.

진통이 한동안 계속되더니, 아랫배가 별안간 툭 터지는 느낌이 왔다. 식이네는 앞니를 허옇게 물며 온통 이맛살을 찌푸리고 눈을 질끈 감은 채 냅다 고개를 흔들어댔다. 덩어리 같은 것이 쑥 빠지는 것 같았다. 팽팽하던 풍선에서 바람이 빠지듯 식이네는 후욱— 절로 꺼지는 듯한 큰 숨이 쏟아져 나왔다. 그리고 온몸에서 기운이 쫙 새어 나가는 듯 사지가 나른해 왔다. 정신도 가물가물 멀어지는 것 같았다. 그러나 식이네는 지금 자기가 정신을 놓아서는 안 된다는 생각에 이를 악물었다.

"아응 아응 아응…….."

아기 우는 소리가 어디 먼 곳에서 들려오듯 귓전에 가물거렸다.

그 아기 우는 소리에 식이네는 정신이 번쩍 되돌아오는 것을 느꼈다. 자기도 모르게 벌떡 상체를 일으켰다.

피에 휘감긴 아기가 탯줄을 단 채 쏟아져 나와 있는 게 보였다.

"아응 아응 아응……."

아기의 울음소리가 한결 힘 있게 귀에 들려왔다. 가물거리던 정신이 제대로 되돌아온 탓인 듯했다.

"아이고 우야꼬, 우야꼬……."

절로 그런 소리가 입에서 흘러나왔다.

그것은 기쁨에서 나온 소리였다. 그녀는 진통이 다른 때와는 다르게 매우 심하면서도 어딘지 모르게 으스스하고 기분 나쁜 그런 것이어서 아마도 사산(死産)을 하는 게 아닌가 싶었던 것이다.

아기의 울음소리에 잠을 깼는지 훈규가 발딱 일어나 앉으며,

"엄마! 알라(아기) 났나?"

하고 깜짝 놀라듯 물었다.

"그래, 아이고 니 잘 깼대이. 훈규야, 니 어서 가서 노실 할매 오시라 캐라."

"노실 할매?"

"그래, 어서,"

"캄캄해서 무섭다."

"하나도 안 무섭대이, 달이 훤하다. 어서 갔다 온나. 우리 엄마 알라 낳다고 어서 오시라 캐."

"도깨비 나오면 우야노?"

"아이고 이놈아야, 안 나온다. 도깨비가 어딨다 말이고. 어서 가거라. 그라느면*('그렇지 않으면'의 영천말) 엄마도 죽고, 알라도 죽는다. 알겠나?"

"그래, 갔다 올께. 엄마 죽지 마."

"안 죽을 끼니까, 가서 큰소리로 막 깨워야 된다. 알겠제?"

"알았어."

훈규는 두려운 듯이 살그머니 방문을 열어 바깥을 내다보고는 냅다 뛰어나갔다.

노실 할매는 이웃에 사는 육십이 조금 넘은 노파로, 먼 친척이 되는 사람이었다. 식이네의 시외가 쪽, 그러니까 정확하게 말하면 정달주의 칠촌 이모뻘이 되었다. 식이네는 그 노파에게 해산바라지를 부탁해 놓고 있었다.

훈규가 부르러 갔는데, 도무지 오는 기척이 없었다. 한참 기다리던 식이네는 덜컥 겁이 났다. 이렇게 언제까지나 기다리고만 있다가는 큰일 나겠다는 생각이 들었던 것이다.

식이네는 자기 손으로 태를 자를 수밖에 없다고 생각했다. 그런데 어찌된 영문인지 아기만 빠져나오고, 태는 아직 그대로 뱃속에 남아 있는 것이 아닌가. 아기를 뒤따라 태도 함께 쏟아져 나오는 게 정상인 것으로 알고 있는데 말이다. 왈칵 두려움이 엄습해 오기도 했으나, 식이네는 이를 악물고, 우선 태를 자르고 보자 싶어 실과 가위를 찾았다. 실은 곧 손이 닿는 경대 빼닫이*('서랍'의 방언) 안에 있었으나, 가위가 얼른 눈에 띄지를 않았다.

"가시게('가위') 어딨노. 가시게, 가시게……."

정신없이 중얼거리며 두리번두리번 찾다가, 식이네는 옳지, 그렇지, 싶었다. 머리에 번쩍 와닿는 것이 있었던 것이다. 그것은 은장도였다.

은장도는 농 속 깊숙한 곳에 간직되어 있었다. 그것을 꺼내려면 몸을 윗목 농 쪽으로 옮겨가야만 했다.

식이네는 방바닥에 그대로 버려진 듯 피에 젖어 누워 있는 아기를 두 손으로 안았다. 그리고 농 쪽으로 옮겨 가려다가 몸이 제대로 말을 안 듣자, 냅다 악을 쓰듯 뇌까렸다.

"식아! 이놈아야! 나 죽는다, 나 죽어. 좀 일어나거라!"

"으으응…….'"

몸을 꿈틀거리더니 그제야 훈식이가 찌뿌듯이 눈을 떴다.

"아니, 엄마?"

처음에는 무엇이 어떻게 된 영문인지 몰라서 멀뚱히 바라보기만 하던 훈식이는 깜짝 놀라며 벌떡 몸을 일으켰다. 반사적으로 몸을 일으키기는 했으나, 역시 단단히 골병이 든 듯 절로,

"아이쿠!"

비명에 가까운 신음 소리가 흘러나왔다.

"식아, 어서 은장도를 꺼내 도고."

"은장도?"

"그래, 저 농 속에 있다. 아래쪽 농 밑바닥에 보면 보재기가 하나 있을 끼다. 그 속에 들어 있다.'"

"아이고 아이고…….'"

곧장 신음 소리를 내뱉으며 훈식이는 엉금엉금 농 앞으로 기어갔다.

농 문짝 위아래 다 붉은 딱지가 붙어 있었다. 만일 손을 대어 그것이 떨어지면 큰일 난다고 으름장을 놓던 자위대 놈들 생각이 나서 훈식이는 조금 망설여졌다.

그런 눈치를 알아낸 식이네가,

"개않다*('괜찮다'의 방언). 어서 열어!"

내뱉듯이 일렀다.

그러자 훈식이도,

"에잇!"

이까짓 게 다 뭐냐 싶으며 확 문짝을 열어젖혔다. 붉은 딱지가 두 갈래로 쫙 찢어져 나갔다.

훈식이는 농 깊숙한 밑바닥에 손을 넣어 보자기를 꺼냈다. 그리고 그것을 풀어 헤쳤다.

보자기에서 나온 것은 꽤 오래되어 빛이 바랜, 한지로 만든 큼지막한 봉투와 무슨 서장(書狀)인 듯한 두루마기들이었다. 그것들은 식이네가 혼사를 치를 때, 신랑 집에서 보낸 사주단자와 혼서(婚書)인 예장(禮狀), 납폐(納幣) 때 예단의 종류를 적은 물목서, 그리고 혼례 때의 식순을 적은 홀기까지, 그러니까 식이네의 혼사에 관한 문서 일체였다. 어쩌면 그녀로서 가장 소중한 것을 싸둔 보자기 안에 은장도도 함께 넣어두었던 것이다.

그 보자기는 말할 것도 없이 중국 상해로 사람을 하러 갈 때도 가지고 갔고, 해방이 되어 돌아올 때도, 그리고 돌아와서 이사를 할 때도 늘 그녀는 소중하게 간직하곤 했었다.

훈식이가 장도를 꺼내는 동안 식이네는 실로 아기의 배꼽에 연결되어 있는 태를 두 군데 묶었다. 아기의 배꼽에서 한 뼘가량 되는 곳을 묶고, 또 거기에서 한 뼘 정도 사이를 두고 묶었다. 그리고 그 묶은 두 매듭의 가운데를 자르면 되는 것이었다.

아기를 이미 네 번이나 낳아본 경험이 있는 터라, 식이네는 직접 자기 손으로 태를 자른 적은 없었지만, 그 방법은 들어서 알고 있던 것이다.

훈식이한테서 은장도를 받아든 식이네는 어금니를 자그시 물며 칼집을 쑥 뽑았다. 칼날이 남포등 불빛에 섬뜩하도록 번쩍 빛났다. 그녀는 칼자루를 쥔 손에 불끈 힘을 주었다. 왼손으로 태를 거머쥐었다. 등골이 으스스 떨렸다.

훈식이가 숨을 죽이고 지켜보고 있었다.

식이네는 칼날을 태에다가 갖다 댔다. 그리고 냅다 힘을 주어 누르듯 잡아당겼다. 쌈빡 하고 태는 단번에 깨끗이 베어졌고, 태 속의 액체가 지르르 흘러내렸다.

식이네는 현기증을 느끼며 은장도를 손에서 떨어뜨리듯 놓았다. 은장도는 제 할 일을 마친 무슨 영물처럼 피와 태액이 뒤섞인 방바닥에 떨어져서도 반짝거렸다.

그때 대문 소리가 나고, 인기척이 들렸다. 그 소리가 귓전에서 가물거리는 것을 느끼며 식이네는 비실 그 자리에 쓰러졌다.

식이네가 정신을 돌이킨 것은 한 시간가량 뒤였고, 그리고 노실 할매의 도움을 받아 태를 쏟아냈다. 아기는 딸이었다.

이튿날 아침, 갇혀 있는 달주에게 식사를 가지고 간 것은 노실 할매의 손자인 국민학교 5학년짜리 만돌이였다. 만돌이는 식사 보자기를 들고 두려운 듯이, 그러면서도 한편 호기심이 없지도 않아서 신기한 듯이 자위대의 그 어설픈 유치장으로 다가갔다.

"부면장 아저씨."

만돌이는 안을 기웃거리다가 달주가 눈에 띄자 반가운 듯 불렀다. 만돌이는 평소에 달주를 '부면장 아저씨'라고 호칭했다. 자기 할머니와 칠촌뻘이니까 아버지와는 팔촌간이 되고, 저한테는 구촌 아저씨뻘이었다.

"오냐, 니가 우짠 일이고?"

"아침밥 갖고 왔심더."

"와 니가……?"

"어젯밤에 아지매가 알라 났어예."

"그래?"

유치장 속에서 푹푹 찌는 더위에 시달리고 조사를 받느라 두들겨 맞기도 해서 지칠 대로 지친 달주였으나, 아기를 낳았다는 말에 귀가 번쩍했다.

"뭐 났노?"

"딸예."

"흠—"

달주는 고개를 두어 번 끄덕였다. 눈에 띄게 초췌해진 얼굴에 살짝 기분이 좋은 듯한 기색이 떠올랐다 사라졌다. 평소에 달주는 이제 딸 하나만 낳으면 이남일녀*(원전에는 '이남삼녀')로 마침*(마치면) 좋겠다 하고, 속으로 은근히 딸 낳기를 바랐다.

"그런데 훈식이는 뭐하고 니가 이렇게……."

"식이 형은 어제 억씨기 맞아서……."

"누구한테?"

그러자 만돌이는 두려운 듯 얼른 자위대 쪽을 돌아보았다.

유치장 안에 갇혀 있는 모든 사람들이 약간 긴장된 표정으로 만돌이를 지켜보고 있었다.

만돌이는 말로 설명을 하진 않고, 얼굴을 자위대 쪽을 가리키며 그들의 소행이라는 것을 표정으로 암시해 보였다.

달주는 어떻게 된 영문인지 잘 알 수가 없었으나, 더 묻질 않았다. 자세한 것을 알아봐야 심사만 더 착잡하고 무거울 것 같았던 것이다.

만돌이 대신 훈식이가 다시 아버지의 식사를 가지고 찾아간 것은 이틀 뒤의 해질녘이었다. 훈식이는 아직 몸이 제대로 풀리질 않았으나, 남한테 아버지의 식사 시중을 오래 맡겨둘 수가 없어서 걸음을 조금 절름거리면서도 나섰던 것이다.

그런 훈식이를 보고도 달주는 아무 말이 없었다. 가슴이 콱 메어 오는 듯해서 얼른 뭐라고 입이 떨어지지가 않았던 것이다.

왠지 모르게 훈식이도 아버지를 대하니 눈물이 핑 어렸다. 자기가 죽도록 얻어맞은 일이 그제야 물컹한 슬픔이 되어 가슴을 적시며 목구멍으로 차오르는 듯했다. 그러나 훈식이는 중학교 2학년생답게 아버지 앞에서 눈물을 보여서는 안 된다는 생각을 하며 이를 악물었다. 그리고 조금 목이 메이는 듯한 목소리로,

"아부지, 엄마 알라 낳심더."

하고 말했다.

"그래, 알고 있다. 엄마 몸은 좀 어떻노?"

"개않심더. 미역국 많이 묵심더."

"알라도 젖 잘 묵고?"

"예."

"딸이라제?"

"예."

"니한테 여동생이 생겼구마."

"히히……."

훈식이는 말없이 조금 웃었다.

달주도 얼굴에 쌀쌀한 미소를 살짝 떠올리며,

"식아, 집에 가거든 엄마한테 알라 이름을 정애라고 지었으니 그렇게 부르라 캐라."

하고 일렀다.

"정애예?"

"그래, 곧을 정(貞) 자와 사랑 애(愛) 자다. 알겠제?"

"한자로 어떻게 쓰는 데예?"

"이렇게 말이다……."

하면서 달주는 손바닥에다가 '貞' 자와 '愛' 자를 써보였다.

굵은 장대를 총총히 세워 만든 창살 아닌 창살 사이로 손을 내밀어 아기의 이름을 써 보여주고 있는 달주와 그 아들의 모습을 그 안에 갇힌 사람들은 조금 재미있다는 그런 표정으로 멀뚱히 바라보고 있었다.

달주는 만돌이한테서 딸을 낳았다는 소식을 듣고 그날 밤 유치장 안에 누워서 멀뚱멀뚱 잠을 이루지 못하며 아기의 이름을 지었던 것이다.

이튿날 아침식사를 가지고 아버지를 찾아간 훈식이는 깜짝 놀라지 않을 수 없었다. 유치장 안에 아버지의 모습이 보이지가 않았던 것이다. 아버지뿐 아니라 황 면장의 모습도 보이지 않았고, 어제 저녁 때까지 유치장 안에 빽빽하도록 들어찼던 사람들이 거의 어디로 갔는지 자취를 감추고, 네댓 사람만 남아 있었다.

휘둥그레진 눈을 멀뚱거리면서 훈식이는,

"우리 아부지 어디 가싰능교?"

물어보았다.

그러자 한 사람이 안됐다는 그런 표정을 지으며,

"어젯밤에 군(郡)으로 넘어갔다 앙이가."

하고 일러주었다.

"군으로예?"

"그래, 군에 있는 뭐…… 내무서라든가 지랄이라든가 거기로 넘어갔어. 한밤중에 모두…….

"내무서가 뭐 하는 덴데예?"

"경찰서를 이놈들은 내무서라 카는 모양이라."

그 말에 훈식이는 가슴이 철렁 내려앉는 느낌이었다.

군청소재지인 읍내까지는 오십 리가 넘는 길인데, 구름재라는 높디높은 산마루를 넘어가야 했다. 한밤중에 죄인 아닌 죄인들이 그 구름재를 넘어 읍내에 있는 내무선가 뭔가 하는, 그전의 경찰서로 끌려간 것이었다.

훈식이는 암담한 심정이 되어 가지고 온 식사 보자기를 그대로 들고 터벅터벅 무거운 걸음을 옮겨 집으로 돌아가는 수밖에 없었다.

집으로 가는 중도에 커다란 느티나무가 한 그루 길가에 서 있었다. 그 느티나무 밑으로 가서 훈식이는 나무 둥치에 힘없이 기대섰다. 그리고 멀리 구름재를 하염없이 바라보았다. 간밤에 그 구름재를 넘어 끌려가는 여러 사람들 속에 섞여 있는 아버지의 모습이 머리에 떠오르자 그만 코허리가 시큰해지면서 두 눈에 눈물이 핑 어렸고, 곧 주르르 흘러내렸다. 먼 구름재가 눈물에 가려 뿌우옇게 흐려져서 잘 보이지가 않았다.

훈식이는 아버지의 식사 보자기를 손에 든 채 그렇게 한참 동안

서서 훌쩍훌쩍 흐느껴 울었다.

군 내무서라는 데로 압송된 이후, 달주는 아무 소식이 없었다. 달주뿐 아니라 황 면장도, 그리고 함께 오랏줄에 묶여 한밤중에 구름재를 넘어 끌려간 여남은 사람이 모두 마찬가지였다. 열흘이 가고, 보름이 지나도 감감무소식이었다.

식이네는 그처럼 고통스럽고 위태롭기까지 한 해산을 했으나, 악만 남은 것과 다름없는 상태여서 그런지 산후가 비교적 순조로워서 별 큰 탈 없이 기운을 되찾아 가고 있었다. 그러나 심란하고 괴로운 심정은 날이 갈수록 더했다.

남편이 집에 있다 하더라도 이 한여름 찌는 듯한 무더위에 아기를 낳았으니 기분이 개운할 턱이 없는데 남편마저 끌려가고 없으니 막막하고 울적할 따름이었다. 군 내무선가 지랄인가 하는 데로 넘어간 뒤에 어떻게 됐는지 소식이라도 안다면 그래도 좀 낫겠는데 도무지 헛것일망정 바람결에 흘러오는 소문 한 가닥도 없으니 답답하기 이를 데 없었다. 도대체 이런 난리 판국에 아기를 낳다니 죽으라는 운순가 보다고 비감에 젖기도 했다.

구름재가 얼마나 험한지 모르지만, 몸이 여느 때처럼 성하기만 하다면 까짓것 훌쩍 집을 나서서 그놈의 군 내무서라는 곳을 찾아가 보기라도 하겠는데, 그런 기력은 아직 멀은 것 같으니 더욱 안타깝고 남편에게 미안하고 슬프기까지 했다. 그렇다고 중학교 2학년생이기는 하지만, 아직 열다섯 살에 불과한 훈식이에게 네가 한번 갔다 올 수 없겠느냐는 그런 말을 차마 에미로서 꺼낼 수도 없었다.

그런데 어느 날, 저녁을 먹으면서 훈식이가,

"엄마, 낼 나 아부지한테 한번 가볼까?"

이렇게 말하는 것이 아닌가.

식이네는 숟가락질을 멈추고 훈식이를 가만히 바라보았다. 열다섯 살짜리의 입에서 먼저 그런 말이 나오다니 놀라운 일이 아닐 수 없었다.

"니가 가겠나?"

"그것 몬 갈까 봐. 나 혼자 가는 기 아니라 당숙이 간다 캐서 같이 가볼라고……."

당숙이란 황 면장의 아들을 일컫는 말이었다. 정확하게 말하면 아버지의 외사촌이니까 훈식이에게는 진외당숙이 된다. 그러나 그저 당숙, 당숙 하고 부르고 있다.

"그럼 가봐라. 혼자는 안 되지만……."

"와 안 돼, 나 혼자도 갈 수 있어. 중학교 2학년생인데 몬 갈까 봐. 아부지가 어떻게 되셨는지 가봐야지. 내가 장남인데……."

그 말에 식이네는 그만 두 눈에 눈물이 핑 어리는 것을 어쩌지 못했다.

그러자 다섯 살짜리 훈규가,

"싱이(형)야, 장남이 뭐꼬?"

하고 물었다.

"맨 먼저 난 아들을 장남이라 안 카나."

"그럼 나는 둘째남이구나."

"임마, 둘째남이 뭐꼬. 차남이라 카는 기라."

"차남? 야— 나는 차남이다."

그러자 식이네는 그만 실소를 하지 않을 수 없었다. 눈물 속의 웃음인 셈이었다.

　이튿날 새벽, 훈식이는 보따리를 하나 들고 진외당숙과 함께 집을 떠났다. 보따리 속에는 아버지의 갈아입을 옷과 간식으로 넣어줄 미숫가루와 인절미, 그리고 점심에 먹을 도시락이 들어 있었다. 미숫가루는 집에 있던 것이었으나, 인절미는 식이네가 아껴두었던 한 됫박가량 되는 찹쌀과 밥을 꺼내 가지고 밤이 이슥토록 부엌에서 혼자 만들었던 것이다.

　찰밥을 해서 짓이기고, 팥을 삶아 팥고물을 만들어 혼자서 인절미를 빚어 나가다가 식이네는 그만 형언할 수 없는 설움이 복받쳐 올라 눈물이 주루룩 감당할 수 없이 흘러내렸다. 미처 손등으로 눈물 줄기를 닦을 새도 없이 뚝뚝 떨어져 팥고물에 젖었다. 그러니까 급히 서둘러 만든 조잡한 인절미이긴 했지만 진짜 애틋한 지어미의 정이 스민 눈물의 인절미였다.

　훈식이가 떠난 뒤, 하루 종일 식이네는 마음이 놓이지가 않았다. 멀리 출타를 하려면 통행증이라는 것이 있어야 된다는데 반동이라 하여 군 내무서로까지 넘어간 사람의 가족에게 그런 것을 발급해 줄 리가 없어 그냥 떠났기 때문에 중도에 무사한지, 내무서를 찾아가 면회가 되었는지, 그리고 돌아오는 길은 또 어떤지, 도무지 불안한 생각이 떠나질 않아서 아무 일도 제대로 손에 잡히지가 않았다.

　해가 져도 훈식이는 돌아오지 않았고, 밤이 되어도 오는 기척이 없었다. 밤이 깊어가자 식이네는 불안한 생각이 짙게 밀어닥쳐 슬그머니 무서워지기까지 했다. 구름재를 넘는다고는 하나 오십 리*(원전에서는 '삼십 리') 남짓한 길을 새벽에 나서서 밤이 이슥토록 돌아오지 않다니 중도에 무슨 사고가 난 게 틀림없는 듯했다. 얼마 전에 역산 몰수라 하여 자위대 녀석들이 와서 행패를 부리고 훈식이를 반죽음이 되도록 짓이겨놓던 그날의 일이 생각나서 오늘 또 훈식이가 그런 끔찍한 일을 당하고 있는 게 아닌가 싶으니 으스스 떨리기까지 했다.

보내지 말 것을 그랬구나…… 후회가 되기도 했다. 통행증인가 뭔가도 없이 길을 떠나게 한 것이 마치 무슨 난리바닥에 맨손으로 내보낸 것 같아 가책이 되어 몹시 가슴이 아팠다. 만일 훈식이에게까지 또 무슨 변이 생겼다면 집안에 우환이 겹치는 셈이 아닌가 말이다.

그런 생각에 빠져 심란해서 잠을 이루지 못하고 있는데 삐거덕 대문 열리는 소리가 났다. 자리에 누웠던 식이네는 벌떡 일어나 마루로 뛰어나갔다.

훈식이었다.

"아이고 야야, 인제 오나."

훈식이는 한 손에 보따리를 든 채 말없이 터벅터벅 마당을 걸어 들어왔다.

"우째 됐노? 아부지 만나봤나?"

"몬 만났어."

훈식이는 통명스럽게 내뱉으며 화라도 나는 듯 마루에 보따리를 내던졌다.

"아이고 야야, 고생만 했구나. 쯧쯧쯧……."

어쨌든 훈식이가 무사히 집에 돌아온 것만 해도 한 가지 시름은 놓은 듯 식이네는 혀를 차고 나서, 후유— 큰 숨을 내쉬었다.

방에 들어가 앉자, 훈식이는 묻기도 전에 먼저 욕지거리를 섞어가며 오늘 겪은 일을 늘어놓았다.

"개똥같은 놈들, 문에 들어서지도 몬하게 안 하나. 당숙이 면회를 하로 왔다고 좀 만나게 해달라고 사정사정을 해도 힝! 콧방귀를 뀌면서 면회가 다 뭐냐고, 반동 놈들의 면회는 안 시키도록 돼 있다 카면서, 썩 저리 물러가라고, 나중에는 벌컥 화까지 내더라니까. 내 참 더럽어서……."

"아이고 문딩이 같은 놈들, 무슨 죄가 있다고 잡아다 가두어놓고 면회도 안 시키노, 천벌을 받을 놈들. 그래, 아부지가 내무선가 지랄인가 거기 지금도 갇혀 있기는 있능강?"

"글쎄, 그것도 확실히 알 수가 없다 앙이가."

"소식도 모르고 돌아왔구나. 후유—"

식이네는 절로 한숨이 쏟아져 나왔다.

"누가 가르쳐 주는 사람이 있어야 말이제."

"그런데 와 이렇게 늦게 돌아왔노? 얼매나 걱정이 됐는동……."

"통행증이 없어서 큰길로 몬 가고 산길로 논길로 갔다 안 왔나. 그리고 해가 질 때까지 어떻게든지 면회를 해 볼라고 정문 보초가 바뀔 때를 기다려서 다시 사정해 보고 또 해보고 안 했나. 개똥같은 놈들, 다 안 된다 카는 기라. 나중에는 면회가 안 되면 가지고 온 보따리나마 좀 전해 달라니까 그것도 안 된다 카지 뭐꼬. 그럼 면회 왔다가 간다는 말이라도 전해 달라 캤지."

"그것도 안 된다 카더나?"

"맨 나중 보초 선 사람은 쪼매 괜찮게 생깄대. 그 사람은 알았다면서 고개를 끄덕이더라니까."

"이름을 잘 가르쳐 주지 와."

"가르쳐 줬어. 그런데 뭐라 카는고 하면, 아직 여기 그대로 남아 있으면 말을 전해 주지, 이카능 기라."

"그기 무슨 소리고?"

"글쎄. 그래서 여기 없고 어디 다른 데로 갔느냐고 물으니까, 비식 웃으면서 거기까지는 말해 줄 수 없다는 기라."

"우야꼬— 그럼 어디 딴 데로 또 갔단 말잉강……."

식이네는 왠지 모르게 한결 더 암담해지는 느낌이었다. 어쩌면 이제 남편이 어디에 끌려가 있는지 그 소재도 모르게 되지 않았는가 말이다.

훈식이는 지칠 대로 지쳐 있어서 밥을 조금 먹는 둥 마는 둥 하고 곧 쓰러져 잠이 들었으나, 식이네는 자정이 지나도록 이런 생각 저런 생각 하염없는 괴로운 생각에 시달리며 잠을 이루지 못했다.

그로부터 열흘가량 지난 어느 날, 웬 낯선 남자 한 사람이 집을 찾아왔다. 해거름이었다. 부엌에서 저녁밥을 짓고 있던 식이네는 웬 사람인가 싶어 덜컥 겁부터 났다. 남편이 붙들려간 뒤로 낯선 사람이 집을 찾아오면 식이네는 먼저 두려운 생각부터 들며 가슴이 두근거리기까지 했다.

그러나 대문을 들어서는 모습에서부터 저 사람은 두려운 사람이 아니라는 것을 식이네는 쉬 느낄 수가 있어서,

"어디서 오셨는지예?"

공손히 물었다.

"저……, 여기가 부면장님 댁이지요?"

"예, 그렇심더."

'부면장님 댁'이라는 말을 쓰는 것만 보아도 이제 마음이 푹 놓이

는 듯했다.

"저…… 좀 전해 드릴 말씀이 있어서 찾아왔습니다."

"이리 좀 앉으시지예."

"예, 예."

방문객은 마루에 걸터앉았다. 서른이 아직 못 되어 보이는 남자였다. 어딘지 모르게 몹시 지친 듯, 혹은 병을 앓다가 일어난 사람 같은 인상이었다.

그는 주위를 한번 돌아보고 나서 목소리를 조금 낮추어 말했다.

"저는 우리 면의 대한청년단부단장으로 일하던 박정수라는 사람입니더. 오룡리에 살고 있심더. 부면장님하고는 전부터 잘 아는 사입니더."

"아, 그렇습니꼬?"

식이네 역시 절로 목소리가 낮아지며 가만히 침을 한번 삼켰다.

"저……, 부면장님하고 같은 날 밤에 군 내무서로 넘어갔었심더."

"우야꼬 그래예? 그럼 내무서에서 풀려 나왔습니꼬?"

"예."

박정수는 식이네를 바라볼 면목이라도 없는 듯 가만히 고개를 떨구었다.

"그럼 우리 애 아부지는 어떻게 됐습니꼬?"

"저……."

얼른 말을 꺼내지 못하고 망설이더니 불쑥,

"형무소로 넘어갔심더."

하고 내뱉듯이 말했다.

"형무소로예?"

식이네는 두 눈이 휘둥그레지며 입이 딱 벌어졌다.

"예, 며칠 전에……"

"아이고 우야꼬—"

식이네는 눈앞이 노오래지는 느낌이었다. 핑 하고 현기증이 지나가는 듯해서 가만히 눈을 감으며 이를 자그시 물었다.

잠시 후, 정신을 가다듬고 물었다.

"형무소 같으면 저…… 읍에 있는……?"

"맞심더. 지금은 형무소라 안 카고 뭐 교화소, 인민교화소라 칸답니더. 그곳으로 넘어갔심더. 면장어른도 넘어갔고예."

"우야꼬…… 도대체 무슨 죄가 그렇게 커서 형무소로까지 넘어간다지예?"

"글쎄 말입니더. 뭐가 어떻게 돌아가는 긴지 알 수가 있어야지예. 저거 놈들 맘대로 안 합니꺼. 생사람을 잡아다가 마구 족쳐대고……, 반동이라고……."

"반동이 뭐 말라빠진 긴데예? 빌어묵을 놈들, 천벌을 받을 놈들."

식이네는 자기도 모르게 낯선 남자 앞이라는 것도 잊고 마구 큰소리로 욕지거리를 내뱉었다.

그러자 박정수의 얼굴에 약간 당황하는 빛이 떠올랐다. 얼른 주위를 돌아보며 자리에서 몸을 일으켰다. 그런 좋지 못한 소식을 가져다 준 게 죄송하고 또 그녀의 그런 태도를 보는 것이 민망스럽기도 하며, 슬그머니 남의 이목이 두렵기도 한 것이었다.

A읍에 있는 형무소(그때는 '인민교화소'라고 했다. 그리고 면의 '자위대'도 그들의 정식 명칭인 '분주소'로 바뀌어 있었다)로 넘어갔다는 소식을 안 뒤로 식이네는 절망상태에 빠지고 말았다. 군 내무서에 갇혀 있을 때

는 그래도 거기서 풀려나오지 않을까 하는 한 가닥의 희망이 있었는데, 그것마저 사라져 버렸으니 말이다. 교화손가 뭔가 하는 데로 넘어갔다면 이제 징역을 살 게 틀림없지 않는가. 생각하면 그저 암담하고, 맥이 빠지고, 절로 한숨이 나올 뿐이었다.

A읍은 군청 소재지에서 다시 사십 리가량 가야 하는 곳에 있었다. 그러니까 이곳 산동면에서는 칠십 리나 되는 거리였다.

식이네는 남편이 점점 자기에게서 멀어져 가는구나 하는 것을 느끼며 슬픔과 허탈감에 젖어 혼자서 눈물을 머금기 일쑤였다. 아기만 없고, 몸만 성하다면 자기가 A읍의 교화손가 하는 데를 한번 찾아가 보고 싶었다. 그러나 아직 제대로 회복되지도 않은 몸으로 아기를 업고 칠십 리 길을, 더구나 구름재가 있는 험한 길을 떠난다는 것은 도저히 불가능한 어리석은 짓이었다. 게다가 통행증인가 뭔가 하는 것도 없이 말이다.

훈식이 역시 아버지가 A읍의 교화소라는 데로 압송되어 갔다는 사실을 안 뒤로 절망과 허탈상태에 빠지고 말았다. 아버지가 징역을 살게 되면 식구들은 어떻게 먹고살게 되는지, 막막한 일이 아닐 수 없었다.

여름의 무더위가 서서히 누그러지고, 가을바람이 불어오기 시작했다. 전쟁이 일어나서 온통 죽이고 죽고, 불바다가 되고, 세상이 뒤집혀 흉흉하게 돌아가도 자연은 그런 것과는 상관없다는 듯이 유유히 제 방향으로 돌아가서, 드디어 한가위가 닥쳐왔다.

한가윗날 오후, 훈식이는 이웃마을 상길이라는 친구 집에 놀러 갔다. 상길이는 국민학교 때 동기생으로 각별히 친한 사이였다. 그가 일부러 훈식이를 찾아와서 자기 집에 놀러 가자고 데리고 갔던 것이다. 아버지가 반동이라 하여 잡혀간 훈식이를 조금이나마 위로하기 위해서였다.

그날 저녁, 훈식이는 처음으로 술을 마셨다. 열다섯 살짜리 중학교 2학년생이 술을 마시다니 너무 빠르고 건방진 일이지만, 그날 훈식이 기분은 술 같은 것이라도 마시지 않고는 배길 수가 없었다. 친구인 상길이는 나이는 한 살 위인 열여섯이었으나 역시 중학교 2학년생으로, 대구가 아닌 A읍의 학교에 다니고 있었다. 그는 자기 집에서 빚은 농주를 전부터 곧잘 홀짝홀짝 떠 마셨던 모양으로, 제법 실력이 있었다.

그가 권하는 잔을 처음으로 술을 입에 대는 훈식이가 사양하지 않고 자꾸 받아 마셨다. 그래서 결국 훈식이는 정신을 가눌 수 없을 지경이 되어 집으로 돌아가지 못하고, 친구 방에 쓰러져 함께 잠이 들었다.

얼마나 잤을까, 한밤중이었다. 바깥에서 누가 부르는 듯한 소리가 들렸다. 훈식이는 고개를 들고 가만히 귀를 기울였다.

"훈식아— 훈식아—"

분명히 자기를 부르는 소리가 아닌가. 훈식이는 부스스 일어나 앉았다.

"훈식아— 나다— 아이고 배고파라— 아이고—"

신음하는 듯한 소리가 어딘지 먼 데서 들려오고 있었다.

훈식이는 일어나 가만히 방문을 열고 마루로 나가 보았다. 마당에는 달빛이 새하얗게 깔려 있었다.

그 새하얀 달빛 속에 멀뚱히 서 있던 사람이,

"아이고 배고파라—"

신음 소리를 흘리며 슬그머니 돌아서서 대문 쪽으로 걸어 나가는 것이 아닌가.

훈식이는 신을 신을 생각도 없이 맨발로 그 사람의 뒤를 따라갔다. 대문을 나서니 저만큼 한길에 웬 까만 수레가 한 대 놓여 있었다. 그 수레 위로 어느새 그 사람이 오르고 있었다. 그리고 새하얀 달빛이 깔린 한길을 까만 수레가 서서히 움직이기 시작했다.

훈식이는 냅다 맨발로 그 수레 쪽으로 달려갔다. 그러나 아무리 달려가도 그 수레와의 거리는 좀처럼 좁혀지지가 않았다.

한참 뒤쫓아 가던 훈식이는 그만 숨을 헐떡거리며 터벅터벅 걸었다. 그러자 그 까만 수레 위에 올라탄 사람이 훈식이를 향해 한 손을 흔들기 시작했다. 훈식이는 저 사람이 도대체 누군가 하고 유심히 바라보니, 뜻밖에도 그 사람은 바로 아버지가 아닌가. 깜짝 놀란 훈식이는,

"아부지—"

하고 냅다 큰소리로 불렀다.

그러나 아버지는 아무 대답이 없이 그저 작별을 하듯 멀어져 가는 수레 위에서 한 손을 흔들고만 있었다.

"아부지— 어디 가십니꺼."

"······."

"아부지—"

냅다 고함을 지르며 훈식이는 번쩍 눈을 떴다.

물론 꿈이었다. 참 이상한 꿈이라고 생각하면서 훈식이는 부스스 일어나 밖으로 나갔다. 마당에는 꿈에서 본 것과 다름없는 새하얀 달빛이 깔려 있었고, 한쪽 담 밑에 대추나무가 서 있었다. 그 대추나

무 그늘로 가서 훈식이는 오줌을 누었다.

이튿날 아침, 잠을 깬 훈식이는 기분이 얄궂기만 했다. 세수를 하고 나니 술기운은 거의 가신 듯했으나, 도무지 기분이 뒤숭숭하고 심란하고 이상하기만 했다.

아침 밥상이 오기를 기다리며 멍하게 앉아 있는데 햇살이 산뜻하게 비친 방문 창호지를 흔들며 초가을 바람이 우수수 지나갔다. 그 바람결이 마치 훈식이의 깊숙한 내부에 있는 눈물의 주머니를 건드리기라도 한 것처럼 왈칵 이상스럽게 슬퍼졌다. 슬퍼도 그냥 여느 때처럼 슬픈 것이 아니라, 뭐라고 형언할 수 없는 쓸쓸하고 처량한 기운이 깊숙한 내부에서 피어올라 온몸으로 쫙 퍼지면서 눈물이 핑 괴어올랐다. 복받쳐 오르는 슬픔이라기보다 조용히 피어오르는 싸늘한 슬픔이라고나 할까. 좌우간 지금까지 겪은 일이 없는 그런 야릇한 비애감이었다.

훈식이의 그런 표정을 보고 상길이가,

"너 얼굴빛이 얄궂다. 와 무슨 기분 나쁜 일이라도 있나?"

하고 물었다.

"아니, 그저……."

훈식이가 얼버무리자,

"아무래도 얼굴빛이 안 좋아 보이는데…… 술을 마셔서 속이 아프나?"

상길이는 조금 걱정이 되는 모양이었다.

"저……, 슬픈 노래나 한번 틀어보래."

불쑥 훈식이는 엉뚱한 말을 꺼냈다. 방 윗목 한쪽에 축음기가 놓여 있었던 것이다.

"아침부터 슬픈 노래를 틀어보라니, 아무래도 니 이상한데……."

그러면서 상길이는 〈아내의 무덤 앞에서〉라는 유행가 판을 골라 내어 축음기에 걸었다. 죽은 아내의 무덤 앞에서 통곡을 하는 남편의 심정을 노래한 비가였다.

그러나 훈식이는 어찌된 영문인지 그 슬픈 곡조의 노래가 도무지 슬프게 들리지가 않고 싱겁게만 느껴졌다. 자기의 몸에 젖어 있는 슬픔이 너무 짙은 것이기 때문에 그런 정도의 비곡으로는 조금도 자극이 되질 않는 모양이었다.

"그 노래 조금도 슬프지 않다. 뭐 다른 거 정말 슬픈 거 없나?"

그러자 상길이는,

"이기 제일 슬픈 노랜데…… 니 오늘 아침 아무래도 이상하다. 와 카지?"

하면서 멀뚱히 훈식이를 바라보았다.

아침밥을 먹고 있을 때였다. 누군가가 헐떡거리며 달려와서 방문 앞에서 큰 소리로 외치듯이 말했다.

"형! 지난밤에 인민위원회가 없어졌다 캐."

그 말에 훈식이는 귀가 번쩍했다.

"뭐라, 인민위원회가 없어져? 정말이가?"

상길이도 귀가 번쩍 띄는 듯 얼른 방문을 열었다.

이웃에 사는 상길이의 사촌동생이었다. 간밤에 서류 같은 것을 모조리 불태우고 인민위원회의 문이 닫혀 버렸다는 것이었다. 인민위원회뿐 아니라, 면당 본부의 분주소니 하는 다른 기관들도 다 문을 닫고 자취를 감추어 버렸다는 말을 듣고 훈식이는,

"야, 됐다! 이기 웬일이고?"

냅다 소리를 지르며 숟가락을 놓기가 무섭게 벌떡 일어났다. 그리고 후닥닥 밖으로 뛰어나갔다.

"야, 훈식아, 아침이나 마자 묵고 가."

상길이가 만류를 했으나 아랑곳없었다. 훈식이는,

"나 간대이."

한마디 인사를 던지고는 허겁지겁 달리다시피 대문을 빠져나갔다.

달리다시피 하여 집에 돌아온 훈식이는 대문을 들어서면서부터 냅다,

"어무이!"

하고 소리를 질렀다.

식이네는 부엌에서 대강 아침 설거지를 하고 있었다.

"와?"

"공산당이 물러갔대."

"뭐라고?"

식이네는 깜짝 놀라 혼자서 얼떨떨한 표정을 지었다. 식이네는 아직 그 소식을 모르고 있었다.

훈식이는 숨을 헐떡거리며 후닥닥 부엌으로 뛰어들었다.

"인민위원회랑 분주소랑 다 없어졌다 캐."

"정말이가?"

"정말이래."

"아이고 인제 살았구나. 이기 우째 된 일이고, 응이?"

식이네는 좋아서 어쩔 줄을 몰랐다.

"공산당이 전쟁에 져서 도망간 거 앙이가. 간밤에 서류를 몽땅 다

태워 삐리고 싹 없어졌다는 기라."

"아이고 잘했다. 그놈들…… 고소하다."

"인제 아부지 돌아오시겠지. 야—"

훈식이는 생각할수록 가슴이 뿌듯한 듯 두 손을 쭉 뻗어 올리며 만세를 부르듯이 소리를 질렀다.

부엌에서 엄마와 형이 주고받는 말을 들은 훈규도 아버지가 돌아온다는 바람에 귀가 번쩍해서 얼른 방문을 열고 쪼르르 다람쥐처럼 뛰어나왔다.

"아부지 돌아오나? 언제?"

"아직 잘 모른다. 곧 돌아오실 끼다."

"야, 좋다—"

다섯 살짜리는 손뼉을 짝짝 치며 폴짝폴짝 뛰었다.

"어무이, 나 당숙한테 가보고 올래."

"그래, 가보고 온나. 조심해야 된대이. 이럴 땔수록 함부로 날뛰면 큰일 난다."

"알았어."

훈식이는 진외당숙네 집으로 달려가 보았다. 진외당숙인 황두윤은 집에 없었다. 세상이 도로 뒤집혀 공산당들이 물러간 사실을 확인하기 위해서 삼거리 쪽으로 나갔다는 것이었다.

그래서 훈식이도 슬금슬금 인민위원회랑 면당이랑 분주소가 있던 그쪽으로 가보았다. 거리에는 사람들의 그림자가 뜸했다. 어쩐지 긴장된 공기가 감돌고 있는 듯 여느 때와는 분위기가 다른 듯했다.

훈식이는 조심조심 먼저 인민위원회 쪽으로 갔다. 정문 기둥에 아직 '산동면 인민위원회'라는 간판이 그대로 걸려 있었다. 가만가만 걸어 들어가서 사무실 안을 기웃거렸다. 책상들이랑 서류 궤짝 같은 것들이 이리저리 어수선하게 널려 있어서 마치 이사를 하다가 그만 둔 자리 같은 느낌이었다. 사람은 아무도 없었다.

사무실 뒤쪽 마당으로 돌아가 보았더니 시꺼먼 잿더미가 눈에 띄었다. 서류들을 불태운 흔적인 듯했다. 타다가 만 종잇조각이 희끗희끗 눈에 띄기도 했다.

저쪽 창고 모퉁이에서 개 한마리가 나타나 혓바닥을 길게 늘어뜨리고 어슬렁어슬렁 이쪽으로 오고 있었다.

훈식이는 어쩐지 왈칵 겁이 나며 등골이 으스스 떨려서 얼른 도망치듯 사무실 건물을 돌아 한길로 뛰어나갔다.

분주소 쪽으로 가니 그곳에 두윤의 모습이 보였다. 몇몇 청년들이 모여 서서 수군거리고 있었다.

"당숙."

하고 다가가니,

"응, 잘 왔다."

두윤은 빙그레 기분 좋게 웃었다.

수군거리고 있는 청년들 곁에 금방 무엇으로 쾅쾅 찍어서 빠개버린 듯한 판자조각이 흩어져 있었다. 간판이었다. '산동면 분주소'라고 쓰인 간판을 정문 기둥에서 떼 내어 젊은이들이 냅다 빠개버린 것이었다.

요란한 폭음 소리와 함께 제트기가 한 대 쌕— 하고 저쪽 구름재 너머로 내리꽂히듯이 급강하를 하더니, 타타타타 타타타타…… 냅다 기관포를 쏘아댔다. 후퇴하는 인민군 패잔병들이라도 발견한 모양이었다.

훈식이는 깜짝 놀라 반사적으로 몸을 웅크렸지만, 가슴이 두근두
근 뛰며 왠지 몹시 기분이 벅차는 느낌이었다.

A읍의 형무소 문이 열렸다는 소문이 흘러온 것은 그날 해질 무렵
이었다. 이제 세상이 도로 바뀌었으니, 인민교화소가 아니라 형무소
인 셈이었다. 누구의 입을 통해서 전해 오는지 마치 바람을 타고 퍼
지듯이 소문이 와닿았던 것이다.

그 소문을 들은 식이네는 절로 가슴이 울렁거리며 두 눈에 생기가
돌았다. 형무소 문이 열렸다면 이제 남편이 돌아올 게 아닌가 말이
다. 꿈같은 사실이 아닐 수 없었다.

훈식이는 그 소문을 듣고 대뜸,

"어무이, 나 아부지 마중 갈까?"

하고 말했다.

"마중을……?"

식이네는 얼른 뭐라고 대답이 나오지가 않았다.

"아부지 몸이 몹시 안 좋아졌을 낀데, 혼자서 우째 돌아오시노."

"그렇기사 하다마는……, 벌써 저녁답인데……, 가도 내일 가야지.
오늘 밤은 기다려 보고."

"당숙은 안 갈랑강? 한번 가서 물어볼까?"

"그래, 물어보고 온나. 니 혼자서는 몬 간다."

"와 몬 가. 내 혼자서도 갈 수 있다."

그러면서 훈식이는 후닥닥 대문을 뛰어나갔다. 잠시 후 돌아와서
숨을 헐떡거리며 말했다.

"어무이 말처럼 오늘 밤은 기다려보고, 내일 가자 카더라."

"그래, 그기 옳다."

그날 밤 식이네는 밤이 이슥토록 잠을 이루지 못했다. 혹시나 남편이 돌아올까 해서였다. 훈식이도 마찬가지였다. 아버지가 돌아오실지도 모르는데 잠을 자다니…… 하고 일부러 잠을 안 자고 일어나 앉았다 누웠다 했다.

그러다가 아으윽 하품을 하고 나서 훈식이는 문득 생각이 난 듯 입을 열었다.

"어무이, 어젯밤에 나 이상한 꿈을 꾸었다."

"어떤 꿈인데?"

"아부지 꿈인데, 아부지가 새까만 수레를 타고 안 가시나. 처음엔 내가 자고 있는데 바깥에서 누가 나를 부르면서 아이고 배고파— 카더라. 그래서 나가봤더니 행길*('한길'의 방언)에 까만 수레가 놓였는데, 그 수레에 아부지가 올라타더니 멀어져 가시는 기라. 나를 보고 작별을 하듯이 손을 자꾸 흔들더라니까."

누워서 가만히 듣고 있던 식이네는,

"아이고 얄궂어라. 니도 그런 꿈을 꿨나?"

신기한 듯이 자꾸 눈을 깜작거렸다.

"그럼 어무이도 그런 꿈을 꿨단 말이가?"

"그래, 나도 꿈에 너거 아부지를 봤는데, 내가 뒤를 따라가니까 오지 말라고 자꾸 손짓을 하며 멀리 까만 수레가 있는 쪽으로 안 가시나. 그 수레를 타고 멀어져 가는데, 막 뛰어서 쫓아가도 몬 잡겠는 기라. 그래서 그만 여보— 하고 소리를 질렀는데, 깨보니 꿈 앙이가."

"나도 아부지— 하고 소리를 지르면서 깼지 뭐고. 참 이상하다. 두 사람의 꿈이 똑같다니…….'

"글쎄 말이다."

"그 까만 수레가 뭐까? 와 아부지가 까만 수레를 타고 가시지?"

"……."

식이네는 대답이 없었다. 어쩐지 불길한 예감 같은 것이 슬그머니 다가드는 듯해서 오스스 절로 온몸이 떨렸다.

자정이 넘도록 기다려도 아버지가 돌아오는 기척이 없어서 먼저 훈식이가 잠이 들었고, 잠시 후 식이네도 졸음을 못 이겨 하품을 하다가 그만 잠들어버렸다.

이튿날 아침, 식이네는 여느 때보다 월등히 일찍 일어나 조반을 지었다. 훈식이가 아버지 마중을 떠날 채비를 서둘기 위해서였다.

훈식이도 곧 잠이 깨었다. 세수를 하고서 훈식이는 진외당숙네 집으로 달려갔다. 몇 시쯤 출발하려는지 알아보기 위해서였다.

여느 때보다 쌀을 훨씬 많이 안쳐서 밥을 지어 푸고 있는데, 훈식이가 안색이 확 변해 가지고 돌아왔다.

"어무이, 우째 된 일인동 모르겠다. 면장 할부진 집에 돌아와 계시던데…… 어젯밤 늦게 돌아오셨대."

"뭐라고?"

식이네는 눈이 휘둥그레졌다.

황 면장이 밤에 돌아왔다면 형무소의 문이 열렸다는 소문이 틀림없는 사실로 확인된 셈인데, 왜 남편은 돌아오지 않았는지 알 수 없는 일이었다. 눈앞에 가벼운 현기증이 스치고 지나가는 느낌이었다.

식이네는 아침밥을 대강대강 퍼서 우선 훈식이부터 먹도록 해주고, 직접 자기가 가서 얘기를 들어봐야겠다 싶어 달리다시피 하여 시외숙 집을 찾아갔다.

시외숙인 황 면장은 사랑방에 자리를 하고 깊이 잠들어 있어서 만나보질 못하고, 시외숙모인 입암댁에게 대강 얘기를 들었다.

간밤에 자정이 다 되었을 무렵 황 면장이 돌아왔다는 것이다. 면내에서 같이 압송되어 갔다가 이번에 함께 돌아온 사람은 모두 셋이었다 한다. 나머지 칠팔 명은 어찌 되었는지 모른다는 것이다.

"아이고, 우리 식이 아부지하고 같이 안 있었능가예?"

"형무소로 넘어갈 때는 같이 넘어갔는데, 거기 가서 갈라진 뒤로는 한 번도 만나보질 몬했다지 뭐고."

"우야꼬, 그럼……."

"안 돌아오겠나. 기다려 보래. 오늘 돌아오지 싶으다."

"다른 사람은 어젯밤에 돌아왔는데, 지금까지 안 돌아온다면 무슨 일이 생긴 기 아닐까예?"

"생기긴 무슨 일이 생겨. 오다가 중도에서 자고 오는 모양이지 뭐. 몸도 퍽 약해졌을 끼니까."

"면장 어른은 돌아오셨는데, 부면장은 안 돌아오다니……."

식이네가 곧 울상이 되자,

"이 사람아, 방정맞은 생각을 하면 몬써. 오늘 틀림없이 돌아올 끼니까 기다려 봐."

하고 입암댁은 조금 나무라듯 말했다.

식이네는 문득 간밤의 꿈이 생각나서 불길한 예감에 휩싸여 그만 말문이 굳어지고 말았다. 훈식이의 꿈과 자기의 꿈이 똑같았다는 사실이 한결 불길한 생각을 부채질하는 것이었다.

집에 돌아왔으나, 아침밥이 잘 목구멍으로 넘어갈 턱이 없었다. 억지로 몇 숟가락 떠먹고는 설거지를 하는 둥 마는 둥 대강대강 치웠다. 그리고 훈식이에게 물어보았다.

"훈식아, 오늘 아부지가 돌아오시길 집에서 기다려 보기로 할까, 우리 둘이서 마중을 가보는 기 좋겠나?"

"마중 가는 기 좋겠다."

훈식이는 서슴없이 대답했다.

"그기 옳겠제?"

"응, 집에서 애가 타서 몬 기다린다. 어서 마중 나가보자."

"그라자."

선뜻 대답은 했으나, 식이네는 아기를 어떻게 해야 될지 난감했다. 한가위가 지나 날씨는 춥지도 덥지도 않고 알맞으나, 그렇다고 낳은 지 두어 달밖에 안 된 어린것을 업고 먼 길을 나선다는 것은 될 말이 아니었다.

시외숙 집에 맡겨놓고 떠나는 수밖에 도리가 없었다. 가다가 쉬 만나게 되면 다행이지만, 그렇지 않을 경우 칠십 리나 되는 A읍까지 찾아가 볼 수밖에 없는 일이 아닌가 말이다. 그렇게 되면 왕복 백사십 리 길을 당일에는 도저히 갔다 돌아올 수가 없으니 하룻밤을 자게 될 게 뻔한데, 젖먹이 갓난아기를 남의 집에 맡겨놓는다는 것도 걱정이었다. 그러나 그 집 며느리가 마침 아이에게 젖을 빨리고 있는 터여서 염치 불고하는 수밖에 없었다.

아기는 시외숙 집에 갖다 맡기고, 훈규는 이웃 노실 할매한테 부탁했다. 그리고 일이 어떻게 될지 모르니 만약의 경우를 위해서 점심 도시락 외에 쌀을 두어 됫박 싸들었고, 돈도 쓸 수 있을지 어떨지 모르지만 좌우간 집에 있는 것을 몽땅 품 안에 간직했다. 남편이 갈아입을 옷도 챙겼다. 혹시 중도에 어떤 변이 있을지 알 수 없어서 식이네는 농속에서 은장도를 꺼내어 치마 말기 속에 찔러 넣었다. 그리고 훈식이와 함께 집을 나섰다.

식이네가 구름재를 걸어서 넘어가기는 이번이 처음이었다. 훈식이는 얼마 전에 군 내무서로 아버지를 면회하려고 갔다 오느라 한번 걸어 넘은 일이 있어서 앞장서서 잘 걸어 올라갔다.

식이네는 재를 걸어 넘으면서도 저만큼 앞쪽에 사람이 나타날 때마다 혹시나 남편이 아닌가 하고 유심히 바라보곤 했다. 그러나 남편은 끝내 모습을 나타내질 않았다. 어찌된 일일까……, 길을 걸으면서도 식이네는 불안한 생각을 떨쳐 버릴 수가 없었다.

그리고 간혹 한 번씩 가슴이 떨릴 지경으로 놀라곤 했다. 제트기의 폭음과 기관포 소사 때문이었다. 난데없이 제트기가 나타나 요란한 폭음을 터뜨리며 머리 위를 지나가는 것이었다. 탕탕탕탕 탕탕탕탕……, 마구 기관포를 쏘아대기도 했다. 도로에 사람의 모습이 보이면 모조리 인민군 패잔병으로 생각하는지 곧잘 쏘아대는 것이었다. 그럴 때면 식이네는,

"아이고 식아! 얼른 엎디리라!"

냅다 고함을 지르며 길가의 콩밭이나 풀섶으로 뛰어들었다.

그렇게 몇 차례나 제트기를 피하며 걸었는데도 꽤 일찍 집을 나서서 그런지 재를 넘어 삼십 리 길인 군청소재지에 도착했을 때도 아직 점심때가 안 되어 있었다.

형무소가 있는 A읍은 거기서 다시 사십 리였다. 식이네와 훈식이는 좀 쉬고서 A읍 쪽으로 가는 길을 물어 또 걷기 시작했다.

두 사람이 A읍에 도착한 것은 해가 꽤나 서쪽으로 뉘엿이 기울어졌을 무렵이었다. 중도에 싸가지고 온 도시락을 먹으며 쉬기도 했지만, 꽤나 지쳐서 처음 삼십 리 길보다는 훨씬 시간이 걸린 셈이었다.

형무소는 A읍의 한쪽 교외에 있었다. 두 사람은 그곳을 찾아가 보는 수밖에 달리 도리가 없었다. 형무소 문이 열렸다면 지금까지 그곳에 남아 있을 턱이 없지만, 그렇다고 달리 찾아가 볼 만한 곳도 없었던 것이다. A읍에는 친척도 없었고, 아는 사람도 없었다.

식이네는 길을 물어 훈식이와 함께 형무소 쪽으로 걸음을 옮기면서, 혹시 남편이 이곳에 아는 사람이 있어서 그 집을 찾아 들어가 쇠약해진 몸을 쉬고 있을지도 모른다는 생각을 해보았다. 이곳까지 오는 도중에 만나질 못했으니 어쩌면 그런지도 모른다 싶었다. 혹시 남편이 다른 지름길로 가느라 엇갈려서 만나지 못했는지도 알 수 없지만 말이다.

형무소가 가까워지면서 거리풍경이 이상하다는 느낌을 주었다. 오가는 사람들이 거의가 들뜬 듯, 혹은 비감에 잠긴 듯 심각하고 이지러진 얼굴들을 하고 있는 것 같았다. 그리고 지게에다가 관을 여러 개 지고 서둘러 형무소 쪽으로 가고 있는 모습도 보였다.

"어무이, 저거 사람 죽으면 담는 관 아니가? 맞제?"

"응."

"우짠 관을 저렇게 여러 개 지고 가지?"

"……"

식이네는 뭐라고 말이 나오지가 않았다. 불길한 예감이 왈칵 온몸을 휩싸는 듯했다. 문득 간밤의 꿈이 또 머리에 떠올랐다. 두 사람의 꿈이 똑같다니…… 식이네는 절로 걸음이 휘청거려지는 느낌이었다.

형무소 정문이 저만큼 보이자, 식이네는 어찌 된 까닭인지 가슴이 온통 쿵덕쿵덕 뛰었다. 마치 무슨 아주 두려운 것 앞으로 한 걸음 한 걸음 다가가고 있는 듯한 느낌이었다.

정문을 들어서니 사람들이 마치 난장이라도 선 듯 득실거리고 있었다. 형무소란 곳엘 처음으로 와본 식이네랑 훈식이는 얼떨떨해서 어디로 가야 할지 몰라서 머뭇거리고 있었다.

"저쪽으로 가 봐요, 저쪽."

누군가가 손으로 가리키며 일러주었다.

그쪽으로 가서 붉은 벽돌 건물 모퉁이를 돌아서자 그만,

"아이고메―"

식이네는 우뚝 걸음을 멈추고 말았다.

"으아―"

훈식이도 냅다 비명을 내질렀다. 그리고 얼른 두 손으로 코를 막았다.

풍― 비린내가 풍겨왔던 것이다. 비린내라도 생선에서 나는 그런 예사로운 비린내가 아니라, 무엇이 섞여서 구역질이 왈칵 올라올 것 같은 견딜 수 없는 이상야릇한 비린내였다.

그 비린내보다도 두 사람을 놀라게 한 것은 눈앞에 펼쳐져 있는 광경이었다. 시골의 조그마한 국민학교 운동장 넓이만 한 공지인데, 그 공지에 온통 사람의 시체가 즐비하게 널려 있는 것이 아닌가. 한마디로 시체의 바다라고 할 수 있었다.

그런데 그 시체들이 거의 전부 발가벗겨져 있었고, 찍고 찌르고 두들겨서 죽인 듯 온몸이 푸릇푸릇 멍들고 갈라지고 부러져서 그야말로 목불인견이었다. 아수라 지옥이 달리 있는 게 아니라, 바로 여기로구나 싶을 지경이었다.

여남은 사람들이 육친의 시신을 찾는 듯 시체 속을 누비고 다녔다.

"어무이, 우리도 한번 찾아보자."

겨우 정신을 차린 훈식이가 입을 열었다.

식이네는 얼른 대답이 떨어지지가 않았다.

"응? 어무이."

"설마, 설마……."

식이네는 설마 저 시체들 속에 남편이 섞여 있으리라고는 생각되지가 않아 아직도 제대로 정신을 가다듬지 못한 사람처럼 중얼거렸다. 그렇다고 여기까지 와서 한번 안 찾아보고 돌아설 수도 없는 노릇이었다.

훈식이가 먼저 시체들 속으로 걸어 들어갔고, 뒤따라 식이네도 걸음을 떼놓았다.

차마 눈을 뜨고 볼 수 없는 참혹한 시체들을 하나하나 조심조심 타 넘어가며 살펴나가는데, 여전히 그 지독한 냄새가 코를 찔러서 견딜 수 없을 지경이었다. 그래도 이를 악물고 더듬어 나가던 식이네는 채 삼분의 일가량도 확인해 보질 못하고서 구역질과 현기증이 나서 도저히 더는 걸음이 옮겨지지가 않았다.

저만큼 떨어져서 코를 손으로 틀어막고 아버지의 시신을 찾아나가고 있는 훈식이를 향해,

"아이고 야야, 안 되겠데이. 그만두고 나가자."

절로 이런 소리가 나왔다.

그러자 마치 어머니의 그 말을 기다리고 있기라도 했던 것처럼 훈식이도,

"응, 안 되겠어. 안 되겠어."

하면서 걸음을 멈추었다.

식이네와 훈식이가 시체 찾는 것을 포기하고 돌아서려 했을 때였다. 마치 누군가가 저쪽에서 부르는 듯 식이네와 훈식이는 동시에 그쪽을 돌아보았다. 참으로 이상한 일이었다. 부르는 소리가 난 것은 결코 아닌데, 두 사람이 무엇에 이끌리듯 똑같이 그쪽을 돌아보았던 것이다. 그리고 또,

"아이고, 저깄네!"

"아부지 저깄다!"

두 사람은 깜짝 놀라며 동시에 소리를 질렀다. 그리고 후닥닥 그쪽으로 뛰어갔다.

이십여 미터 떨어진 거리였다. 그곳 시체들의 무더기 속에 정달주가 반듯이 누워 있었다. 여기저기 살이 갈라져 피가 뒤엉기고 온몸이 푸르딩딩하게 멍들어 있었으나, 틀림없는 정달주였다.

"아이고 우야꼬! 이기 무슨 일이고, 이기…… 응이? 아이고— 아이고—"

식이네는 무너지듯 주저앉아 땅을 치며 통곡을 하기 시작했고, 훈식이도,

"아부지 아부지— 아이고 아부지—"

곧장 아버지를 부르며 엉엉 목 놓아 울었다.

얼마 후, 두 사람은 정신을 좀 가다듬고 시신을 그 시체의 바다 속에서 들어냈다. 그리고 관을 사고, 인부를 구해서 가지고 온 옷을 입혔다. 염습은 하려야 할 수도 없는 처지여서 마지막으로 식이네는 치마 말기에서 은장도를 꺼냈다.

시신의 손과 발에 손톱과 발톱이 길게 자라 있었다. 빛깔까지 푸르스름하게 변색이 된 그 긴 손톱 발톱을 식이네는 은장도로 하나

하나 곱게 잘라내기 시작했다. 저승으로 가는 남편과의 마지막 애틋
한 사랑의 작별인 셈이었다.

"부면장이 죽다니, 부면장이…… 부면장을 와 죽이노, 부면장
을…… 천벌을 받을 놈들 같으니라고……."

곧장 부면장 소리를 중얼거리는 게 뭔가 몹시 억울하고 원통한 생
각이 가슴에 맺히는 모양이었다. 두 줄기 눈물이 또 주르르 볼을 타
고 흘러내렸다.

훈식이는 넋을 잃은 것처럼 멀뚱히 서서 어머니가 아버지의 손톱
발톱을 깎는 모습을 가만히 지켜보고 있었다.

형무소 앞에 있는 두두룩한 야산에다가 시신을 묻었다. 그 야산이
별안간 공동묘지로 바뀌어 버린 것이었다.

식이네와 훈식이가 인부와 함께 관을 묻고, 봉분을 만들어 다지고
있을 때는 어느덧 해가 지고 저녁놀이 서천을 물들이고 있었다. 그
런데 그 저녁놀이 마치 이 세상의 종말을 고하는 듯한 그런 빛깔이
었다. 핏빛이었다. 검붉으면서도 푸르딩딩한 그런 빛으로 노을이 타
고 있었다.

《2000년》(1986. 1~1987. 5)

직녀기

제1장

1

강물이 꽤 불은 듯했다. 부슬부슬 내린 가을비였는데, 그래도 제법 온 모양이다.

칠바우는 노를 쥔 손에 힘을 주었다. 물이 불어서 강 한가운데께는 물줄기가 제법 우쭐렁거렸다. 배가 강심*(강의 한가운데)을 지나자, 칠바우는 절로 노랫가락이 흥얼거려졌다.

비가 든 다음의 가을 날씨는 여간 상쾌한 것이 아니었다. 더구나 아침나절이니 말이다. 강물은 여느 때보다 좀 흐려진 듯했으나, 그 위로 쏟아져 내리는 햇살은 한결 신선하게 반짝거렸다.

배가 나루에 닿자, 칠바우는 밧줄을 말뚝에 걸었다. 그리고 자전거를 세워놓고 앉아서 기다리고 있는 정미소 주인 최 주사한테 굽신 인사를 했다.

"인자 돌아오시능교?"

"응, 비가 와서⋯⋯."

최 주사의 두 눈자위는 불그레했다. 해장을 좀 과하게 한 모양이다. 비가 와서 이제 돌아오는 것이 아니라, 보나마나 읍내 색주가에서 뒹굴다가 이제 오는 게 뻔했다. 그저께 읍으로 나갔으니, 이틀 밤을 재미를 보고 오는 셈이다.

"물이 제법 불었구나."

최 주사는 커다랗게 하품을 한다.

어쩐지 양복이랑 와이셔츠 같은 것이 후줄근해 보였다. 머리에 얹힌 중절모자도 뒤로 삐딱하게 젖혀졌고, 넥타이도 헐렁하게 늘어졌다. 한물 단단히 간 사람 같았다. 그저께 나갈 때는 그렇지가 않았는데 말이다. 읍내의 재미가 얼마나 사람의 진을 빼는 것인가를 말해 주는 듯했다.

칠바우는 자전거를 번쩍 들어다가 배에 실었다. 그러자, 최 주사도 자리에서 일어나 건들건들 나룻배에 올랐다. 마치 나사가 여러 개 빠진 사람처럼 느껴졌다.

최 주사가 배에 오르자, 칠바우는 밧줄을 걷었다. 그리고, 사앗대를 쥐었다. 여느 때 같으면 손이 네댓 사람 될 때까지는 기다릴 참인데, 최 주사한테는 특별인 셈이다. 빈 배로 강을 건너온 것부터가 실은 그를 위해서였던 것이다.

배가 미끄러져나가 차츰 강 가운데로 들어서자, 칠바우는 사앗대를 놓고 노를 잡았다. 다부지게 노를 저어 물줄기가 제법 우쭐렁거리는 강심을 잘 넘어서자, 그는 팔의 힘을 풀며, 뱃머리에 앉아 궐련을 물고 있는 최 주사에게 불쑥 입을 열었다.

"만주서 난리 났다는 거 우예 됐능가예?"

"응 그거…….

최 주사는 궐련을 쭉 빨았다. 그리고 아직 절반도 채 타지 않은 놈을 픽 강물에 던졌다.

"만주 놈들 까짓거 문제가 있나. 벌써 다 해치워 삐린 기라."

"그럼 난리가 끝났구만요."

"우선은 끝난 셈이지. 그렇지만, 아직 멀었능 기라. 일본이 만줄 몽땅 집어생킬라 카능 긴데…….

"예? 만줄 몽땅 집어생키요?"

"헛헛허…….

최 주사는 공연히 한바탕 웃는다.

"자넨 그런 거 몰라도 돼. 나룻배만 열심히 부리면 되능 기라."

칠바우가 좀 무색해하자, 최 주사는 시선을 돌렸다. 마침 고무신 한 짝이 떠내려 오고 있었다.

"어, 저거 여자 고무신이…….

그리고, 최 주사는 또 커다랗게 하품을 했다.

배가 나루에 닿자, 칠바우는 속으로는 내키지 않았지만, 아들 녀석 생각을 해서 자전거를 길까지 들어다주었다. 아들 점복이가 그 집 정미소에서 일을 하고 있는 것이었다. 그리고, 칠바우는 자전거를 타고 마을 쪽으로 멀어져 가는 최 주사의 뒷머리에 삐딱하게 얹힌 중절모를 잠시 바라보고 있다가, 팽! 땅에 코를 풀었다.

배에 돌아온 칠바우는 창막이에 걸터앉아 쌈지를 꺼냈다. 그리고, 곰방대에 담배를 눌러 담아 입에 물고 부싯돌을 쳤다.

그렇게 앉아 강 건너 누렇게 물들어가는 들판을 바라보며 삐끔삐끔 담배를 빨고 있는데, 인기척이 났다.

"아이고, 간시엄보사알. 물이 불었구나."

영산할미였다. 그리고, 모실댁이었다. 허리가 약간 굽어져서 지팡이를 짚은 영산할미가 한 손에는 자루를 들고 아장아장 앞장서고, 뒤따라 모실댁이가 나루로 내려오고 있었다.

칠바우는 아하, 싶었다. 소문이 틀림없는 모양이었다.

모실댁이는 하얀 열두 새*(날실 960올로 천을 짜는 방식 또는 그렇게 짠 천) 세목(細木)으로 빚은 나들이옷으로 갖추고 있었다.

"어디 가시능게?"

칠바우가 웃으며 물었다.

그러자, 모실댁이는 그저,

"어디 좀 볼일이……."

하는데, 영산할미가 다 입을 열었다.

"각싯골 선보로 안 가능게. 각싯골에 참한 색싯감이 있구마. 끝선이라고."

"누 집 딸잉게? 각싯골은 나도 좀 아는데."

"성은 송 씬데, 바깥양반은 늙었구마. 간시엄보사알."

"송 씬데, 바깥양반은 늙었다……. 어느 집인고?"

"좌우간 그 큰애기*('처녀'의 방언)하고 이 집 벵출이하고 아매도 연분인 것 같구마, 내가 짚어보니. 궁합도 좋고 나이도 그만하만 댔고. 간시엄보사알."

그러자, 모실댁이도 입을 열었다.

"하도 색싯감이 좋다 캐서 한번 가보느마."

"각싯골은 원래 이름난 곳 아잉게. 그래서 마실 이름도 각싯골 아잉게."

칠바우는 싱그레 웃었다.

"그렇다고 어디 다 믿을 수야 있능게."

이 말에 영산할미는 또 한참 늘어놓는다.

"아이고 얄궂어래이. 그렇게 말했는데도 못 믿겠능게? 다른 큰애기사 몰라도 그 큰애기만은 믿으소. 가보만 알겠지만, 인물 좋것다, 맘씨 좋것다, 행실 좋것다, 집안도 송 씨요, 그만하만 댔지, 더 이상 멀 바래능게. 그저 쪼매 못 사는 기 험이지."

"사람만 좋으만 못 사는 기사 내사 개않구마. 딜꼬 와 삐리만 구만 아잉게."

"암, 그렇고말고. 간시엄보사알."

영산할미는 곧잘 말끝에 관세음보살이었다. 그래서 어쩌면 사람들은 그녀를 '반보살'이라고 하는지도 몰랐다. 보살이 되다가 말았다는 뜻이었다. 사실 그녀는 제법 보살할미 구실을 하고 다녔다. 노상 시주자루를 들고 다니는 것부터가 그렇다. 시주자루를 들고 이 집에서 저 집으로, 이 마을에서 저 마을로, 때로는 먼 이웃 고장까지 발걸음 내키는 대로 흘러 다녔다. 그러면서 손금도 보아주고, 손가락 마디를 짚어가며 사주도 보아주고, 아픈 사람이 있으면 바가지에 물을 떠다놓고 빌어주기도 했다. 그래서 시주를 받아다가 미륵당의 미륵보살에게 공양을 하는 것이었다. 그렇게 흘러 다니면서, 때로는 잔칫집 같은 데서 술을 얻어 마시고는 제법 잡가를 부르며 덩실덩실 춤을 추어주기도 했다. 머리가 하얗게 센 할미가 약간 굽어진 허리를 흔들어대며 덩실덩실 춤을 추는 모습은 가관이었다. 어쩌면 이 술과 잡가와 춤 때문에 보살 대접을 못 받고, 반보살로 격하가 되었는지도 모른다.

아무튼 그렇게 흘러 다니는 판이니, 어느 마을에 어떤 참한 색싯감이 있고, 어느 마을에는 어떤 좋은 신랑감이 있다는 것을 곧잘 알았다. 그래서 심심찮게 중신어미 노릇도 하는 것이었다.

배가 강심에 이르러 기우뚱거리자, 모실댁이는,

"아이고 우야꼬, 아이고!"

절로 비명이 나왔다. 그러나 영산할미는 그저,

"간섬보살, 간섬보사알."

관세음보살을 찾을 뿐이었다. 반보살이긴 하지만, 역시 좀 다른 셈이었다.

강을 건넌 모실댁이와 영산할미는 나란히 들길을 멀어져 갔다. 모실댁이의 열두 새 세목 치마저고리는 가을 햇살에 유난히 하얗게 보였다.

뱃전에 걸터앉아 멀어져가는 두 아낙네의 뒷모습을 멀뚱히 바라보며 칠바우는 또 쌈지를 꺼냈다. 그리고,

"우리 점복이도 장갤 딜이야 델 낀데……."

하고 중얼거렸다.

점복이는 모실댁이 아들 병출이보다 세 살 위인 열아홉이었다. 남자 나이 열아홉이니 아직 조금도 서두를 것이 없었지만, 점복이보다 세 살이나 밑인 병출이를 벌써 장가들이려고 남이 혼사를 들먹거리니 자기도 공연히 좀 그런 생각이 드는 것이었다. 그러나, 칠바우로서는 실상 아들 점복이보다도 딸 점순이 쪽을 먼저 염두에 두어야할 판이었다. 큰아기 나이 열일곱이면 서서히 여읠 자리를 물색해야하는 것이다.

칠바우는 담배를 쭉 빨아 푸우 내뿜었다. 그리고, 일어나 곰방대를 입에 문 채 고의춤을 헤쳤다. 오줌이 마려웠다.

2

각싯골은 강을 건너 시오리 남짓 되는 곳에 있었다. 강을 건너 들길을 한참 가면 읍내로 나가는 신작로가 나오는데, 신작로를 한 오리가량 가다가 다시 들길로 들어서서 칠 마장쯤 걸으면 서서히 산이 나타나기 시작한다. 처음에는 야산이던 것이 차츰 나무가 울창해지며 제법 높고 깊은 산으로 변해가는 것이다. 그 산의 깊숙한 안자락에 각싯골이 자리 잡고 있는데, 제법 가파른 고개 하나를 넘으면 마치 마을이 산에 안겨 숨어 있는 것처럼 내려다보였다. 삼십여 가호 되는 동네였다. 두멧골치고는 꽤 큰 편이었다.

마을 앞 고개 위에 커다란 장승이 두 개 서 있었다. 그런데, 보통 장승이라면 마을 들머리 길가에 잘 보이도록 우뚝 세워져 있는 법인데, 이 각싯골의 장승은 그렇지가 않았다.

고개 위 길 옆에 커다란 바위가 하나 있었다. 바위 한 덩어리가 초가집 하나 무더기는 실히 되었다. 그 바위 한쪽에 바짝 붙어서 장승두 개가 세워져 있는 것이었다. 마치 바위에 붙어 숨어서 망을 보고 있는 것처럼 키가 작은 지하여장군은 앞에 서고, 키가 큰 천하대장군은 뒤에 서서 망을 보며 외래 침공자로부터 마을을 수호하고 있는 셈이었다.

장승을 그렇게 세워놓은 데에는 그럴 만한 까닭이 있다면 있었다. 동학 난리의 마지막 판에 관병과 일본병에게 쫓긴 패잔의 한 무리가 이 두메로 흘러들어 왔던 것이다. 그들이 흘러들어 오기 전에는 이곳엔 일여덟 가호 되는 집이 있을 뿐이었다. 그러니까 보잘것 없는 두멧골이 동학군 패졸들의 은신처가 되어 별안간 웅성거리기 시작했던 것이다. 그들은 이곳에 자리를 잡자, 고개 위에 노상 망꾼을 세웠다. 혹시 관병이나 일본병 토벌대가 이곳까지 더듬어 들어오지 않을까 해서였다. 망꾼은 언제나 바위 위에서 망을 보았다. 그러니까 그 바위는 말하자면 망루인 셈이었다. 날이 가고, 달이 가고, 해가 바뀌어도 별일이 없자, 그들은 망꾼을 거두고, 대신 장승을 깎아세웠다. 바위 위에 세울 수는 없으니까, 바위 곁에 바짝 붙여 숨어서 망을 보는 것처럼 세웠던 것이다.

그리고, 그들은 세상이 잠잠해지자, 한 사람 두 사람 살살 이곳에서 떠나갔다. 고향을 찾아가는 사람도 있었고, 아직도 고향길이 두려워서 타지로 향하는 사람도 있었다. 그러나, 이곳에 눌러앉아 버리는 사람도 꽤 되었다. 그런 사람들은 거개가 이곳에서 여자를 본 사람들이었다. 여자를 보아 살림을 차리고 자식을 낳게 되었으니, 절로 이곳에 뿌리가 내리지 않을 수 없었다. 더러는 여자를 달고 떠나가는 사람도 있긴 했지만.

아무튼 그렇게 되어, 일여덟 가호밖에 안 되던 마을이 별안간 열댓 가호로 부풀었던 것이다. 이런 두멧골에서는 집 한두 가호가 늘어나는 것도 대단한 일인데, 별안간 갑절이나 늘어났으니, 마을로서는 큰 이변이라고 하지 않을 수 없었다.

고개 위에서 내려다보면 마을이 한눈에 다 들어왔다. 마을 한가운데로 계곡물이 흐르고 그 계곡을 따라 조금 내려가면 꽤 펀펀한 논들이 있었다. 펀펀하다고는 하지만, 역시 두메의 논이라 천수답일 수밖에 없었고, 그것도 낮은 곳 말이지, 변두리의 지대가 높은 논엔 숫제 육도(陸稻)를 뿌렸다. 그리고, 마을 둘레의 산기슭엔 밤나무와 도토리나무가 여기저기 숲을 이루고 있었고, 그 사이사이에 밭뙈기가 수없이 일구어져 있었다. 밭에는 주로 녹두와 메밀을 뿌렸다. 그러니까 이 마을은 약간의 벼농사 외에 밤, 도토리, 녹두, 메밀 같은 것을 주로 거두고, 산나물이나 약초 같은 것을 캐기도 하고, 땔감을 만드는 것으로 생업을 삼고 있는 셈이었다.

마을 들머리 도토리나무 숲가에는 비각이 하나 있었다. 그다지 오래된 비각은 아니었으나, 비바람에 씻겨 단청은 거의 빛을 잃어가고 있었고, 지붕에는 희끗희끗 이끼가 묻고 있었다. 비각 안에는 사람의 키 절반 정도밖에 안 되는 조그마한 비석이 있었다. '열녀김해김씨옥련송비'라는 글자가 새겨졌다. 열녀비인 것이었다.

이 열녀비가 세워진 뒤부터 사람들은 자연히 이 마을을 '각싯골'이라고 부르게 되었다.

"각실 얻을라만 옥련이 같은 각실 얻어야……."

"그런 각시가 어디 쉽나."

"각시 복을 단단히 타고나야제."

"옥련이 절반쯤만 되는 각시라도 내사 오감켔다."

어쩌고, 남정네들이 각시 각시 하고 주고받은 말이 그대로 마을 이름으로 굳어졌던 것이다.

동학군의 패졸들이 마을로 흘러들어 왔을 때, 옥련은 과수(寡守)였다. 시가에서 시부모를 섬기며 수절을 하고 있었다. 아들도 딸도 없는 몸이 그대로 혼자 살리라 마음먹고 있는 것이었다. 나이는 서른

하나였다. 그녀가 과수가 된 것은 스물둘 때였다. 그러니까 어느덧 십 년이라는 세월을 독수공방해 왔던 것이다.

옥련은 서방이 살아 있을 때부터 벌써 열녀라는 소리를 들었다. 그녀가 시집왔을 때, 서방은 이미 성한 몸이 아니었다. 안색이 유난히 흰데, 입술만 앵두빛이었다. 폐병이었던 것이다. 그런 줄을 모르고 속아 시집온 것을 생각하면 분해서 견딜 수가 없을 것인데, 그녀는 그저 속으로 남모르는 한숨을 쉴 뿐 팔자소관으로 돌리고, 서방의 병 바라지에 온갖 정성을 다했다.

폐병의 바라지는 주로 뱀을 고아 먹이는 일이었다. 뱀이라도 보통 뱀보다 독이 있는 살무사 같은 것이 좋았다. 처음으로 약탕관 속에 뱀을 집어넣고 고는 것을 보았을 때, 그녀는 오싹한 현기증 같은 것을 느꼈다. 그러나, 그녀는 그 일을 마다하지 않고 덤볐다. 산중이라 뱀은 많았으나, 문제는 그것을 잡는 일이었다. 결국 나중에는 그녀 스스로가 뱀 잡는 일에까지 나서지 않을 수 없었다. 아무리 뱀을 써도 별 차도가 없자, 가족들이 모두 지쳤던 것이다. 다른 사람들은 다 체념을 해도 결코 그녀만은 그럴 수가 없는 것이었다. 열아홉 꽃다운 새색시가 뱀을 찾아 산을 헤매게 되자 마을 사람들은 누구나 혀를 내둘렀다. 그때부터 마을 사람들은 그녀를 열녀라고 했다. 열녀가 아니고서는 도저히 그럴 수가 없다는 것이었다.

처음에는 현기증이 나도록 징그럽기만 하던 뱀이 나중에는 그럴 수 없이 반갑고 고마운 것으로 여겨질 뿐 아니라, 실제로 그녀의 눈에는 그 미끈미끈하고 얼룩덜룩한 무늬가 곱게만 보였다. 나뭇가지 같은 데에 감겨서 햇빛을 받아 반짝이는 뱀의 몸뚱어리는 눈이 부시도록 고왔다. 그리고, 바위 틈서리나 풀숲에 똬리를 틀고서 고개를 처들며 날름거리는 빨간 혓바닥 같은 것도 곱기만 했다. 말하자면 신랑을 살려야겠다는 일념이 그렇게 그녀의 눈까지 달라지게 했던 것이다.

그러나, 그녀의 그런 정성도 아랑곳없이 신랑은 삼 년을 끌다가 죽었다. 삼 년이라도 끈 것은 오로지 그녀의 정성 탓이라고 마을 사람들은 그녀에 대한 칭송을 아끼지 않았다. 그리고, 또 한 가지, 그녀는 서방의 명이 경각에 다다라 가냘프게 헐떡거릴 때, 단지(斷指)를 해서 피를 신랑의 입속에 떨구어 넣었던 것이다.

그런 정도로도 그녀는 충분히 열녀였다. 그러나, 그녀는 거기에서 그치지 않고, 끝까지 열녀답게 이승을 마쳤던 것이다.

마을로 흘러들어 온 동학군의 패졸들은 어느 모로나 굶주려 있었다. 그리고 거칠 대로 거칠어져 있었다. 굶주리고 거칠어진 패졸들의 손에 칼이 쥐어졌으니, 겁나는 노릇이 아닐 수 없었다. 그러나 그들은 턱없이 난폭하게 굴지는 않았다. 오히려 눈에 띄게 마을 사람들의 비위를 맞추려들었다. 그럴 수밖에 없는 것이, 혹 마을 사람들의 비위를 거슬러서 관가에 밀고라도 하는 날이면 큰일이기 때문이었다.

마을 사람들의 비위를 맞춰가며 그들은 굶주림 가운데서 먹는 일은 쉬 해결할 수가 있었다. 그러나 다른 한 가지는 그리 쉽게 해결이 되지가 않았다. 우선 마땅한 여자가 많지 않은 것이었다. 칼을 쓸 수는 없으니 남의 아낙네를 탐할 수는 없고, 큰아기 아니면 과부인데, 그게 그렇게 많은 수효일 턱이 없었다. 일여덟 가호밖에 안 되는 동네이니 말이다. 자연히 그들의 눈에는 핏발이 서지 않을 수 없었다. 큰아기들은 하나둘 그들에게 떨어져 갔다. 설익은 열다섯 살짜리까지도 떨어져 갔다. 그리고 마흔이 넘은 과부도 한 사람 물렁한 호박처럼 떨어져 버렸다. 이렇게 마을의 마땅한 여자들이 죄다 핏발 선 그들 앞에 떨어졌으나, 오직 한 사람 시퍼렇게 버티어내는 여자가 있었다. 물론 그것은 옥련이었다.

그녀는 서른하나이면서도 큰아기들 못지않게 살결에 윤이 흘렀다. 그럴 수밖에 없는 것이, 시집와서 서방과 함께 삼 년을 살았으나 아기 하나 가지질 못했고, 스물둘에 혼자되어 십 년을 하루같이 곱게 지내왔으니 말이다. 서방이 살아 있을 때도 말이 서방이지 병자인지라, 별로 몸을 써보지도 않았던 것이다. 그러니 뭐 별로 큰아기와 다를 게 없다고 할 수 있었다. 그런 옥련이니, 서로 눈독을 들였다. 그중에서도 얼굴 한쪽에 시퍼런 점이 있는 중년의 사내가 가장 끈질기게 지분거렸다. 그래서 옥련은 숫제 사립 밖으로 나가질 않았다. 그들은 대낮에도 눈독을 들인 여자를 보면 곧잘 낚아채 가지고는 산속으로 사라지는 것이었다.

그런데, 어느 몹시 달이 밝은 밤, 옥련은 자다가 일어나 방문을 열고 바깥으로 나갔다. 오줌이 마려웠던 것이다. 여느 때 같으면 윗목에 놓인 요강에 가서 올라앉는데, 그날 밤은 어찌된 셈인지 바깥으로 나가고 싶었던 것이다. 방문 창호지에 유난히 달빛이 비치고 있어서 그런지도 몰랐다. 그래서, 그녀는 방문 고리를 벗겼던 것이다. 그녀는 밤에 잘 땐 언제나 문고리를 안으로 걸고 잤다.

마당에는 달빛이 눈이 시리도록 깔려 있었다. 그녀는 뒤안으로 돌아가 뒷간으로 들어가려다가 그만두고, 그냥 달빛 위에 쭈그리고 앉았다. 그리고, 오줌을 누기 시작했다. 오줌줄기가 달빛 위로 요리조리 까만 자국을 그리며 흘러나갔다. 그녀는 중천에 걸린 달을 쳐다보고 있었다. 부헝 부헝 부헝…… 어디선지 부엉이 우는 소리가 들렸다. 그녀는 절로 한숨이 쉬어졌다. 그날 밤 따라 몹시도 외롭고 허전하다는 생각이 온몸에 짜릿하게 번지는 것이었다.

볼일을 마친 그녀는 일어나 뒤안을 돌아 나왔다. 그때였다. 누군가가 얼른 달려들어 그녀의 손목을 잡았다.

"아이고메에!"

그녀는 질겁을 하고 소리를 질렀다. 그러나, 그녀의 비명은 곧 막혔다. 사내의 또 하나의 손이 입을 틀어막았던 것이다. 그리고, 사내는 그녀의 목을 조르며 재빨리 끌고 사립 밖으로 내달았다. 마치 독수리가 닭을 채가는 것과 흡사했다.

그녀는 정신없이 사내에게 끌려 숲으로 갔다. 물론 사내는 얼굴에 시퍼런 점이 있는 그자였다. 숲속으로 깊숙이 그녀를 끌고 들어간 점박이는 그제야 입을 열었다.

"나캉 살자. 어떤노? 응? 응?"

애원하는 투였다. 아무렇게나 쓰러진 옥련을 그는 서서 내려다보고 있었다.

숲속으로 스며 떨어지는 달빛이 옥련의 옆얼굴을 새하얗게 비추고 있었다.

"대답 좀 해보래. 어떤노? 응?"

점박이는 그녀 곁으로 풀썩 꺾어지듯 다가앉았다.

그러자, 그녀는 얼굴을 똑바로 하고 사내를 매섭게 쏘아보았다. 섬쩍하도록 싸늘한 눈이었다.

그 눈빛에 질렸는지, 점박이는 마치 사지가 뻐덕뻐덕해진 사람 같았다. 마주 그녀를 내려다볼 뿐, 그녀의 몸에 손을 댈 엄두를 내지 못했다.

숲속의 밤은 으스스하도록 호젓했다. 부형 부형 부형…… 또 어디선지 부엉이가 울고 있었다.

잠시 싸늘한 침묵이 흐른 다음, 점박이는 다시 입을 열었다.

"나캉 살자. 응이?"

애절하기까지 한 목소리였다. 약간 떨리기까지 했다.

부형 부형 부형…… 옥련은 이상하게도 온몸에서 스르르 독기가 빠져나가는 듯 사지가 나른해지는 것을 느꼈다. 참 알 수 없는 일이었다. 그처럼 얼음 같던 가슴이 그만 흐늘흐늘 녹아 버리는 듯했다. 속에서 꼿꼿하게 자기를 떠받치고 있던 것이 덧없이 허물어지는 것 같았다. 온몸이 야릇한 미열 같은 것에 휩싸이면서 그녀는 섬찍하도록 싸늘하던 눈빛마저 초점을 잃어버리고 흐려졌다.

그녀는 마침내 스르르 눈을 감아 버렸다. 입술이 살그미 벌어져 가늘게 떨렸다.

점박이는 화끈 전신에 불이 붙었다. 허옇게 잇바디를 드러내며 기분 좋게 웃었다. 그리고, 그녀를 덮쳤다.

부형 부형 부형…… 부엉이 우는 소리가 옥련의 귀에는 가물가물 멀어져 가는 듯했다.

이튿날, 대번에 소문이 돌았다. 점박이가 옥련이를 꺾었다는 것이었다. 그 말은 바로 점박이 당자의 입으로부터 나왔다. 이제 옥련은 자기 마누라라는 것이었다. 곧 함께 살림을 차릴 것이라고 했다. 그 말을 마을 사람들은 반신반의했다. 당자가 하는 소리라면 틀림없겠지 싶기도 했고, 다른 여자들은 다 그렇다 치더라도 설마 옥련이까지 그렇게 될 수야…… 싶기도 했다.

그러나 그 소문은 단 하루 동안만 유효했을 뿐이었다. 그 이튿날은 그 소문은 쑥 들어가 버리고 말았다. 옥련이 헛간의 들보에 매달려 있었던 것이다. 하루 종일 방문을 안으로 닫아걸고 식음을 전폐하더니 옥련은 마침내 그날 밤, 헛간의 들보에 목을 맸던 것이다.

옥련이 목을 매달아 죽자, 마을은 온통 술렁거렸다. 점박이란 놈이 죽인 거나 마찬가지라는 것이었다. 그놈에게 강제로 당했기 때문에 목을 매고 말았다는 것이었다. 그러니 그놈을 그냥 두어서는 안 된다고 했다. 점박이는 그게 아니라고 우겼다. 그러나 변명의 여지가 없었다. 답답하고, 정말 알 수가 없는 노릇이기도 했다. 마을이 흉흉해지자 결국 점박이는 어디론지 자취를 감추고 말았다.

그리하여, 옥련은 마을 사람들의 대단한 추앙을 받게 되었다. 만고의 열녀라는 것이었다. 일부종신을 하려다가 불한당 같은 놈에게 몸을 더럽히자, 죽음으로써 그 허물을 씻었다는 것이었다. 그리고, 마을 사람들은 여자의 귀감으로서 후세에 길이 남겨야 할 일이라면서, 동네 들머리 도토리나무 숲가에 그녀의 순절을 기리는 비각을 세웠던 것이다.

이 비각이 서면서부터 마을은 이름도 각싯골로 바뀌었고, 또 이 고장 일대에 널리 알려지게 되었다. 그러니까 이 비각은 각싯골의 자랑인 것이었다. 각싯골뿐 아니라, 이 고장의 자랑이기도 했다.

이 비각을 자랑스럽게 떠받드는 것은 주로 남자들이었다. 여자란 모름지기 옥련이 같은 여자라야 되고, 또 아무쪼록 모두 그렇게 되어주길 바라는 심사인 셈이었다. 그렇다고 아낙네들은 그 비각을 경원하는가 하면 그렇지는 않았다. 장한 여자라고 누구나 고개를 끄덕거렸다. 개중에는 태기가 있으면 이 비각을 찾아와서 축원을 드리는 아낙네도 있었다. 만약 딸을 낳게 되거든 열녀 옥련이 같은 딸을 낳게 해달라고 말이다. 그러나 대체로 여자들은 이 비각에 대해서 자기도 모르게 어떤 두려움 같은 것을 느끼고 있었다. 겁나는 일로 여겨지는 것이었다. 옥련이가 장한 여자이긴 하지만, 한편 겁나는 여자라는 생각이었다. 그런 일이 장한 일이기는 하지만, 결코 좋은 일이 될 수는 없다 싶었다. 목을 매달아 죽다니…… 툭 불거져 나온 두 눈알과 쑥 빠져나온 혓바닥을 생각하면 몸서리가 쳐졌다. 아무쪼록 자기만은 그런 신세가 되지 말아 주기를 바라는 심사라고 할까. 아무튼 어떤 강박감 같은 것을 느꼈다.

그런 점은 세월이 흐른 뒤에도 마찬가지라고 할 수 있었다. 물론 비각이 선 당시와는 비교가 안 될 정도로 사람의 관심이 희미해지긴 했지만 풍우에 비각의 단청이 퇴색된 것처럼 말이다.

좌우간 서른대여섯 해가 흐른 지금도 이 비각을 기리는 것은 역시 남자들 쪽이었다. 남자들 중에서도 나이 많은 축이 더했다. 여자들 역시 기리지 않는 것은 아니었으나, 남자들에 비하면 관심이 현저히 덜했다. 우선 비각 근처에 돋아난 잡초 같은 것도 남자들의 손에 의해서 뽑히지, 여자들은 어느 누구도 그럴 생각조차 안 하는 것만 보아도 알 수 있었다.

여자들 중에서도 큰아기들이 더 관심이 없었다. 큰아기 몇은 숫제 이 비각을 우습게 여기기도 했다.

"열녀, 흥, 열녀가 뭐고?"

"그것도 모르나. 열녀는 아홉녀 다음 앙이가."

"맞다, 히히히……."

"헤헤헤……."

이런 식이었다.

끝선이도 그런 축에 가깝다고 할 수 있었다. 그러나 그녀는 열녀라는 것을 숫제 비웃지는 않았다. 그런 이야기가 나올 것 같으면 그녀는,

"지 죽고 열녀가 무신 소용이고. 내사 목이사 몬 매달겠다."

이런 입장을 취했다.

"그럼, 일부종신은 하겠나?"

"그기사 안 하겠나, 싫어도 해야지 우짜노."

"옥련이처럼 스물두 살 묵고 혼자 돼도 평생 혼자 산다 말이가?"

"당해봐야 알겠지만, 우짜겠노. 그래야지."

"내사 싫다. 혼자사 안 살 끼다."

"그럼 죽을 끼가?"

"죽긴 와 죽어, 세상에 어디 남자가 한 사람뿐잉강."

"아이고 가시나야, 니 궁딩이 보니 그라고도 남겠다."

"와? 내 궁딩이가 어떤데?"

"연자방아만 안 하나."

"힛힛히……."

"핫핫하……."

궁딩이가 연자방아만 한 큰아기는 봉금이었다. 끝선이보다 한 살 나이가 적으면서도, 궁딩이뿐 아니라, 몸집도 끝선이보다 훨씬 큰, 말 같은 덜렁덜렁한 계집애였다. 끝선이와는 단짝이었다.

큰아기들 가운데도 필요 이상으로 이 비각을 떠받들려고 드는 사람이 전혀 없는 것은 아니었다.

"여자는 정조가 젤인 기라. 정졸 안 지키는 여자는 짐승이나 마찬

가진 기라."

언제나 이렇게 나오는 것은 옥님이었다. 그러면 으레 봉님이는 가만히 있질 않았다.

"정조가 뭔공?"

"몰라서 묻나? 몸을 깨끗하게 지키는 거 앙이가."

"몸을 깨끗하게 지키는 거? 그럼, 자주 목욕을 해야 되겠구나."

"아이고, 지랄⋯⋯."

"흐흐흐⋯⋯."

"니는 보니 아매도 틀렸다. 일부종신 못할 가시나다."

"헤헤헤⋯⋯ 아이고, 우리 각싯골에 또 열녀 하나 나겠대이."

"그래, 난다, 와?"

"옥련이 담에 옥님이. 열녀는 다 옥 자가 붙는 기로구나. 열녀 돌림 자가 옥 잔 모양이제? 흐흐흐⋯⋯."

"가시나 지랄 안 하나."

봉금이와 옥님이가 붙으면 언제나 이런 식이었다. 말하자면 극과 극인 셈이니 말이다.

그러면 끝선이는 재미가 좋다는 듯이 핫핫핫⋯⋯ 우선 웃었다. 그리고 적당히 물을 끼얹었다.

"아이고, 가시나들아. 너거 둘은 와 퍼뜩하만 싸울라 카노. 궁합이 안 맞나, 와 그런노?"

'궁합'이라는 말은 이런 경우 묘하게 효력이 있었다.

"히히히⋯⋯. 맞다. 궁합이 안 맞는다."

"이거캉 내가 궁합이 맞을 택이 뭐고."

이런 식으로 다시 웃음으로 돌아가는 것이다.

그날도 셋은*(원전에는 '셋이는') 그런 식으로 시시덕거리며 마을 앞 계곡에서 빨래를 하고 있었다.

그러나, 그날은 열녀니, 정조니 하는 그런 이야기가 아니었다. 어쩌다가 제법 시국 이야기가 나와서, 만주사변을 두고 콩팔칠팔 주고받는 것이었다. 이 두멧골까지 그 소문은 흘러들어 왔던 것이다.

가장 떠벌여대는 것은 봉금이었다.

"청국이 먼저 잘못했어. 청국 병대가 먼저 폭탄을 떤졌다는 기라. 기찻길에다가."

"기찻길에다가?"

옥남이는 눈이 휘둥그레진다.

"그래, 그래서 기찻길이 구만 엿가래처럼 녹아 삐맀으니, 누가 가만히 있겠노 말이다."

"그래서?"

"그래서 전쟁이 붙었지 뭐. 일본 병대가 청국 병댈 막 죽인다는 기라."

"청국이 일본한테 지능강?"

이번에는 끝선이가 대답했다.

"일본 병대가 억씨기 무섭단다. 칼로 청국 사람 배를 막 푹푹 찔러 삐린다는 기라."

"아이고 무시라."

"그리고 모가지도 썩썩 짤라 삐린대."

"아이고오."

그러자 봉금이가 말했다.

"전쟁이 붙었으니 그래야지 우짜노. 그래야 이기지."

"그렇지만 야야, 사람 배를 우예 푹푹 찌르고, 사람 모가질 우예 썩썩 짜르노."

옥님이가 대꾸했다.

"안 그라고 그럼 어떻게 사람을 죽이노?"

"총으로 쏘만 안 되능강?"

둘이는 또 맞서는 것이었다.

"핫핫하…… 와 이카노. 너거도 한번 전쟁을 쳐볼라 카나? 누가 청국이고, 누가 일본이고? 어디 한번 붙어보래. 구경 좀 하자."

끝선이는 빨래를 물에 휘휘 내저으며 말했다.

둘이는 멋쩍어서 비식 웃었다.

만주를 손아귀에 넣기 위해 일본은 자기네가 경영하는 남만주 철도의 유조구(柳條溝)에서 자기네 손으로 철도를 폭파하고, 그것을 중국군의 소행으로 몰아 무력행사를 감행했던 것이다. 그런 사실이 소문이 되어 이 두멧골의 큰아기들에게까지 와닿았던 것이다.

잠시 말없이 빨래를 주물러대고 있던 봉금이가 별안간 호들갑스럽게 소리를 질렀다.

"아이고, 저기 누고? 보살 할마시 앙이가?"

고갯길을 내려오는 두 아낙네가 보였던 것이다.

"맞다. 반보살이다."

옥님이가 대답했다.

지팡이를 짚고, 한 손에는 자루를 든 것을 보니 멀리서도 대번에 알 수가 있었다.

"야아 오는구나! 끝선아, 온다! 온다!"

봉금이는 무엇이 그렇게 좋은지 공연히 싱글벙글 웃어댔다.

봉금이가 수다를 떨자, 끝선이는 절로 얼굴이 발그레 물든다.

"와? 무신 일인데? 한 사람은 누고?"

무슨 영문인지를 모르는 옥님이는 곧장 둘이를 번갈아 바라본다.

"한 사람은 말이다, 누군고 하니…… 히히히……."

"……?"

"끝선이 시어마시 될 사람 앙이가."

"우야꼬! 그렇나? 선보로 오는구나."

"그래, 보살 할마시가 중신 안 하나."

"아이고 그렇구나. 끝선이는 좋겠대이."

"좋겠제?"

"핫핫하……."

"힛힛히……."

그러자 끝선이는,

"누가 시집간다 카더나."

하고, 입을 삐쭉 내밀었다. 그러나 결코 얼굴의 어느 구석에도 싫은 기색은 조금도 보이지가 않았다.

3

정촌댁이는 맷돌질을 하고 있었다. 뜰방*('토방'의 방언)에 가마니를 깔고 앉아 쉬엄쉬엄 맷손*(맷돌의 손잡이)을 돌리며, 물에 불은 녹두를 한 오큼*('움큼'의 방언)씩 떠서 맷돌에 부어넣고 있었다. 녹두를 갈아 청포를 만드는 것이었다.

정촌댁이는 청포장수였다. 장날마다 한 모판씩 청포를 만들어 이고 읍내로 나가는 것이었다. 장날이 아니라도 곧잘 청포 모판을 이고 집을 나섰다. 메밀묵, 도토리묵도 안 만드는 것은 아니었으나, 그 것은 녹두가 떨어졌을 경우의 일이지, 재료가 있을 때는 언제나 청포를 만들었다. 같은 값에 청촌댁이는 빛깔도 곱고, 사람들이 알아주는 청포가 마음에 드는 것이었다.

"빨래가 와 이래 늦노?"

정촌댁이는 중얼거렸다.

빨래 몇 가지를 가지고 가서 아침나절을 다 보낼 셈인가 싶으니, 슬그머니 화가 나는 것이었다. 속히 빨래를 마치고 와서 좀 맷돌질을 거들어 줄 일이지 말이다. 틀림없이 또 어울려서 시시덕거리고 있겠지. 다 큰 가시나들이 만나기만 하면 떨어질 줄을 모르니······. 정촌댁이는 입맛이 썼다. 끝선이뿐 아니라, 남의 큰아기들까지가 못마땅한 것이다. 곧 시집을 갈 것들이 그렇게 철따구니가 없어서 우야노 싶은 것이다.

다르르 다르르 다르르······ 맷손을 돌리는 팔이 뻐근했다.

정촌댁이는 어느덧 삼십 년이 넘는 세월을 이 맷돌로 녹두를 갈아오고 있는 터였다. 닳을 대로 닳아서 반질반질 윤이 흐르는 맷돌이 그것을 잘 말해주고 있었다. 어쩌면 그녀는 이 맷돌을 돌리기 위해서 이 세상에 나온 것이 아닌가 싶을 지경이었다.

그렇게 맷돌과는 한 몸같이 된 터인데도 한참을 돌리면 팔뚝이 뻐근했다. 요 몇 해 들어서는 부쩍 더 그랬다. 기력이 현저히 부치는 것이었다. 한창시절에는 저녁 먹고 시작해서 자정이 가깝도록 팔만 바꾸어가며 쉬지 않고 돌린 일도 있었지만 말이다.

정촌댁이는 일손을 멈추었다. 그리고, 목이 마려워서 일어나 부엌으로 들어가려 했다. 그때였다.

"집에 있었구만. 간시엄보사알."

하면서, 영산할미가 사립을 들어섰다.

뒤따라 모실댁이가 가만가만 들어왔다.

정촌댁이는 부엌으로 들어가려다가 말고,

"우야꼬, 오시능게?"

하고, 반겼다.

보나마나 한 사람은 신랑 쪽 어머니거나, 아니면 하다못해 뭣이 돼도 되는 사람임에 틀림없었다. 그 입성이나 거동으로 보아 아무래도 신랑 어머닌 것처럼 여겨져 정촌댁이는 약간 당황했다. 그러나, 정촌댁이는 애써 가라앉은 목소리로 말했다.

"이 먼 곳을 오시느라고……. 어서 방으로 들어갑시더."

"예."

그러나, 모실댁이는 곧장 집 안을 두리번거리기만 했다. 집 안이래야 뭐 별다른 게 있을 턱이 없었다. 삼간초가에 헛간채가 하나 있고, 장독대 옆에 옹달샘이 있으며, 마당가 돌담 곁에 고욤나무가 한 그루 서 있을 뿐이었다. 고욤나무에는 지금 한창 암자색 열매가 주렁주렁 익어가고 있었다.

그러나, 모실댁이는 그게 무슨 열맨지 얼른 알 수가 없었다.

"저기 뭣게?"

"깨욤 아닝게."

영산할미가 대답했다.

"아, 맞네. 깨욤이구나아."

모실댁이는 무척 오래간만에 보는 고욤이 신기한 듯 고개를 끄덕인다. 그리고, 이번에는 토방의 맷돌을 바라보며,

"녹둘 가시네."

한다.

"청포 안 만드능게."

역시 영산할미가 말한다. 중신어미는 그런 것까지 일일이 설명을 해야 되는 것처럼.

달리 더 둘러볼 게 없었다. 그러나, 모실댁이는 또 한번 살핀다. 뭐 달리 볼 만한 게 없는가 해서가 아니라, 바로 오늘 이 집을 찾아온 목적인 그 당자가 눈에 띄지 않는가 해서다.

아무도 눈에 띄는 사람이 없자, 모실댁이는 그제야 토방으로 올라서서 고무신을 벗었다.

"애기는 어디 갔능게?"

영산할미가 정촌댁이에게 묻는다.

"빨래하로 가더니, 안적 안 오네예."

"그럼 오겠지 머. 바깥양반은?"

"산에 안 갔능게."

"약초 캐로?"

"예."

"간시엄보사알. 아이고 허리야."

영산할미도 지팡이와 시주자루를 놓고, 한 손으로 허리를 톡톡 두드리며 신을 벗는다.

모실댁이는 권하는 대로 아랫목에 앉았다. 윗목 안쪽으로 영산할미가 앉고, 방문 쪽으로 정촌댁이가 앉았다.

자리를 잡고 앉자, 영산할미는 먼저,

"간시엄보사알."

했다. 그리고 모실댁이를 정촌댁이에게 소개했다.

"신랑 될 사람 어머이 모실댁이 아닝게."

그러자, 모실댁이는 웃었다.

"혼사가 어디 정해졌능게. 신랑 될 사람이라 카구로."

"오늘 안 정해지능게."

영산할미도 합죽한 입으로 웃었다.

정촌댁이는 속으로, 아 바로 신랑 쪽 어머니가 맞구나, 아무래도 그렇더라니까, 싶으며 어쩐지 좀 켕기는 듯했다. 우선 그 입성부터 가 그랬다. 하얀 열두 새 세목 치마저고리가 비단옷 못지않게 여겨 지는 것이다. 자기는 이날 평생 그런 고운 베로 옷을 해 입어본 적 이 없는 것이다. 왼손 약손가락에는 금가락지까지 반짝이고 있지 않는가.

그러나, 정촌댁이는 애써 아무렇지도 않은 듯 조용히 웃었다.

영산할미는 정촌댁이의 소개는 생략해 버렸다. 뭐 소개하나마나 다 알 만하니 말이다.

그리고 서로 처음 만났다고는 하나, 그 사이 중신어미를 통해서 피차 상대가(相對家)에 대해 알아야 할 만큼은 알고 있는 터이라, 뭐 새삼스럽게 꺼내어 물어볼 말도 없었다. 요는 이제 색싯감이 시어머 니 될 사람의 눈에 드느냐 어떠냐, 그것이 남아 있을 뿐이었다.

그러나 역시 모실댁이는 한마디 물어보지 않을 수가 없는 모양이 었다.

"댁에서는 질쌈*('길쌈'의 방언)은 안 하능게?"

벌써 고개 위에서 내려다볼 때부터 길쌈을 하는 마을은 아니라는 것을 알 수 있었다. 목화밭이 눈에 띄지가 않았던 것이다. 지금 한창 목화송이들이 허옇게 벌어지고 있는 참인데, 도무지 그런 것은 볼 수가 없었던 것이다.

그런 줄을 알면서도 모실댁이는 역시 그 점이 궁금했던 것이다.

"예."

정촌댁이는 대답했다. 작은 목소리기는 했으나 분명한 어조였다. 정촌댁이는 이미 그쪽 마을이 길쌈으로 이름난 곳이라는 것을 잘 알고 있었다. 그리고 이 신랑 쪽 어머니가 길쌈의 명수라는 것도 영산할미한테 들어서 알고 있었다.

그러자, 재빨리 영산할미가 나섰다.

"이 마실은 질쌈은 안 하느마. 간시엄보사알. 그 대신 묵을 안 만드능게. 이 마실 묵은 읍내서도 알아주느마."

영산할미는 신랑 쪽 어머니가 길쌈의 명수라는 것은 정촌댁이에게 이야길 했으나, 색시 쪽 어머니가 청포장수라는 말은 모실댁이에게 꺼내질 않았던 것이다. 어쩐지 청포장수라고 하면 격이 좀 떨어지는 것 같아, 혹시 혼사에 지장이 있지 않을까 싶었던 것이다.

"그렇게."

모실댁이는 시들한 모양이었다.

"이 정촌댁이 묵 솜씨는 기가 맥히지. 청포 맛이 꿀맛이구마."

"하하하……. 청포가 우예 꿀맛잉게?"

"이따가 잡사보소. 꿀맛 아닝가, 헤헤헤……."

영산할미는 합죽한 입으로 침을 꿀꺽 삼키며 웃었다. 그리고,

"청포 쑤어놓은 거 있능게?"

정촌댁이를 돌아본다.

"없구마. 마침 떨어졌네요."

정촌댁이는 어쩐지 좀 창피한 것 같은 생각이 들었다. 길쌈을 해서 베를 내다파는 것이나, 묵을 쑤어서 내다파는 것이나, 뭐 별로 다를 게 없었으나, 왜 그런지 귀밑께가 약간 붉어지는 듯한 느낌이었다. 어쩌면 모실댁이의 흰 비단옷 같은 치마저고리와 손가락에서 반짝이는 금가락지 때문에 그런지도 몰랐다. 그에 비해서 자기의 입성은 너무나 초라한 것이었다. 물론 농 안에 나들이옷이 없는 것은 아니지만, 올이 굵고 뻐덕뻐덕한 옷이 고작인 것이다. 그리고 아무리 뒤져도 농 속에 금가락지 같은 게 들어 있지가 않은 것이다.

"해필 와 귀한 손님이 왔을 때 청포가 떨어지노."

영산할미는 남의 속도 모르고 자꾸 청포를 들먹거린다.

"오늘 올 줄 누가 알았능게."

정촌댁이는 슬그머니 기분이 언짢아지기까지 했다.

그때, 사립으로 끝선이가 들어섰다.

"오능구나, 인제."

영산할미가 맨 먼저 보았다.

그러자, 모실댁이도 얼른 바깥을 내다본다.

끝선이는 빨래를 담은 대야를 옆구리에 끼고, 고개를 떨군 채 걸어 들어오고 있다. 고개를 숙이기는 했으나, 얼굴이 발그레 물들어 있는 것을 알 수 있다.

"선보로 온 줄 아는 모양이제. 간시엄보사알."

영산할미는 웃는다.

정촌댁이는 약간 퉁명스럽게,

"와 이래 늦노. 어서 옷 갈아입고, 이리 들어오너라."

이른다.

잠시 후, 옷을 갈아입은 끝선이는 마치 무슨 죄라도 지은 사람이 심판이라도 받으러 들어오는 것처럼 조심스레 방으로 들어왔다. 그러나, 표정은 두려움보다는 수줍음으로 굳어져 있다.

방으로 들어온 끝선이는 자기 어머니 곁에 약간 벽을 향해 앉았다. 물론 얼굴을 살짝 떨군 채.

끝선이가 들어와 앉자, 잠시 아무 말이 없었다. 야릇한 긴장이 방 안에 흘렀다.

모실댁이는 가만히 끝선이를 이모저모 뜯어보고 있었다. 약간 벽 쪽으로 돌아앉아 고개를 살짝 숙이기는 했으나, 대체로 볼 것은 다 볼 수가 있었다. 눈도 볼 수가 있었고, 코도 볼 수가 있었고, 입도 볼 수가 있었다. 그리고, 귀도 볼 수가 있었다. 하얀 가르마도 볼 수가 있었고, 치렁치렁한 머리채도 볼 수가 있었다.

모실댁이의 시선은 끝선이의 손에 내려와서 멎었다. 무릎 위에 포개어 없은 두 손이 부들부들하면서도 큼직하고 실팍하게 생긴 것을 보자, 모실댁이의 얼굴에 만족스러운 듯한 빛이 떠올랐다.

모실댁이는 하얗고 가냘프게만 생긴 여자의 손은 질색이었다. 그런 손은 기생이나 가질 일이지, 여염집 여자에겐 필요 없다고 생각하는 것이다. 그런 손이 귀한 손인지 어쩐지는 모르지만, 그런 손은 집안을 기울어지게는 해도, 결코 잘되게는 못한다는 생각이었다. 더구나 그런 손은 길쌈과는 인연이 머니, 필요 없는 것이다. 자기 집 며느리는 어떠한 일이 있어도 길쌈을 잘 할 수 있는, 큼직하고 실팍하게 생긴 손이라야만 되는 것이다. 모실댁이 자기 손처럼 말이다.

모실댁이가 끝선이의 손을 보고 만족스러운 듯한 표정을 짓자, 영산할미는 그제야,

"간시엄보사알."

했다.

그리고, 말했다.

"여자 손은 부드럽고 커야 대능 기라. 이렇게."

그러자 모실댁이도 입을 열었다.

"예. 손이 참 좋심더."

"손만 좋은게. 이 귓밥 좀 보소."

"……."

"이 머리숱이랑……, 어디 한 군데 나무랄 데가 있능게."

그만 모실댁이는 빙그레 웃었다.

모실댁이의 얼굴에 환한 웃음이 떠오르자, 정촌댁이도 절로 입이 벌어졌다.

"간시엄보사알."

영산할미는 마침내 두 손을 합장까지 하며 관세음보살을 찾았다. 적이 기분이 좋은 모양이었다.

그러자, 끝선이는 쑥스러워서 얼른 자리에서 일어났다.

꼬꾸댁 꼬꾸댁 꼭꼬— 어디선지 낮닭 우는 소리가 길게 들려왔다.

"자, 어서 점심 하소."

영산할미는 이제 별안간 시장기가 치미는 모양이었다.

4

채단(采緞)이 오는 날이다.

혼의(婚議)가 성립되어, 신랑 쪽에서 사성(四星)이 오고 납폐일(納幣日)과 친영일(親迎日)의 택일이 되었던 것이다. 그러니까, 오늘은 납폐일인 것이다.

여느 날보다 일찍 일어난 송 첨지는 마당뿐 아니라, 사립 밖까지 말끔히 쓸었고, 정촌댁이는 공연히 아침부터 이리 갔다 저리 갔다 들랑날랑했다. 용만이도 오늘은 산에 나무를 하러가지 않고, 집 안에서 서성거리다가, 사립 밖에 나가 고개 쪽을 바라보곤 했다. 함을 지고 오는 하인이 이제나 나타나는가 해서 말이다. 누나의 채단이 오는 날이라, 자기도 덩달아 즐겁기만 한 것이었다. 또선이는 부엌에서 나물을 무친다, 지짐질*(부침개를 부치는 일)을 한다…… 눈코 뜰 사이가 없었다. 동생이 좋은 자리에 혼사가 정해져서 여간 기쁘지가 않아, 잔칫날도 아닌데 어제 일부러 어린애를 업고 이십 리 길을 걸어서 친정엘 온 것이다. 동생의 채단도 구경하고, 이것저것 시집갈 채비를 거들어주려고. 맨 위의 첫선이는 오지 않았다. 오지 않은 것이 아니라, 시집이 멀기 때문에 왔다 갔다 할 수가 없으니, 잔치 때나 오도록 그 날짜만을 기별했던 것이다.

그러니까, 모두 사남매였다. 위로 셋이 딸이고, 끝이 아들이었다. 첫딸은 첫선(一仙)이라 했고 둘째는 또 딸이라 해서 또선(又仙)이라 했으며, 셋째는 이제 부디 딸은 그만 낳았으면 좋겠다고 끝선(末仙)이라고 이름 지었다. 그랬더니, 아닌 게 아니라 끝선이가 끝이 되고, 다음엔 아들이 태어났던 것이다. 그러나, 실은 모두 일곱을 생산했었다. 첫선이 위로 이미 아들을 둘 낳았으나, 둘 다 낳자마자 이름도 붙이기 전에 죽었고, 용만이 밑으로도 아들을 하나 더 보았으나, 실패하고 말았던 것이다.

해가 차츰 중천으로 오자, 마을 아낙네들도 한 사람 두 사람 슬금슬금 모여들었다.

"아직 안 왔능게?"

"와 이래 늦노. 거기서 일찍 나섰으만 벌써 당도했을 낀데……."

"당도하고도 남지."

"아이고, 구시한 냄새야. 억씨기 맛있게 장만하는구나."

"너무 그렇게 콧구녁을 벌름거리지 마소."

"남이사 벌름거리거나 말기나……."

부엌에서 흘러나오는 구수한 냄새에 콧구멍을 벌름거려대는 것은 순덕 어매였다. 꽤 호들갑스럽고, 약간 주착도 없는 여자였다.

아낙네들이 모여들어 싱글벙글 지껄여댔으나, 끝선이는 작은방에 들어박혀 얼씬도 하지 않았다. 방문 곁에 도사리고 앉아 부지런히 수를 새기고 있었다. 손은 바늘을 재게 놀리고 있었으나, 귀는 곧장 바깥쪽으로 쏠리고 있었다. 방문을 닫고 있긴 했지만, 마음은 방문 밖에 있는 것이었다. 왜 이렇게 늦을까, 무슨 일이 생긴 것이나 아닐까…… 슬그머니 걱정이 되기도 했고, 아낙네들이 웃어쌓을 것 같으면 절로 자기도 헤벌레 입이 벌어지기도 했다.

곁에서 웅아는 색실타래를 만지작거리며 엎드려 놀고 있었다. 조카였다. 살결은 좀 검은 편이지만 토실토실한 것이 여간 귀엽지가 않았다. 아직 일어나 앉지는 못하고, 엎드려 배밀이를 하는 정도였다.

만지작거리고 있던 색실타래를 불끈 한 주먹 거머쥐더니, 그만 입에 가져가 줄줄 빨기 시작한다.

"에비비비……."

끝선이는 수틀을 놓고, 얼른 색실타래를 빼앗았다. 그러자, 웅아는 빤히 쳐다보면서 울먹울먹한다.

울먹울먹하는 까만 눈이 어찌나 귀여운지, 끝선이는 웅아를 후딱 들어 품에 안았다.

"쯧쯧쯧쯧…… 울롤롤롤……."

얼러대자. 울먹거리던 얼굴에 금세 방그레 웃음이 떠오른다. 끝선이는 그 볼에 쪽! 소리가 나도록 입을 맞추었다. 그리고, 조그마한 고추를 어루만졌다.

그렇게 웅아를 안고 있으니, 오늘따라 어쩐지 기분이 묘했다. 마치 자기가 엄마가 된 듯한 느낌이었다. 자기도 이제 머지않아 엄마가 되어, 이렇게 아기를 안고 젖을 먹일 것이 아닌가 생각하니 부끄럽기도 하고, 좋기도 하고, 이상했다. 빠르면 명년 이맘때는 벌써 엄마가 될 게 아닌가 말이다. 어떻게 생긴 아기가 태어날 것인가. 아들일까, 딸일까. 첫딸이 살림밑천이라고들 하지만, 그러나, 처음부터 아들을 쑥 빠트려놓아야 안심이 되고 좋지. 시어머니랑 신랑한테 귀염도 받고…….

이런 생각을 하다가 그만 끝선이는 비식 웃어 버렸다. 신랑이 열여섯이라는 사실이 머리에 떠올랐던 것이다. 자기보다 두 살이나 아래인 것이다. 열여섯 살 먹은 신랑― 제대로 신랑 구실이나 할는지…… 도무지 시쁜*(마음에 차지 않아 시들하다) 것이었다.

웅아를 안고 그런 생각을 하고 있는데 바깥이 술렁거렸다.

"오능게?"

"오느마. 고갤 내리오느마."

"아이고, 인제 오는구나."

"어디 보자아."

아낙네들의 소리에 끝선이는 얼른 옹아를 도로 방바닥에 내려놓았다. 그리고 자기도 모르게 방문을 열었다. 생각 같아서는 후닥닥 사립 밖으로 뛰어나가 보고 싶었으나, 그럴 수는 없었다. 그냥 방문을 열고 서서 내다보았다. 보일 턱이 없었다.

"이리 나와 보래. 히히히……."

순덕 어매가 돌아보고 손짓을 하며 웃었다.

그래서, 끝선이는 얼른 방문을 닫아 버렸다.

함을 진 하인이 앞서고, 뒤따라 영산할미가 지팡이를 짚고 아장아장 고갯길을 내려오고 있었다. 영산할미는 오늘 같은 날도 한 손에는 여전히 시주자루를 들고 있었다.

"반보살, 오늘도 시주 얻을라 카나……."

"맞다. 하하하……."

"오늘 또 술 한잔 묵고 춤추는 거 앙이가?"

"춤초도 개않지 뭐. 좋은 날 앙이가."

"앗따, 함 억씨기 크네."

"뭘 억씨기 보내오는 모양이제?"

아낙네들은 사립 밖에 서서 곧장 지껄여댔다.

용만이는 냅다 함 오는 쪽으로 달려가고 있었다.

함을 진 하인이 사립 밖에 당도하자, 송 첨지는 나가 함을 받았다. 함의 크기에 비해 그다지 무겁지는 않았다. 송 첨지는 그것을 들고 큰방으로 들어가 소반 위에 놓았다. 조그마한 소반 위에 덩그렇게 큰 함을 얹어놓고, 그 앞에서 송 첨지는 너붓이 두 번 절을 했다.

그다음부터는 정촌댁이가 나섰다. 소반에서 함을 내려, 보자기를 풀고, 뚜껑을 열었다. 한방 둘러앉은 아낙네들의 눈이 반질반질 빛났다. 순덕 어매는 남들보다 더 함 앞으로 다가앉았다.

"간시엄보사알."

아랫목에 앉은 영산할미는 꽤 감개가 무량한 모양이었다.

맨 위에 한지로 만든 커다란 봉투가 놓여 있었다. '예장'이라는 두 글자가 붓으로 씌여 있었다.

"혼서구나."

정촌댁이는 그것을 집어 영감한테 주었다.

그것을 받은 송 첨지는 봉투 속에 든 알맹이를 조심조심 꺼내어 펼쳐보았다. 몇 겹이나 접은 한지에 붓으로 다음과 같은 글월이 적혀 있었다.

江東고을鄭吉允은 각시쏠宋字奉壽氏前에 ᄋ뢰나이다. 때는 菊秋佳節이온데 尊體百福ᄒ나이까. 업써려놉히ᄉ랑ᄒ심을 입사와 貴重ᄒ신令愛를 生의姪鄭炳出의 室人으로 주시기로 許諾ᄒ시매 이에先人의例가잇사옵기 恭敬ᄒ야使者를보내여 폐납ᄒ는禮를行ᄒ오니 업써려生覺하건대 놉히살피시옵소서. 삼가절을ᄒ고 書狀을올리ᄂ이다.
辛未年九月初三日 江東處士鄭吉允拜

송 첨지는 예장지를 쥔 손이 가늘게 떨렸다. 언문은 대개 뜯어 읽

겠으나, 한자는 통 까막눈이니, 글월이 어떻게 되어 있는지 알 수가
없었다. 그러나, 예장이란 대개 어떤 내용이라는 것을 들어서 짐작하
고 있는 터이라, 그저,

"글씨 지법 썼네. 많이 써본 솜씨구만."

어쩌고 하면서, 주섬주섬 도로 접어서 봉투 속에 넣었다.

"아이고, 갑사(甲紗)구나."

"아이고, 맞다. 곱기도 해래이."

아낙네들은 어려운 예장 같은 것보다 역시 채단에 훨씬 더 관심이
쏠렸다.

"요고는 조고리 고름 감이구나. 금박이 찍힌 걸 보니."

"고름도 만들고, 조고리 끝동도 이것으로 안 다능게."

노랑 저고리, 다홍치마 감인 화사한 갑사가 맨 먼저 나오고, 다음
엔 모본단(模本緞)이 나왔다.

"우야꼬! 이거 모빈단 앙이가?"

"맞네. 모빈단이네."

"어메에, 모빈단이 다 오고……."

"글씨……."

아낙네들은 눈이 휘둥그레졌다. 입을 딱 벌리는 사람도 있었다. 비
록 저고리 한 감이긴 했지만, 모본단이라면 예사 옷감이 아닌 모양
이었다.

덩달아 눈을 굴렁거리던 순덕 어매가 물었다.

"모빈단이 뭥게?"

"모빈단도 모르나? 이기 모빈단 앙이가."

통을 주듯이 말하는 것은 오리실댁이었다. 머리가 희끗희끗 세어

가는 중늙이였다.

오리실댁이는 순덕 어메가 약간 무색해하자, 웃었다.

"비단 중에서 젤 존 비단인 기라. 모빈단 쪼끼에서 돈 나온다는 말도 못 들었나?"

"……."

"청국에서 나오는 비단 앙이가."

그러자 순덕 어매는,

"청국에서 나오는 비단을 우예 아능게?"

약간 쏘아붙이듯이 말했다.

모두 웃었다.

"이건 뭐고?"

"호박단(琥珀緞) 아닝게?"

"호박단이구나."

"참 무늬도 곱네."

"우야만 이렇게 고급으로만 보냈을까……."

그러자 영산할미가 입을 열었다.

"신랑 어마시(어머니)가 얼매나 알뜰한 사람인 줄 아능게. 베 짜는 선술 뿐 앙이라, 살림도 무섭게 하느마. 혼자 몸이 된 뒤로 순전히 자기 손으로 집안을 꾸려오면서도 보소, 어느 부잣집 혼수에 밑지능강. 안주 멀었구마. 그 밑에 든 베필을 보소. 간시엄보사알."

"으음."

송 첨지는 기분이 매우 괜찮은 듯도 했고, 어쩐지 좀 켱기는 듯도 했다.

호박단 치마저고리 감 다음엔 인조 위아래 감 두 벌이 나왔다. 그

리고, 이번에는 패물이었다. 옷감과 베 사이에 패물을 묻어놓은 셈이
었다.

한지에 싼 것이 세 개 나왔는데, 펼쳐보니, 하나는 금가락지였고,
하나는 은비녀였고, 한 가지는 쪽잠들이었다. 노랗게 반짝이는 금가
락지와 하얗게 반짝이는 은비녀, 그리고 꽃이 달리기도 하고, 나비
가 달리기도 하고, 이슬 같은 구슬이 달리기도 한, 반짝반짝 빛나는
자잘한 쪽잠들이 쏟아져 나오자, 아낙네들은 마치 모두 약속이라도
한 듯이 탄성을 올렸다.

"우야꼬오!"

"어메야아!"

"아이고 아이고오!"

"금가락지 보소오!"

"은비네네, 은비네에!"

"이건 뭐고?"

"쪽잠 앙이가."

"꽃도 붙었고, 나비도 붙었고…… 이쁘기도 하대이."

"아이고, 끝선이 복 터졌구나. 복 터졌어!"

"시집 잘 간대이. 잘 가아!"

온통 야단들이다. 마치 금가락지, 은비녀, 그리고, 쪽잠을 처음 보
기라도 한 듯이.

사실 이 두멧골에서 이렇게 패물을 갖추어 받아가지고 시집을 가
기란 좀처럼 없는 일이었다. 기껏 받아야 금가락지 정도였다. 은가
락지나 은비녀만 받아도 괜찮은 편이었다. 숫제 그런 것은 바라지도
않는 판이었다. 그런데, 이렇게 세 가지나 쏟아져 나왔으니, 아낙네

들이 탄성을 올릴 만도 했다.

"정촌댁이요, 좋겠심더."

순덕 어매가 누우런 앞니를 드러내며 웃었다.

"내가 줄 끼 뭐 있노. 다 도로 갖고 갈 낀데."

말은 그렇게 하지만, 정촌댁이도 기쁨을 감추지 못해 싱그레 웃
는다.

"우짠 쪽잠이 이렇게 많노. 나 한 개 주만 좋겠다."

"뭐라? 아이고 이 얌통머리야. 남의 예물 온 것을 하나 주만 좋겠
다니.…… 쯧쯧쯧……."

오리실댁이는 어이가 없는 듯 혀를 찬다.

"혜혜혜…… 누가 참말로 카능게."

자기도 모르게 그만 그런 소리가 새어나와 버린 순덕 어매는 면구
스러워서 온통 얼굴이 붉어진다.

이때 헛간채에 붙어 있는 사랑방에 술상을 차려 내다주고, 또선이
가 들어왔다.

"아부지예, 사랑에 나가보이소. 술상 내갔심더."

"응, 그래."

송 첨지는 함 속에서 나오는 혼수에 정신이 팔리느라고, 사랑방에
혼자 앉아 있는 손님 일은 깜박 잊고 있었던 것이다. 함을 지고 온
하인도 오늘은 큰손인데 말이다. 송 첨지는 부스스 일어나 밖으로
나갔다.

큰방 쪽으로 온통 귀가 곤두서고, 가슴이 부풀대로 부풀어 오른
끝선이는 아낙네들이 원망스럽기만 했다. 자기도 와서 보라고 좀 불
러주지 않고 말이다. 그 함 속에서 쏟아져 나오는 진귀한 물건들의

임자가 바로 자기인데 말이다. 임자는 젖혀놓고, 저희네만 좋아서 야단인 것이다. 아버지가 사랑으로 나가는 기척이 나자, 끝선이는 웅아를 안았다. 그리고, 방문을 열고 슬그머니 큰방 쪽으로 갔다.

"아이고 끝선아, 이리 들어온나."

"어서 안 들어오고 뭐 했떠노?"

"금가락지, 은비녀, 쪽잠……."

"모빈단, 호박단, 갑사…… 어서 와서 좀 보라 말이다."

끝선이를 보자, 아낙네들은 오히려 왜 어서 안 들어오고 꾸물거리고 있느냐는 투로 수다를 떨었다.

방에 들어온 끝선이는 웅아를 또선이에게 주었다. 그리고, 함 앞으로 바싹 다가앉으려다가, 아랫목에 앉은 영산할미와 눈이 마주치자, 움찔 놀라며 그만 다소곳이 한쪽으로 앉았다.

"간시엄보사알."

영산할미의 두 눈에 은은한 웃음이 담긴다.

금가락자랑 은비녀, 쪽잠을 받아든 끝선이는 좋아서 곧 어쩔 줄을 몰랐다. 중신어미인 영산할미만 없을 것 같으면 까짓것 "아이고 좋아래이!" 하고, 냅다 환성을 지르고 싶었다. 그러나 도저히 그럴 수는 없는 일이어서 끝선이는 터져 나오려는 기쁨을 참느라고 애를 먹었다. 싱글벙글 웃다가도, 되도록이면 웃는 것도 얌전히 해야 되겠다고 꼭 입술을 다물기도 했다.

"어디 한번 쩌보래. 가락지, 맞능강."

끝선이는 귀밑을 살짝 붉히며 왼손 약손가락에 가락지를 끼어 본다.

"아이고, 맞네."

"우짜만 이렇게 꼭 맞을까."

"희한하네, 희한해."

끝선이는 기분이 좋을 대로 좋으면서도, 한편 부끄럽기도 하고, 좀 쑥스럽기도 해서, 얼른 가락지를 도로 뽑았다.

함 속에서 이번에는 베들이 필로 쏟아져 나왔다. 명주가 한 필 나오고, 모시가 한 필 나오고, 광목도 반 통 나왔다. 그리고, 맨 나중에 무명베 한 필이 나왔다.

그런데, 이 무명베가 예사 물건이 아니었다.

"어메에."

입을 딱 벌린 것은 오리실댁이었다.

"이기 뭥게?"

"미영베가 이렇게 곱운게?"

"우야꼬. 이기 미영벤가?"

"글씨…… 미영벤 미영베대이."

"세상에……."

다른 아낙네들도 모두 깜짝 놀란다. 무명베는 무명벤데, 이렇게 고운 무명베는 처음 보는 것이다. 꼭 흰 비단 같았다. 오히려 비단보다 더 부드러운 맛이 있고, 좋아 보였다.

"보름새구마. 보름새."

영산할미가 눈에 반질반질 웃음을 띠며 말한다.

"아이고, 그렇게? 보름샌게?"

오리실댁이 대구 고개를 끄덕거린다. 보름새 세목의 진가를 아는 모양이다. 그러나, 그저 '보름새'란 말만 들었을 뿐 눈으로 보기는 처음인 것이다. 열두 새만 해도 여간 솜씨가 아니면 짤 수가 없다는

데, 열두 새보다 세 새가 많은 보름새, 즉 열다섯 새를 짜내다니, 사람의 재주로는 그 이상 더 바랄 수가 없는 것이다.

"신랑 어마시가 안 짰능게. 간시엄보사알."

"아이고, 그렁교?"

오리실댁이는 더욱 감탄하는 얼굴이다.

"신랑 어마시가 질쌈으로 이름난 사람 아닝게."

"강동에 베 잘 짜는 분네가 있다더니, 바로 신랑 어마시 되는 분이……."

"그렇구마."

"아이고, 끝선이 시집 잘 가네. 시어마시가 그렇게 베를 잘 짜만, 인제 끝선이도 베 짜는 선수 될 끼 앙이가."

"간시엄보사알."

아낙네들은 모두 끝선이를 바라보며 부러운 듯한, 혹은 축하하는 듯한 그런 표정을 지었다.

끝선이는 시어머니 될 분이 길쌈의 명수라는 것을 벌써 혼담이 났을 때 들어서 알고 있었다. 그러니, 새삼스러울 것은 없었으나, 어쩐지 막상 그 시어머니 될 분이 짰다는 보름새 세목을 보자, 은근히 두렵고 질리는 듯한 느낌이 들었다. 그러나, 결코 기분이 언짢다거나 싫은 것은 아니었다. 외경감 같은 것이었다. 그래서, 끝선이는 그저 약간 고개를 떨어뜨리며 수줍게 웃었다.

그러나, 정촌댁이는 슬그머니 표정이 굳어지고 있었다. 시어머니를 따라 끝선이도 베 짜는 선수가 될 거라는 말이 결코 기분 좋게 들리지가 않았던 것이다. 길쌈이 얼마나 고된 일이라는 것을 잘 알고 있는 것이었다. 특히 베틀에 앉아 베를 짜는 일은 여자를 잡는 일이라는 것을 알고 있었다. 자기 자신이 그 고통을 경험해 보지는 않았지만, 출가 전에 친정 마을에 더러 베틀이 있어서 잘 알고 있는 것이었다. 뭐 베틀에 앉아 베를 짜는 일만 힘 드는 게 아니라, 맷돌을 돌려 청포를 만드는 일도 수월한 일이 아니니, 여자의 살아가는 길이란 다 그렇게 고달픈 것이기*(원전에는 '것으로') 마련이지만, 그러나, 맷돌을 돌리는 일보다 베를 짜는 일이 훨씬 어렵고 힘이 드는 것만은 틀림없었다. 맷돌질은 그저 팔 힘만 좋으면 되지만, 베 짜는 일은 힘만 가지고는 되지가 않는 것이다. 북질 한번 한번마다 정신을 써야 하는 것이다. 허리 힘, 다리 힘, 그리고, 팔 힘이 있어야 하는 것은 물론이지만, 그것보다도 오히려 정신의 힘이 더 중요한 것이다. 그러니까, 맷돌질은 아무나 할 수가 있지만, 베 짜는 일은 아무나 할 수가 없는 것이다.

그런 줄을 알면서도, 정촌댁이는 처음엔 그저 대수롭지 않게 여겼었다. 대수롭지 않게 여겼다기보다도, 오히려 길쌈 잘 하는 집이라는 것이 좋은 조건으로 받아들여졌었다. 그러나, 막상 이렇게 그 시어머니 될 사람의 솜씨인, 흰 비단 같은 보름새 세목을 눈앞에 보니, 그게 아니었다. 슬그머니 겁이 나는 것이었다. 그리고, 시어머니를 따라 끝선이도 베 짜는 선수가 될 거라는 말에, 아뿔싸 그렇구나, 싶었던 것이다. 지금까지는 막연히 그저 길쌈 잘 하는 집으로 시집을 보낸다는 생각만 해왔는데, 이제 그 시집에 들어간 끝선이가 어떤 고생을 해야 할 것인가 하는 생각이 덜컥 머리에 와닿았던 것이다. 말하자면 길쌈의 명수인 시어머니와 끝선이가 연결이 되어 생각되었던 것이다.

정촌댁이는 잠시 그 흰 비단 같은 보름새 세목을 가만히 들여다보고 있다가, 나직이 한숨 비슷한 숨을 내쉬었다. 딸이 걸어가야 할 길을 측은하게 여기면서도, 가만히 체념할 수밖에 없는 그런 심정의 표현이라고 할 수 있었다.

맨 마지막으로 흰 실, 색실, 가위, 대자, 인두, 심지어 골무까지 나왔다. 그리고, 물목을 적은 한지가 나왔다.

심지어 골무까지 나오자, 아낙네들은 참 자상도 하다는 듯이 웃어 댔으나, 정촌댁이는 그저 비식 코언저리에 한번 웃음을 흘렸을 뿐, 밝은 얼굴이 되질 못했다. 골무까지 보낸 것만 보아도 그 시어머니 될 사람이 얼마나 맵짠 사람인가를 알 수 있는 것이었다. 끝선이의 시집살이가 이만저만 맵지 않을 게 뻔한 것이다.

아무튼 혼수로서 이만하면 어디에 내놓아도 손색이 없었다. 분량은 많다고 할 수 없을는지 모르지만 골고루 갖출 만한 것은 다 갖추었다고 볼 수 있었다. 이 각싯골에서는 이만한 혼수가 오기는 아마 처음일 것이다.

그런데도 정촌댁이는 묘하게 기분이 가볍지가 않았다.

5

용이다. 용 한 마리가 머리를 쳐들고 꿈틀거리며 솟구쳐 오르고 있다. 다리가 한쪽으로 세 개씩 여섯 개가 허우적거린다. 청룡도 흑룡도 아니다. 백룡이다. 반짝반짝 은빛으로 빛난다. 용의 머리 위에 가느다란 구름이 두 줄기 나부끼고 있다. 역시 은빛 구름이다. 그리고, 그 구름 위에 햇덩어리 대신 연꽃이 한 송이 덩실 피어 있다. 홍련이 아니라, 역시 백련이다. 은빛으로 반짝거린다. 그 은빛 연꽃을 향해 용이 반짝반짝 은빛으로 꿈틀거리며 솟구쳐 오르고 있는 것이다.

칼인 것이다. 장도의 허리에 감긴 백동 장식에 그려진 용비백련도(龍飛白蓮圖)인 것이다.

정촌댁이는 반닫이 앞에 앉아서 그 장도를 손바닥 위에 얹어놓고 물끄러미 들여다보고 있다.

약손가락 두 배 길이 정도 되는 그런 손칼이다. 칼집 양끝이 동그스름하면서 약간 굽어져서 매우 부드러운 맛이 나고, 멋져 보인다. 을자도(乙字刀)인 것이다. 백동 장식의 고리에는 꽃자주빛 능주끈이 칼보다 더 길게 달려 있다. 시목(柿木)으로 된 고동색 칼집은 오랜 손때에 반질반질 윤이 흐른다.

정촌댁이는 손바닥을 오므려서 그 윤이 흐르는 칼집을 만지작거리다가, 이번에는 칼을 뽑아본다.

날이 시퍼렇다. 비록 약손가락보다 조금 긴 칼날이긴 하지만, 무엇이든지 싸빡싸빡 먹어 들어갈 것만 같다. 그 시퍼런 칼의 한쪽 한가운데에 글자가 새겨져 있다. '일편심(一片心)'이라는 세 글자다. 정으로 꼼꼼히 쪼아 각자(刻字)를 했는데, 어찌나 정성을 들였는지 마치 반듯한 청조체(淸朝體) 활자로 찍어놓은 것 같다.

까막눈이인 정촌댁이지만, 그 세 글자가 '일편심'이라는 것은 들어서 알고 있다.

이 칼은 여인네들이 애틋한 일편단심을 수호하기 위해서 애지중지 늘 속치마 품속 같은 데에 지니게 마련인 호신용 패도(佩刀)인 것이다. 그러나, 여인네들이라고 해서 누구나 그러는 것은 결코 아니다. 제법 뼈대가 있는 집안의 여인네가 그러는 것이다. 뼈대가 있는 집안의 여인네라고 해서 다 그러는 것도 아니다. 변변치 못한 집안의 여인네라고 해서 전혀 안 그러는 것도 아니고, 말하자면 정절을 중히 여기는, 뼈대 있는 여인네가 그러는 것이다.

그리고, 이 패도가 반드시 여인네들의 전용은 아니다. 남자들도 더러 손칼로써 몸 가까이에 두고 쓰는 것이다. 특히 선비 같은 사람들이 말이다.

정촌댁이는 이 칼을 볼 때마다 지금은 저승으로 간 친정 부친 생각이 나는 것이다.

"어디 출타할 때는 이것을 반다시 몸에 징기고*(간직하고) 댕기라. 알겄나."

하고, 장도를 내주면서, 근육에 경련을 일으킨 듯 한쪽 눈썹을 바르르 떨던 부친 생각이……

그러니까, 어느덧 이십오륙 년 전의 일이다.

어느 봄날, 선이네는(그때는 정촌댁이를 선이네라고 했다) 첫선이를 업고, 닭을 한 마리 싸들고 혼자 친정 길에 올랐다. 세 번짼가 네 번째의 친정 길이었다. 친정 오라버니의 첫아들 돌에 가는 것이었다. 친정은 각싯골에서 질러가도 삼십 리가 멀었다. 큰길로만 가면 빙빙 돌아서 오십 리는 실히 되었다. 그러니, 큰길을 버리고, 지름길을 택할 수밖에 없었다. 봄날이라, 꽃구경도 해가며 쉬엄쉬엄 걸을 만했다. 들길 아니면 숲길, 혹은 산길이었으나, 이따금 동행이 생기기도 해서 별로 지루한 줄 모르고 걸었다.

그런데 앞으로 십 리가량을 남겨두고, 어떤 남정네 한 사람과 동행이 되었다. 동행이 되려고 해서 된 것이 아니었다. 남정네 쪽에서 뒤를 쫓아와서 말을 건네는 바람에 별수 없이 동행이 되었던 것이다.

"색시, 어디까지 가능게?"

"정촌까지 가느마."

"아, 그렇게, 나도 그쪽으로 갈라 카느마. 동행합시더."

남정네는 빙글 웃었다.

남정네는 소금장수였다. 등에 덩실한 소금부대를 지고 있었다. 등짐을 지고도 조금도 헐떡거리는 기색이 없었다. 등짐장수다웠다. 마흔 살 가까이 되어 보이는 사람이었다.

"친정 가는 길잉게?"

"예."

"어디서 오능게?"

"각싯골서예."

"아, 각싯골…… 나도 아느마. 두어 번 소금 팔로 가본 일이 있구마."

"……"

"각싯골은 열녀비가 유명 안 항게. 그죠? 열녀비 참하게 맹글어 놨던데……."

소금장수는 사근사근한 남자인 듯했다. 인상도 얼른 보니 그렇게 보였다. 코 옆에 제법 대추만 한 혹이 한 개 붙어 있어서 어쩐지 절로 웃음이 나오는 얼굴이기도 했다. 그래서 선이네는 묻는 말에 곧잘 대답을 하며 심심한 줄 모르고 걸었다. 인적이 드문 길이었으나, 마치 나이 많은 오라버니를 따라 걷는 듯 오히려 마음이 놓이는 것이었다. 그래서 선이네는 자기가 먼저 입을 열기도 했다.

"아저씨 고향은 어딘교?"

"나요? 허…… 내사 뭐 고향도 없는 사람이구마. 이렇게 소금이나 지고 이리저리 떠돌아 안 댕기능게."

"그럴 리가 있능교. 고향 없는 사람이 어디 있능교."

"나기사 청송 범바우란 데서 났다 캅띠다마는…… 나기만 하면 무신 소용인게."

"……."

"물 있고 산 있는 곳은 다 내 고향이구마."

소금장수는 조금 쓸쓸한 듯이 웃었다. 아닌 게 아니라 일정한 고향도 없이 구름처럼 이곳저곳을 떠돌아다니는 듯 소금장수는 등에 조그마한 단지와 바가지 같은 것을 지고 있기도 했다. 단짓밥을 해먹고 다니는 모양이었다.

선이네는 어쩐지 안됐다는 생각이 들어, 약간 망설여지기는 했지만,

"그럼 자식도 없능교?"

물어보았다.

"자식이 다 뭣게. 그런 것 내사 모르느마."

"우야꼬……."

선이네는 그만 입을 다물어 버렸다.

그렇게 소금장수가 앞서고, 선이네가 뒤따라 길을 가다가, 어느 호젓한 산모롱이를 돌아서서였다.

"저 개꽃*(먹을 수 없는 '철쭉'을 이르는 말) 좀 보소."

"어메에, 억씨기 많이 폈대이."

"좀 쉬어 갑시더."

소금장수는 철쭉꽃이 우거진 곳으로 가서 등짐을 내렸다. 선이네

도 좀 떨어진 곳에 가서 닭을 싼 보자기를 놓고 앉았다. 그리고, 등에 업은 아기를 내릴까 하다가 그만두었다. 아직 젖이 안 불었던 것이다.

등짐을 벗은 소금장수는 철쭉꽃 덤불을 헤치고 저만큼 바위가 있는 쪽으로 갔다. 커다란 바위였다. 커다란 바위가 곧 앞으로 구를 것 같은 위태위태한 자세를 하고 있었다. 소금장수는 그 바위 뒤로 돌아갔다가, 잠시 후에 고의를 여미며 나왔다.

꽃 덤불을 헤치며 제자리로 돌아온 소금장수는 선이네에게 말했다.

"애길 내리소 와. 그래야 좀 쉴 것 같지."

"……."

"정촌까지 안주 칠 마장은 남았을 낀데……."

그래서, 선이네도 그렇겠다 싶어 아기를 내렸다.

띠를 풀어 아기를 내리니, 지금까지 단단히 조여져 있던 배가 후련해져서 그런지, 대번에 볼일이 보고 싶었다. 얼른 포대기 위에 아기를 눕히고, 치맛자락을 여미며 꽃 덤불 속으로 들어섰다. 역시 바위 쪽으로 가는 것이었다. 그러나, 바위 뒤로 돌아가지는 않았다. 바위 한쪽 옆 꽃 덤불 속에 앉는 것이었다. 그리고, 잠시 후 일어섰다.

꽃 덤불을 헤치고 제자리로 돌아오니 소금장수가 포대기 곁에 와 앉아 아기를 들여다보고 있었다. 마치 무슨 신기한 물건이라도 되는 듯 소금장수의 두 눈은 은은하게 반짝거렸다.

그때, 해가 가려지면서, 난데없이 빗방울이 듣기 시작했다. 하늘 한쪽에 한 덩어리 엉겨 있던 구름이 지나가면서 비를 뿌리기 시작했던 것이다.

"비가 오네. 아이고 우야꼬!"

"이런! 난데없이……."

소금장수는 후다닥 가서 등짐을 두 팔로 불끈 들어 올렸다. 그리고, 두리번거리다가 냅다 꽃 덤불 속을 뛰었다. 바위 쪽으로 가는 것이었다.

정신없이 아기를 포대기에 싸안고, 닭 보자기를 손에 쥐기가 무섭게 선이네 역시 그쪽으로 뛰었다. 보자기 밖으로 대가리만 나와 있는 닭도 놀라 꼬꾸댁꼬꾸댁…… 소리를 질러댔다.

앞으로 구를 듯한 자세의 바위가 돼서 바싹 밑은 비가 닿질 않았다. 그 바위 밑으로 두 사람은 뛰어든 것이다.

좌악 비는 금세 소낙비가 되어 마구 쏟아졌다. 온 산의 나무들이 비에 파들파들 떨었고, 구름처럼 피어 흐드러진 철쭉꽃들도 비에 하늘하늘 꽃잎을 떨어댔다. 늦은 봄이긴 하지만 꼭 한여름 소낙비 같았다.

등골이 으스스하도록 시원하게 쏟아지던 비가 좌악 산을 훑어가듯이 지나가더니, 금세 해가 나고, 이슬비로 바뀌면서 깨끗하게 걷혀 버리고 말았다. 그리고, 하늘에 무지개가 섰다. 여우비라더니, 정말 여우비였다.

"어메! 저 무지개!"

선이네는 아기를 안고 바위 밑에 웅크리고 앉은 채 하늘을 바라보았다.

"곱기도 해라."

"……."

소금장수가 아무 반응이 없자,

"아저씨, 저 무지개 좀 보이소."

그를 돌아보며 말했다.

그러나, 소금장수는 하늘을 바라보지 않았다. 그런 것은 아무 소용이 없는 모양이었다. 그의 두 눈엔 야릇한 빛이 담겨 있었다. 어쩐지 열기가 있는 듯한, 번들번들한 눈이었다. 지금까지의 눈과는 전혀 다른 눈이었다.

선이네는 자기를 뚫어지게 바라보고 있는 그 야릇하게 번들거리는 소금장수의 눈과 마주치자, 흠칠 놀라지 않을 수 없었다. 그게 무엇을 말하고 있는 눈인가를 대뜸 알 수가 있었다. 말하자면 여자 냄새를 너무 가까이에서 맡은 사내의 겁나는 눈이었다.

선이네는 얼른 일어서려 했다. 그러나, 허사였다. 덥석 손목을 잡혔던 것이다. 후끈 열기가 느껴지는 손이었다.

"어메야!"

선이네는 절로 비명 소리가 나왔다.

"색시."

뜨거운 목소리였다. 약간 떨리기까지 했다. 두 눈엔 간절한 애원 같은 것이 타고 있었다. 그리고, 코 옆에 붙은 대추만 한 혹도 발그레 익어 있었다.

"놔요! 놔요!"

"색시이!"

"아이고메에! 놓라니까! 놓라니까!"

선이네는 정신이 하나도 없었다.

벌겋게 달아오른 소금장수는 벌떡 일어나더니, 그만 덮치려고 대들었다.

"아이고! 아이고오!"

꼬꾸댁꼬꾸댁 꼬꾸대액 꼬꾸대액 닭도 놀라 마구 소리를 질러댔다.

"사람 살려어!"

선이네는 자기도 모르게 품속의 아기를 불끈 안았다. 그러자, 아으응, 아기도 새파랗게 울음을 터뜨렸다. 아으응 앙앙 앙앙……. 곧 까르르 넘어가는 듯했다.

희한한 일이었다. 아기의 울음소리가 터지자, 그만 벌겋게 대들던 소금장수의 입에서 허억 하는 소리가 나왔다. 팽팽하던 바람이 꺼지는 듯한 소리였다. 그리고, 소금장수는 그 자리에 무너지듯 풀썩 힘없이 주저앉아 버렸다.

순간, 후닥닥 선이네는 일어났다. 그리고 냅다 내달았다. 그 경황중에도 닭 보자기를 집어 들고, 아기를 안은 채 마구 비에 젖은 꽃덤불 속을 내닫는 것이었다.

소금장수는 멀뚱히 주저앉아 꽃 덤불 속을 정신없이 뺑소니치는 선이네의 뒷모습을 그저 넋 나간 사람처럼 바라보고 있을 따름이었다. 암컷을 놓친 허망한 수컷처럼.

그 길로 걸음아 날 살려라 하고, 친정집에 당도한 선이네는 우선 그 얘기부터 늘어놓았다. 그랬더니, 집 안 사람들은 저마다 한마디씩 그 소금장수를 매도해댔다. 뭐 그런 엉큼한 녀석이 다 있느냐고. 대낮에 남의 유부녀를 겁탈하려고 들다니, 참 불한당 같은 놈이라고. 그런 고약한 녀석이니까 집도 절도 없이 사십이 다 되도록 등짐장수로 떠돌아다닌다고. 그 녀석 평생 면천을 못할 것이라고. 모두가 욕을 해댔으나, 부친만은 그저,

"으음."

하고 무겁게 눈을 내리감을 따름이었다.

돌잔치를 마치고, 이틀인가 쉬었다가 시집으로 돌아가려 하자, 부친은 자기 방으로 선이네를 불러들였다. 그리고, 단둘이 앉아 그제야 입을 여는 것이었다. 며칠 전 그 일은 그만하길 다행이었고, 그래도 그 소금장수가 아주 몹쓸 놈은 아니라는 것이었다. 아주 몹쓸 놈 같았으면 기어이 무슨 변을 냈을지 모른다고 했다. 그리고, 남자들이란 거의 다 그렇게 마음 놓을 수 없는 짐승 같은 것들이라는 사실을 단단히 명심하라고 했다.

그러면서, 서랍에서 장도를 하나 꺼내주는 것이었다.

"어디 출타할 때는 이것을 반다시 몸에 징기고 댕기라. 알겠나?"

하면서.

부친은 한의(韓醫)였다. 그러니까, 그 장도는 부친이 늘 약장 서랍에 넣어두고, 약을 지을 때 쓰는 칼이었다.

부친이 그 장도를 주는 뜻을 선이네는 알 수 있었다. 그래서 그날 시집으로 돌아갈 때부터 당장 속치마 품속에 그것을 품었던 것이다.

그렇게 물려받은 장도였다. 그러니, 선이네는 그 장도를 각별히 아끼지 않을 수 없었다. 어디 출타할 때면 부친의 말을 좇아 반드시 그 장도를 품속에 지녔다. 그러나, 막상 그 장도로써 어떤 위기를 모면한 일은 지금까지 한두 차례에 지나지 않았다.

한번은 선이네가 행상이 되어 이곳저곳을 떠돌아다닌 일이 있었다. 그해 몹시 가뭄이 들어 밭의 녹두나 메밀까지가 온통 형편없이 되어버렸던 것이다. 그러니, 별 수 없이 산나물이나 약초 같은 것을 캐가지고 타지로 행상을 나가는 도리밖에 없었다. 며칠씩 타지로 돌아다니자니, 자연 밤이면 남의 집 신세를 지게 마련이었다.

그날도 하룻밤 어느 집 부엌방에서 그 집 하녀와 함께 새우잠을 자는데, 한밤중에 이상한 기미를 느껴 번쩍 눈을 떴다. 아닌 게 아니라, 부엌 쪽 방문이 열려졌고, 누군가가 곁으로 바싹 다가와 아랫도리에 손을 대고 있는 것이 아닌가. 이미 치마는 걷어졌고, 속치마도 젖혀졌으며, 바야흐로 속곳이 내려가려 하고 있는 중이었다.

바깥은 달이 좋은 듯 봉창이 훤했다. 봉창으로 스며드는 희뿌연 달빛으로 보니 상고머리*(옆머리와 뒷머리를 치올려 깎고 앞머리는 몽실하게 그대로 둔 채 정수리를 평평하게 깎은 머리)였다. 저녁밥을 한술 얻어먹으며 힐끗 한번 본 듯한 이 집 아들임에 틀림없었다.

소스라치게 놀란 선이네는 벌떡 일어났다. 그러나, 상고머리는 단념하려 하지 않았다. 희뿌연 달빛에서도 그 두 눈이 무섭게 이글거리고 있는 것을 알 수 있었다.

선이네는 얼른 품속에서 장도를 꺼냈다. 그리고,

"방에서 썩 나갈 끼가, 안 나갈 끼가?"

나직하나, 매서운 목소리로 쏘아붙이며, 쑥, 칼을 뽑았다. 희뿌연 달빛에도 번쩍 칼날은 빛났다.

"안 나가만 찌른다!"

선이네는 이를 악 물며 정말 찌를 자세를 취했다.

그제야 덜컥 겁이 난 듯 상고머리는 후닥닥 문 밖으로 튀어나가 버리는 것이었다.

그래서, 그 위기를 모면했던 것이다. 그런 줄도 모르고 하녀는 쿨쿨 돼지처럼 잠만 자고 있었다.

한번은 또 마을에 반편이 같은 머슴이 한 사람 있었는데, 그게 같잖게도 사내라고 곧잘 히죽히죽 웃으며 겁 없이 지분거리는 것이었다. 그래서, 그만 하루는 호젓한 밭머리로 데리고 가서 칼을 쑥 뽑아 보였던 것이다.

품속에서 칼이 나오는 것을 보자, 머슴은 눈이 휘둥그레지고 말았다. 칼도 보통 칼이 아니니 말이다.

"이 녀석아, 이기 뭔동 알겠제?"

"……."

"앞으로 한 번만 더 못됐게 지랄하만 이걸로 쿡 찌른다. 알겠나?"

"예, 예."

"이걸로 쿡 찌르만 우예 되는동 알겠제?"

"예, 예."

머슴은 그만 겁을 집어먹고 굽실굽실하는 것이었다.

그런 일이 있은 뒤로 머슴은 다시는 지분거리지 않았을 뿐 아니라, 선이네만 보면 슬슬 피했다. 그러니까 그때는 장도로써 위기를 모면한 것이 아니라, 위험을 예방한 셈이었다.

그처럼 직접 남정네 앞에서 장도를 뽑기는 그 두 차례뿐이었다. 그러니까, 그 장도는 직접적으로 몸을 보호하는 구실을 한다기보다도, 항상 품속에 지니고 있음으로써 자기 마음을 단단히 도사리도록 하는 역할이 더 크다고 할 수 있었다. 그 장도를 품속에 품고 있을 라치면 어쩐지 마음이 늘 반듯하게 가다듬어지는 듯했고, 아무 데를 가도 두려움이 일지 않고, 항상 침착을 유지할 수가 있는 것이었다. 벌떡벌떡 뛰는 심장 곁에 칼이 있기 때문에 그런 모양이었다.

그래서, 선이네는 머리에 청포 모판을 이고, 뻐덕한*('뻐덕뻐덕한'의 오류로 보인다) 무명베 차림으로 읍내에 나갈 때도 으레 품속에는 그

용비백련도가 그려진 장도를 지녔다.

그러나, 선이네가 정촌댁이로 바뀌면서, 다시 말하면 얼굴에 주름살이 생기고, 머리에 희끗희끗 서리가 묻기 시작하면서부터는 장도를 몸에서 거두었다. 그럴 필요를 이제 느끼지 않는 것이었다. 그래서, 그저 부친의 유물로서 소중히 반닫이 속에 넣어두고, 이따금 꺼내어 반질반질 빛이 나도록 닦곤 할 따름이었다.

오늘은 반닫이 속에 차곡차곡 마련해 둔 상답*(자식들 혼인에 쓰거나 훗날 좋은 일에 쓰기 위해 준비해 둔 옷감)을 한 가지 한 가지 꺼내며, 용만이 몫으로 남길 것과 끝선이 몫으로 주어서 보낼 것을 가리다가 그 장도가 손에 집혔던 것이다.

그 장도에 새겨진 '일편심'이라는 글자를 들여다보고 있던 정촌댁이는 문득 끝선이의 시집살이 생각이 났다. 앞으로 끝선이의 시집살이가 아무래도 보통 시집살이가 아닐 것만 같은 것이다. 어미로서 어쩐지 불안하고 슬그머니 걱정까지 되는 것이다. 끝선이가 마음을 단단히 도사려 먹어야 될 것인데 말이다.

그래서, 정촌댁이는 그 장도를 끝선이에게 주기로 마음먹었다. '일편심'이란 반드시 정절을 지키는 것만을 뜻하는 것이 아니니 말이다. 여자의 길을 끝까지 반듯하게 지켜나가는 것도 훌륭한 일편심이 아니겠는가. 고추같이 매운 시집살이를 잘 견뎌나가기 위해서도 일편심은 필요한 것이다.

"후유우."

정촌댁이는 나직이 한숨을 쉬며, 칼날을 도로 칼집에 꽂았다.

6

밤이 꽤 깊었다. 멀리서 부엉이 우는 소리가 들려온다.

정촌댁이와 끝선이는 가물거리는 호롱불 곁에서 함께 맷돌질을
하고 있다. 마주앉아 모녀가 같이 맷손을 쥐고 달달달…… 맷돌을
돌린다.

맷손 밑부분을 쥔 정촌댁이의 손은 마치 오래된 나무껍질 같다.
손가락 마디마디도 굵고 뻐덕뻐덕하다. 오랜 풍상을 잘 말해주고 있
다. 윗부분을 쥔 끝선이의 손은 물이 잘 오른 봄날의 풋잎*(햇잎)처
럼 윤이 흐르고, 부드럽다. 아직 세상의 고초에 젖지 않은 손이니 그
럴 수밖에 없다. 나무껍질 같은 손과 풋잎 같은 손― 매우 대조적인
손이지만, 그러나, 두 손이 똑같이 큼직하고 실팍하게 생겼다. 어쩌
면 닮아 보이기까지 한다. 나무껍질 같은 정촌댁이의 손도 옛날에는
꼭 지금의 딸의 손 같았을 것이고, 풋잎 같은 끝선이의 손도 훗날에
는 꼭 지금의 어머니의 손처럼 될 것이 아닌가. 모녀의 손인지라, 다
만 세월의 차이가 나타나 있을 뿐, 그 기본 생김새엔 차이가 없는 것
이다.

겉으로 얼른 보기에는 많은 차이가 있으면서도 실상 별 차이가 없
는 두 손이 한 맷손을 쥐고 달달달…… 녹두를 갈고 있다. 끝선이의
잔칫날이 모레로 다가온 것이다. 그러니까, 어쩌면 이게 끝선이로서
는 어머니의 맷돌질을 거들어주는 마지막 밤이 되는지도 모르는 것
이다. 시집간 뒤에도 혹 친정엘 와서 그럴 기회가 있을는지 모르지
만. 아무튼 오늘 밤만은 끝까지 어머니와 함께 맷돌질을 해야겠다고
끝선이는 마음을 먹고 있는 것이다. 그리고, 달달달…… 맷돌을 함

께 돌리면서 아까부터 어머니가 들려주는 이야기가 매우 재미있어서 먼저 자고 싶은 생각이 나질 않는다.

정촌댁이 역시 어쩌면 딸과 함께 맷돌질을 하는 것도 이 밤이 마지막일 것 같아, 감회가 뿌듯하다. 그래서, 곧장 다른 손으로 녹두를 떠다가 맷돌 아가리에 부어넣으며 이야기를 계속해나간다.

이야기는 자기의 과거담이었다. 과거 중에서도 주로 시집살이 초기의 이야기였다. 그러니까, 주로 시어머니에게 당하는 이야기였다. 시집살이가 얼마나 어렵고 매운 것인가 하는 것을 딸에게 들려주는 것이었다. 내 이야기를 잘 듣고 단단히 마음을 가다듬어 그 어렵고 매운 시집살이를 잘 견뎌나가야 된다는 그런 일종의 교훈인 셈이었다.

시어머니가 꽤나 별난 성미였던 모양으로, 이야기는 어쩌면 거짓말 같기도 하고, 좌우간 매우 재미가 있었다. 이야기라고 들으니 재미가 있지, 실지로 그런 시달림을 어떻게 견뎌낼 수가 있을까 싶으며, 끝선이는 그런 시어머니 밑에서 시집을 산 어머니를 새삼스럽게 멀뚱히 바라보기도 했다. 까짓것 나 같으면 그렇게까지 시달림을 받으면서야 못 살겠다, 보따리를 싸고 말지, 싶으면서 말이다.

어머니의 시어머니란 바로 할머니인 것이다. 할머니가 그렇게 심술궂고 별난 사람이었던가 싶으니, 끝선이는 슬그머니 기분이 착잡해지기도 했다. 일종의 곤혹감이었다.

끝선이도 할머니의 얼굴을 기억하고 있었다. 할머니가 세상을 떠난 것이 자기가 다섯 살인가 여섯 살 때의 일이니까, 어렴풋이나마 떠오르는 것이다. 이마가 훌렁 벗겨진 얼굴이었다. 몸집은 크고 뚱뚱한 편이었다. 말하자면 여장부형이었다. 그런데, 그렇게 심술이 있고 별났던 모양이다.

그러나, 끝선이의 기억에는 할머니가 자기를 매우 귀여워해 준 것으로 떠오른다. 곧잘 불러 앉혀놓고 머리를 빗어주고, 땋아주고 하던 일이 기억에 뚜렷하다. 마을에 무슨 잔치라도 있으면 데리고 가서 떡 쪼가리 같은 것을 얻어 쥐어주기도 하고, 하다못해 손가락으로 콩나물 같은 것이라도 집어다가 입에 넣어주던 할머니였다. 한번은 밖에서 아이들과 놀다가 시궁창에 넘어져 온통 옷을 버리고 엉망이 되어 울면서 집에 돌아온 일이 있었다. 그때도 할머니가 샘가로 데리고 가서 말짱 옷을 벗기고 몸을 씻어주었던 것이다. 물론 "에라이 이년아!" 하면서, 머리빡을 쥐어박기는 했지만.

그런 할머니가 며느리인 어머니한테는 그처럼 호랑이 짓을 했던가 싶으니, 끝선이는 기분이 묘했다. 아침으로 자기보다 조금이라도 늦게 일어나면 며느리가 시어머니보다 늦게 일어나다니 될 말이냐고, 고등관 생활하려고 시집왔느냐고, 냅다 호통을 쳐대다니, 그런 꾸지람을 들을 때마다 얼마나 무안했을까. 아침에 일어나면서부터 그런 호통을 맞으면 하루 종일 얼마나 기분이 언짢을까. 그러니까 시집살이란 잠도 마음 놓고 못 자는 것이란 말인가. 자면서도 늘 시어머니 생각을 하고 있어야 된다는 것인가 싶으니, 끝선이는 절로 피식 웃음이 나왔다. 어처구니가 없는 웃음이었다. 밥이 질면 질다고 잔소리고, 되면 되다고 잔소리고, 숭늉이 멀거면 멀겋다고 입을 대고, 짙은 빛깔이면 밥을 많이 태웠다고 입을 대고, 빨래를 하러 가서 좀 늦으면 빨래 몇 가지를 가지고 나가서 무슨 늑장을 부리다가 오느라고 이렇게 늦느냐고 꾸지람이고, 빨리 돌아오면 빨래를 어떻게 빨았기에 벌써 돌아오느냐고, 일을 그렇게 건성으로 해서 되느냐고, 좀 무슨 일이든지 정성을 들여서 하라고 꾸지람이고, 저녁쌀을 좀 일찍 씻으면 해가 아직 중천에 있는데 벌써 무슨 저녁이냐고, 속에 무슨 걸귀가 들어앉았느냐고 입방아를 찧고, 좀 늦게 씻으면 한밤중에 저녁을 먹으려고 이렇게 늑장을 부리느냐고 입방아를 찧어대다니, 도무지 무슨 일 한 가지도 눈에 드는 것이 없었던 모양이다. 눈에 드는 것이 없었다기보다도, 그처럼 어떻게든지 헐뜯고 욕을 해대야만 직성이 풀리는 그런 고약한 성미였던 것 같다. 그리고, 아침부터 저녁까지, 별 잘못도 없는 며느리에게 늘 잔소리를 하고, 꾸지람을 하고, 호통을 쳐대는 것이 시어머니의 구실이라고 생각했던 것이나 아닐까. 그래야만 시어머니로서 권위가 서는 것이라고 말이다.

시어머니에게 첫 호통을 들은 게 시집와서 사흘째 되는 날이었다고 한다. 그날 아침, 설거지를 마치고 구정물을 수채에다가 버렸다. 그런데, 구정물에서 허연 밥알이 쏟아져 나왔던 것이다. 그릇에 묻은 밥알들을 그대로 구정물에 담가 씻어냈던 것이다. 그러니까, 뭐 그다지 많은 양의 밥알은 아니었다. 그러나, 그것이 수채에 쏟아지니 온통 수채가 허옇게 보였던 것이다. 그것을 본 시어머니가 대뜸,

"아이고, 이런 수가 있나!"

입을 열었다.

"아이고 벨일도 다 보겠네. 우짠 밥을 이렇게 막 내뻐리노. 수채에다가……."

"……."

처음에는 왜 그러는지 얼른 알 수가 없었다. 밥그릇을 씻은 구정물에서 밥알이 나오는 것은 예사가 아닌가. 그리고 구정물을 수채에 버리지, 그럼 어디다가 버린단 말인가. 대수롭지 않게 생각하고 버렸

던 것이다.

"아이고, 풍년이 들어도 분수가 있지, 말짱한 밥을 막 내삐리다니…… 이거 우리 살림 야단났구나, 야단났어……."

"밥을 내삐린 기 앙입니더. 그릇 식근 밥풀입니더."

"뭐라? 그릇 식근 밥풀이라? 밥풀은 그럼 밥이 앙이고 뭐고? 흙이가? 어디서 말대꾸를 하노."

"……."

"저 밥풀 굵은 거 좀 보소. 내 참, 벨 꼴을 다 보겠네."

이렇게 한번 입이 떨어지자, 연방 잔소리가 쏟아져 나오기 시작했다. 수월한 시어머니가 어디 있을까마는 그러나, 시집와서 사흘째부터 벌써 시작이니, 과연 된 시집살이를 만난 것이었다.

시어머니가 가장 호통을 치는 것은 식은 밥이 남아돌 경우였다. 양식을 아낄 줄 모른다는 것이었다. 양식을 아끼지 않을 턱이 없지만, 그러나. 어쩌다가 밥을 해놓고 보면 좀 많을 때도 있고, 또 여느 때와 다름없는 분량인데도 식구 중에 누군가가 입맛이 떨어지거나 해서 더러 밥이 남는 수도 있기 마련이었다. 그러나, 어쨌든 남아도는 식은 밥을 보기만 하면 대번에 시어머니의 홀렁 벗겨진 이마에 거꾸로 여덟팔자가 꿈틀거렸다. 그러니, 여하한 일이 있어도 식은 밥이 남아돌지 않아야 했다. 그래서, 밥그릇에 절반이나 그보다 적게 남았을 경우에는 몰래 부엌에서 억지로 꾸역꾸역 다 먹어치웠다. 꾸역꾸역 억지로 먹어치우고는 배가 터질 것 같아 걸음도 베비작베비작 겨우 걸은 일이 한두 번이 아니었다. 언제까지나 그런 수법을 쓸 수는 없어서, 이번에는 남은 식은 밥을 감추어두느라고 애를 먹었다. 부엌 안에 감추어두어서는 발각이 날 우려가 많기 때문에, 뒤안 솔가리 속이나 장독대의 빈 단지 속 같은 데에 갖다 숨겼다. 그랬다가 그것을 적당히 자기 몫으로 처리해 버리는 것이다.

그런데 솔가리 속에 감추어 둔 것이 한 번은 발각이 났다. 시어머니가 사랑에 군불을 때려고 뒤안에 가서 솔가리 한 단을 내렸던 것이다. 그랬더니 그 속에서 웬 밥그릇이 나오는 것이 아닌가.

"우야꼬! 이기 뭐고?"

시어머니는 대번에 주름살이 꿈틀거렸다. 대뜸 모든 것을 알 수가 있었다.

"이런 빌어묵을 년 보래. 식은 밥을 여기다가 감추어놓다니……
아이고오 이런 빌어묵을 년이 시어미를 뭘로 알고……."

여느 때보다 월등히 화가 치솟은 모양이었다. 밥그릇을 들고 뒤뚱뒤뚱 앞마당으로 달려 나간 시어머니는 냅다 마당에다가 밥그릇을 내던졌다. 허연 식은 밥 덩어리가 땅에 데굴데굴 구르자, 옹달샘에서 저녁쌀을 씻고 있던 새색시(그때는 정촌댁도 선이네도 아니고, 그저 새색시라고 했다)는 정신이 하나도 없었다. 얼굴이 온통 백짓장이었다.

"이 빌어묵을 년 같으니……."

시어머니는 얼른 부엌으로 뛰어 들어가더니, 그만 부지깽이를 들고 나왔다. 부지깽이를 들고 우루루 며느리에게로 달려가서 냅다 사정없이 후려갈기는 것이 아닌가.

"이년아! 이년아! 시어미를 뭘로 알고…… 이년! 이년!"

"아이고! 아이고! 아이고매애!"

새색시는 비명을 지르며 땅바닥에 나가 뒹굴었다. 너무나 불시의 일이라, 도망칠 정신도 없었다. 그리고, 아무리 그렇지만 설마 부지깽이를 가지고 실지로 때리기야 하랴 싶었던 것이다.

그런 일이 있은 뒤론 시어머니의 얼굴이 염라대왕의 얼굴처럼 느껴졌다. 그리고, 부엌의 부지깽이만 보아도 기분이 나빴다. 아무리 시집살이가 맵다고는 하지만, 시어머니가 며느리를 부지깽이로 개 패듯이 팰 수가 있는가 말이다. 무슨 대단한 잘못을 저지른 것도 아니고. 하도 식은 밥 잔소리가 심해서 눈에 띄지 않게 하려고 살짝 좀 감추어 놓았을 뿐인데……. 정나미가 뚝 떨어졌다. 자기 딸이라도 그렇게 함부로 못 때릴 것인데 말이다.

결국 식은 밥이 남으면 이번에는 도리 없이 시어머니 몰래 감쪽같이 버리는 수밖에 없었다. 밥을 내버린다는 것은 정말 겁나는 노릇이었다. 만일 그러다가 들켰을 경우에는 부지깽이가 아니라, 작대기로 얻어맞아도 할 말이 없는 것이다. 어쩌면 쫓겨날지도 모르는 일이다. 그러나, 마지막으로 그 방법밖에 별수가 없었다. 감쪽같이 두엄더미 속에 묻어버리기도 했고, 헛간의 잿더미 속에 쑤셔 넣어 버리기도 했고, 혹은 뒤안의 흙을 파서 묻어 버리기도 했다. 그럴 때면 온통 가슴이 걷잡을 수 없이 뛰었고, 손에 식은땀이 쥐어지기까지 했다. 마치 무슨 큰 범죄라도 저지르는 것처럼. 아무튼 그것은 큰 모험이 아닐 수 없었다.

일이 길어지면 꼬리가 밟히는 법으로, 한 번은 시아버지가 헛간의 재를 져내다가 잿더미 속에서 굴러 나오는 밥 덩어리를 발견했다. 처음에는 재가 묻어 있어서 그게 무언지 알 수가 없었으나, 삽으로 쿡 찍었더니, 툭 갈라지는데 보니 허연 밥 덩어리가 아닌가.

"으? 이기 뭐고? 밥 앙이가…….."

허연 밥덩이가 어떻게 된 영문으로 잿더미 속에서 나오는지, 두 눈이 휘둥그레지지 않을 수 없었다.

"우째 된 일이고? 이기……."

슬그머니 화가 치미는 모양이었다.

마침 그때 시어머니는 이웃에 가고 없었다. 옹달샘에서 김칫거리를 씻고 있던 새색시는 얼굴에서 핏기가 싹 가시면서 자기도 모르게 벌떡 자리에서 일어났다. 그리고 얼른 시아버지 곁으로 가서 치맛자락으로 대구 두 손을 문지르면서,

"지가 그랬심더. 아부님예."

곧 어쩔 줄을 몰랐다.

"와 이랬노? 밥을……."

"식은 밥이 남으만 어무님이 억씨기 뭐라 카십니더. 그래서, 구만……."

"야야, 그렇다고 밥을 이렇게 내삐리만 쓰나."

"아부님, 잘몬됐심더. 앞으로는 다시 안 그라겠어예."

그러자, 시아버지는 한결 누그러진 목소리로,

"밥이 좀 쉬었더나?"

했다.

"예, 좀……."

새색시는 살짝 얼굴을 붉혔다.

"알았다. 가서 어서 일이나 해라. 으음."

그러면서 시아버지는 그 밥덩이를 재와 함께 아무렇게나 지게에 떠 담아 버렸다.

샘가로 돌아온 새색시는 어찌나 질겁을 했는지, 아직도 가슴이 두근거리고 있었다. 그러나 곧 가라앉으면서, 웬일인지 두 눈에 핑 눈물이 도는 것이었다. 만일 시아버지가 아니고, 시어머니였더라면 어

떻게 됐을까 싶으니, 등골이 으스스 떨리는 것이었다. 시아버지에게 발각되기를 천만다행인 것이다. 그리고, "야야, 그렇다고 밥을 이렇게 내삐리만 쓰나." "밥이 좀 쉬었더나?" 시아버지의 그 말이 왜 그렇게 가슴에 와닿는지 몰랐다. 하찮다면 하찮은 그 말이 말이다.

새색시는 눈에 고여 오르는 눈물을 어쩌지 못해 옷고름으로 찍었다. 그리고, 도리 없이 일어나 뒤안으로 돌아갔다. 주르르 걷잡을 수 없이 녹아 흐르는 물코를 팽! 풀고, 새색시는 뒤안 돌담 가에 서서 먼 산 너머 하늘을 바라보면서 한참동안 섧게 느껴 울었다.

남아도는 식은 밥 못지않게 시어머니가 신경을 곤두세우는 것은 방아를 찧어서 싸라기가 많이 났을 경우였다.

두멧골이라 곡식을 절구나 디딜방아로 찧어먹었다. 물레방아가 있는 곳까지는 오 리가 훨씬 넘기 때문에, 숫제 집에서 조금씩 절구에 찧어먹기 아니면, 디딜방아로 좀 낫게 찧어서 먹는 것이었다. 절구나 디딜방아도 기술이 따로 있는지, 어떤 사람이 찧으면 싸라기가 별로 생기지 않는데, 어떤 사람은 되게 나오는 것이었다. 같은 벼인데 말이다.

싸라기 안 나오게 찧는 기술을 익히려고 새색시는 무척 애를 썼다. 그러나, 하루 이틀에 되는 일이 아닌 모양이었다. 절구질을 하거나, 디딜방아를 찧고 나면 가뜩이나 팔다리가 뻐근한 판인데, 으레 또 시어머니의 싸라기 타령이 나오니, 참 못 해 먹을 노릇이었다.

"아이고오, 우짠 싸래기가 이렇게 많이…… 방알 대체 우예 찧길래…… 싸래기밥이 그렇게 맛 좋더나? 이렇게 온통 싸래길 맨들어놓구로. 내 참, 방아도 하나 지대로 몬 찍으니……."

그러면서도 싸라기를 안 만들고 잘 찧는 재주가 있는 모양인 자기가 찧을 생각은 한 번도 안 하고, 늘 "야야, 방아 찍어 오너라." "야야, 오늘은 절구통에 찍어라." 하고, 시키기만 하는 것이었다.

방아 찧기뿐 아니라, 청포 만들기도 마찬가지였다. 녹두를 맷돌에 가는 일로부터 시작해서 물에 담가 불려서 껍질을 벗기는 일, 물에 불은 녹두를 다시 맷돌에 갈아서 자루에 넣어 짜는 일, 짠 것을 가라앉혀 윗물을 버리는 일, 그리고, 그 가라앉은 앙금을 솥에 넣어 알맞게 물을 부어서 끓이는 일, 어느 한 대목도 수월하게 넘어가는 적이 없었다. 어떻게 하라고 잘 가르쳐주지는 않고, 그저 걸핏하면 잔소리고, 꾸지람이고, 호통이었다. 도무지 사람이 주눅이 들어서 혼자 맡겨두면 수월하게 해낼 일도 잘 되지가 않는 것이었다.

아무리 시어머니고, 또 시집살이라고는 하지만, 그렇게 그래서야 사람이 어떻게 부지할 수가 있는지…… 어머니의 이야기를 듣는 끝선이는 그저 어이가 없고, 기가 막혀서 웃음이 나올 따름이었다.

"어무이도 참, 그렇게 그런데 우예 살았노?"

"안 살만 우야노."

"그렇게 그런데 사람이 우예 사노. 까짓것 보따리를 싸 삐리지."

"보따리를 싸 삐리다니? 아이고 야야, 그기 무신 소리고. 당최 그런 소리 하지 말아. 농담으로라도 그런 소린 하는 기 앙이다. 여자란 한번 시집가만 죽어도 그 집 귀신이 되야 하는 기다. 보따리를 싸다니, 어디서 그런 소릴 하노."

"히히히……."

"야가, 웃기는……."

"우습다 와."

"와 우습노? 내 말이 틀린 말이가?"

"틀린 말은 앙이다."

"그런데 와?"

"히히히. 어쩐지 우습다."

"아이고 이것아, 하하하……."

결국 정촌댁이도 웃음이 나왔다.

멀리 개 짖는 소리가 잠시 밤의 정적을 깨트리더니, 이번에는 부엉이가 바로 마을 뒤 도토리나무 숲에 와서 우는 듯 부헝 부헝 부헝…… 꽤나 가까이 들렸다.

달달달…… 이제 녹두도 얼마 남지 않았다.

"한 번은 이런 일도 있었니라."

정촌댁이는 다시 이야기를 꺼냈다.

"너거 할매는 어지간히 메느리한테 인사도 받을라 캤띠라. 그렇게 들볶으면서도 무슨 낯으로 인사는 또 각근히 받을라고 하던동……. 어디 갔다 오는 것을 보고, 아이고 인자 오십니꾜 하고, 아주 반갑은 듯이 인살 안 하만 베락이 나는 기라. 시어밀 뭐로 아느냐고. 어디 갔다 와도 반갑아 하지도 않는다고……."

"핫핫하……."

"우습제? 정말 우습띠라. 뭐가 반갑아서 그런 인사가 나오겠노 말이다."

"재밌다."

"재밌제? 한 번은 너거 할매가 장에 갔다가 돌아왔는데……."

우수수― 바람이 지나가는 듯 나뭇잎 떨어지는 소리가 스산하게 들렸다. 방 안의 호롱불도 팔락팔락 나부꼈다.

"바람이 생기는 모양이제? 넬모레 날씨가 좋아얄 낀데……. 장에

갔다 돌아와 너거 할매가 삽짝을 들어서는데, 그때 나는 저녁쌀을 안치고 있었떠라. 저녁쌀을 안치고 있는데, 베란간 아랫배가 사르르 아프면서 설사가 나올라 안 카나. 그래서. 너거 할매가 돌아오는 줄도 모르고 얼른 정지를 뛰어나가 뒷간으로 안 쫓아갔띠나. 쫓아가다가 보니 너거 할매가 삽짝을 들어서고 있는 기라. 그러니 우짜겠노. 우선 급한 볼일부터 봐야지."

"히히히…… 그래서?"

끝선이는 꽤 재미가 나는 모양이었다.

"그래서, 하는 수없이 그냥 뒷간으로 쫓아 들어갔지 뭐."

"그랬더니?"

"아 글씨, 뒷간 앞에 와서 뒷간에다 대고 막 욕을 안 해대나. 시어미가 얼마나 미우면 시어밀 보고도 인사도 안 하고 뒷간부터 쫓아 들어가느냐고……."

"히히히……."

"내 참, 기가 맥혀서…… 그래서, 아무*(원전에는 '아목') 소리도 안 하고, 그저 끙끙 힘을 주며 주룩주룩 설사를 내깔겼지."

"핫핫하……."

"그랬더니, 그제사 입을 다물더라니까."

"설사 나오는 소릴 들었던 모양이지?"

"그랬던 모양이라. 내 참."

"설사 덕도 볼 때가 있구마는."

"별일도 다 많지."

정촌댁이는 맷손을 쥔 손을 바꾸었다. 그리고, 또 이야기를 꺼냈다.

"니가 두 살인가 세 살 때, 친정에 다니로 가서 몸살이 나서, 사흘 만에 온다는 기 닷샌가 엿새 만에 온 일이 있었띠라. 아프고 일어난 몸이라, 너를 업고 삼십 리가 넘는 길을 걸어오는데 어찌 고되든동, 쉬엄쉬엄 왔는데도 구만 마을 앞 고개까지 오니 다리가 더 떨어지질 않더라니까. 그래서, 주저앉아 버렸지. 집이 바로 코앞인데, 우째 그리 허리가 아프고, 다리가 땅기던동 도모지 일어날 수가 있어야 말이제. 허는 수 없이 너를 내리고, 다릴 쭉 뻗고 앉아 실컨 안 쉬었띠나. 그리고 집에 돌아왔더니, 아 글씨, 이년이 어지간히도 시집에 오기 싫은갑다고, 삽짝을 들어서는데, 막 달라들어 머리꺼댕일 쥐어 안 뜯나."

"우야꼬……."

"사흘 만에 온다는 기 인제 왔으만 한 걸음이라도 빨리 집에 올 끼지, 고개 우에 앉아서 해 지길 기다렸띠나? 시어미 죽길 기다렸띠나? 이카면서 말이다."

"노망했던갑다, 할마시."

"내 참, 복쟁이가 터져서…… 아이고, 말도 마래이, 너거 할매. 내가 어떤 시집을 살았는동 아노. 생각만 해도 몸서리가 난다."

그러자, 끝선이는 슬그머니 듣기가 안 좋았다.

"어무이가 빙신이지. 그런 시집을 누가 억지로 살아라 카더나."

"안 살만 그럼 우얄끼고?"

"그렇게 못 견디겠는 걸 우예 사노."

"야야, 그래도 전딨으니까 살았지. 억지로라도 전디메 살아야지, 한번 시집을 간 몸이 그럼 우얀단 말이고? 도리 없니라. 여자란 한번 시집가만 구만인 기라. 어떤 일이 있어도 전디고 살아야 되는 기

라. 허는 수 없니라. 팔자를 고칠라 캐봐도 안 되니라. 어디 시집 다른 데가 있을 줄 아나?"

"……"

끝선이는 왈칵 기분이 어두워지는 것을 어쩌지 못했다. 불안한 생각이 밀어닥치는 것이었다. 그렇게 그런 시집을 갈 날이 눈앞에 다가와 있으니 말이다.

그런 끝선이의 표정을 알아차리자, 정촌댁이는 얼른 말투를 누그렸다.

"그렇지만, 그것도 다 시어마시 나름인 기라. 인심 좋은 시어마시사 메느리를 딸자식보다 더 생각한다 안 카나. 어디 너거 할매 같은 시어머니가 또 있을라고. 너거 시어머니 될 사람은 보니 속이 넓은 거 같더라. 인심도 좋아 보이고."

"히힉!"

끝선이는 킥 웃음이 나왔다. 어머니의 말하는 심중이 빤히 들여다보이는 것이었다.

"웃기는…… 보래, 고약한 양반은 아닐 끼니…… 그러니까, 아무쪼록 니가 먼저 잘 섬기야 하니라. 시어머니를 잘 섬기고, 신랑을 잘 섬기고…… 그기 여자의 본분 앙이가. 그 본분만 다 하만 무신 일이 있겠노, 만사가 태펭이지."

그럼 어머니는 시어머니를 잘 안 섬겨서 그렇게 구박을 받았더냐고, 끝선이는 물어보려다가 그만두었다. 어쩐지 자꾸 우습기만 한 것이었다.

구박이 이만저만 아니고, 정이라곤 요만큼도 가지 않는 시어머니였지만, 그러나, 그 시어머니가 죽자, 선이네(그때는 선이네였다)는 목을 놓아 서럽게 울었었다. 어디에 그렇게 많은 설움이 담겨 있었던가 싶을 만큼 울어도 울어도 다시 복받쳐 오르는 것이었다.

서럽게 울고 또 우는 선이네를 보고 마을 사람들은 참 효부라고 했다. 저런 착한 며느리를 생전에 그처럼 학대를 했던가 하고, 쯧쯧쯧, 혀를 차기도 했고, 함께 눈물을 글썽거리기도 했다.

그러나 실상 선이네가 그렇게 목을 놓아 운 것은 시어머니의 죽음 그 자체가 슬퍼서 그런 것은 아니었다. 물론 시어머니의 죽음 자체도 슬프기는 했지만, 그것보다도 그 죽음으로 말미암아 자기의 가슴속에 쌓이고 쌓였던 설움의 덩어리가 주르르 녹아 흘렀던 것이다. 죽음이라는 불가사의한 현상 앞에 굳어질 대로 굳어졌던 심정이 갑자기 풀리면서, 걷잡을 수 없는 격정으로, 회한으로, 그리고, 야릇한 해방감으로 쏟아졌던 것이다. 말하자면 여자의 최초의 한이 눈물이 되어 줄줄줄 쏟아져 나온 셈이었다.

사람이 죽으면 다 허망하고 그만인 것인데, 생전에 왜 그렇게 눈에 불을 켜가지고 야단이었던지 싶으며, 선이네는 울면서도 속으로, 부디 좋은 데 잘 가소, 하고, 빌었었다.

맷돌질이 끝나자, 끝선이는 하품을 하면서 커다랗게 기지개를 켰다. 밤이 이제 어쩌면 자정을 넘었는지도 모른다.

정촌댁이는 맷돌이랑 매함지를 윗목으로 밀어놓고, 대강 걸레로 방을 훔쳤다. 아랫목에서는 용만이가 침을 질 흘리면서 자고 있었다.

끝선이도 치마저고리를 벗고, 잠자리에 들려고 했다. 그러자, 정촌댁이가 무슨 생각이 났는지,

"가만있거라. 저……."

하면서, 반닫이 쪽으로 가서 문을 열었다.

안에서 장도를 꺼내는 것이었다. 가물거리는 호롱불 밑이기는 했지만, 장도의 허리에 감긴 백동 장식은 귀물스럽게 반짝거렸다.

끝선이는 무슨 영문인가 싶었다. 그 장도를 처음 보는 것은 아니었다. 어릴 때, 어머니의 품속에서 그 칼이 나오는 것을 보고 눈이 휘둥그레졌던 일도 있었고, 칼의 백동 장식에 그려진, 여섯 개의 발이 달린 용이랑 구름이랑 연꽃을 보고 신기해한 일도 있었고, 반닫이 속에 넣어둔 뒤에도 몇 번 꺼내어 만져보기도 했고, 칼집에서 칼을 빼보기도 했었다. 그러니까, 결코 뭐 대수로울 것은 없었다. 그러나, 이 밤중에 별안간 무슨 생각으로 그 장도를 꺼내는지 의아스럽지 않을 수 없었다. 가뜩이나 맷돌질을 하느라고 고단해진 터인데, 얼른 자지 않고 말이다.

"야야, 니 이거……."

정촌댁이는 잠시 말을 끊었다. 그리고, 장도의 허리에 반짝이는 백동 장식의 용비백련도를 물끄러미 들여다보고 있더니, 쑥 칼을 뽑았다. 이번에는 칼날 한가운데에 새겨진 '일편심'이라는 세 글자를 가만히 들여다보다가, 후유우, 나직하게 한숨을 쉬었다. 그리고 말했다.

"시집갈 때 가지고 가거라."

"응?"

끝선이는 두 눈을 대구 깜작거렸다. 의외의 말이었던 것이다.

"니 줄 꺼니까, 시집갈 때 갖고 가라 말이다."

"히히……."

끝선이는 어쩐지 웃음이 나왔다. 이 밤중에 난데없이 반닫이에서 칼을 꺼내더니, 시집갈 때 가지고 가라니……. 시집가는데 칼은 뭐

하려고……. 귀물스럽게 생긴 칼이라 욕심이 나기는 하지만……. 시
집가서 그것으로 손톱이랑 발톱을 늘 깨끗하게 깎으라고 그러는
것인지……. 끝선이는 무슨 뜻으로 그러는지 얼른 알 수가 없었다.
그래서,

"시집가는데 칼은 뭐 할라고?"

히죽히죽 웃으면서 물어보았다.

"야야, 이 칼이 보통 칼인 줄 아나?"

"……."

"여기 새겨 있는 이 글자를 좀 보래."

끝선이는 말없이 어머니 곁으로 가서 칼날에 새겨진 세 글자를 들
여다보았다. 칼날에 글자가 새겨져 있다는 것은 이미 보아서 알고
있었다. 참 희한하게 글자가 다 새겨져 있네 싶었었다. 그러나 그게
무슨 글잔지, 왜 거기에 그런 것이 새겨져 있는지 알 턱이 없었다.

"이기 무슨 잔가 하만……."

모녀는 다 같이 까막눈이었다. 그러나, 정촌댁이는 그게 '일편심'
이라는 글자란 것을 알고 있었다.

"일편심인 기라, 일편심."

"일편심이 뭐고?"

"일편심도 모르나. 일편단심이란 말이다."

"일편단심? 히히."

웃으려다가 끝선이는 정색을 했다. 어머니의 표정이 너무나도 가
라앉아 싸늘하게까지 느껴졌던 것이다.

어머니의 그런 표정을 보기는 처음이었다. 침울해하거나, 시름겨
워하거나, 쓸쓸해하는 그런 얼굴은 더러 보았지만, 이렇게 진지하고

어쩌면 엄숙하기까지 한 표정은 처음인 것이었다. 어머니의 어디에 그런 것이 깃들어 있었던가 싶을 정도로 위엄까지 느껴지는 얼굴이었다.

그런 이상한 분위기를 풍기면서, 정촌댁이는 그 장도에 관한 이야기를 차근차근 꺼내기 시작했다.

그 칼이 외할아버지가 준 것이라는 사실은 끝선이도 이미 들어서 알고 있었다. 그러나, 그 장도에 서려 있는 사연은 전혀 처음이어서, 끝선이는 곧장 나오려는 하품을 눌러가며 열심히 들었다.

재미있는 이야기였다. 소금장수와 함께 난데없이 소낙비를 피해 바위 밑으로 들어가는 대목에서 도저히 견딜 수 없어 끝선이는,

"눕어서 하자."

하고, 잠자리로 파고들었다.

호롱에 기름이 마른 듯 불이 콩알만 하게 작아지면서 팔딱팔딱 뛰었다.

정촌댁이는 장도를 치우고, 가볍게 하품을 한번 하고 나서, 불을 훅 불어 껐다. 그리고, 자기도 부스스 자리에 들었다.

깜깜한 어둠속에 누워서 정촌댁이는 이야기를 계속해나갔다. 끝선이는 자꾸 감기려는 눈을 껌벅거려가며 어머니의 이야기에 귀를 기울였다.

그러나, 외할아버지한테 받은 그 장도를 가슴에 품고 행상을 나갔다가 어떤 집 부엌에서 하룻밤을 자게 되었는데…… 하는 대목쯤에서 그만 끝선이는 스르르 잠이 들어 버리고 말았다. 장도를 가슴에 품는 것도 좋고, 일편단심도 좋고, 남의 집 부엌방에서 벌어질 재미있는 이야기도 좋지만, 다 잠 앞에는 소용이 없는 모양이었다.

끝선이가 잠이 든 줄도 모르고 한참 혼자 이야기를 해나가던 정촌
댁이는,

"아 글씨, 보니 바로 그 집 아들 앙이겠나."

이렇게 이야기가 고비에 이르러도 듣는 쪽에서 아무런 반응이
없자,

"자나?"

하고, 끝선이를 건드려보았다.

그제야 잠이 든 줄을 알고, 정촌댁이는,

"베라묵을 년, 자만 잔다 안 카고……."

어둠속에서 눈을 한번 흘겼다. 그리고, 돌아누우며 커다랗게 하품
을 했다. 별안간 자기도 잠이 엄습해오는 것이었다.

어디선지 멀리 첫닭 우는 소리가 들려오고 있었다.

7

계례(笄禮)라는 것이 있다. 혼처가 결정되면 올리는 여자의 성인례
인데, 남자의 관례와 같은 것이다. 땋았던 머리를 풀어 쪽을 찌고, 비
녀를 지르는 것이다. 옛적 풍속으로, 이제는 그저 그 흔적이 남아 내
려와서, 혼례 당일 날 아침에 거울 앞에 물을 떠다놓고 쪽을 찌는 것
으로 대신하고 있는 셈이다. 말하자면 신부 화장이다.

거울 앞에 앉은 끝선이는 수줍고, 약간 멋쩍기도 하고, 기분이 묘
했다. 가슴이 두근두근 설레기도 했다. 끝선이의 뒤에 앉아 머리를
틀어 올려 쪽을 찌고 있는 것은 첫선이다. 곁에서 또선이가 미소를

지으면서 지켜보고 있다. 그러니까, 세 자매가 계례를 거행하고 있는 셈이다.

아직 해도 돋아 오르기 전인데, 벌써부터 신부 치장을 서두르고 있는 것이다. 방문이 점점 훤하게 밝아오는 것이 이제 곧 해가 돋을 모양이다. 큰방에서랑 부엌에서는 들락날락 아까부터 벌써 부산하다.

"아이, 그래놓니 더 참하대이."

"꼭 새각시 같제?"

"꼭 그러네."

첫선이와 또선이가 웃자, 끝선이도 거울에 비치는 얼굴을 옆으로 돌려 쪽진 머리를 바라보며 살짝 웃었다. 발그레한 수줍음이 귀 밑을 지나간다.

거울에 비친 가르마가 오늘따라 유난히 하얗고 반듯하다.

"가리매도 참 곱대이."

또선이가 일부러 자꾸 입을 댄다. 약간 장난기가 섞인 말투로.

"똑바르게 됐제?"

"억씨기 똑바르다."

"여자는 가리매가 반듯해야 되니라. 가리매 삐딱하게 탄 사람 보만 우짼지 알궂니라."

첫선이의 말에 또선이도 맞장구를 친다.

"가리매 삐딱한 여자는 보만 행실도 삐딱하니라."

"맞다. 그러니라."

'행실도 삐딱하다'는 말이 끝선이는 어쩐지 재미가 있다. 가르마가 삐딱한 여자는 행실도 삐딱하다?…… 그럼, 언제나 가르마를 반듯하게 타야 되겠구나 싶으며, 끝선이는 히죽이 웃었다.

"자, 인제 얼굴에 화장을 하자."

"분을 바르고, 연지를 찍고……."

그러자 끝선이는,

"화장은 내가 하꾸마."

한다.

"앙이다. 오늘은 자기가 하는 기 아니니라."

"분 바르고, 연지 찍는 건 내가 해주꾸마."

또선이가 나섰다.

보오얗게 분을 바르고, 눈썹을 그리고, 연지를 찍고 나니 썩 어여쁘다. 평소에도 참하게 생긴 편이지만, 이렇게 짙은 화장을 하고 나니 월등히 더 돋보인다. 온통 새 인물이다. 매우 곱다.

"아이고 이쁘대이. 신랑이 누군동 각시 참 잘 얻는대이."

화장을 마쳐놓고, 동생의 얼굴을 똑바로 바라보며 또선이가 또 싱겁이를 떤다.

"잘 얻고말고."

첫선이도 싱글벙글 맞장구를 친다.

"신랑한테 귀염 받겠대이. 귀염 받겠어."

"귀염 받지러."

"그런데 신랑이 아직 열여섯 살이라서 어떨똥……."

"열여섯 살이만 지구실 한다. 하고말고. 충분하지. 핫핫하……."

"힛힛히……."

"아이, 싱이(언니)들도……."

끝선이는 두 언니를 향해 살짝 눈을 흘겼다. 그러나, 결코 기분이 나쁜 것은 아니었다.

방문에 번쩍 햇빛이 와 비쳤다. 지금 막 해가 돋아 오르는 모양이었다.

끝선이네 집 마당에 차일이 펄럭거리자, 마을 사람들은 공연히 기분이 들떴다. 그럴 수밖에 없는 것이, 호젓한 두멧골인지라 뉘 집에 잔치가 벌어진다는 것은 그 당가(當家)의 경사일 뿐 아니라, 동네의 경사이기도 한 것이었다. 아침부터 공연히들 집 앞에 나와 서서 끝선이네 집 쪽과 고개 쪽을 번갈아 바라보기도 했고, 슬금슬금 끝선이네 집 근처에 가서 집에서 풍겨 나오는 구수한 음식 냄새에 코를 벌름거려가면서, 앉거니 서거니 시시덕거리기도 했고, 숫제 체면도 없이,

"아이고, 억씨기 바쁘구나. 오늘 시는 무신 신고?"

어쩌고 하면서 벌써부터 출출한 얼굴로 사립 안으로 들어서는 사람도 있었다.

아이들도 마치 저희들 날 이기나 한 듯이 설쳐댔고, 동네 개들까지 꼬리를 치며 이리 뛰고 저리 뛰고 했다.

큰아기들이라고 다를 턱이 없었다. 오히려 큰아기들이 더 속으로는 들뜨는 모양이었다. 돌담 모퉁이에 모여서서 곧장 떠들어대고 웃어댔다.

"아이고, 좋겠네, 끝선이는."

서슴없이 이렇게 말하는 것은 봉금이었다.

"아이고, 가시나야, 그렇게 부럽으만 니도 시집가만 안 되나."

이것은 옥님이다.

"내사 누가 딜꼬 갈라 캐야 말이제."

"아이고, 이 문딩이야. 하하하……."

"정말이다. 니는 안 부럽으나?"

"내사 뭐 하나도 안 부럽다. 시집가만 좋지 싶어도, 그날부터 고생인 기라."

"그렇지만 야야, 신랑 품 안이 얼매나 좋다고."

"핫핫하…… 신랑 품 안에 안끼 봤는 것 같대이."

"안 안끼 봐도 다 알지."

"우예 아노?"

"아이고, 등신아, 그럼 니는 신랑 품 안이 좋다는 것도 모르나? 눈 깜고 가만히 생각해 보만 다 알 끼 앙이가."

"아이고, 가시나야, 할 일도 어지간히 없던갑다. 눈 깜고 그런 거 생각하구로."

오늘도 또 둘이는 잘 궁합이 안 맞으려 한다. 그러나, 큰아기들은 공연히 좋아서 킬룩킬룩 켈룩켈룩 웃어댔다.

신랑 일행이 도착한 것은 해가 제법 중천에 왔을 무렵이었다. 일행은 모두 네 사람이었다. 신랑을 비롯해서 상객(上客)인 신랑 백부 정 생원과 마부, 그리고 영산할미였다. 영산할미가 길을 안내해 온 것이었다.

갓을 쓰고, 연한 옥색으로 비치는 세목 두루마기를 입은 신랑은 말에 타고 있었다. 물론 조랑말이었다. 상객인 정 생원은 수염이 너불너불한, 신수가 꽤 좋은 노인이었다. 게다가 긴 구슬 술띠를 단 갓을 쓰고, 도포를 입어서 풍채가 당당하기까지 했다. 걷는 걸음도 여느 시골 노인들과는 달리 매우 점잖고, 위엄이 느껴졌다. 마부는 머리에 수건을 지끈 동여매고, 검정 조끼를 입고 있었다. 얼른 보아도 코가 유난히 큰 사람이었다. 주먹코였다. 영산할미는 오늘도 여전히 한 손에는 지팡이, 한 손에는 시주자루였다. 옷은 신랑 집에서 한 벌 얻어 입었는지 새것이었다.

일행이 당도하자, 마을은 온통 술렁거렸다. 집 안에 있던 사람들도 신랑 구경을 하려고 모두 뛰어나왔다.

"아이고오, 말 타고 장개 오는구나."

"두루매기 곱기도 해래이. 안을 옥색 멩주로 댔구나. 곱게도 비치네."

"신랑 참 이쁘게 생깄다. 꼭 지집애 같네. 얼굴도 하얗고, 열여섯 살이라제?"

"어디 열여섯 살 묵어비능게?"

"글씨, 인제 겨우 열서너 살밖에 안 된 것 같네. 신랑 구실 몬하겠는데…… 아직."

"그기사 알 수가 있능게. 나이가 있는데……."

"아무리 나이가 있다 카지만, 어디 저래 가지고사…… 아무래도 끝선이가 몇 해 더 업어 키워야 되겠구마는."

"핫핫하……."

"훗훗흐……."

아낙네들은 공연히 남의 신랑을 입을 대쌓았고, 남정네들은 주로 신랑보다도 상객 쪽에 관심이 쏠렸다.

"저 쉬미(수염) 좀 보소."

"야, 참 쉬미 많이도 났다."

"귀밑에서부터 온통 쉬미세그려."

"저 눈썹 보소."

"글씨, 꼭 무신 도인 같네."

"도포를 입어서 더 그래 비는데……."

"걸음도 점잖게도 걷는다."

아이들은 갓을 쓴 새파란 신랑 구경도 재미가 좋고, 수염장이 상객 구경도 재미가 있었지만 역시 그것보다는 조랑말이 더 신기하고, 신이 나는 모양이었다. 신랑을 태우고, 딸랑딸랑딸랑…… 말방울을 울리며 끄떡끄떡 걷는 조랑말의 뒤를 따르며,

"이 말 숫놈이제?"

"그래, 저기 자지 앙이가."

"저기 자지가?"

"그래, 억씨기 크제?"

"햐아, 억씨기 크대이."

"히히히……."

"흐흐흐……."

곧장 킬킬거리기도 했다.

마을에 소는 여러 마리 있어도, 말은 한 마리도 없는 터이니 신기할 수밖에 없었다. 더구나 신랑을 태우고 코가 주먹만 한 마부가 끌고 있으니 말이다.

"우야꼬오, 신랑 참 이쁘대이."

"어메 글씨이, 얼굴도 희기도 해라."

저 대님 좀 보래. 곱기도 하네."

"꼭 되릿님(도련님) 같제?"

"응, 꼭 깎아놓은 밤 같다."

"아이고, 끝선이는 좋겠대이."

큰아기들은 역시 아낙네들과 마찬가지로 신랑에 눈길이 쏠렸다.

"아이고, 나도 저런 신랑 하나 얻었으면……."

봉금이는 연자방아만 한 궁둥이를 흔들어대며 싱겁이를 떨었다.

일행이 도착하자, 잔칫집은 더욱 술렁거렸다. 그리고, 얼마 후에 초례는 시작되었다.

사모관대로 차려 입고, 목(木靴)을 신은 신랑이 목기러기를 안고 사립을 들어서자, 사립 안에 짚으로 불을 피운다. 불이 거의 사그라지자, 그 불을 넘어서 신랑은 차일 밑에 차려진 정안청(奠雁廳)으로 간다. 홀기(笏記) 부르는 노인이 신랑한테서 목기러기를 받아 초례상 위에 놓는다. 그리고 노인은,

"북향재배애—"

하고, 소리를 지른다. 보잘것없는 수염을 한번 쓰다듬어 내리면서.

신랑이 북쪽이 어딘지 몰라 머무적거리자, 노인은 신랑을 북쪽을 향해 세운다. 신랑은 북쪽을 향해 너붓이 두 번 큰절을 한다. 북쪽은 임금이 있는 곳이다. 임금이 있는 곳을 향해 먼저 절을 하던 옛 풍습이 그대로 전해 내려오고 있는 것이다.

이번에는 신부 출(新婦出)이다.

"신부 추울—"

하고, 노인은 더욱 큰소리를 지른다.

잠시 후, 큰방 문이 열리고, 대반의 부축을 받으며 신부가 나타난다. 신부가 나타나자 모든 시선이 그쪽으로 쏠린다. 신랑도 힐끗 그쪽을 한번 본다.

겹족두리를 쓰고, 용잠(龍簪)을 지르고, 원삼(圓衫)에 수대(繡帶)를 두르고, 홍상(紅裳)을 입은 신부는 마치 어디서 홀연히 나타난 선녀

같다. 절대가인이다.

여기저기서 수군수군 야단이다.

신부가 자리에 와 서자,

"신부 재배애."

노인은 이번에는 부드러운 목소리로 말한다.

대반의 부축을 받으며 신부가 나붓이 고개를 숙이자, 화관에 달린 보요(步搖)가 반짝반짝 영롱한 빛으로 떤다.

신부재배가 끝나자, 다음은 신랑재배다.

신랑이 무릎을 꿇고 너붓이 절을 하자,

"땅에 닿아야 한대이. 이마가……."

"저런, 정말로 땅에 이마를 댈라 카네."

"억씨기 각시가 맘에 드는 모양이제."

"헤헤헤……."

"히히히……."

구경꾼들이 웃어댄다.

다음은 합환주다. 신랑신부가 서로 술을 나누어 마시는 것이다. 한 술잔에 서로 입을 대는 셈이니, 말하자면 신랑신부 사이의 최초의 접촉이라고 할 수 있는 것이다. 그렇게 술을 나누어 마시며 백년해로의 가약을 하는 것이다.

먼저 신부 쪽에서 따라주는 술을 신랑이 받아 마시고, 그 잔에 술을 채워 신부 쪽으로 건네는 것이다.

신부 쪽에서 따른 술잔을 노인이 초례상 위로 받아 신랑한테 주자, 신랑은 그것을 받아들고는 한번 싱긋 웃었다.

그러자 여기저기서 수군거리며 웃는다.

"마시라, 마시."

"그것도 못 마시만 남자 앙이다."

"신랑 자격 없다."

"꿀떡 마시삐리."

"꿀떡!"

그러나, 신랑은 꿀떡 마시질 않고, 제법 차근히 쭈욱 들이켜는 것이었다. 그 술잔 기울이는 품이 보통이 아니었다. 열여섯에 벌써 술을 마셔대진 않을 것인데, 얄궂은 일이었다.

"우야꼬오."

"잔을 다 비운대이. 단숨에야."

"주객이로구나. 하하하……."

"남자가 그래야지. 허허허……."

그러자, 아낙네들 속에 서서 구경을 하고 있던 영산할미가 큰소리로,

"간시엄보사알."

한다.

매우 대견하다는 그런 표정이다. 그녀는 어느덧 눈언저리가 발그스레 물들어 있다. 먼 길을 오느라고 피곤해서 벌써 한잔 얻어 마신 모양이다.

신랑이 술잔을 비우자, 이번에는 밤과 대추가 담긴 접시에서 아무거나 한 개 안주로 집어 먹으라는 것이다. 손으로 집어 먹는 것이 아니라, 젓가락으로 말이다. 그런데 앞에 놓인 젓가락이라는 것이 마치 장작개비 같다. 꼭 윷가락 굵기만 한 젓가락이다. 그런 젓가락으로 어떻게 밤이나 대추를 집어 올린단 말인가.

그러나, 신랑은 히죽히죽 웃으면서, 그 장작개비 같은 젓가락을 가지고 밤알을 집기 시작했다. 잘 집힐 턱이 없었다. 몇 번이나 집었다가는 곧 떨어뜨렸다. 그러나, 결국 신랑은 그 장작개비 같은 젓가락으로 용케 밤알을 집어 올려 입에 갖다 넣는 데 성공했다.

"야아!"

"지법이다!"

"첫아들 낳겠구나."

"야아, 이 집 사우 잘 봤대이."

구경꾼들의 떠들어 대는 소리 속에서,

"간시엄보사알, 간시엄보사알……."

영산할미는 곧장 관세음보살을 외어대더니, 그만 덩실덩실 춤을 추기 시작했다. 발그스레한 눈언저리에 담뿍 웃음을 띠면서.

"어화 절씨구 좋을시고, 오늘같이 좋은 날이 어화 절씨구 또 있을까. 어화 절씨구 좋을시고……."

노래까지 뽑아가면서 말이다.

잔칫집 마당은 온통 웃음꽃으로 메어질 듯했다.

8

방 윗목에 병풍이 처져 있다. 팔절 병풍이다. 꽃이니 나비니 산이니 구름이니, 혹은 소를 모는 동자, 계곡을 내려오는 초부(樵夫), 정자에 앉아 있는 노인들…… 그런 그림이 제법 울긋불긋 채색까지 되어 있다.

병풍 앞에는 촛불이 켜져 있다. 촛대에 꽂은 황밀촉(黃蜜燭)이 너울너울 곱게 타오른다. 그런데, 그 촛대가 그냥 방바닥에 세워져 있는 것이 아니라, 빈 요강 속에 담겨졌다. 마치 요강 속에서 촛불이 솟아오르고 있는 것처럼. 이 고장의 신방 꾸미는 습속의 하나다. 아무쪼록 신랑신부의 금슬이 좋기를 비는 뜻에서 그렇게 해놓은 것이다. 요강은 여자고, 촛불은 남자인 셈이다.

아랫목에는 이부자리가 깔렸다. 아청(鴉靑) 이불이다. 깊은 바다색인 아청 물을 들인 무명 겉에다가 홍지초(紅紙草) 염색을 한 깃을 단 이불이다. 엷게 솜을 놓은 차렵이불이다. 올 고운 무면 호청이 한결 희기만 하다. 그리고 베개가 한 개 놓였다. 천침(薦枕)이다. 신랑신부가 함께 베고 자는 긴 베개인 것이다. 둥근 베갯모에는 두 마리의 원앙새가 부리를 맞대고 있는 수가 다홍 바탕에 새겨졌다. 곱다. 그러니까, 다홍질원앙침(多紅質鴛鴦枕)인 것이다.

방 한가운데에는 방석이 두 개 놓여 있다. 역시 곱게 수를 놓은 꽃방석이다.

그 꽃방석 하나를 신랑이 깔고 앉아 멀뚱멀뚱 방 안을 둘러보고 있다. 방 안의 화사한 분위기가 어쩐지 서먹하면서도 약간 황홀하게 느껴지기도 하는 모양이다. 특히 요강에 담긴 촛불이 이상한 모양이다. 왜 하필 요강 속에다가 촛대를 세워놓았는지, 얄궂다 싶은 듯 싱긋 웃는다. 그리고, 아랫목 이부자리에 놓여 있는 기다란 베개가 또한 신기한 것이다. 저렇게 긴 베개는 처음 보는 것이다. 둘이 함께 베고 자라고 저렇게 긴 베개를 만들어 놓았구나 싶으니, 역시 좀 우스우면서도 어쩐지 얼굴이 붉어지는 느낌이기도 했다.

그러고 있는데, 가만히 방문이 열렸다. 신부인 것이다.

정촌댁이가 끝선이를 방에 들여보낸다. 끝선이는 치맛자락을 살짝 걷어 여미며 하얀 버선발로 방에 들어와 꽃방석을 한쪽으로 약간 밀고, 그냥 방바닥에 나붓이 앉는다.

초록색 저고리에 다홍치마를 입은 신부가 들어오자 신랑 병출이는 꽤 긴장이 된 얼굴로 신부의 얼굴을 보느라고 정신이 없다. 얼굴을 처음 보는 것이다. 낮 초례 때, 얼핏 한번 보기는 보았으나, 그때는 너무 수줍게 고개를 숙이고 있어서, 도무지 어떻게 생긴 얼굴인지 분간이 가질 않았던 것이다. 그저 곱게 생긴 것 같구나 싶었을 뿐이었다. 신부의 얼굴을 확실히 본 병출이는 기분이 괜찮았다. 썩 예쁘다고는 할 수 없었지만 화장을 해서 그런지 좌우간 참하게 생긴 얼굴이었다. 그만하면 됐다고 생각했다.

끝선이 역시 방에 들어서면서 벌써 힐끗 한번 신랑 얼굴부터 보았다. 그리고, 자리에 앉아서도 처음에는 수줍어서 시선을 밑으로 떨구고 저고리 고름을 만지작거리고 있었으나, 곧 살짝살짝 신랑의 얼굴을 훔쳐보았다.

두루마기를 입고 꽃방석 위에 앉아 있는 신랑은 빡빡 깎은 중 대가리였다. 얼른 보아도 남상(男相)이라기보다는 여상(女相)이었다. 이마가 시원하게 벗겨지질 못하고 낮고 좁은 편이었으며, 눈도 수박씨처럼 조그마했고, 코도 굵지가 않고 뾰족하기만 했다. 입술 역시 좀 두툼했으면 좋겠는데 그렇지가 않았다. 그런데, 한 가지 눈썹만은 붓으로 덥석 먹물을 묻혀놓은 듯 유난히 굵고 새까맣다. 그러나, 아무래도 남상은 아니다. 하얗고 납작스름한 것이 여성이다. 열여섯이라는데 나이도 그처럼 들어 보이지 않는다. 열여섯이면 숙성한 남자 같으면 벌써 코 밑도 검실검실하고, 여드름도 툭 툭 불거져 제법 사내 냄새가 물씬거릴 터인데, 도무지 아직 그런 냄새가 조금도 풍기는 것 같지가 않다. 그저 깎아놓은 밤처럼 깨끗하기만 하다.

신랑 얼굴을 본 끝선이는 어쩐지 기대에 어그러지는 듯한 느낌이었다. 지금까지 끝선이는 좀 광대뼈가 두드러지고, 코도 굵고, 입술도 두툼한 그런 신랑을 머리에 그리고 있었다. 신랑이라면 그런 사내다운 맛이 있어야 된다고 생각해 왔다. 그래야만 좀 기댈 맛도 나고, 살아가는 데 든든하지 않겠는가 말이다. 그런데 막상 눈앞에 앉아 있는 신랑은 지금까지 머리에 그려온 모습과는 거리가 먼 계집애 같은 얼굴이니 기대에 어그러지지 않을 수 없었다. 기대기는 고사하고 오히려 자기가 신랑을 잘 부축해 나가야만 될 것 같은 그런 생각이 퍼뜩 들기도 했다.

곧 야물상(夜物床)이 들어왔다. 또선이가 야물상을 신랑과 신부 사이에 갖다놓고 나가며 신랑을 향해,

"정 서방, 많이 잡숫고, 잘 인연을 맺으소."

싱글 웃는다.

밤, 대추를 비롯해서 청포니 부침개니 제육이니 감주, 약밥 같은 것이 차려졌다. 그리고, 술잔 한 개와 주전자가 얹혔다. 신랑신부가 술잔을 주고받으면서 첫 대면의 기쁨을 나누라는 주안상인 것이다.

상이 들어왔으나, 끝선이는 어떻게 하면 좋을지 몰라서 그저 다소곳이 앉아 있을 따름이었다. 신랑 역시 잠시 멀뚱히 상에 차려진 음식을 바라보고만 있었다.

야물상을 가운데 놓고 멀뚱히 앉아만 있는 신랑과 신부— 킥킥킥 바깥에서 나직한 웃음소리가 일어났다. 빠끔빠끔 문구멍을 뚫고 신방을 엿보고들 있는 것이다. 이른바 신방 지키기인 셈이다. 옛

날엔 첫날밤에 불상사가 일어나는 일이 많았다는 것이다. 평소에 신랑에게 원한을 품은 자나, 신부를 연모하다가 뜻을 못 이룬 자가 칼을 들고 침입해서 신방을 피로 물들이는 끔찍한 춘사가 일어나기도 했고, 화적들이 신방을 습격해서 신부를 업어 가는 망측한 변이 벌어지기도 했고, 더러는 신랑을 따돌리고 대신 신랑 노릇을 하는 그런 해괴한 일이 있기도 했으며, 혹은 첫 관계에 지나치게 긴장이 되어 그만 신랑이 신부 배 위에서 숨을 거두는 복상사 같은 참변이 생기기도 했다. 그래서, 그런 변고를 막기 위해서 신방을 지키는 풍습이 있었는데, 그 풍습이 내려와서 이제는 한갓 신방 엿보는 장난으로 바뀌고 만 것이다.

킥킥킥 웃는 소리와 함께,

"끝선아 잔에 술을 쳐라."

하는 나직한 말소리가 들렸다.

마치 그 말이 무슨 절대적인 것이거나 한 듯 끝선이는 얼른 주전자를 들었다. 그러자, 신랑도 슬그머니 술잔을 든다. 이제 제대로 일이 어울려나가는 것이다.

신랑은 신부가 따라준 술을 한번 싱긋 웃고는 꼴딱꼴딱 얼굴 한번 찡그리지 않고 잘도 마신다. 열여섯 살 먹은 신랑이 말이다.

열여섯 살이라고는 하지만 아직 열서너 살밖에 안 되어 보이는, 계집애 같은 신랑이 꼴딱꼴딱 거뜬히 술잔을 비우자, 끝선이는 속으로 약간 놀란다. 뜻밖의 일이었던 것이다.

잔을 비우고 나서 신랑은 제법 격에 어울리게 안주까지 집어 우물우물 씹는다. 그리고, 빈 잔을 신부 앞으로 내민다. 끝선이는 그것을 받아야 할지 어쩔지 몰라 잠시 수줍게 망설인다.

"받아라, 끝선아."

나직한 방 밖의 말소리에 따라 끝선이는 살짝 웃으면서 두 손으로 잔을 받는다.

신랑은 잔에 억지로 가득 술을 따른다. 그리고, 싱그레 웃으면서 말한다.

"다 마시소."

"······."

"다 안 마시만 안 되느마."

"몬 마십니더."

"그거 한 잔도 몬 마시예?"

"여자가 어떻게 술을 마시예?"

"헤 참."

신랑신부의 첫 대화인 것이다. 열여섯 살 먹은 신랑이 제법이다. 신부도 호락호락하지가 않다. 열여덟 살이니 말이다. 말하자면 첫 대화부터 피차 만만치가 않은 셈이다.

신부는 잔의 술을 전부 주전자에 부어 버리려 한다.

"끝선아, 조끔 입에 대라."

나직한 말소리에 따라 끝선이는 그래야 되는 것으로 알고 약간 얼굴을 돌려서 잔의 술을 조금 입에 갖다 댄다. 그리고, 주전자에 부어 버린다.

신부가 빈 잔을 어떻게 할까 망설이자, 신랑은 히죽 웃으며 다시 손을 내민다. 한잔 더 하겠다는 것이다.

결국 신랑은 거뜬히 석 잔을 마셨다. 그제야 좀 눈언저리가 발그레 물드는 것이 취기가 있는 모양이다. 열여섯 살 먹은 계집애 같은 신랑이 벌써부터 보통 술이 아닌 것이다.

바깥에서 엿보고*(원전에는 '엿을 보고') 있는 아낙네들이 소곤소곤 야단이다.

"우야꼬."

"석 잔이나 마신대이."

"눈 하나 깜짝 않고야."

"얄궂어라, 꼭 색시 같은 신랑이야."

"주객이대이. 주객이라……."

"나중에 큰 주객이 되겠제?"

"그러겄는데……."

눈언저리가 발그레해지자, 이제 좀 긴장이 풀리고 기분이 벙벙해지는 듯 신랑은 신부를 똑바로 바라보며 제법,

"여보."

하고 부른다.

"……."

신부는 귀 밑을 살짝 물들이며 힉 웃기만 한다. 부끄럽고 멋쩍은 것이다. 난생 처음 들어보는 '여보' 소리니 그럴 수밖에 없다.

"여보."

신랑은 기어이 대답을 듣고 싶은 모양이다.

"예?"

신부는 마지못해 조그마한 목소리로 대답을 한다. 그러나 기분은 묘하게 좋다.

"저 촛불 와 요강에 담아놓았능교?"

"……."

"예?"

"모르겠는데예."

그러자 바깥에서 나지막한 목소리가 말한다.

"금실이 좋으라고, 금실이……."

그 말을 따라 끝선이는,

"금실이 좋으라고 그래 낳았대예."

하고는, 고개를 살짝 숙여 버린다.

"금실이 좋으라고예? 핫하하…… 요강에 촛불을 담아놓으만 금실이 좋은강? 핫핫핫하……."

신랑이 까르르 웃는 바람에 바깥에서도 킥킥킥 나직한 웃음소리가 일어난다. 신부는 좀 무안해서 대구 옷고름을 만지작거리기만 한다.

까르르 웃고 난 신랑은 이번에는 긴 베개를 가리키며 묻는다.

"저 비개는 와 저렇게 긴교?"

"……."

"예? 저것도 금실이 좋으라고 저렇게 길게 맨들었능교?"

"몰라예."

"누가 맨들었능교?"

"어무이가요."

"참 억씨기 기다."

술기 탓인지 신랑은 제법 우스갯소리까지 한다.

잠시 후, 신랑은,

"상 치우고 인제 잡시다."

한다.

끝선이는 야물상을 윗목으로 치웠다.

그러자, 신랑은 히죽이 웃으면서 발 한쪽을 쑥 신부 앞으로 내민다. 왼쪽 발이다. 대님을 풀고, 양말을 벗기라는 것이다. 신부가 먼저 신랑의 발 한쪽을 벗기는 것이 초야의 풍습인 것이다.

끝선이는 몹시 쑥스러워 아랫니로 윗입술을 자그시 당겨 물며 신랑이 내민 발목의 대님부터 풀었다. 그리고 양말을 뽑아주었다. 다른 쪽 대님과 양말은 자기 손으로 풀고 벗는다.

두 발을 벗고 난 신랑은 일어나 두루마기를 벗었다. 그리고, 히죽히죽 웃으면서 이번에는 신부 앞으로 다가간다. 신부의 옷고름과 양쪽 버선은 신랑이 풀어주고 벗겨주는 것이 또한 초야의 풍습인 것이다.

신랑의 손이 앞가슴에 와서 옷고름을 풀자, 끝선이는 온 얼굴이 발그레 복사꽃처럼 물든다.

옷고름을 풀어주고 나서 다음은 신부의 치맛자락 밑으로 슬그머니 손을 가져간다. 발을 내놓으라는 것이다. 버선을 벗겨줄 테니 말이다.

끝선이는 마지못한 듯 버선발을 치맛자락 밑으로 조금 내밀었다. 신랑은 그것을 잡아 뽑았다. 쑥 버선이 뽑히자, 끝선이는 깜짝 놀라는 듯 얼른 발을 도로 치맛자락 속으로 감추어 버린다.

다른 쪽 버선도 뽑아주고 나서, 신랑은 이번에는 자기 모본단 조끼 단추를 끄른다.

"불을 꺼예."

끝선이가 들릴 듯 말 듯 말한다.

신랑이 입으로 촛불을 끄려 하자,

"안 됩니더. 손으로 꺼예."

한다.

초야에는 불을 입으로 불어서 끄는 법이 아닌 것이다.

그러냐는 듯이 신랑은 씩 웃으며 손으로 살짝 촛불을 끈다. 방 안이 캄캄해진다.

캄캄한 어둠속에 끝선이는 그대로 가만히 앉아 있고, 신랑은 훌훌옷을 벗는다. 훌훌 옷을 벗은 신랑이 이부자리 속으로 들어가고 난다음 끝선이는 자리에 앉은 채 가만가만 저고리를 벗는다. 그리고,치마끈을 푼다. 가슴이 걷잡을 수 없이 설렌다.

옷을 벗고 난 끝선이는 잠시 망설이다가, 아랫니로 윗입술을 자그시 당겨 물며 이불자락을 들추고 그 속으로 들어간다.

9

끝선이가 시집으로 떠나는 날은 엷은 안개가 끼었다.

엷은 안개가 낀 각싯골은 마치 한 폭의 동양화 같다. 산의 울긋불긋한 단풍도 은은한 빛으로 흐려지고, 계곡의 바위도, 마을의 지붕들도, 그리고, 동네 앞 비각도, 고갯길도 모두가 뿌옇게 흐려져서 오히려 곱기만 하다.

희뿌옇게 서린 안개 속으로 끝선이는 집을 나섰다. 초록색 저고리에 다홍치마가 안개 속에서 더욱 연연(娟娟)하기만 하다. 은비녀를지르고 쪽잠을 꽂은 쪽머리도 어여쁘다. 신랑의 뒤를 따라 나붓이고개를 숙이고 걷는다.

"아이고 끝선이 참하다."

"새색시 티가 잘 흐르는구나."

"우짜만 저렇게 옷이 착 몸에 맞을까."

"누가 했는지 바느질 솜씨도 좋네."

"신랑각시 키가 꼭 같대이."

"글씨 꼭 연분이구마는."

아낙네들이 줄줄이 뒤를 따른다.

동네 앞 도토리나무 숲가에 있는 비각 쪽으로 가는 것이다. 비각 앞에 가마가 놓여 있고, 사람들이 모여 있다. 거기서 가마를 타고 출발하는 것이다.

신랑신부가 당도하자, 비각 앞에 돗자리를 깐다. 각싯골에서 시집을 가는 사람은 누구나 이 열녀비 앞에서 큰절을 하고 떠나는 것이 마을의 풍습처럼 되어 있는 것이다. 열녀 옥련의 넋 앞에 크게 머리를 숙이고, 자기도 시집에 가서 당신 같은 장한 여자가 되겠다는 맹세를 올리는 셈이다.

대반인 먼 아주머니뻘 되는 아낙네의 부축을 받으며 끝선이는 옥색 고무신을 벗고, 돗자리 위로 올라선다. 그리고 두 손을 이마에 모으고 너붓이 큰절을 두 번 한다. 반듯하게 탄 가르마가 유난히 하얗다.

마을 큰아기들은 가까이 오질 못하고, 멀찍이 숲속에서 안타까이 구경을 하고 있다. 큰아기들이 이런 때 가까이 나타난다는 것은 큰 흉으로 여겨지고 있는 것이다. 그래서, 친구가 시집을 가는데도 그저 먼빛으로 바라보고 있을 따름인 것이다. 작별의 말도 한마디 하지 못하고 말이다.

열녀비에 큰절을 하고 난 끝선이는 대반의 부축을 받으며 고무신을 신고 가마 속으로 간다. 가마 앞의 포장이 걷혀진다.

가마 안으로 들어가려다가 말고, 끝선이는 뒤를 한번 돌아본다. 어머니의 얼굴을 찾는 것이다.

진작부터 물기가 어린 눈으로 딸의 모습을 지켜보고 있던 정촌댁이는 딸과 시선이 마주치자 그만 지르르 눈물이 흐른다.

"어무이."

"끝선아."

"몸조심해예."

"오냐, 내 걱정 말고 니나 시집살이 잘 해라."

"……."

그만 끝선이도 두 눈에서 눈물이 쏟아진다.

첫선이의 눈에도, 또선이의 눈에도 눈물이 글썽거린다. 다른 아낙네들도 모두 코허리가 찡한 표정들이다.

끝선이가 가마 안으로 들어가자 곧 포장이 내려지고 두 가마꾼이 앞뒤에서 멜빵을 어깨에 걸고, 가마를 들고 일어선다.

가마가 땅에서 뜨자, 둘러섰던 아낙네들이 제가끔 한마디씩 작별 인사를 던진다.

"끝선아, 잘 가거래이."

"시집살이 잘 해래이."

"끝선아, 첫아들 낳아래이."

"친정에 자주 오고……."

"끝선아!"

"끝선아!"

"그럼 잘 가거래이."

"부디 복 많이 받고, 잘 살아래이."

그러자, 용만이도 가마 곁으로 바싹 다가가며,

"누부야, 설에 너거 집에 놀로 가꾸마."

한다.

가마가 떠나가기 시작하자, 멀찍이 숲속에 섰던 큰아기들도 그냥 가만히 바라보고만 있을 수는 없는 듯 우루루 앞으로 몰려나온다.

"끝선아아, 잘 가거래애이."

냅다 고함을 지르는 것은 봉금이다.

그러자, 다른 큰아기들도 입을 모아,

"끝선아아, 잘 가거래애이."

소리를 지른다. 그 소리가 산허리에 가서 메아리가 되어 돌아온다.

가마 뒤를 신랑과 상객인 송 첨지, 그리고 대반이 따르고, 그 뒤를 혼수를 진 짐꾼이 따른다. 아이들이랑 몇몇 아낙네들은 고개 위까지 뒤따라가기도 한다.

고개 위에 이르자, 끝선이는 가마의 조그마한 창구멍으로 마을 쪽을 내려다보았다. 그러나, 마을은 희뿌옇게 흐려서 잘 보이지가 않았다. 안개가 끼어서 그렇다기보다도 끝선이의 눈에 눈물이 어려서 그런 것이었다. 끝선이는 기어이 또 옷고름을 눈에 가져갔다.

엷은 안개 속으로 차츰 멀어져 가는 가마와 그 일행을 아이들이랑 몇몇 아낙네들은 고개 위에 서서 멀뚱히 바라보고 있었다. 바위 곁에 서 있는 천하대장군도, 지하여장군도 멀뚱히 그쪽을 바라보고 있었다.

제2장

1

시집을 온 지 사흘째 되는 날 아침, 끝선이는 일찍 잠이 깨었다. 그러나 얼른 자리에서 일어날 수가 없었다. 양쪽 허벅지에 가래톳 이 서고, 다리가 온통 나무막대기처럼 뻐득뻐득했다. 무릎이 잘 굽 혀지지가 않았다. 그러나 끝선이는 애써 일어나야만 되었다. 오늘부 터 이제 부엌에 들어가지 않으면 안 되는 것이다. 시집을 오면 온 그 날과 다음 날 이틀 동안은 앉아서 밥상을 받고, 사흘째 되는 날부터 부엌으로 들어가는 것이 이 고장의 관습인 것이다.

끝선이는 신랑 병출이의 얼굴을 가만히 들여다본다. 침을 지르 르 흘리면서 세상모르게 자고 있다. 앳된 얼굴이다. 아직 철도 제대 로 안 든 그런 머슴애 같다. 그러나 그게 아닌 것이다. 끝선이는 저 로 웃음이 나온다. 얼굴은 아직 앳되어 보이지만, 하는 수작은 보통이 아닌 것이다. 사내구실을 제법 하는 것이다. 간밤에도 사람 위에서 얼마나 깝죽거려대는지, 나중에는 슬그머니 떠밀어내고 싶은 심정이었다. 혼례를 올리고 어느덧 사흘 밤을 한 이불 속에서 잤다. 나흘 밤이 지났지만, 시집에 온 첫날밤은 시어머니와 함께 잔 것이다. 그것도 이 고장의 관습인 것이다. 한 이불 속에서 잔 사흘 밤 내내 병출이는 곱게 자는 일이 없었다. 첫날밤부터 서슴없이 사내구실을 해대는 것이었다. 제대로 신랑구실이나 할까 하고 주위에서 수군거린 것과는 딴판이었던 것이다. 보기와 매우 다를 뿐 아니라, 나이보다도 월등히 숙성한 셈이었다. 그러니까 끝선이는 혼인을 하고도 신랑을 품에 안고 허전한 밤을 지새우며 일 년이고 이 년이고 기다려야 하는 그런 안타까움은 처음부터 면한 것이었다.

그러나 그처럼 첫날밤부터 연달아 안타까움을 면했기 때문에 허벅지에 가래톳이 서고 다리가 나무막대기처럼 뻣뻣해진 것은 아니었다. 시집을 온 첫날 폐백을 드리는 예로부터 시작해서 이튿날 해질녘 친척들이랑 마을 아낙네들이 죄다 돌아갈 때까지 꼬박 이틀 동안 얼마나 긴장이 되어 있었는지 모르는 것이다. 두 손을 이마에 대고 너붓이 엎드렸다 일어나는 큰절을 몇 차례나 했는지 헤아릴 수도 없으며, 방문이 열리고 사람이 출입을 할 때마다 자리에서 일어났다가 앉는 동작을 얼마나 되풀이했는지 알 수가 없는 것이다. 일어났다가 앉는 것도 그냥 아무렇게나 하는 것이 아니라, 되도록 조용히 얌전한 몸가짐으로 해야 하는 것이다. 그리고 가만히 앉아 있을 때도 다소곳이 인형처럼 앉아 있어야 하지, 그렇지 않고 곧잘 꿈틀거리거나 표정을 이지러뜨리거나 하면 흉이 되는 것이다. 코가 나와도 소리 없이 풀고, 오줌이 마려워도 참을 때까지 참다가 살그머니 일어나 밖으로 나가야 한다. 오줌 누러 가는 횟수가 잦아도 흉이 되는 판이다.

그런 고역을 치렀으니 가래톳이 서고 다리가 뻣뻣해진 것도 무리가 아니다. 말하자면 시집살이의 첫맛을 본 셈이다. 첫맛에서 벌써 코에서 단내가 나는 것이다. 친정에서라면 누가 와서 이불을 걷어붙여도 일어나지 못할 판이다.

그러나 끝선이는 천근 같은 몸을 추슬러 일으킨다. 한쪽 다리를 아무렇게나 드러내놓고 자고 있는 신랑을 이불자락을 끌어당겨 잘 덮어준다. 그리고 옷을 입고 밖으로 나간다.

아직 새벽이다. 마당이 얄궂다 싶을 정도로 넓어 보인다. 친정의 마당에 비해서 몇 곱절이나 되는 터이니 그럴 수밖에 없다. 사랑채도 조용하다. 머슴도 아직 일어나지 않은 것이다.

끝선이는 겨우겨우 걸음을 옮겨 뒷간에 가서 볼일을 본다. 그리고 마당가에 있는 우물로 간다.

가만히 우물을 들여다본다. 굉장히 깊다. 깜짝 놀랄 정도다. 어제 아침 처음 들여다보았을 때는 절로 어메— 입이 딱 벌어졌었다. 이제 두 번째인데도 여전히 눈이 휘둥그레진다. 친정의 옹달샘에 비하면 엄청날 수밖에 없다. 친정뿐 아니라 고향 마을에는 이런 우물은 없는 것이다. 전부가 바위틈에서 솟아나는 옹달샘인 것이다. 그러니까 이렇게 깊은 우물은 난생처음이다. 고향 사람들에게 좀 보여주었으면 싶다. 봉금이, 옥님이가 보면 얼마나 놀랄까. 얼마나 수다를 떨까. 나중에 친정에 다니러 가면 이 우물 이야기를 해주어야지, 생각한다.

그러면서 끝선이는 우물 속으로 두레박을 내려 보낸다. 희한하다.

물이 담긴 두레박을 이번에는 건져 올린다. 바가지로 옹달샘의 물을 떠보기만 하던 끝선이로서는 신기하기만 하다.

세수를 하고 나서 끝선이는 우물가에 있는 장독대를 유심히 바라본다. 친정의 장독대보다 크다. 단지의 수효도 많고, 항아리들도 큼직큼직하다. 장독대는 그 집 살림형편을 단적으로 말해 준다고 할 수가 있다. 친정 장독대보다 번들번들하고 큰 시집 장독대. 끝선이는 기분이 얄궂다. 기분이 나쁜 것도 아니고, 그렇다고 좋은 것도 아니다.

이번에는 멀뚱히 서서 집 안을 둘러본다. 안채는 사간(四間) 겹집이다. 제법 듬직하다. 사랑채도 꽤 크다. 그리고 헛간이 있다. 어느 모로 보나 친정집보다 규모가 크다. 규모가 클 뿐 아니라, 얼른 보아도 윤기가 흘러 보인다. 같은 초가이기는 하지만. 그런데도 어쩐지 끝선이는 허전하고 덜렁하게 느껴지기만 한다. 마당이 넓어서 그런 것만은 아닌 것 같다. 아직 생소해서 그런 모양이다.

끝선이는 부엌으로 간다. 이제 다리가 약간 풀린 것 같다. 부엌문을 연다. 삐그그극 소리가 요란하다. 새벽이라 그런 것은 아니다. 문 자체가 무척 육중한 것이다. 이런 점도 역시 친정집과는 다르다.

부엌 안으로 들어선 끝선이는 또 한번 놀란다. 부엌이 굉장히 넓은 것이다. 친정집은 말할 것도 없고, 각싯골을 통틀어 봐도 이만큼 넓은 부엌을 가진 집은 없다. 친정집 부엌도 뭐 그다지 협소한 편은 아닌데, 이 부엌에 비하면 아무것도 아닌 것이다. 친정집의, 좁지도 넓지도 않는 부엌만 들락거리다가 별안간 시집의 이 넓은 부엌으로 들어서니 기분이 이상할 지경이다. 뭘 하려고 부엌을 이렇게 넓게 했는가 싶다. 부엌 안에서 떡방아를 찧어도 실컷 찧을 수 있을 것 같았다.

끝선이는 부엌의 넓이에만 놀라는 것이 아니다. 솥의 크기도 겁나는 것이다. 솥이 세 개 걸려 있다. 아주 큰 가마솥 한 개와 중간치 하나, 작은 것 하나다. 아주 큰 가마솥은 끝선이 자기가 그 속에 들어가도 실컷 들어갈 수 있을 것 같은 그런 솥이다. 이 집의 식솔에 비해서 필요 이상으로 큰 것 같다. 자기가 알기로는 이 집의 식솔은 불과 다섯 사람, 이제 자기까지 합쳐서 여섯 사람인 것이다. 시어머니 모실댁이를 비롯해서 신랑 병출이, 다섯 살인가 먹었다는 시누이 또남이, 그리고 먼 친척뻘이 된다는 부엌할멈 영동이네와 코가 주먹만한 머슴 방 서방…… 이렇게밖에 안 되는데 무슨 솥이 세 개나 걸려 있는지…….

그 세 개의 솥이 또한 하나같이 반질반질 윤이 흐른다. 이 집 안사람들의 사람됨을 잘 말해주고 있는 것이다.

그처럼 윤이 흐르는 것은 비단 솥뿐이 아니다. 부뚜막 한쪽에 놓인 큼직한 찬장도 윤이 흐르고, 부엌 안쪽 시렁 위에 얹힌 소반들도 윤이 흐른다. 그리고 여기저기 놓인 기명들도 반질반질 윤이 흐르고 있는 것이다. 얼른 보아 부엌 안 전체가 윤이 흐르고 있는 것 같다.

끝선이는 절로,

"어메애."

입이 벌어진다.

놀라움과 함께 어떤 두려움 같은 것이 다가오는 느낌이다. 물론 잔치가 있기 때문에 특별히 손을 본 터이겠지만, 그러나 평소에도 결코 지저분한 부엌은 아닌 것 같다. 평소에도 조금씩 윤이 흐르고 있을 게 틀림없을 것 같다. 시어머니의 얼굴이 떠오른다. 어쩌면 자기에게 본을 보이기 위해서 특별히 이렇게 반질반질 윤이 흐르도록 했는지도 모른다. 앞으로 부엌은 늘 이렇게 윤이 흘러야 된다고 말이다.

끝선이는 가볍게 몸을 떤다. 그리고 살그머니 가서 찬장 문을 하나하나 열어본다. 그 속에 든 그릇들 역시 깨끗하고 가지런하다. 시어머니의 치마저고리 생각이 난다. 비단보다 고운 보름새 세목 생각이 난다.

끝선이는 어떤 두려움에 쫓기듯 부뚜막에 놓인 자배기*(아가리가 넓게 벌어진 둥글넓적한 질그릇)를 들고 얼른 밖으로 나간다. 우물로 가서 물을 긷는 것이다.

한참 두레박질을 하고 있는데,

"아이고 벌써 일어났능게."

부엌할멈이 눈곱재기를 떼면서 다가온다.

"할매예, 샘이 와 이렇게 깊은교?"

"깊으긴, 이 샘이 뭐가 깊은게. 이것보다 훨씬 깊은 샘도 많은데……."

"어메, 그래예?"

"각싯골엔 이럼 샘이 없능게?"

"없심더."

"얄궂어라. 그럼 무신 샘인게?"

"옹달샘 아닙니꼬."

"옹달샘 헤헤헤……."

영동이네는 그만 웃어 버린다.

끝선이는 어쩐지 얼굴이 화끈해진다.

이때 사랑채에서,

"아으으윽!"

커다랗게 기지개를 켜면서 방 서방이 어정어정 걸어 나온다. 그 주먹만 한 코가 눈에 띄자 끝선이는 절로 눈이 둥그레진다. 그리고 큭큭 웃음이 나오려는 것을 얼른 참으며 얼굴을 돌려 버린다.

이렇게 끝선이에게는 시집의 모든 것이 서먹서먹하고 어리둥절하게 느껴지기만 했다. 그런 속에 끝선이의 시집살이는 시작되었다.

2

서먹서먹하고 어리둥절한 것은 비단 시집뿐이 아니었다. 마을 전체가 그렇게 느껴졌다. 어쩐지 대처에라도 나온 것 같았다. 산에 둘러싸인 각싯골이 세상 전부였으니 그럴 수밖에.

마을 이름은 강동리였다. 강동리를 흔히들 그냥 강마실이라고 부르기도 했다. 강마을이라는 뜻이다.

강마실은 제법 문명의 손길이 뻗쳐와 있는 마을이라고 할 수가 있다. 우선 마을에는 정미소가 있는 것만 보아도 알 수 있다. 물레방앗간이 아니라, 탕탕탕 소리를 내며 곡물을 찧는 기계방앗간이 있는 것이다.

처음으로 그 기계방아 돌아가는 소리를 들었을 때 끝선이는 눈이 휘둥그레지지 않을 수 없었다. 탕탕탕탕…… 도대체 그게 무슨 소린지 알 수가 없었다. 혹시 대포소리가 아닌가 싶었다. 대포소리를 직접 들어본 일은 물론 없지만, 탕! 탕! 하고 대포를 쏜다는 이야기는 들어서 알고 있었던 것이다. 만주에서 난리가 났다더니 혹시 전쟁이

이 마을에까지 쳐내려온 게 아닌가, 덜컥 겁이 나기도 했다.

우물에서 빨래를 하고 있던 끝선이는,

"저기 무신 소립니꼬?"

영동이네에게 물어보았다.

"탕탕 카는 저 소리 말인게?"

"예."

"기계방아 소리 아닝게."

"기계방아 소리예?"

"그렇구마."

"기계방아가 뭔데예?"

"하하하…… 기계방아도 모르능게? 기계방아는 기계로 나락을 찧는 거 아닝게."

"난 또 대포 소린가 했지예."

"대포소리? 하하하 하하하……."

영동이네는 재미있다는 듯이 깔깔 웃어댔다. 끝선이도 부끄럽게 웃었다.

물레방아나 연자방아밖에 본 일이 없으니 기계방아가 뭔지 알 턱이 없었다. 물로 돌아가는 물레방아 소리, 소 울음소리에 돌아가는 연자방아 소리, 그런 소리밖에 들어본 적이 없는 끝선이의 귀에 말하자면 처음으로 문명의 요란한 소리가 밀어닥쳤다고나 할까. 그러니 눈이 휘둥그레질 수밖에.

도대체 기계방아라는 것이 어떻게 생긴 물건인가 바짝 호기심이 동한 끝선이는 기회를 보아 살금살금 그 대포 소리 같은 요란한 소리가 나는 방앗간으로 가보았다. 참 얄궂고 희한했다. 탕탕탕탕…… 귀가 멍멍해질 것 같은 폭음 소리에 빙빙 쇠바퀴가 돌아가고, 필룩필룩 무슨 줄이 돌아가고, 팔딱팔딱 기계가 뛰면서 김이 오르고, 그리고 위로 부어넣는 벼가 쌀이 되어 밑으로 줄줄 쏟아지는 것이 아닌가.

"우야꼬오!"

끝선이는 절로 입이 벌어졌다.

누군가가,

"벵출이 각시다, 벵출이 각시."

하고 자기를 알아보지 않았다면 오래오래 서서 좀 실컷 구경을 하는 것인데, 몹시 서운했다.

마을에는 조그마한 이발소도 하나 있다. 이발소가 있다는 것은 머리를 깎는 사람이 많다는 것을 의미한다. 상투나 귓머리*(귀밑머리)를 한 사람은 거의 찾아볼 수가 없고, 대개 모두 빡빡 깎았거나 하이칼라 머리들을 하고 있는 것이다.

이발소도 처음엔 무얼 하는 곳인지 끝선이는 알지 못했다. 나중에야 남자들이 돈을 주고 머리를 깎는 곳이라는 것을 알고는 어쩐지 그 내부가 궁금했다. 어떻게 차려놓고 머리 깎는 장사를 하는 것인지…….

처음으로 그 앞을 지나면서 힐끔 안을 들여다본 끝선이는 또,

"어매에!"

소리가 나왔다.

엄청나게 큰 거울이 눈에 띄었던 것이다. 온통 한쪽 벽 전체가 거울인 듯했다. 그처럼 큰 거울은 난생처음이었다.

그날 밤, 끝선이는 신랑에게 그 거울 이야기를 했다. 그랬더니 병

출이는 하하하 웃고 나서,

"이 곰아, 곰아."

제법 이렇게 말하는 것이었다. 그리고 산중의 곰 같은 색시가 좋기만 한 듯 슬그머니 또 다가들었다.

이발소 옆에 조그마한 점방도 하나 있다. 눈깔사탕을 비롯해서 실이니 바늘이니 참빗 같은 것도 놓고 판다. 저고리 동정도 팔고, 박가분*(1916년에서 1937년에 걸쳐 박승직이 만든 분)도 판다. 어지간한 것은 대개 거기서 살 수가 있다.

끝선이는 그 점방도 신기하기만 했다. 마을에 그렇게 편리한 점방이 다 있다니 참 살기 좋구나 싶었다.

점방뿐 아니라, 주막도 있다.

주막을 처음 보았을 때 끝선이는 문득 첫날밤 신랑 술 마시던 생각이 났다. 아직 나이도 얼마 되지 않았는데 꼴칵꼴칵 잘도 마시던 생각 말이다. 더러 이 주막에라도 오는 것이 아닌가 싶으니 어쩐지 우스웠다.

그리고 마을에는 자전거도 두 대가 있다. 하나는 물론 정미소 주인 최 주사의 것이고, 하나는 면사무소에 다니는 권 서기의 것이다.

처음 보는 여러 가지 마을의 생소한 것들 가운데서 끝선이가 가장 신기하게 생각한 것이 바로 그 자전거였다. 어쩌면 기계방아보다도 더 신기하고 묘한 물건으로 보였다. 자전거라는 것이 있다는 말은 들었으나, 눈으로 보기는 처음이었다.

처음 자전거를 보았을 때,

"어메, 저기 뭡니꺼?"

끝선이는 곁에 있는 마을 아낙네에게 물었다.

"자전거 아닝게."

"자전거예? 우야꼬, 저기 자전거구나."

끝선이는 신기해서 못 견디었다.

바퀴가 두 갠데 어떻게 옆으로 넘어지질 않고 가는 것일까. 더구나 사람을 태우고서 말이다. 아무리 생각해도 알 수가 없고 희한하기만 했다.

그날 밤, 또 잠자리에서 끝선이는 신랑에게 물었다.

"당신 자전거 탈 줄 알아예?"

"못 타, 와?"

"당신도 자전거 하나 사이소."

"베란간 자전거는 와?"

"오늘 자전걸 봤는데, 참 희한합띠더."

"자전거도 첨 봤나?"

"응, 히히히……."

"아이고 이 곰아, 곰아."

역시 그날 밤도 끝선이는 산중의 곰이 되었다.

곰이거나 말거나 좌우간 신기하기만 해서 끝선이는 자전거를 탄 최 주사나 권 서기의 모습이 신작로에 나타나기만 하면 어떤 일을 하다가도 그만두고 멀뚱히 서서 그것이 사라져 보이지 않을 때까지 물끄러미 바라보곤 했다. 그래서 한동안 마을 사람들의 입에 자전거 처음 본 병출이 각시라는 말이 웃음과 함께 오르내렸다.

마을 앞 둔덕에는 비석이 하나 서 있다. 비각도 없이 그저 덜렁 세워진 비석이다. 아주 오래된 것인 듯 비바람에 시달리고 이끼가 서려서 얼른 보아서는 무슨 빈지 알 수가 없다. 그러나 잘 뜯어보면 송

덕비라는 것을 짐작할 수가 있다. 글자가 거의 마멸되어 확실한 것은 알 수 없으나, '郭' 자와 '頌' 자, '德' 자 세 글자만은 희미하게 알아볼 수가 있다. 그러니까 곽 아무개라는 사람의 송덕비에 틀림없는 것이다.

아주 오래된 비여서 지금 마을 사람 가운데 그 비의 유래를 확연히 알고 있는 사람은 아무도 없는 형편이다. 그저 희미하게 전해오는 이야기로는 옛날 곽 아무개라는 부자가 마을에 살았는데, 그 사람이 어찌나 어질고 덕이 많았는지 마을의 가난한 사람들을 거의 먹여 살리다시피 했다는 것이다. 원래 부자치고 인심 좋은 사람이 별로 없는 법인데, 그 사람은 특이해서 곽 아무개라고 하면 멀리 타고장에서도 모르는 사람이 없을 지경이었다 한다. 그래서 그 부자가 죽자 마을 사람들이 비를 세웠다는 것이다.

그러나 지금은 그저 자연석 하나가 우뚝 서 있는 것과 별다름이 없다. 아무도 그 비에 대해서 관심을 가지는 사람이 없으니 말이다. 오랜 세월 속에 그 비의 의의도 풍화가 되어 버렸다고나 할까. 소나 염소 같은 가축이 곧잘 비석에 매여 있는 것만 보아도 알 수가 있다.

끝선이는 그러나 그 비석이 번쩍 눈에 띄었다.

"어메, 이 마실에도 열녀비가 있대이."

끝선이는 그 비석도 열녀빈 줄만 알았다. 그녀는 비석이란 다 열녀비인 줄 알고 있는 것이다. 말하자면 각싯골의 곰이니까.

"열녀비를 와 저렇게 함부로 해놓았노. 얄궂어라."

끝선이는 어쩐지 별로 기분이 좋지가 않았다. 비각도 없이 덜렁 비석만 세워놓은 것부터가 못마땅한데, 게다가 짐승을 내다 매놓다니…… 참 이 마을 사람들은 얄궂다 싶었다. 이 마을에서는 열녀를 별로 숭상하지 않는가 싶으니 이상했다.

그런 이야기를 영동이네에게 했더니 또,

"하하하……."

크게 웃었다.

"각싯골이 친정이라 다르네요."

"와예?"

"열녀비밖에 모르니 말이구마."

"……?"

"그기 어디 열녀빈 줄 아능게?"

"그럼 뭔교?"

"송덕비 아닝게. 송덕비."

"송덕비라니예?"

끝선이는 속눈썹을 깜작거렸다.

"송덕비라고 저…… 인심 후한 사람 죽으만 비 세우는 거 아닝게."

"인심 후한 사람 죽으만?……."

끝선이는 잘 알 수가 없었다. 인심 후한 사람도 죽으면 비를 세운단 말인가. 이상했다.

좌우간 끝선이는 열녀비 말고 또 다른 비가 있다는 것을 처음으로 알았다.

마을 뒤는 산이다. 별로 높은 산은 아니지만, 그런대로 나무도 울창하고, 더러 큼직큼직한 바윗덩이도 불거져 있다. 산기슭에 아늑하게 마을이 자리 잡고 있는 것이다. 산 둘레는 온통 밭이다. 널찍널찍한 밭이 질펀하게 널려 있다. 그런데 그게 거의 다 목화밭인 것이다.

그 널찍널찍한 목화밭을 보았을 때, 끝선이는 절로 입이 벌어지

지 않을 수 없었다. 어쩐지 질리는 듯했다. 친정 마을의 손바닥만큼
씩*(원전에는 '손바닥만씩') 한 밭뙈기만 보아온 터이니 그럴 수밖에.

시집의 밭도 여간 널찍한 게 아니었다. 널찍한 밭이 두 뙈기나 있
었다. 두 뙈기가 다 말할 것도 없이 목화밭이었다.

목화밭에 서서 보면 저만큼 강물이 바라보였다. 폭넓은 강줄기가
멀리 동쪽 끝에서 흘러와서 아득히 서쪽 끝으로 굽이를 틀며 흘러가
고 있었다. 후련한 강이었다.

끝선이는 목화밭에 나와서 목화를 따면서 그 후련한 강물을 바라
보는 것이 한 가지 낙이었다.

강물에 떠서 한가로이 건너갔다가는 한가로이 건너오는 나룻배도
볼 만했고, 강을 건너 오가는 행인들의 모습도 구경할 만했다. 혹시
최 주사가 나룻배에 자전거를 싣고 읍내로 나가거나 읍내에서 돌아
오기라도 하는 때면 그건 참 재미 좋은 구경거리가 아닐 수 없었다.

그리고 이따금 끝선이는 강 건너 멀리 아스라한 산 쪽으로 시선을
보내기도 했다. 강 건너 들판으로 꼬불꼬불 멀어져 간 들길, 그 들길
끝의 아스라한 산, 그곳은 꿈에도 잊을 수 없는 그립고 그리운 친정
골*(친정이 있는 골짜기)인 것이다.

그곳을 바라볼 때면 끝선이의 눈에는 절로 핑 눈물이 돌았다. 어
메는 지금쯤 뭘 하는지…… 아부지도 별고 없으신지…… 동생은 산
에 나무를 하러 갔겠지…… 봉금이도 보고 싶고, 옥님이도 보고 싶
고…….

시집살이가 매워서 반드시 친정이 그리운 것은 아닌 모양이었다. 아
직은 시집살이 매운 줄을 모르겠는데도 절로 옷고름이 눈으로 갔다.

《현대문학》(1973. 9~12, 1974. 5)

폭력적 운명을 가로지르는 존재의 정동(情動)

김문주(문학평론가, 영남대 교수)

한 작가가 작품을 쓰기 위해 책상 앞에 앉게 되면, 그의 모든 과거
는 그의 펜 뒤에 앉게 된다.

그 어떤 다른 사람의 것이 아닌, 바로 그 자신의 근육과 신경이, 그
리고 무엇보다도 감정이, 펜을 종이 위로 몰아가는 것이다.

– 레온 에델, 『작가론의 방법』(김윤식 역, 삼영사, 1983), 91쪽.

1.

주지하는 것처럼, 하근찬의 소설은 일제강점말기와 한국전쟁기
를 배경으로 한 것들이 주를 이룬다. 1931년 경북 영천에서 출생하
여 국민학교 교사였던 아버지를 따라 경북 문경, 칠곡, 대구, 그리고
아버지의 파면으로 9살 때 전라도로 이주하여 김제와 장수 등지에

서 10여 년을 살았던 소년·청년기의 경험은 그의 소설의 가장 중요한 서사적 자원이다. 국민학교 6년, 중등학교에 해당하는 전주사범학교의 첫 학기를 일제강점체제에서 보내고, 전주사범 3년과 아버지가 교장으로 재직하던 국민학교에서 교편을 잡기 시작하여 3년 차에 한국전쟁을 겪고 그 과정에서 좌익세력에 의한 아버지의 학살, 그리고 얼마 되지 않아 국민방위군에 소집(1950년)되는 등, 하근찬의 소년·청년기의 체험은 태평양전쟁을 전후로 한 일제의 총동원체제와 6·25 등 한국의 비극적인 역사를 통과하는 과정을 몸소 겪은 것으로써, 이는 모두 전쟁의 폭력과 관련된 것이었다. 특히 하근찬은 체험에 바탕을 둔 소설관을 적극 옹호한 데다 특정한 주제에 집중하려는 기질을 갖고 있어서 그의 40여 년의 창작 이력에는 소년기에서 청년기에 이르는 기간에 직접 겪은 경험 내용이 중요한 서사적 밑천으로 두루 활용되고 있다. 하근찬은 자신의 이러한 소설적 특징을 '일작품주의(一作品主義)'라고 명명하고, "'전쟁 피해'라는 한 가지 주제"에 집중하는 "같은 계열의 소설만"을 써왔다며 그것의 장단점에 관해서도 피력한 바 있다.

실제로 하근찬의 소설세계는, 첫 시기 10여 년 동안 한국전쟁과 관련된 서사들이 주를 이루고 있으며 두 번째 시기에는 일제강점말기의 경험 내용들이, 이후에는 보통 사람들의 일상이 장편 서사로 형상화되어 있다. 물론 그의 장편들 역시 전쟁기의 체험을 서사적 구성 내용으로 포함하고 있어서 하근찬의 소설은 작가의 경험적 영토 위에 건설된 세계라고 할 수 있다. 이와 관련하여 하근찬은 한 산문에서 자신의 소설에 대해 다음과 같이 정리한 바 있다.

작품은 곧 그 작가의 체험의 소산이라고 한다. 직접적이든 간접적이든 어떤 체험이 작품의 바탕에 깔려 있거나 속에 용해되어 있다는 얘기일 것이다. 그렇게 볼 때, 나의 작품들 역시 나의 체험에서 나온 것이라고 할 수가 있다. 전쟁의 현장이 나오지 않는 것은 전투의 경험이 없기 때문인 것 같고, 시골 소읍이나 농촌이 무대가 되고, 그곳에 사는 사람들의 피해담이 내용이 된 것이 역시 그곳에 내가 몸담아 살았고, 그들의 가지가지 괴로움을 눈으로 보고 얘기로 들었을 뿐 아니라, 나 또한 그들 속의 한 사람으로서 전쟁의 아픔을 체험했기 때문이다. (『내 안에 내가 있다』, 엔터, 1997, 290쪽)

자신의 소설이 "한 가지 주제를 놓고 집요하게 작품을 빚어 나간" "일작품주의"의 세계이고, 그 주제란 일제강점말기에서 6·25로 이어지는 전쟁기의 체험을 바탕으로 한 것이라는 사실은 하근찬 소설의 기본적 성격으로서, 실제로 이는 창작의 일반론을 넘어 좀더 완강한, 다시 말해 "체험하지 않은 것은 허구화하지 않겠다"는 작가적 태도에 기초한 것이라는 점에서 그의 소설의 '체험'의 성격에 관해서는 재삼 고민할 필요가 있어 보인다. 위의 인용문에서 작가는 자신의 소설을 "소읍이나 농촌"을 배경으로 한 '전쟁 피해담'이라고 적시하면서 자신의 소설에 없는 것과 있는 것을 밝히고 있다. 이러한 점들을 고려하면 하근찬의 소설이 갖는 장점은 작가가 경험한 당대인들의 실제적인 삶을 기록한 것이라는 점, 이는 비극적인 역사의 시기를 평범한 이들의 삶을 통해 구체화하고 있다는 의미일 것이다. 그것은 한국 근현대사의 가장 폭력적인 역사의 비극성을 보통 사람들의 삶과 일상을 통해 생생하게 부조해낸다는 뜻이고, 이를 확대하면 민족의 고통과 수난을 체험에 바탕을 둔 서사를 통해 형상화하고 있음을 의미하는 것이다. 하근찬의 소설을 "무기교의 기교"로써 엮은 "능란한 이야기꾼의 솜씨"(김선학)로 평가하거나 "힘없고 가진 것 없는 농촌 사람의 눈"으로 "전쟁의 야수성"(이보영)을 고발한 작품, "전후에 나온 가장 탁월한 반전문학"(유종호)으로 상찬한 논자들의 평가는 그의 소설이 보여준 경험에 기초한 이러한 사실적 형상력을 높이 산 것이라고 할 수 있다. 그런 점에서 보자면 다른 작품들에 비해 삶의 실체성이 다소 약하지만 플롯의 짜임새나 상징성이 돋보이고 작가의식이 분명하게 부조된 「수난이대」나 「흰 종이수염」 등이 그의 대표작으로 꼽히고 있는 점은 아이러니하다고 할 수 있다.

반면 체험에 기초하여 기억과 증언으로서의 성격을 강하게 띠고 있는 하근찬 소설의 특징은 역사적 상황에 대한 통찰이나 작가의식의 부재라는 측면에서 비판적으로 검토되기도 한다. 이는 그의 소설 속 인물들이 대체로 무지하고 소박한 농촌의 평범한 사람들이라는 점에서 기인한다. 그들은 사태에 대한 반성적 의식이나 내적 갈등으로 고민하는 인물이 아니라 외적 폭력에 노출되어 상황에 휩쓸려가거나 즉자적으로 반응하는 수동적, 혹은 수난의 상(像)에 가깝다. 하근찬의 소설은 작가가 겪은 평범한 당대인들의 실체적인 삶을 드러내는 기억과 증언의 성격을 강하게 띠고 있어 역사적 사태의 의미를 드러내거나 작가의식을 부조하는 해석적 성격이 미약하다. 물론 이는 그의 소설 형상의 궁극적 성격을 무엇으로 볼 것인가에 따라 평가가 갈릴 수 있지만, 대체로 그의 소설이 비판적 거리를 두고 현실의 사태를 통찰하는 관점이 약하다는 점은 분명해 보인다.

하근찬의 소설이 작가의 체험에 기초하고 있으며 이를 바탕으로 평범한 사람들을 통과한 폭력의 시기를 복원하고 있다는 사실은, 그의 서사가 한국근현대사의 중요한 역사적 사태의 한 측면에 대한 생생한 증언임을 뜻하는 것으로서 이는 작가의 이념이나 관념의 필터의 작용을 최소화한 미덕을 갖고 있음을 의미한다. 그런데 이러한 특징은 적잖은 규모를 갖고 있는 하근찬의 작품 세계 전체를 볼 때, 상당한 한계로 작용한다는 것, 부연하자면 작가 스스로 규정한 이른바 '일작품주의'는 개인의 경험적 자산이란 제한적일 수밖에 없다는 점에서, 일정한 모티프나 서사의 구도가 작품 세계 안에서 지속적으로 반복되는 내적 곤궁에 봉착하는 한계를 노정할 수밖에 없다는 사실이다. 특히 한국전쟁기와 일제강점기를 배경으로 한 단편의 시기가 지나고 작가가 본격적으로 장편들을 생산하는 창작 후기에 이르러 이러한 상황은 다소 빈번하게 등장한다. 이를테면, 단편들에 묘사된 특정 모티프들이 장편에 서사의 일부로서 재배치되거나, 혹은 유사한 서사 구조나 인물들이 장편들 간에 반복, 수렴되어 나타나는 등의 양상이 확인된다.

「수난이대」나 「흰 종이수염」 등 하근찬의 대표작으로 꼽히는 단편들이 그의 여타의 작품들보다 탄탄한 구성과 밀도 있는 서사적 상징성 등으로 인해 한국현대사의 비극과 민중적 전망을 압축적이고도 감동적으로 형상화하고 있음에도 불구하고, 한 공동체의 평범한 사람들의 일상을 매우 사실적으로 그려냄으로써 당대적 삶, 나아가 인간 사회의 어떤 진면목을 포착해내는 하근찬 소설의 특장은 서사의 성격상 단편보다 장편을 통해 좀더 수월하게 형상화될 수밖에 없다는 점은 고려해야 할 대목으로 보인다. 그것이 일부 모티프나 서사적 구도의 반복에도 불구하고 하근찬의 장편에 주목해야 할

이유이다. 그의 장편에는 인간 사회를 바라보는 관점이 투영되어 있을 뿐만 아니라 그의 삶을 관통했던 푼크툼의 순간, 작가론적 발견의 순간이 곳곳에 가로놓여 있다. 이는 그의 소설에 반복되는 모티프의 맥락과 더불어 그것의 각별한 의미와 성격을 헤아릴 수 있게 해준다. 그러한 점에서 하근찬의 장편 소설은 그의 작품 세계의 전체와 진면목을 살필 수 있는 장이라고 할 수 있다.

2.

「은장도 이야기」는 1986년 1월부터 1987년 5월까지 월간 《2000년》에 연재되었던 미완성 장편이다. 주인공 송 노인(말선, 끝선이)이 고희를 맞아 수몰된 고향 마을 평촌과 시댁인 각싯골을 찾아 여행하며 일제강점말기부터 한국전쟁기까지 겪은 이야기를 담은 작품이다. 소설은 친정아버지에게서 받은 은장도의 용비백련도(龍飛白蓮圖)를 묘사하는 대목에서 시작하여 끝선이의 혼례로 본격화된다. 55년전 열여덟에 치러진 끝선의 혼례는 동팔의 훼방으로 한바탕 혼란이 빚어지지만 무사히 마무리된다. 동팔은 끝선에게 연애 감정을 갖고 있는 한마을의 총각이다. 끝선이가 시집을 간 '각싯골'은, 폐병에 걸린 남편을 혼신으로 간호하다 스물둘에 과부가 된 옥련이 동학교도에게 강간당한 후에 끝내 자살을 선택하여 열녀의 마을로 널리 알려진 곳이다. 결혼 후 첫아들 훈식을 낳고 얼마 되지 않아 끝순이는 친정오빠 아들의 돌잔치가 있어 친정을 가던 중 동행하던 소금장수에게 몹쓸 짓을 당할 뻔하고, 이 일로 인해 친정아버지로부터 은장도를 받게 된다. 한편 끝선의 신랑 정달주가 결혼 5년 만에 자신의 외삼촌을 따라 중국 상해로 떠난 뒤 혼자 시댁에 남은 끝선이에게 방물장수로 변한 동팔이 찾아와 함께 떠날 것을 청한다. 온갖 수로 그를 피해 다녔지만 결국 자신의 방을 급습한 동팔이를 끝선은 친정아버지로부터 받은 은장도로 물리친다. 이후 잠시 귀국한 남편을 따라 함께 상해로 떠난 끝선은 해방 후에 각싯골로 다시 돌아온다. 해방 직후 신통찮은 쌀장수를 하던 달주는 면장을 하던 외삼촌 강인원의 덕에 면서기로 취직하고 이후 부면장직을 수행하게 된다. 6·25가 발발하고 각싯골이 인민군 치하가 되면서 달주는 악질반동으로 몰려 집은 역산(逆産)으로 접수되고 달주는 수감된다. 이후 국군 수복 후에 주검으로 발견된 달주의 시신을 끝선이 수습하면서 자신의 은장도로 그의 손발톱을 정리하는 장면으로 소설은 일단락된다.

미완성으로 남겨진 작품이어서 나머지 서사는 확인할 수 없지만 씌어진 내용의 상당 부분은 기존에 발표한 다른 소설들에 유사한 모티프들로 산재한 것들이어서 서사 자체는 실제로 어디서 많이 본 듯한 기시감이 곳곳에서 느껴진다. 특히 이 소설의 은장도 관련 서사는 또 한 편의 미완성 소설 장편 「직녀기」*에서 좀더 소상하게 펼쳐지고, 수몰된 고향 마을 관련 내용은 「성묘행」, 「검은 자화상」 등에서 다소 이채로운 방식으로 전개된다. 물론 수몰된 마을에서 있었던 한국전쟁기 인민군 치하에서 벌어진 정달주의 죽음 관련 모티프는 「핏빛 황혼」, 『야호』, 「노은사」, 「위령제」 등 적잖은 작품들에서 반복적으로 등장한 내용이다.

---

* 「직녀기」는 1974년 9월부터 12월, 그리고 1974년 5월 등, 총 5회에 걸쳐 『현대문학』에 연재된 미완의 작품이다.

은장도 관련 서사의 경우, 각싯골 정촌댁이 딸 끝선의 혼례를 위해 방문한 모실댁을 맞아들이는 장면에서 시작하여 결혼한 끝선이 좀더 개화한 시댁에서의 일상을 사는 내용으로 마무리되는 「직녀기」의 안쪽에 배치되어 있다. 전체 구도상으로는 정촌댁이 혼례를 앞둔 끝선에게 은장도를 건네는 부분에서 상세하게 그려진 젊은 시절 정촌댁의 정조(貞操) 침해 서사는 「은장도 이야기」의 끝선이 겪은 사례와 유사하다. 특히 각싯골의 열녀 옥련의 서사와 친정아버지에게 은장도를 받는 계기가 되었던 친정 가는 길에 소금장수에게 겁탈당할 뻔한 사건은 거의 흡사한 내용으로 서술되어 있다. 내용상으로 보면 「은장도 이야기」의 끝선과 「직녀기」의 정촌댁은 동일한 인물에 가깝다.

「은장도 이야기」의 표면을 구성하고 있는 수몰 서사의 경우, 「성묘행」에서는 고향 방문을 간절히 원하는 어머니 백 보살을 모시고 고향을 방문한 순혜의 시선에서 마을이 사라지는 것보다 정부 보상에 관심을 보이는 고향 사람들의 모습을 소묘한 데 반해, 「검은 자화상」은 「은장도 이야기」의 한 축을 이루는 여성 주인공을 둘러싼 남성 인물의 집요한 연정의 서사와 더불어 한국전쟁기 여성 인물의 남편에게 일어난 학살의 모티프를 소상하게 그려내고 있다.

「은장도 이야기」에서 고희가 되어 최 노인이 방문한 고향은 수몰로 인해 과거의 공동체가 사라진 소멸의 공간이다.* 그곳은 마을 사람들이 긴밀하게 얽혀 서로의 삶에 영향을 주고받는 실명 공동체였다. 이 공간에서 사람들은 희로애락을 경험하는데, 그것의 원인 제

---

* 하근찬의 고향 영천에 건설된 영천댐(일명 자양댐)은 1974년에 착공하여 1980년에 준공되었으며, 이 댐의 건설로 인해 하근찬의 처가 마을이 수몰되었다.

공이 설사 외부에 있더라도 이를 겪고 그것의 결과를 나누는 것은 오랫동안 삶을 같이 해온 마을 사람들이다. 전통 사회에서 일어난 사건의 비극성은 그러한 사태가 사람들의 삶과 정체성의 기반이 된 공동체를 파괴할 뿐만 아니라 관련자들이 돌아갈 공간을 상실하게 한다는 점, 그래서 마을이 물속으로 수장되는 것은 얽혀 살아오며 기쁨과 고통을 주고받은 역사의 실체들이 현실에서 사라지는 것이라고 할 수 있다. 그런 점에서 최 노인이 고희를 맞아 수몰된 고향을 방문한 것은 마을공동체와 함께 역사적 시기를 통과해온 자신의 삶을 복기하는 것이면서 동시에 전통적 공동체의 해체와 더불어 그 장소들과 얽혀 있던 수많은 기억과 정동(情動)을 되사는 일이기도 하다. 여기에서 주목할 대목은 최 노인이 수몰된 마을을 확인하기 위해 승선한 보트의 운전자에게서 그녀의 젊은 날을 흔들어놓았던 인물에의 기억과 마주하게 된다는 점이다.

아까 배에 오를 때부터 송 노파는 그 젊은 사공이 어디선지 많이 본 듯한 낯익은 얼굴이라는 느낌이었다. 어딘지 모르게 싱겁고 닝글닝글하기도 한 말투랄지, 몸놀림까지가 결코 생소하지가 않았다. 누굴까? 어디서 본 사람일까? 아무리 생각해봐도 떠오르는 것이 없었다. 그러니까 전혀 일면식도 없는 젊은이에 틀림없었다. (…)
"우리 아부지는 집이 억씨기 가난해서 남의 집 품팔이를 하는 기 일이었답니더. 성은 최 씨고예."
그때까지 웬일인지 조금 긴장이 된 듯 굳어져서 가만히 듣고만 있던 송 노파의 얼굴에 순간 당황하는 듯한 기색이 떠올랐다. 그러나 송 노파는 그 기색을 얼른 얼굴에서 싹 지워버리더니, 엉뚱하게 무엇에

놀라기라도 한 것처럼, "아이고, 여기다! 여기!" 냅다 소리를 질렀다. (78-82)

    젊은 시절의 최 노인, 끝선이가 혼례식을 끝내고 초야를 치를 무렵 신방 근처에 나타나 난동을 부리고, 이후 남편을 상해로 떠나보내고 시댁에 남겨진 끝선 앞에 방물장수가 되어 찾아온 '동팔', 최 노인의 평생에서 결코 잊을 수 없는 기억을 최 노인은 뜻밖의 익명의 대상을 통해 떠올리게 된다. 공간의 수몰과 함께 현실에서도 가라앉은 과거가 젊은 사공을 통해 귀환한 셈이다. "어디선지 많이 본 듯한 낯익은 얼굴이라는 느낌", "결코 생소하지 않았"지만 "아무리 생각해보아도 떠오르는 것이 없었"던 최 노인에게 자신의 아버지에 관한 젊은 사공의 설명은 매우 강한 정동과 함께 동팔의 기억을 불러일으킨다.

    이 작품과 유사한 배경과 서사 구도를 띠고 있는 「검은 자화상」은 「은장도 이야기」의 '끝선-동팔'의 관계와 비슷한 인물관계로 설정된 '병칠-선애'를 댐 건설로 마을이 사라지자 부부의 관계로 묶어 낸다. 동팔과 유사한 성격을 띠고 있는 병칠은, 일제강점말기 정신대 동원을 피해 육촌 형 두성과 결혼한 첫사랑 선애를 잊지 못해 그녀 주위를 맴돌지만 뜻을 이루지 못하다가 한국전쟁의 혼란기를 통해 두성의 죽음에 간접적으로 관여한 뒤 마을에서 사라진 선애와 은밀히 결합한다. 병칠과 선애의 결합이 가능했던 것은 두 사람의 비극적인 과거사가 얽혀 있던 장소들이 모두 이로 인해 그들의 삶을 구속하던 마을공동체가 해체됨으로써 병칠이 간절히 원했던 첫사랑 선애와의 결합이 가능했던 셈이다. 수몰 서사가 폭력의 시대가 갈라놓은 두 사람의 사랑, 좀더 엄밀하게 말하자면 선애를 향한 병칠의 오랜 동안의 연정을 현실화하는 기능을 수행한 것이다. 여기에서 눈여겨 볼 대목은 고희연 장소를 향해 가던「은장도 이야기」의 최 노인의 바람이다.

"새로 태어나 시집을 다시 한 번 가봤으면 얼마나 좋을까." 중얼거리고 나서 가볍게 한숨을 쉬듯이,

"관세음보살―" 했다.

송 노파의 입에서 그런 말이 나오기는 처음이었다. 아직까지 한 번도 그런 투의 말을 어머니한테서 들어본 적이 없는 정애는 약간 놀라며 힐끗 돌아보고는 얼른 고개를 돌렸다. 가슴이 찡해 오는 느낌이었다. 지은이도 할머니의 입에서 그런 말이 나오다니 뜻밖이다 싶으며 조금 숙연해지는 기분이었다.

무심결에 중얼거린 송 노파의 그 말에는 덧없이 흘러간 세월에 대한 허망함과 함께 오십여 년 전 시집을 가던 그 꿈 많은 시절의 일이 아련한 그리움으로 떠오르고 있는 게 분명했다. (29-30)

일제강점말기와 한국전쟁기를 관통하며 간난의 삶을 살아온 최 노인이 다시 살아보길 원하는 것은 "시집을 다시 한번 가봤으면" 좋겠다는 바람이다. 하근찬의 서사에서 일제강점말기를 배경으로 한 여성 인물들은 대부분 정신대에 끌려가지 않기 위해 서둘러 혼인을 하는데, 이 과정에서 자신에게 연정을 품거나 나눈 남성 인물과 엇갈리는 운명에 처한 후 그러한 남성이 여성 인물의 삶에 지속적으로 개입해 들어가려는 것이 서사적 갈등의 중요한 축을 이룬다.「은장

도 이야기」에서는 끝선(최 노인)의 주위를 끊임없이 맴돌았던 '동팔', 「검은 자화상」에서는 첫사랑 선애를 얻기 위해 평생을 고투했던 '병칠'이 자신의 사랑의 정념을 쟁취하려는 집요한 인물들이다. 반면 이 서사들의 여성 인물들은 소극적이고 수동적이다. 가부장제 속에서 성장했던 그녀들은 자신을 향한 남성 인물의 적극적인 애정 공세나 폭력적인 외적 상황에 대체로 수동적이다. 그 점에서 「은장도 이야기」나 「검은 자화상」의 수몰 서사는 여성 인물들로 하여금 전통적 가부장제와 폭력적 현실에 구속되었던 삶에서 벗어나 자신들의 정념을 드러내고 실현하는 장치로서 기능한다. 「은장도 이야기」에서 "새로 태어나 시집을 다시 한번 가봤으면" 좋겠다는 최 노인의 발언이나 수몰된 고향 마을을 지나는 대목에서 동팔의 아들과 마주하는 대목은 전통적 공동체와 격동의 역사가 억압했던 가장 중요한 생명의 고갱이자 생의 정동을 환기시킨다는 점에서 재고할 필요가 있어 보인다.

3.

하근찬의 적잖은 작품들은 공간적으로는 전통적 마을공동체를, 시간적으로는 일제강점기와 6·25를 배경으로 하고 있다. 그의 소설은 한국 현대사의 격동기에 마을공동체에서 일어난 사람들의 이야기를 통해 비극의 역사를 구체화한다. 물론 이들 서사에는 역사적 사건들에 대한 작가의 해석이나 의미 부여가 지극히 소극적으로 이루어지고 있고, 전체적으로는 사람들의 삶과 일상을 사실적으로 소묘하고 있는 것으로 보인다.

고희를 맞은 최 노인의 고향 방문을 외부 서사로 하여 그녀의 젊은 시절의 삶을 형상화한 「은장도 이야기」는 제목이 적시하고 있는 것처럼 가부장제 속에서의 여성적 생을 그리고 있다. 여기서 '은장도'는 이를 대표하는 상징으로서 소설은 최 노인이 그녀의 딸인 정애에게 은장도를 건네주려는 구도를 취하고 있다.

간밤에 꺼내보고는 도로 농 안에 넣어놓았던 은장도를 꺼내어 핸드백 속에 담았다. 그리고 방을 나가려다가 말고 송 노파는 또 주춤 멈추어 서더니 무슨 생각에선지 핸드백을 열어 은장도를 도로 집어낸다. 묘한 웃음을 살짝 떠올리며 두루마기 섶을 들추어 치마 말기 속에 은장도를 찔러 넣는다.

오늘 잔치하는 자리에서 그것을 딸에게 물려주기로 마음먹었으니, 마지막으로 옛날에 그랬던 것처럼 한 번 몸에 지녀보고 싶었던 것이다. 그리고 그것을 딸에게 물려주는 데 있어서도 그냥 핸드백에서 집어내어 주는 것보다 품 안에서 꺼내어 건네주는 편이 훨씬 뜻이 있는 것 같기도 했던 것이다. (28)

고희연에 가기 위해 집을 나서기 직전 농 안에 있던 은장도를 꺼내어 핸드백 속에 넣었다가 치마 말기에 찔러 넣는 인용 장면은 가부장제의 질서를 내면화하고 있는 주인공의 의식을 시사한다. 물론 이는 서사의 도입부에서 서술된 은장도를 갖게 된 이유나 최 노인이 시집살이를 하였던 시댁의 전설로 내려오는 '각싯골' 옥련의 서사를 통해 거듭 확인된다. 이는 혼례를 앞둔 끝선에게 은장도를 넘겨주는 「직녀기」의 정촌댁 서사에서도 동일하게 확인할 수 있는 내용이다. 은장도는 가부장제 이데올로기를 지지(支持)해주는 표상으로서 여성의 정조관념의 공고화, 이를 통한 여성의 성적 욕망의 내적 통제를 구체화하는 상징물로서 작용한다. 이러한 전통적 질서는 서사 속 남녀 인물들의 태도나 행동 양상을 통해서도 확인된다. 남성 인물들은 자신의 연정에 충실할 뿐만 아니라 이를 병적으로 보일 만큼 집요한 양상으로 펼쳐내는 데 반해, 여성들은 소극적이고 수동적이다. 그녀들은 자신들의 감정을 어떻게 다룰지 모르는 존재처럼 묵묵할 뿐만 아니라 외적 상황에 휩쓸리며 자신들의 운명을 받아들이는 모습을 보여준다. 그러한 점에서 최 노인을 비롯하여 하근찬의 소설 속 나이든 여성 인물들이 빈번하게 '보살에 의지합니다' 혹은 '생의 고통에서 구제를 바랍니다'는 의미의 "관세음보살"을 반복하는 것은 불안의 현실로부터 마음을 안정시키려는 인물의 자족적, 자기위안적 성격을 뜻한다.

최 노인이 보여주는 이러한 태도와 달리, 끝선의 젊은 날을 형상화하는 내부서사에는 성적 생명력이 넘실댄다. 특히 전통적 공동체의 풍속을 묘사하는 대목들에는 생명력의 충동이 가득하다.

촛대에 꽂힌 황밀촉(黃蜜燭)이 병풍 앞에서 너울너울 곱게 타오르고 있었다. 그런데 그 촛대가 그냥 방바닥에 세워져 있는 것이 아니라, 요강 속에 담겨져 있었다. 마치 요강 속에서 촛대가 솟아올라 촛불을 밝히고 있는 것 같았다. 요강 속을 살펴보면 쌀을 절반가량 담고서 그 위에 촛대를 세워놓은 것이다. 신방 꾸미는 습속의 한 가지였다. 아무쪼록 신랑신부의 금슬이 좋고, 복록을 누리기를 비는 그런 뜻이 담겨 있는 것이다. 요강은 여자고, 촛대와 촛불은 남자인 셈이다. 그리고 쌀은 복록을 의미했다. (48-49)

끝선이가 초야를 치르는 방 한구석의 장면을 묘사한 이 대목은 여성과 남성의 성을 각각 상징하는 요강과 불 켜진 촛대를 통해 혼례의 의미를 적나라하게 보여준다. 전통적 공동체의 풍속이나 인물들의 일상을 그려내는 서술 속에 성적 생명력과 관련된 묘사가 많은 것은 가부장적 공동체 사회를 바라보는 작가적 시선이 반영된 것으로 생각된다. 가부장제 사회의 풍속 자체를 있는 그대로 반영한 것으로만 볼 수 없는 것은, 하근찬의 소설이 그리는 사람들의 일상에 성적 장면들이 적잖게 담겨 있을 뿐만 아니라 여기에서 작가의 시각이 반영된 서술들을 확인할 수 있기 때문이다. 그의 서사에 인물들의 오줌 누는 장면이 유별나게 많은 것 역시 이와 무관치 않아 보인다. 「은장도 이야기」나 「직녀기」 등 하근찬의 수많은 여성 인물들의 정조관념에 중요한 모범적 전거가 되었던 전설적인 인물 각싯골 '옥련'의 서사를 형상화하는 대목에서 이를 확인할 수 있다.

　잠시 싸늘한 침묵이 흐른 다음, 점박이는 다시 입을 열었다.
　"나허고 살장게. 어쩔랑가? 응이?"
　애절하기까지 한 목소리였다. 약간 떨리기까지 했다.
　부형 부형 부형…… 부형 부형 부형…… 유난히도 울어대는 부엉이 소리 탓인지 옥련은 이상하게도 온몸에서 스르르 독기가 빠져나가는 듯 사지가 나른해지는 것을 느꼈다. 참 알 수 없는 일이었다. 그처럼 얼음 같던 가슴이 그만 흐늘흐늘 녹아 버리는 듯했다. 속에서 꼿꼿하게 자기를 떠받치고 있던 것이 덧없이 허물어지는 것 같았다. 온몸이 야릇한 미열 같은 것에 휩싸이면서 싸늘하던 눈빛마저 초점을 잃어버리고 흐릿하게 안개가 끼는 듯했다.

옥련은 마침내 스르르 눈을 감아 버렸다. 입술이 살그미 벌어져 가늘게 떨렸다. (133)

오랫동안 남편의 폐병을 간병하다 스물둘에 과부가 된 옥련을 마을에 잔류한 동학군 패졸이 호시탐탐 노리다가 오줌 누고 들어오는 그녀를 낚아채 자신과 결합할 것을 요청하는 대목이다. 남편 구완으로 인해 마을에서 열녀로 널리 알려진 옥련이 자결하게 되는 정조 훼손의 장면을 하근찬은 위와 같이 묘사하고 있다. 이 대목에서 동학 패졸의 요청에 옥련은 적극적으로 거부하지 않을 뿐만 아니라 육체적으로는 오히려 호응하는 양상으로 기술되어 있다. 열녀 서사의 겉과 실제를 상이하게 기술하는 이 대목에는 작가적 해석이 적극적으로 개입되어 있다. 물론 이를 강간에 대한 남성주의적 시각의 반영이라고 비판적으로 볼 수도 있지만, 하근찬 소설의 인물 묘사나 서사 구도로 볼 때, 폭력적인 역사적 국면에 놓인 가부장적 마을공동체의 수난의 삶을 그리고 있는 서사의 표면과 달리 그 이면에 격동하고 있는 남녀 사이의 욕망과 애정에 대한 작가적 해석이 이 대목에 담겨 있다고 할 수 있다. 남성 인물들을 통해서는 적극적으로 표출되고 있지만, 여성 인물에서는 소극적인 방식으로, 혹은 은닉된 정동으로 그리고 있다는 것이다. 「은장도 이야기」에서 수몰된 마을의 수면 위에서 최 노인이 마주한 '동팔'의 기억, 그리고 「검은 자화상」에서 남편 두성의 죽음에 관여하였던 병칠에게로 귀환하는 선애의 파격적인 서사는, 폭력적인 역사의 시기를 전통적 공동체를 통해 그려내는 하근찬의 소설의 매우 중요한 관점을 드러낸다. 이는 역사적 격동 속에서 예상치 못한 운명 속으로 휩쓸려가는 인물들의 수난과 운명에도 불구하고 그 내부에서 작동하는 인물들의 강한 생명력과 정동을 작가는 그리려고 한 듯하다. 「검은 자화상」의 결미에서 각별하게 부각시키고 있는 병칠의 붉은 눈알의 잉어 탁본은 역사의 소용돌이 속에서도 분명하게 드러난, 인물들의 강렬한 생명에의 의욕을 형상화하고 있는 것으로 판단된다.

4.

일제강점말기나 한국전쟁을 배경으로 한 하근찬의 소설에서 아버지의 형상은 초기에는 허구적 성격을 띠고 있다가 후기로 가면서 자전적 경향이 좀 더 강화되는 방향으로 그려진다. 초기 소설에서 아버지는 민족 수난사의 맥락에서 '훼손된 몸'의 형상과 민족 표상의 상징으로 배치된다. 그의 대표작인 초기 단편 「수난이대」(1957)나 「흰 종이수염」(1959) 등에서 부성은 수난 속에서도 부정적 현실을 넘어서려는 인물로 형상화되지만, 이후 작가의 자전적 체험과 관련된 내용들이 여러 작품을 통해 구체적으로 기술된다. 물론 아버지의 죽음은 그 핵심으로서, 하근찬은 전쟁과 이데올로기, 그리고 인간에 대한 깊은 절망감을 느끼게 한 결정적인 계기였다고 말한 바 있다.

한 교장이 죽은 것은 그로부터 달 반이 지난 후의 일이었다. 세상이 뒤바뀌는 날이었다. 그동안 한 교장은 내무서의 유치장 속에서 콩나물처럼 배겨 푹푹 썩고 있었다. 세상이 바뀌는 날 마침내 유치장은 아비규환의 생지옥이 되고 말았다. 따발총이 와서 무차별로 마구 불을 내뿜는 것이었다. 그리고는 휘발유를 뿌려서 불을 질러 버리는 것이었다. 그런 지옥에서 더러는 살아서 기어 나왔다. 그러나 한 교장의 지칠 대로 지친 목숨은 다른 여러 몸뚱어리들과 함께 불타다 속에서 시꺼멓게 타버리고 말았던 것이다. (전집 제3권 『일본도』, 「위령제」, 45쪽)

1960년 《사상계》에 발표된 이 작품에서 하근찬은 처음으로 아버지와 관련된 죽음을 언급한다. 면장 임상호의 55번째 생일을 맞아 마을의 유지급에 속한 한재명 교장과 장학회장 양천풍 등이 모여 술자리를 하는 것으로 시작된 소설은 학교장학위원회의를 소묘한 뒤에 인민군치하에서 갈등 관계에 있던 한 교장과 양 회장이 죽음에 이르는 과정, 그리고 두 사람의 위령제 장면을 그려나간다. 전체적으로 인물에 대한 다소 희화적인 묘사에 아이들의 시선까지 더해진 서술을 통해 전쟁기에 벌어진 두 사람의 죽음은 무겁지 않게 다루어진다. 하근찬에게 매우 큰 영향을 끼쳤던 아버지의 죽음은 1970년 1월부터 1971년 12월까지 2년에 걸쳐 《신동아》에 연재된 첫 장편 소설 『야호』에, 그리고 몇 개월이 지난 1972년 4월 《북한》에 발표된 「핏빛 황혼」에 좀더 소상하고 핍진하게 그려진다. 갑례를 통해 일제강점말기와 한국전쟁으로 이어지는 시기의 마을공동체의 수난사를 형상화한 『야호』에서 갑례의 시아버지인 '정 면장'의 주검이 집사 격인 마 서방의 시선을 통해 묘사된 데 반해, 소설가인 나(하 선생)를 찾아온 장 씨의 체험을 담은 단편 「핏빛 황혼」에서는 하근찬의 체험이 가장 구체적으로 묘사되어 있다.

어머니도 기겁을 하는 것이었다.

너무나도 어처구니가 없는 광경이었다. 눈을 의심할 지경이었다. 시체의 바다인 것이었다. 온통 수없이 많은 시체가 넓은 마당에 좍 널려 있는 것이 아닌가. 마치 바닷가 모래사장에 고기를 말리려고 수없이 널어놓은 것 같은 광경이었다. 시체들이 전부 알몸뚱이로 나가 뒹굴어 있기 때문에 더욱 그렇게 보였다.

그리고 시체들이 하나도 성한 것이 없었다. 온통 구렁이가 감긴 듯 멍이 들고 퉁퉁 부어오르고, 찍히고 터져서 엉망이었다. 어떤 것은 가랑이가 찢어지기도 했고, 팔이나 다리가 떨어져 나가기도 했다. 혀를 몇 뼘이나 빼물고 있는 것도 있었고, 눈알이 쏟아져 나오는 것도 있었다. 그야말로 목불인견이었다. (…)

"결국 도리 없이 형무소 앞에 있는 언덕에 아버질 묻었죠. 묻고 나니 어느덧 저녁 무렵이더군요. 그런데 그날 서쪽 하늘이 왜 그렇게 붉게 타는지, 꼭 핏빛 같질 않겠어요. 겁나더군요." (전집 제7권 『삽미의 비』, 「핏빛 황혼」, 83-85쪽)

소설가인 '나'가 들은 장 씨의 6·25 체험담이 대부분을 이루는 단편 「핏빛 황혼」에는 하근찬의 자전적 체험이 거의 그대로 반영되어 있다.* 국민학교 교장이었던 아버지가 갇혀 있던 전주형무소를 찾아

---

* 1989년에 발표한 에세이(「인간에 대한 끝없는 절망」)에서 하근찬은 아버지의 죽음과 관련한 내용을 매우 구체적으로 기술한 바 있다. "설마 싶으면서도 이튿날 아침 달리

가고, 그 과정에서 있었던 일들이 상세하게 기술된 이 작품에 이르면, 앞서 발표한 「위령제」(1960)에서 한 교장의 주검을, 상당한 정서적 거리를 두고 간략하게 처리한 것과·달리 매우 핍진하게 그려낸다. 1950년 당시 아버지가 재직하던 국민학교에서 처음 교편을 잡은 하근찬의 체험은 소설 속 장 씨의 체험으로 생생하게 복원된다. 전주교도소 뒷마당에 즐비하게 널려 있던 시신들과 개별 시신들의 상태를 바라보는 시선, 그리고 부친의 시신을 발견하고 이를 처리한 당시의 경험 내용이 인용문에 소상하게 묘사되어 있다. 이는 나중에 발표한 산문 글에 흡사하게 기술되어 있다. 이후 하근찬의 소설에는 아버지와 관련된 모티프들이 빈번하고 구체적으로 등장한다. 그런데 그에게 매우 중요한 영향을 끼쳤던 아버지의 죽음과 함께 동반되는 체험 중 하나는 아버지의 주검을 발견하기 전에 꾸었던 꿈의 내용이다. 「핏빛 황혼」에는 새까만 수레에 실려 가면서 자신을 향해 손을 흔드는 아버지의 모습으로 매우 간략하게 서술된 이 부분이, 아버지의 배우자인 최 노인을 주인공으로 한 「은장도 이야기」에서는 어머니에게 전하는 아들 훈식의 꿈 이야기를 통해 소상하게 묘사

찾아가 볼 곳도 없고 해서 어머니와 둘이 형무소로 발길을 옮겼다. 아니나 다를까, 형무소 뒷마당에 온통 사람의 시체가 즐비하게 늘려 있었다. 그런데 그 시체들이 맞아서 시퍼렇게 멍이 들었는가 하면 찍혀서 배가 터지고 팔다리가 찢어지기도 해서 차마 눈뜨고 볼 수 없는 처참한 광경을 이루고 있었다. 모조리 타살이었던 것이다. (…) 어머니와 둘이서 그 목불인견의 시체의 바다 속에서 아버지의 시신을 찾아 인근의 야산에 매장을 했는데, 일을 끝마쳤을 때는 짧은 가을 해가 어느덧 서쪽으로 기울어 온통 핏빛 같은 노을이 서녘 하늘을 물들이고 있었다. 아버지의 벌건 무덤가에 앉아서 나는 그 핏빛 노을과 형무소 뒷마당의 시체들, 그리고 우글거리는 사람들을 바라보며 바로 이것이 지옥이 아니고 무엇이냐 싶었다. 틀림없이 그것은 사람이 만든 지옥이었다."
(『내 안에 내가 있다』, 엔터, 1997, 37-38쪽)

된다.

　　"훈식아— 나다— 아이고 배고파라— 아이고—."

　　신음하는 듯한 소리가 어딘지 먼 데서 들려오고 있었다.

　　훈식이는 일어나 가만히 방문을 열고 마루로 나가 보았다. 마당에
는 달빛이 새하얗게 깔려 있었다.

　　그 새하얀 달빛 속에 멀뚱히 서 있던 사람이,

　　"아이고 배고파라—."

　　신음 소리를 흘리며 슬그머니 돌아서서 대문 쪽으로 걸어 나가는
것이 아닌가.

　　훈식이는 신을 신을 생각도 없이 맨발로 그 사람의 뒤를 따라갔다.
대문을 나서니 저만큼 한길에 웬 까만 수레가 한 대 놓여 있었다. 그
수레 위로 어느새 그 사람이 오르고 있었다. 그리고 새하얀 달빛이 깔
린 한길을 까만 수레가 서서히 움직이기 시작했다.

　　훈식이는 냅다 맨발로 그 수레 쪽으로 달려갔다. 그러나 아무리 달
려가도 그 수레와의 거리는 좀처럼 좁혀지지가 않았다. (229-230)

　　아버지가 꿈에 나타나 아들의 이름을 부르고 배고프다면서 수레
를 타고 떠나는 장면은 몇몇 작품에 약간의 서사적 변형을 통해 유
사한 모티프로 반복, 등장한다. 그런데 아버지의 죽음 무렵 자신의
꿈에 나타난 이러한 아버지의 형상은 작가의 세계관에 중요한 영향
을 끼친 것으로 보인다. 과학적 세계관이나 합리적 이성으로 믿어
지지 않는 이러한 기이한 체험은 「신비한 물결」, 「심야의 세레나데」,
「소년 유령」, 「유령 이야기」 등의 단편에 서사적 변형을 거쳐 반복,

등장한다. 일제강점기와 한국전쟁이 한 마을 공동체의 평범한 사람들의 운명을 얼마나 폭력적으로 충격하였는지를 자신의 체험에 기초하여 형상화한 하근찬에게 이러한 초현실적인 체험은, 세계의 폭력성과 더불어 불가해성을 사유하게 한 계기가 되었던 것으로 보인다. 흥미로운 점은, 아들이 아닌 배우자의 입장에서 이를 형상화한 「은장도 이야기」에서는 아들 훈식과 더불어 식이네(끝선/최노인)의 꿈에도 동일하게 나타남으로써 불가사의한 세계에 대한 관점이 강화되어 있다는 점이다. "그래, 나도 꿈에 너거 아부지를 봤는데, 내가 뒤를 따라가니까 오지 말라고 자꾸 손짓을 하며 멀리 까만 수레가 있는 쪽으로 안 가시나, 그 수레를 타고 멀어져 가는데, 막 뛰어서 쫓아가도 몬 잡겠는 기라. 그래서 그만 여보— 하고 소리를 질렀는데, 깨보니 꿈 앙이가." 이후 남편이 탔던 수레의 색깔을 묻는 아들 훈식의 물음에 답을 하지 못한 채 "불길한 예감 같은 것이" 다가오는 듯해서 온몸을 떠는 식이네의 모습은 불가해한 이 세계의 폭력 앞에 노출된 인간의 왜소성을 생각하게 한다. 그렇다고 해서 하근찬의 서사가 숙명론적 세계관에 침잠해 있다고 할 수는 없지만, 적어도 그의 소설은 인간 이성으로 접근할 수 없는 이 세계의 불가해성에 대해서 아버지의 죽음-꿈의 모티프를 통해 빈번하고 지속적으로 제기하고 있는 것으로 보인다.

아버지의 죽음 이외에도 하근찬의 소설에 끼친 아버지의 영향력은 많은 작품들을 통해서도 확인된다.《한국일보》신춘문예 등단작이자 대표작의 하나인 「수난이대」(1957)를 비롯하여 상당수의 작품이 작가의 자전적 부성 체험에 직간접적으로 근거하고 있다는 점은 그의 소설과 세계 이해에 부성이 매우 중요한 요소로 작용함을 생각하게 한다. 가장 예민한 청소년기의 체험이자 역사적 전환점이었던, 작가에게는 전주사범 1학년 시기였던 1945년 해방 전후를 그린 「죽창을 버리던 날」과 「삼십이 매의 엽서」에는 청소년기의 하근찬에게 아버지가 얼마나 중요한 존재였는지를 확인시켜주는 내용이 적지 않다. 전주사범 1학년 시절 최초의 반항 사건을 다룬 「삼십이 매의 엽서」는 아버지의 편지를 내무반에서 공개적으로 읽으라는 기숙사 선임들의 요구를 받아들이지 않음으로써 벌어진 사단을 그린 작품으로서, 소설은 "서른두 장의 엽서는 나에게 있어서는 무엇과도 바꿀 수 없는 값진 물건이 아닐 수 없"으며 "6·25의 전란 속에서도" "그 후 지금까지 이리저리 수없이 옮겨 다니면서도 그 엽서만은 한 장도 흘려버리는 일 없이 고이 간직해오고 있다"로 시작하고 있다. "아무 용건이 없이 쓰는 편지, 그저 쓰고 싶어서 쓴 편지"라는 '나'의 서술은 아버지의 편지에서 깊은 사랑을 느낀, 그래서 편지를 읽으라는 선임들의 폭력적인 요구를 거부한 '나'의 내면이 무엇인지를 시사해준다.

이 무렵의 기숙사 생활을 그린 또 다른 작품 「죽창을 버리던 날」에서는 갈등의 국면에서 아버지와의 교감을 생생하게 보여주는데, 우리는 여기에서 작가 하근찬에게 아버지가 어떤 존재였는지 확인하게 된다.

"이 못된 놈으 자식!"

소리를 지르면서, 냅다 죽창을 나를 향해 내던졌다. 그리고 돌아서 버리는 것이었다.

돌아서서 집으로 돌아가는 아버지의 뒷모습을 나는 가만히 지켜보고 있었다.

　아버지의 모습이 사라지자, 나는 정말로 어떻게 할 것인가, 한참 서
서 망설였다. 정말 어떻게 했으면 좋을지 몰랐다. (전집 제2권 『흰 종이
수염』, 44쪽)

　학교와 기숙사에서 벌어진 일을 적은 일기장을 보고 눈물을 글
썽거리며 "학교 다니지 마라. 그런 놈의 학교가 도대체 어딨단 말이
고."라고 화를 낸 아버지의 모습에서 흥분어린 감동과 통쾌함을 경
험한 서술자가 귀교 시간이 되어 학교로 돌아가지 않겠다고 하자
보였던 아버지의 모습을 그린 위 대목은, 하근찬에게 부성이 어떤
의미였는지를 상징적으로 보여준다. "아버지의 모습이 사라지자, 나
는 정말로 어떻게" "했으면 좋을지 몰랐다." 하근찬의 아버지는 그의
작품들에 그려진 것처럼 자신의 삶과 존재의 가장 결정적인 둥지로
서, 이는 작가론적 관점에서 그의 소설이 상당 기간 다루었던 서사
가 아버지의 부재 이전까지의 내용임을 재삼 떠올리게 한다.

　국민학교를 졸업한 뒤 전주사범에 진학하고, 교원시험에 합격한
후에 부친이 교장으로 재직하던 학교에서 교직을 시작한 하근찬에
게 아버지는 자신의 삶에 매우 중요한 표상이자 사표였던 셈이다.
더욱이 예민한 청소년기에 경험한 일제강점말기의 폭력적인 상황에
서 아버지의 삶과 태도는 자기 존재의 중요한 근거가 되었던 것으로
보인다. 일제강점말기 작가의 아버지의 삶을 추정해볼 수 있는, 혹
은 아버지에 대한 작가의 표상의 구체를 살필 수 있는 중편 「기울어
지는 강」은 자존감을 갖고 교단을 지킨 강단 있는 교사로서의 아버
지의 모습이 매우 구체적으로 그려져 있다. 「죽창을 버리던 날」이나

「삼십이 매의 엽서」 등에서 아버지를 보았던 아들의 시선은 「기울어지는 강」에서는 한재명 선생의 입장에서 초점화되어 그려진다.

얼마 후, 두 사람은 정신을 좀 가다듬고 시신을 그 시체의 바다 속에서 들어냈다. 그리고 관을 사고, 인부를 구해서 가지고 온 옷을 입혔다. 염습은 하려야 할 수도 없는 처지여서 마지막으로 식이네는 치마 말기에서 은장도를 꺼냈다.

시신의 손과 발에 손톱과 발톱이 길게 자라 있었다. 빛깔까지 푸르스름하게 변색이 된 그 긴 손톱 발톱을 식이네는 은장도로 하나하나 곱게 잘라내기 시작했다. 저승으로 가는 남편과의 마지막 애틋한 사랑의 작별인 셈이었다. (…)

훈식이는 넋을 잃은 것처럼 멀뚱히 서서 어머니가 아버지의 손톱 발톱을 깎는 모습을 가만히 지켜보고 있었다. (…)

식이네와 훈식이가 인부와 함께 관을 묻고, 봉분을 만들어 다지고 있을 때는 어느덧 해가 지고 저녁놀이 서천을 물들이고 있었다. 그런데 그 저녁놀이 마치 이 세상의 종말을 고하는 듯한 그런 빛깔이었다. 핏빛이었다. 검붉으면서도 푸르딩딩한 그런 빛으로 노을이 타고 있었다. (245-246)

아들의 시점이 아닌 처의 입장에서 지나온 삶을 그린 「은장도 이야기」의 결미는 하근찬의 소설을 떠받치고 있는 중요한 축, 즉 부성의 세계와 가부장적 질서를 내면화하고 있는 여성의 모습을 상징적으로 그리고 있다. 염습조차 할 수 없는 처지에서 은장도를 꺼내 남편 시신의 손톱과 발톱을 은장도로 잘라내는 식이네의 모습은 전쟁의 폭력에 의해 상실된 부성의 주검을 가부장적 세계관의 표상으로서 처리하는 작가의식의 일단을 보여준다. 이는 시신 처리 후에 바라본 저녁놀을 "검붉으면서도 푸르딩딩한 그런 빛"으로 형상화한, 다시 말해 노을로 물든 세계를 폭력의 흔적으로 뒤덮인 아버지의 주검의 몸으로 그린 시선에서, 그리고 이를 "세상의 종말을 고하는 듯한" 빛깔로 그린 서술자의 시선에서 재확인할 수 있다. 근대적 폭력으로 인해 빚어진 전통적 마을공동체의 수난을 증언한 하근찬의 소설에서 우리는 훼손된 부성과 부성 부재의 현실을 살아내는 이들의 고통의 삶을 목도하게 된다. 물론 그 과정에는 자신의 사랑을 쟁취하려는 남성 인물들의 집요한 정동(情動)과, 대개는 은폐되거나 수동적 태도 속에 어른거리는 여성 인물들의 애정 욕망이 동행한다. 이는 하근찬 서사의 빼놓을 수 없는 특징으로 판단된다. 그의 소설이 일제강점말기에서 한국전쟁을 주요 배경으로 하고 있음에도 그 시대적 성격이 두드러지지 않거나 사태에 대한 작가적 해석이 전면화되지 않는 것은 거친 시대적 격동을 가로지르는 이러한 인물들의 강렬한 정동과 생명력 덕분이다. 이 대목이야말로 하근찬의 서사가 포착하고자 한 생의 한 진면목일 것이다.